新华剧作

行走集

李新华○著

南方出版传媒
花城出版社
中国·广州

图书在版编目（CIP）数据

行走集 : 新华剧作 / 李新华著. -- 广州 : 花城出版社, 2020.11
ISBN 978-7-5360-9269-3

Ⅰ. ①行… Ⅱ. ①李… Ⅲ. ①话剧剧本－作品集－中国－当代②电影文学剧本－作品集－中国－当代 Ⅳ. ①I230

中国版本图书馆CIP数据核字(2020)第233376号

出 版 人：肖延兵
责任编辑：陈诗泳
技术编辑：林佳莹
装帧设计：姚　敏

书　　名　行走集：新华剧作
XINGZOU JI XINHUA JUZUO
出版发行　花城出版社
（广州市环市东路水荫路 11 号）
经　　销　全国新华书店
印　　刷　佛山市迎高彩印有限公司
（佛山市顺德区陈村镇广隆工业区兴业七路 9 号）
开　　本　787 毫米 ×1092 毫米　16 开
印　　张　25.75　2 插页
字　　数　470,000 字
版　　次　2020 年 11 月第 1 版　2020 年 11 月第 1 次印刷
定　　价　198.00 元

购书热线：020-37604658　37602954
花城出版社网站：http：//www.fcph.com.cn

李新华，1971 年生于广东鹤山，现为广州文学艺术创作研究院副院长、一级编剧，系全国文化系统先进工作者、第三届广东省中青年德艺双馨作家、广州市高层次人才（优秀专家）。

从事戏剧创作以来，已经有 4 部作品获得国家艺术基金项目资助，4 部作品获得国家文化部（文旅部）剧本扶持或剧本孵化计划项目。作品连续三届获得广东省艺术节编剧一等奖、剧目一等奖，连续三届获得广东省“五个一工程”奖，连续两届获得广东省鲁迅文学奖（艺术类）。历史剧《康有为与梁启超》获第二十一届曹禺剧本提名奖，系第十四届中国戏剧节优秀入选剧目，并在全国 30 个省（自治区、直辖市）的 50 多座城市巡演 120 多场，进入了清华大学等 10 多所高校。

序　言
剧魂及其承命者

| 陆键东

话剧在中国是舶来之品，这于中国文化不是耻辱。数千年来，中国文化容纳了多少外来优秀事物，化为己用，最后熔铸为自身的一部分。更不必说西来的话剧，连接着中国现代人文思潮，连接着中国传统社会向现代转型时人的觉醒与人性的苏醒，实在是一个标志性的历史节点。这决定了话剧在中国现代文化史上的历史进程，也决定了话剧在现代人文中国所留下的史痕。撇开哪一部作品是中国第一部话剧的争议不提，1920 年，由中国话剧的先驱者田汉创作的《梵峨嵋与蔷薇》一剧面世，就已经开启了中国话剧在现代文化思潮中风起云涌的大幕。中国传统社会向现代社会的转变，最终的目的，乃是实现整个民族意识的现代化。对个人来说，体现在人对生命认识的现代化。就整体国情来说，就是开启民族之智，激发能走出铁屋的新一代灵魂。1924 年，田汉创办戏剧杂志《南国半月刊》。1926 年，田汉创办影响深远的南国电影剧社，一批赤贫但充满了热血的青年，因田汉的人格魅力而凝聚在他身边，渴求以艺术的形式打碎旧世界，由此中国话剧与电影的灵魂铸成。1927 年，田汉创作上演名作《名优之死》。到此，中国现代话剧的形制、体例，以及精神等，大体已经具备，露出锋芒，影响深远。指出这一点十分重要，中国话剧第一代的先驱者，都将激情与生命、赤诚与灵魂，化作长枪与号角，以“燃烧到极点”这样一种极致的方式，倾注到这一新型的舞台艺术中，向苦闷的现实发起了挑战。这一血性，将近百年竟然牢不可破，百年的中国话剧是沿着先哲们开辟的“血路”前行。撇开艺术的成因不谈，仅就“千年未有之变局”的现代人文思潮而言，中国话剧这一百年未变的气质，先后经历了二十世纪所有重大的社会动荡与变革的时刻。每当在历史的紧要关头，都可以听到来自舞台上如幻如真的呐喊，以及如火种一般明亮与温暖的灵魂之光。这显示着中国式话剧的精神不死，它已经成为现代中国文化精神中无法分割的一部分。它更昭示中国话剧的灵魂从来没有离开过历史，从来没有

离开过社会剧烈的演变，从来没有离开过民族的灵魂。

本书的作者李新华，是二十世纪七十年代生人。其出生之时，距中国话剧的诞生已有五六十年之遥，大部分的一代宗师已死。待其搦管立业之际，距先贤开创之业，又相隔百年矣。也就是说，李新华是中国话剧第四、五代的后来者。在一个剧变的世纪，百年何其漫长，每一次的沧海桑田，留下的是无尽的辛酸以及延及后世的记忆。而在永恒的历史面前，百年又似一瞬，先辈们所感受到的痛苦与迷茫，今天的后来者依然感受如新，依然有入骨之痛。很难得的是，李新华承继了百年中国话剧的血性，承继了百年中国话剧的激情，更重要的是，承继了百年文化中国的忧伤。本书所收的《余震》《康有为与梁启超》《中轴线》《铁血道钉》《穷孩子·富孩子》《生与死》等剧，从另一个意义上说，它们录下了一个当代剧作者的人文心路，录下了时代的伤痛，录下了这一代人不屈的悲鸣，汇入了百年翻滚的剧史长卷。从《康有为与梁启超》到《铁血道钉》，饱蘸着“救国图强”的英雄热血、英雄热泪，热得滚烫，热得沸腾。从人文历史的演进路径看，康有为、梁启超、詹天佑等人的故事，百年来从未离开过中国社会的现场，这不仅意味着他们的事业从未因他们的离世而消亡，更为令人落泪的是，康梁、詹天佑侪辈为之奋斗的理想，今天的人们依然仍在奋斗，连成了一条不屈的长河，永远在奔腾。从这两部剧一直受到社会的关注即可证明这一点。由舞台而到历史的天空，举头星汉无垠，回望轨迹迢迢，人世更替已数，东海扬尘几番，然先辈们却依然如在对面，观其慷慨，听其激昂，如闻謦欬之音，古与今霎时融合，如在眼前。这是历史的魅力，艺术的魅力，也是作者的魅力。再往深远处看，这更是中国话剧自其诞生之日起就被先驱者们铸造的灵魂。这样就不难理解，从曹禺的《雷雨》《日出》，到田汉的《关汉卿》，剧情的背景或晦或暗，或干脆就托迹于古事，然生命的激情四溢，生命的灵动鲜活，人与魂栩栩如生。置身其中，如亲临其境，血脉偾张。这既是史事、人事，更是生命正在演进之迹，观者似照见了世道与人生。这也是《雷雨》《关汉卿》具有永恒魅力的所在。从这个意义上说，本书所收录的其他剧作《余震》《穷孩子·富孩子》《中轴线》《生与死》等，似演的是当世的故事，实质展现的依然是人的内心，人的灵魂，以及从未离开过人世的历史哀伤。故事的时间背景可以弱化，然挣扎中的人性就是这样赤裸直陈，在一些成功铺排的情节中，甚至可以说得上是惊心动魄。这何其似曾相识！放在一百年的长河之中，来迹鲜明，剧魂贯日，蔚然后浪，接续不息。对当代中国话剧来说，它有幸的不是在当代新添了几个新剧目，而是在其“文化灵魂史”上，可以欣喜地看到薪火相传，代有传人。对李新华来说，具有人生意义的是，从其懵懂献身艺术女神之始，他无意识中就走上了正途（这是他的运气），他接上了历史之绪，接上了中国话剧百年沉郁不屈的灵魂。而将近二三十年来，关于当世话剧的定义、话剧的演法，五花八门，各有风骚，迷人耳目。所谓“正途”，此调不弹久矣！这是李新华的幸运，有此正途，在未来，他的话剧创作仍将与中国的命运紧紧连接在一起，并将获得绵绵不绝的灵感之源。

但若仅仅是这样，仍不足以阐释百年中国话剧一直具有无穷魅力的所由。田汉、曹禺之所以是一代宗师，乃是他们各有着自己独特的世界。在这个世界里，大师随情随性搭起他眼中的人生。这是一种天赋，也是一种极佳的艺术感觉。田汉的创作明显可分早、中、晚三期，成熟程度不一，这早有公论，但有一种独特的魅力，从来少人提及，即贯穿于田汉一生的，是田氏剧作中有着精神上诗意般的高贵。这是田汉戏剧最撼人的地方，也是其精髓。这一精髓，提升着生命与人性的高贵，足以超越庸常的社会属性，淹尽功利色彩。这是田汉式特有的世界，虽曲高和寡，然仰之足以让人心灵震撼。田汉式特有的心灵叩问，实已接上缠绕了中国文化两千多年的屈原式“天问”的意绪，它是如此迷离，高不可攀，但又是如此牵动神思，久久不散。这就是田汉无可替代的艺术世界。仅凭此，田汉戏剧即可以“尔曹身与名俱灭，不废江河万古流”。再比如，曹禺的《雷雨》，周家父子与几代女性冤孽一般的故事，在实际生活中其实是罕见的例子，但曹禺极擅长刻画“人”的独特世界，围绕着周家公馆出现的几个主要人物，无不散发着陈腐、阴暗、自私的气息，故此戏剧的结局是旧有的世界在戏的高潮中分崩离析。十分奇异，近乎“变态”的周萍、繁漪等人，却给观者留下了难以磨灭的印象。曹禺赋予了他笔下每一个人物无可替代的独特生命，在这种独特性中，人生的痛苦、挣扎、渴求重生的忏悔，竟能立体地突现了一个活生生的灵魂。它的悲泣，它的不甘，竟能触动每一个观者深隐着的心灵暗角。在那一刻，事件可以隐去，时代可以不计，而最柔弱的人性如水一般弥漫，将万千入戏的心田淹没。这是曹禺戏剧最有魅力的地方，也是别人无法效仿之处。岁月的确可以磨洗一切，回首百年话剧，凡是足以传世的，必是那些具有强烈意绪而又建起了独特世界的作品。这是一块试金石。有些出乎意料的是，在今天，可以在李新华的一些剧作中，重新感受到这种直抵心灵的冲击。这是久已难遇的艺术冲击。在《康有为与梁启超》一剧中，康有为、梁启超等大段大段的对白，不仅文辞工整，激情四溢，已可看出具有百年来由田汉、曹禺等大匠播下的人文精神的影子。更为重要的是，康有为与梁启超各有自己深情的理想王国，作者成功地塑造了“康梁”各自的精神世界。这是多么难能可贵的才华！几乎在同一时刻，“康梁”冲突，康有为作为师者，作为一生从未改变忠于知遇之君的皇道捍卫者，其性情、道义、忠诚，竟是这样晶莹剔透，可爱可敬。这是历史中的康有为，也是艺术世界中的康有为，故其情感人，其形象逼真可亲。梁启超以一腔救国的热忱，一出场就带来英气，实是这个即将沉沦的帝国或可重生的唯一亮光。梁启超以其活力无可压抑的“少年”辉光，不惜以血肉之躯做“抛头颅、洒热血”的新世纪前驱，实际已成长为新旧蜕变之际代表新生力量的精神楷模。作者在“康梁”众多事件中，独辟蹊径，选取“吾爱吾师，吾更爱真理”这一在裂变局势中师徒终于分道扬镳的故事，淋漓尽致展现两颗独立的灵魂，其撕裂、蜕变，留下终身伤痛的过程。这是两个无法复制的独立世界。在这个世界面前，“康梁”留给历史的，没有对错，只有精诚的信仰，纯粹的灵魂，以及家国剧变之际士人的大义，由此，给后来者留下了无尽的思索。这就是艺术的价值，也是历史的价值。此等手段，乃是戏剧舞台上最有魔力之上上手段。同在一个戏剧框架，却同时拥有多个独立的精神世界，则该出戏刹那展现了无限的人生空间、艺术空间，以及思想空间。在本书中，具有相似艺术气质的作品，尚有一些，尤可标举的还有《穷孩子 · 富孩子》一剧。该剧借助一件寻常的绑架案件，却将两个绑匪，两个孩子，以及四个家长的内心世界刻画得如此独特，又如此环环相扣，可谓从起幕到结尾，台上台下都一直“直面着带血的现实与心灵”，观之让人心潮久久不息。该剧又体现了古今中外戏剧一个至为简朴，但在今天已时时被人遗忘的真理，撼人心弦之作，不由题材、事件决定，而由开掘人性的深度决定，由独一无二的戏剧人生决定。戏剧也是一门无法欺瞒的艺术，经典之剧必是广受欢迎之戏。在过去数年，《康有为与梁启超》全国巡演已达一百二十余场，《穷孩子·富孩子》在广东省内外巡演也有五十余场，尤其受到基层的欢迎。这些背景，俱使本文的论述与感慨，全部有了充实的依托。

行文至此，忽有所感。剧作家的生命总是与剧作紧紧相连，剧作家的才情与眼中的人生，全都投射到戏中。故此戏剧的华彩不仅是历史的华彩、现实的华彩、艺术的华彩，而且实际也是剧作家生命的华彩，这是一种最具有才华的艺术真实。历来谈艺术真实，都只重于与“现实真实”相对举，极少触及艺术真实的核心含义，即：艺术真实的真义，实际应该指的是创作者代入情境中再现的能力。这个能力，唯一的含义就是高度表现历史意绪与历史场景的灵气与天赋。一部优秀的传世之作，必充盈着创作者的这种灵气与天赋，故此它能打动一代又一代的读者、观者以及感受者。李新华，无疑是近十年来我所见过的广东剧坛具有这种灵气与天赋的优秀者。

最后要说的是，能承接历史是李新华的幸运，而能否再被历史拣为传人，则他须以未来的生命与努力来回答。换言之，从个人艺术生命而言，李新华至少掌握着自己的命运。这令人很期待……

新华来自清远乡间，为人诚朴，执礼谦恭，可见纯然本色。其向心为文，积年勤奋，一如两千年前之贤人所寄望于来者：“孺子可教也。”这是中国文化的传统，也是大道不泯之精义。己亥年冬，其呈来剧本七部，殷切请序，余遂有以上读剧之感。此纯是一家之语，未敢乞教同道，唯是忽得宋人一语：“得乎心，则天地万物与我一本也。”吟之，心有戚焉。此本是心学之至理名言，然于人世，无不相通。若移之于艺心，则艺境可进至精纯；若移之于为人，则可见赤子之挚诚，实人生之嘉言也。今移用于本文，更可云相得益彰。爰录于此，供新华及观剧者一阅，若云共勉也可。虽不一定能至，然心实向往之。

2020年4月初稿

2020年5月20日定稿

键东识于广州东观堂

（陆键东　广州文学艺术创作研究院院长，专业作家，学者）

目 录

剧 作

创 作 谈

评　论

剧作

余震

“5·12”地震已经远去，但余震仍在持续。

——题记

时　间：2008年5—6月间。

地　点：四川地震灾区治平镇。

人　物：

牛德垦　男，五十多岁，四川地震灾区治平中学校长。

谢城邦　男，年近五十，城邦建筑集团公司总经理。

樊伟中　男，36岁，治平中学语文教师。

严　丽　女，35岁，治平镇副镇长。

朱　琦　女，24岁，某电视台赴灾区实习记者。

樊　母　女，年近六十，退休教师，樊伟中母亲。

老　邹　男，59岁，河北唐山人，“唐山农民志愿队”队长。

大　梁　男，35岁，河北唐山人，“唐山农民志愿队”队员。

田　浩　男，24岁，河北唐山人，“唐山农民志愿队”队员，人称“耗子”。

憨儿、摄影记者、学生、志愿者、救援人员等。

序

[明媚的阳光，整洁的校园，国旗迎风招展。

[中学生们朗读《孟子·得道者多助　失道者寡助》的读书声隐约传来，并越来越响亮：“天时不如地利，地利不如人和。三里之城，七里之郭，环而攻之而不胜。夫环而攻之，必有得天时者矣，然而不胜者，是天时不如地利也……”（渐弱）

[两个女童在教室前的操场玩气球，孩子追逐的笑声天真无邪。

[远处传来隆隆的闷雷声。

女童甲 要下雨了，我们回去吧——

[话音未落，猛然间赤橙黄绿青蓝紫的灯光乱闪，粉尘弥漫，建筑物倒塌声、巨石滚落声交织在一起。

[幕后“地震啰——地震啰——”“快跑呀——”等声音杂作一团。

两女童 （无助地哭喊）妈妈——妈妈——

[牛德垦跑上，指挥学生疏散。

牛德垦 （呼喊）别乱！别乱！一个跟一个跑！一个跟一个跑——

[一队队学生紧张有序地跑下。

[牛德垦把夹在人流中的两个女童抱下。

[一声巨响，灯全暗。

[死寂。

一、千里救援——走呀

[光渐起。

[河北唐山某村，一个简洁宁静的农家小院。

[老邹上，只见他惊惶不安，一上场就四处嚷嚷。

老　邹 耗子——耗子——田浩——

[大梁上。

大　梁 嘛事儿，老邹？

老　邹 耗子呢？

大　梁 刚才还在，可能到三婶家摸牌去了。

老　邹 都啥时候了，还摸牌？

大　梁 他不是想跟三婶家丽红处对象吗！

老　邹 听说过丈母娘在牌桌上相女婿的吗？

大　梁 三婶就好这！打牌比吃饭睡觉还重要。

老　邹 赶紧找他回来，收拾收拾，马上出发。

大　梁 （并不多问）哎——（下）

老　邹 （悲戚地）大地震，又是大地震！走呀——走呀——走——走到那天边去，走到那苦难的同胞身边去！

［大梁拉着田浩上。

田　浩　（要挣脱大梁的手）大梁你干吗干吗，正赢钱呢！

老　邹　赢钱？丈母娘的钱也敢赢，反了你？

大　梁　就是！收拾装车，出发——

田　浩　（喜形于色）行呀老邹！邹大爷，邹总经理，又接大活儿？

老　邹　（沉重地）是大活儿。

田　浩　（嬉皮笑脸地）这回得说好啰，不许拖欠农民工工资。否则的话，我会到劳动局告你的哟！

大　梁　行了耗子，老邹什么时候欠过咱的工资？

田　浩　去年！

大　梁　那是人家欠老邹的！过年的时候老邹一拿到钱，不就跟咱分了吗？老邹一年到头在外面揽活，容易吗？

田　浩　（有点理亏，但还嘴硬）别人欠他，是他的事，反正……反正我给他干活，他就得给我钱。

老　邹　（意味深长地）这回别人不会欠咱一分钱！（旁白）压根就没人给钱！

田　浩　（兴高采烈地）好啊，准备出发啰——（与大梁欲下）

老　邹　慢着。

［大梁、田浩两人止步。

老　邹　把切割机、千斤顶、发电机，还有葫芦吊都带上。

田　浩　（不解地）哎，我说老邹，咱这是去拆五角大楼还是拆白宫呀？

老　邹　（自顾自说）还有，准备三个人半个月的干粮、饮用水和睡觉的铺盖。水鞋、雨布都得带上。

大　梁　干活东家不是管饭的吗？

老　邹　（无名火起）这是去救灾！谁他妈管你饭？

田　浩　（大吃一惊）啊？！救灾？

大　梁　又去救灾？救什么灾？

老　邹　刚才听电视上说了，汶川遭大地震，7.8级。

大　梁　（震惊）大地震？7.8级？

老　邹　是的，跟当年咱唐山一样！

梁、田　（异口同声地）跟当年咱唐山一样？！

老　邹　（自言自语地）没有谁，比咱们更懂得地震了。

大　梁　这汶川在哪个省？

老　邹　四川！

［大梁一听，头皮都发麻。

田　浩　（脑子明显还没有转过弯来）不、不！老……老邹，你……你是说咱要到四川去救灾？

老　邹　没错！

［田浩摸了摸自己的额头，又上前摸了摸老邹的额头。

老　邹　（不耐烦地将田浩推开）滚——我没病！

田　浩　你的意思是——开着你那辆小四轮，带上切割机、千斤顶、发电机、葫芦吊，还有干粮饮用水，千里迢迢地到四川救灾？

老　邹　不行吗？

田　浩　老邹，我问你，你那辆宝贝疙瘩好像两年没年审了吧？

老　邹　谁说没年审？每年我都去年审！

田　浩　你是每年都去年审，但人家能给你审吗？都过报废期两年了，找谁审去？

老　邹　（有点恼羞地）你他妈的哪来那么多废话！车子没年审就不能去四川呀？你不想去就直说，大不了——散伙！

田　浩　（辩解）我没说不去！天府之国嘛，谁不想去？我还想到四川吃麻辣烫呢！（唱了起来）辣妹子辣，辣妹子辣——辣妹子天生怕辣——辣……

［老邹一脚踹在田浩的屁股上。

老　邹　（狠狠地）唱？！还唱？！都死人了你他妈还唱？！

田　浩　不唱，不唱！我哭，我哭还不行吗？（装出哭相）

老　邹　赶紧准备去！

田　浩　（嗫嚅地）我还是担心你那车况，搞不好没出河北地界，小四轮就改小三轮。

老　邹　那就多带几个轮子。

田　浩　邹大爷，邹总经理——哪怕您那辆农用车变成小六轮，人家交警也不会让咱上高速。

老　邹　就算用两条腿走，也要走到四川去！

田　浩　等咱晃悠悠、晃悠悠地走到四川，人家灾区都已经重建好了。

老　邹　那你马上给我去做一面旗子，印上“唐山农民志愿队”几个大字。（狠狠地）谁他妈不给我上高速，我跟他急！

田　浩　这倒是个好主意。（旁白）打小就听着地震长大，就没见过地震是啥样，这回终于可以长见识了。走啰，地震灾区去啰，抗震救灾去啰——（兴高采烈地、蹦蹦跳跳地下）

老　邹　（发现蹲在一旁的大梁）大梁，待着干吗？赶紧准备去呀。

大　梁　（浑身发抖，仿佛又见到当年唐山大地震）我不去——我不去——

老　邹　你说什么？

大　梁　我不去四川！

老　邹　（气结）你……你……你敢——

大　梁　我……我就是不去！地震……恐怖……余震……余震还不断……

老　邹　当年的大地震，我们不也都活过来了吗？还怕余震？

大　梁　（情绪稍安）人家四川不是还有政府、有解放军吗？轮得着咱……咱掏下水沟的操心？

老　邹　掏下水沟怎么啦？掏下水沟的就不能为国分忧呀？

大　梁　（不满地）整天为国分忧，那谁来为咱分忧？年初的雪灾，咱不是已经到南方去为国分过忧了吗？

老　邹　这是地震，你明白吗？没有谁，比唐山人更了解地震。

大　梁　要去你去，我不去！

老　邹　（气结）你——

大　梁　（嘟哝）要是全国人民都到灾区救灾，这灾区受得了吗？

老　邹　（终于愤怒地）梁志明，我警告你——全国人民都可以不去，唯独唐山人民不能不去！而且我还想告诉你，尤其是你——梁志明不能不去！

大　梁　（不服气地）凭什么？

老　邹　就凭你是地震孤儿！

［大梁愧疚地低下了头。

老　邹　你别忘了，当年唐山大地震，是解放军把你从废墟中刨出来的，是政府把你抚养成人，是人民给你上的学、念的书！如果你觉得还对得起自己良心，对得起你那在大灾中死去的父母，以及为救你而牺牲的解放军战士，你——可以不去！

大　梁　我……我……

［田浩急急忙忙跑上。

田　浩　不好了大梁，嫂子说肚子疼，怕是快生了！

老　邹（吃一惊）啊？！不是说离预产期还有半个月吗？

大　梁　昨天去了检查，医生说可能会提前。

老　邹　提前好，这回怕是个儿子！快快快，你去把我那老婆子叫来，还有三婶，这女人家的事，她们懂！

大　梁　哎——（急下）

老　邹（长叹一声）老天！这生生死死的事，怎么都纠到一块了呢？（摇摇头，欲下）

[田浩一把拉住老邹。

田　浩　老邹，这四川去还是不去？

老　邹（审视田浩）你说呢？

田　浩　去！怎么不去？你不是说这回人家不会欠咱一分钱吗？

老　邹　拿了钱还赌？

田　浩（信誓旦旦）不赌，绝对不赌！我都跟丽红说好了，等拿了工钱，回头给她带一台"唉姆屁3"（MP3）手机。

老　邹（大喝一声）小子，咱这是去救灾！敢向政府要半个工钱——（指天）老天爷一个响雷劈了你！

[天边传来轰隆一声闷雷，田浩惊悚。

[切光。

二、私人老板——滚吧

[光起。

[治平小学救援现场。

[校舍已成废墟，水泥块、预制板堆成小山，可见，这是粉碎性坍塌造成的。旗杆已倾斜，但还没有倒下，国旗挂于上。

[书包、书桌和书本丢落一地，还有几只破烂的鞋子。人们正在全力搜救生存者。

[幕后传来阵阵重型吊车等大型机械的轰鸣声，谢城邦手持对讲机，正在指挥调度车辆。

[机器轰鸣声戛然而止。

谢城邦 （大喝）怎么回事——怎么回事？

[内应：老板，车子没油了。

[牛德垦左手提着个捡来的学生遗弃的书包，从废墟上跑出来。

牛德垦 （气急败坏地）人呢？人都到哪儿去啦？没有机器就不救人哪？

[严丽跑上。

严　丽 谢老板，机器怎么都停了？

谢城邦 严镇长，车子没油了！

严　丽 没油啦？动不了啦？

谢城邦 连备用油都用完了，这附近又没有加油站。

严　丽 那赶紧叫人到山外去背油。

牛德垦 我去——

严　丽 牛校长，你们治平中学还有那么多学生在等着你，我叫别人去吧。

[老邹、大梁和田浩背着简单的行李工具上。老邹扛着那面印有“唐山农民志愿队”字样的红旗，旗子是卷着的，看不清里面的字。

严　丽 （对老邹他们三个，不由分说地）你们几个，马上给我到县城东方加油站……

谢城邦 要柴油。

严　丽 对，要柴油！就说是治平镇严丽叫你们来的。

[老邹他们三个相互对望了一下。

老　邹 我们是来救灾的，不是来背油的。

严　丽 背油就是救灾，救灾就要背油！（急得要哭）你们看看——你们看看，这到处都是倒塌的房子，没有重型机械，用手能刨出几个来？

大　梁 我们是来救人的，背油你们叫别人去。

严　丽 （气得发抖）你……你们是哪个村的？

老　邹 邹庄。

严　丽 邹庄？哪个邹庄？

老　邹 河北唐山邹庄。

严　丽 （十分吃惊）啊？！你们是河北唐山来的？

老　邹 是的。

严　丽 是谁叫你们来的？

田　浩　我们自己要来的。

谢城邦（对严丽）算了，严镇长。他们人生地不熟，我还是叫我的人去吧。

［光渐暗，众人隐去。

［束光分别打在严丽、谢城邦、牛德垦身上。以下对话是他们在不同的表演空间完成。

严　丽（悲伤地）大灾，绝对大灾！书记、镇长遇难了，全镇三分之一的干部都被这场地震夺去了生命，我这个副镇长，能扛下去吗？

谢城邦　当我得知汶川发生大地震后，立刻命令所有在灾区的工程队马上就地投入救灾，并把在其他地方所有能够动用的工程机械，想尽一切办法调赴灾区。我，是第一时间来到治平镇的。（舒了一口气）还好，治平中学虽然受灾严重，但教学楼没倒。于是，我就把人员和机械转移到受灾最严重的治平小学。

牛德垦　我，就是治平中学校长。万幸——万幸哪！我治平中学全校两千两百多名学生和一百多名老师，无一伤亡。靠的是什么？（用手捂着自己的胸口）是良心——做人的良心！（悲伤地）可我的爱人、我的孙女，被埋在了这小学的教学楼下！我牛德垦可以保护我的师生，却保护不了我的爱人、我的孙女！我，对不起她们！（揩泪）

严　丽　解放军来了，总理来了，总书记来了，谢城邦他们带着自己的机器来了，连远在河北唐山的农民兄弟也来了。（坚定地）我——我一定能扛下去！

谢城邦　我为什么要来灾区？因为……因为这里曾经有过我的梦想，也曾有过我的事业……一路上我无数次这样问自己：我为什么要来灾区……

牛德垦　让生者坚强，让逝者安息吧——

［远处又传来山石滚落的隆隆声响！大地战栗！人们慌乱！

［憨儿惊慌失措地跑上。

憨　儿　地震啰——地震啰——

严　丽（拖住憨儿）回来，危险！

谢城邦　别怕，是余震。

［谢城邦、牛德垦协助严丽将憨儿拖到一个空旷地。

牛德垦　这傻小子，蛮劲儿够大。

憨　儿　地震啰——地震啰——

牛德垦 （呵斥）别叫，再叫我就把你的嘴巴缝起来！

严　丽 他是哪个村的？

牛德垦 镇上的，叫憨儿，脑子有点毛病。

严　丽 他父母呢？

牛德垦 没了。

严　丽 没了？

牛德垦 父亲前年死的，母亲前天死的。

严　丽 （悲悯地帮憨儿擦擦脸）可怜的孩子，我带他到安置点去。（带憨儿下）

［空旷地上，剩下牛德垦和谢城邦两人。

牛德垦 （打量着谢城邦）你就是那个开着八十多台重型机械进入灾区的谢老板？

谢城邦 应该是四十多台，因为有三十多台本来就在这里。

牛德垦 你为什么要来灾区？

谢城邦 我为什么不能来灾区？

牛德垦 （冷冷地）这没有生意可做，不欢迎你们这些私人老板。

谢城邦 我声明：第一，我不是来做生意的；第二，我们是股份制民营企业，不是你所说的那种私人老板；第三，作为一个公民，一个企业家，当我的国家发生灾难时，我必须有所担当，我有权选择恰当的方式进行援助。

牛德垦 你的国家？

谢城邦 应该是我们的国家。

牛德垦 （不容置疑）民营企业也好，私人老板也罢，你们滚吧！灾区有政府，有解放军，还有我们自己的一双手，不需要你们假惺惺的怜悯，更不需要那些居心叵测的援助！

谢城邦 牛校长，你没有权利对我说这样的话！

牛德垦 （失去理智，歇斯底里地）我有这个权利！偏偏就是你们这些奸商，没有权利站在灾区这块被撕裂的土地上——

谢城邦 （也愤怒了）你……你骂我奸商？

牛德垦 （狠狠地）奸商，你他妈就是奸商——

谢城邦 （有点理亏的样子）好，好，我是奸商，我他妈就是个大奸商！（转而大声地）但没有我这个奸商的机器，你能在二十四小时之内打通治平镇通往外界的生命线？你用手一天能刨出三十多个活人来？你……你这是在漠视生命，你知道吗？

牛德垦 我漠视生命？（指着倒塌的大楼）我的孙女，我的老婆，还在这底下躺着哪！

[说完，牛德垦抱头失声痛哭。

谢城邦 （流着泪，悲痛地）没有谁天生就乐意去救灾，知道吗？（大声地）至少我不乐意！（指着废墟）你以为我乐意看到这断壁残垣吗？你以为我乐意看到血肉模糊的孩子吗？你以为我乐意听到家长撕心裂肺的哭声吗？告诉你，我不——乐——意——

[谢城邦用手潦潦草草地抹去自己脸上的泪水。

谢城邦 如果可能，此时此刻我倒是很乐意在这里做生意，在这里赚着钱、数着钞票……

牛德垦 （站了起来，骂）那你赚去吧，赚够了清明节叫人烧给你——

[说完，牛德垦抓起身边的一条撬棍愤愤然地下。

谢城邦 你——

[老邹他们三人上。

老　邹 谢老板，严镇长说我们几个归您工程队指挥。

谢城邦 你们都能干些啥？

大　梁 我开过吊机。

谢城邦 （对田浩）你呢？

田　浩 我个小，就会钻洞掏下水沟。

老　邹 我啥都能干，除了开吊机。

谢城邦 好，柴油马上就背回来了，你们听我的安排。

田　浩 （有点狡黠，又有点胆怯地）谢老板，既然我们……我们归您工程队了，这、这工资……怎么算？

谢城邦 （一时没有反应过来）工资？什么工资？

田　浩 我们不是给您打工吗……

老　邹 耗子，你给我闭嘴——

[老邹一听田浩提工资，差点给气晕过去，撸紧手中红旗的旗布，劈头盖脸就向田浩打去。田浩身手敏捷，跳开。

田　浩 不许打人！

老　邹 打你？老子还杀了你！（又要去追打田浩）

[谢城邦拦着老邹。

老　邹　（气得浑身发抖）你个没良心的东西！还工资？老子打死你，回头给你娘说，你在灾区给饿狗吃了！

谢城邦　（想了想）工资，有——

老　邹　（不解地望着谢城邦）谢老板——

谢城邦　你们都给我听好了，救出一条活命，工资一万；挖出一具遗体，五千！

［众人愕然。

［幕后又传来机器的轰鸣。

［谢城邦拿过老邹手中的红旗，插在瓦砾堆上。

谢城邦　开工——

［一阵风起，“唐山农民志愿队”的红旗猎猎作响。

［渐收光。

三、惹祸文章——错吗

［光起。

［治平中学操场。学校办公室设在印有“救灾”两个大字的帐篷里，帐篷前堆放着两箱矿泉水，以及学生的破书包、旧书桌等一些杂物。有张书桌上还有瓶别人喝过的矿泉水。

［背后是两栋严重倾斜的教学楼，所幸的是没有坍塌。

［朱琦在办公室焦急地走来走去，而另一个扛着摄像机的记者则不时四处张望。

［牛德垦一身尘土，匆匆上，拿起桌上的半瓶矿泉水就往嘴里灌。

朱　琦　（迎上）牛校长，我们是电视台记者，能耽误您几分钟吗？

牛德垦　（头也不回，就要往外走）不能！

朱　琦　（拦着牛德垦）就几分钟，不行吗？

［说着，朱琦就将话筒伸到牛德垦面前，摄影记者已将镜头对着他们，开始拍摄。

牛德垦　我没空，也没什么好采访的。

朱　琦　牛校长，您知道吗？现在网上都叫您“牛得很”，是“史上最牛的校长”。

牛德垦 （不解地）我是最牛的校长？

朱　琦 对！您是最牛的校长，而你们学校就是“最牛的学校”！

牛德垦 解放军才牛！你们应该去采访解放军，采访那些奋战在救灾第一线的干部群众，他们才是最牛、最值得采访的对象。

朱　琦 （不为所动，继续按自己的思路进行采访。面对镜头向观众介绍）观众朋友，现在站在我身边的这位就是治平中学牛德垦牛校长。在这次地震中，治平中学两千两百多名学生和一百多名老师，无一伤亡。（转而对牛校长）请问牛校长，治平中学在这次地震中没有一个师生伤亡的真正原因是什么？

牛德垦 （不假思索地，简明扼要地）楼没倒，跑得快！

朱　琦 （一时没听清）您说什么？

牛德垦 （大声地，一字一句地）楼没倒，跑得快！

朱　琦 楼没倒，跑得快？（若有所指地）那您知道是谁跑得最快吗？

牛德垦 （气不打一处来）你们记者吃饱了撑的？我哪知道谁跑得最快？那是逃命！能跑多快就跑多快！

朱　琦 （不依不饶地）是不是那个叫樊伟中的老师跑得最快？

牛德垦 （开始警惕）什么意思？

朱　琦 牛校长，现在外面的媒体都在报道了，治平中学在这次地震中有三个最牛的事，一是出了您这位“史上最牛的校长”，二是成了“史上最牛的学校”，三是出了个“史上跑得最快的老师”。

牛德垦 跑得最快的老师？谁？

朱　琦 “樊跑跑”呀。

牛德垦 “樊跑跑”？是谁？

朱　琦 就是樊伟中老师，他跑得最快了。

牛德垦 他跑得最快？我怎么不知道？

朱　琦 牛校长，我想现在观众朋友和我的心情一样，想通过您了解一些关于樊老师的情况。

牛德垦 那你最好找他去！

朱　琦 我还想知道您对他在网络上发表那篇文章的看法。

牛德垦 什么文章？我没看过。

［朱琦从挎包里掏出几张打印稿。

朱　琦　这就是樊老师发表在自己博客上的文章，题目叫《看到了山摇地动》。

［牛德垦一把抢过打印稿，越看越激动。

朱　琦　可能现在大家都忙于救灾，看不到这篇文章。但这篇文章已经被各大门户网站转载，在全国影响可大了……

牛德垦　（骂）小王八蛋，向我请假，回成都住了一晚上，说要安顿丈母娘，原来就整了这玩意儿？

朱　琦　他回过成都？那他回来了吗？

牛德垦　这里还有他的老娘，敢不回来？（突然大叫）樊伟中——谁见到樊伟中？把那小子给我找出来——

［叫完，牛德垦扔下打印稿，气呼呼地下。

［朱琦捡起打印稿，和摄影记者面面相觑，一时竟不知所措。

摄影记者　这校长怎么啦？

朱　琦　下面的老师出了这门子事，能不气吗？

摄影记者　我发现这灾区里的干部，个个都跟吃了火药似的。

朱　琦　那么多人被埋在地底下，还有那么多灾民等着救援，搁谁谁急！

［樊伟中上。只见他一脸疲惫，衣衫不整，手里拿着一摞捡回的破旧课本。

樊伟中　校长——牛校长——

［重重地将课本放在桌子上。

朱　琦　（迎上）您是——

樊伟中　（不正面回答）牛校长呢？他四处找我干吗？

朱　琦　那你就是樊伟中樊老师吧？

樊伟中　我是。

朱　琦　是我们要找你。

樊伟中　有事吗？

朱　琦　我们想跟你做一个专访。

［摄影记者举起摄像机就要拍摄。

樊伟中　（躲开，拒绝）别！（有点玩世不恭地）拍我干吗？我又不是领导。

朱　琦　（单刀直入地）作为一个老师，在地震来临的那一刻，扔下自己的学生先跑。请问，这是你的本能反应，还是故意行为？

［说话间，朱琦已经将话筒伸到樊伟中面前。摄影记者也开始拍摄。

樊伟中 （开始有点明白了）你们采访我，就为这个？

朱　琦 是的。

樊伟中 （并不理会朱琦的敌意）那我告诉你，是故意的！怎么啦？

朱　琦 那你在自己的博客上发表《看到了山摇地动》，又是出于一种怎样的考虑？

樊伟中 （顿时有点气短）你们都看到了？

朱　琦 全国人民都看到了，网民送你一个绰号，叫“樊跑跑”。

樊伟中 （恼羞地）我就跑了，难道错了吗？

朱　琦 你可以跑，但你不应该抛下你的学生先跑！更不该在博客文章里说什么“哪怕是我的母亲，在这种情况下我也不会管的”这样大逆不道的话……

樊伟中 （制止）停！我还没问你呢，你们到底是什么人？

朱　琦 我们是电视台的记者，我叫朱琦。

樊伟中 证件——

［朱琦赌气地扬了扬挂在胸前的证件。

樊伟中 （把证件反复地看了又看，捉弄地）哟，来头不小哩，“东方踢歪”。

朱　琦 （气急）是东方TV！

樊伟中 我不管你“东方踢歪”还是“西方踢歪”，我正式告诉，你朱记者，你无权对我的行为做任何道德上的评判！

朱　琦 你错了樊老师，我代表的是媒体，媒体有权对社会上的一切丑恶现象进行舆论监督。

樊伟中 我丑恶了吗？

朱　琦 至少在我看来，你并不高尚！

樊伟中 （冷笑）哈哈！这就是你们媒体，一向自以为是的媒体！你以为你是道德的法官吗？你以为你掌握了真理的标准吗？你以为人们对你们的宣传口号除了相信还是相信吗？不，我——不——信！（连珠炮似的）你们只不过是一群灾难观光者！一群善于把坏事办成好事、把白事办成红事的人！一部喜欢掩盖真相的舆论机器！一年以后，如果你们还像今天这样关注灾区，我就不姓樊！你们现在所做的一切，无非就是要吸引眼球，吸引全国人民的眼球，吸引全世界的眼球！（越说越激动）而你们想要得到的，无非就是收视率，无非就是什么典型、亮点和轰动效应，以及由此而虚构出来的那种莫名其妙的鼓舞与狂欢！（顿了顿）现在我告诉你，在我们这里没有！至少在我这里没有！

[听到这些话，摄影记者觉得有点不妥，不想再拍了，摄像机的镜头垂向地面。

樊伟中 （发现了，嘲讽地）拍呀？怎么就不拍了？我都不怕，你们倒是怕了？

朱　琦 （想了想，命令地）拍——

[摄影记者继续拍摄。

朱　琦 你说得没错，樊老师。在你身上，除了那种你自己制造出来的轰动效应，我确实看不到半点鼓舞。

樊伟中 但在你们媒体的推动下，这种鼓舞早已经泛滥成灾！先进事迹报告团不是已经在全国“巡回演出”了吗？接下来不是又要开什么总结会、表彰会、庆功会、周年纪念会吗？灾区人民需要的，并不是这些！你明白吗？

朱　琦 （气愤地针锋相对）我当然知道，现在灾区人民和全国人民一样，最需要的是振作！

樊伟中 那些刊登在报纸上“十三亿人共一哭，纵做鬼，也幸福”是振作吗？那些“民族大爱，亲历死也足”也是振作吗？他老人家怎么不也来幸福一回？亲历一回？还有！那个什么姓余的“大师”，不是在“含泪劝告地震灾民”吗？我就纳了闷了，地震怎么不把他们家也震一震，好让我也来“含泪”劝告他一下！

朱　琦 樊老师，我告诉你，别人的卑鄙，并不是你成为卑鄙的借口！

樊伟中 朱记者，那我也告诉你，别人的崇高，也不是我成为崇高的理由！

朱　琦 （气结）你——

樊伟中 我承认，我并不是一个所谓“高尚”的人，但我是一个追求自由和公正的人，一个崇尚真理和敢说真话的人。（显得有点底气不足，于是做自我辩护）在那一刻，我有权保护我自己的生命。

朱　琦 你有权保护你自己的生命，但你无权扔下你的学生自己一个先跑！

樊伟中 法律有规定吗？

朱　琦 道德有规定！你作为一名教师，在灾难来临之时，你应该想到的和必须要做的，就是要保护你的学生。

樊伟中 （斩钉截铁地）朱记者，你没有亲历那一刻，就没有资格在我面前说这样的话！（感慨地）别以为你就可以主宰这个世界，别以为你就是万物之灵，其实在大自然面前，人永远是那么微不足道！谁没有英雄情结？躺在温暖的被窝里，谁没想过去当一个顶天立地的大英雄？但在灾难骤临的那一刻，并不见得你就比别人英勇！

[严丽暗上。

朱　琦　难道在你的内心深处，就没有一丁点的愧疚？

樊伟中　最应该感到愧疚的，不是我！

朱　琦　那应该是谁？

樊伟中　（愤怒地）是那些把工程做成“豆腐渣”的人！是那些把国家财产当回扣吃掉的人！是那些在不知不觉中酿造灾难然后又通过救灾成了所谓英雄的人！

朱　琦　那请你告诉我，你有证据吗？

樊伟中　（一愣）证据？什么证据？

朱　琦　你不是说那些工程是“豆腐渣”吗？不是有人把国家财产当回扣吃掉吗？请你保持清醒的头脑，樊老师，在这个非常时期，任何没有证据的猜测都有可能成为谣言。

樊伟中　朱记者，谢谢你提醒了我！

朱　琦　我提醒了你？

樊伟中　对，你提醒了我！（肯定地）我会去找证据的，而且我肯定能找到证据！到时候，我会告诉你一个真相，一个关于事实的真相！这，只是时间的问题。（狠狠地）我就不信，获取一个真相会那么难！

[天边响来阵阵闷雷，帐篷一阵晃动。

[幕后传来憨儿的叫唤：“地震啰——地震啰——”

朱　琦　（对摄影记者）不好，又余震！快到操场那边去，快——

[朱琦和摄影记者两人迅速收拾起采访器材，急跑下。

[匆忙中，朱琦他们的一支话筒掉了下来。

樊伟中　（叫）咳，我还没说完哪！

[朱琦和摄影记者已经跑了个没影。

[樊伟中捡起话筒。

樊伟中　（不以为然）你们不也跑得挺快的吗？哼！

[樊伟中吹了吹话筒，没声音，然后施然而下。

[在余震中，严丽扶着书桌，站稳了脚，直至余震结束。

严　丽　（自扪）最应该感到愧疚的是谁？是我吗？我是那个把工程建成“豆腐渣”的人吗？是那个把国家财产当成回扣吃掉的人吗？是那个在不知不觉中酿造灾难然后又通过救灾成了所谓英雄的人吗？我是那个最应该感到愧疚的人吗？谁能告诉我？（作问人状）你能告诉我吗？（作问人状）你能告诉我吗？（向苍天）牛老师，你能告诉我吗？（隐去）

[牛德垦在追光中。

牛德垦　请原谅我，严丽。这些，我都不能告诉你！我只不过是你中学时的老师，那些官场上的事，其实我懂得并不比你多。（沉重地）这些天，我面对的全是倒塌的楼房、破碎的尸体、无助的眼神、沙哑的哭声。还有那找不到孩子的父母，以及找不着父母的孩子！我的心碎了，我的泪流干了，但我没有倒下，至少现在我没有倒下！站在这块破碎的土地上，我牛德垦仰不愧天，俯不愧人！对得起我的学生，以及他们的父母！在这场灾难中，我治平中学两千两百多名学生和一百多名老师无一伤亡。（动情地）我，没有从倒塌的教学楼里救出过一个学生，因此注定成不了英雄！但如果以牺牲当初的良心和责任，来换取今天的荣光，这样的英雄，我——不——当！（转而有点愤怒地）你可以不当英雄，但不能当狗熊！樊伟中呀樊伟中，作为你的老师，我为你——感到羞耻！

[渐收光。

四、对不起了——妈妈

[凌晨。

[一个用两件雨衣支起来的简易“帐篷”，一堆已经熄灭的篝火，这就是老邹他们三人的临时休息处。

[远处不时还隐约传来机器的马达声，以及救援人员连夜奋战的声音，强劲的射灯把远处的救援现场照得亮如白昼。

[老邹、田浩和衣枕着行李包睡着了。而大梁却仍在摆弄着自己的手机，拨了听，听了又拨，“喂喂喂——”地叫来叫去，总也打不出。手机屏幕蓝蓝的弱光不时映照在他那张疲乏的脸上。

老　邹　（醒了过来）还在打呀，大梁？

大　梁　怎么都没了信号？这破手机！

老　邹　不怪手机！这地震一来，发射基站都倒了。

［大梁气恼地关了手机，蓝蓝的弱光没了。整个舞台，只剩下一点从远处折射过来的微弱的散光。

老　邹　严镇长说了，明天移动公司的应急通信车就开进来，到时就好了。（心痛地）睡吧，你都两天两夜没合眼了。

［大梁点了一支烟。

大　梁　睡不着。

［老邹也坐了起来，点了一支烟。舞台上的两点烟火，忽明忽暗。

老　邹　我知道你想家，想你媳妇。要不，等天亮你到长途电话点排个队，给家里报个平安。

大　梁　也不知道我媳妇生了没有？

老　邹　放心吧，这女人生二胎呀，跟老母鸡下个蛋似的，容易！况且，家里有你丈母娘，隔壁有三婶，还有我那个老婆子。实在不行呀，打个120，医院的车子呱呱呱一叫，就到了。

大　梁　我还没想好孩子该叫什么名字呢。

老　邹　这有何难？男孩就叫震生，梁震生，多响亮的名字！女孩子嘛，就叫……就叫……（想了想）就叫思蜀！对，梁思蜀！人家刘阿斗乐不思蜀，咱可不学他！

大　梁　（赞叹地）老邹，你越来越有文化了。

老　邹　（有点不好意思）啥文化？不就读过几遍“三国”嘛。

大　梁　你也睡了吧老邹。

老　邹　让你这么一折腾，我也睡不着了。（叹息地）唉！人老了，越累就越睡不着。

大　梁　你不老，扛重活，耗子都扛不过你。

老　邹　（口气十分缓和）不怪他，他还小，骨头都还没长硬呢。别看我平时对他骂骂咧咧，我是想他早点长大懂事哩。

大　梁　你爱骂谁就骂谁，谁叫你是队长呢？

老　邹　（痛快地）明年我就让位，这队长你来当。

大　梁　别，老邹，这队长还是你来当！

老　邹　明年我就六十了，该退休了。

大　梁　（不以为然）退休？你以为你是国家干部呀？

老　邹　（被戗，有点恼羞）我……我这叫退下来休息，懂吗？你小子还想让我活到老干到老？八十岁了还领着你们到处去掏下水沟？

［两人一时无语，只见两点烟火在忽明忽暗。

老　邹　（推心置腹地）大梁，你怨我吗？

大　梁　怨你什么呢？

老　邹　我知道你并不情愿跟着我到处去抢险救灾，这活儿又苦又累又危险，又没有报酬。可我一看到受灾的同胞，想起我们当年的情景，就……

［老邹一阵哽咽，说不下去。

大　梁　（羞愧地）不要说了老邹！开始的时候，我是不想来。但现在我算是明白了，你是对的，我们必须来！

老　邹　听你这么说，我就放心了，大梁。（感慨地）川人从未负国，国人也不该负川哪！危难之时，才更能显出真情啊，要不怎么才算骨肉同胞呢？怎么都叫炎黄子孙呢？（伤心地）唉，只可惜了，这巴山蜀水，自古就是好地方，老天爷不长眼哪……

大　梁　老邹，当年唐山大地震，你们是怎样过来的？

老　邹　你不记得啦？

大　梁　我那时不是还小吗？

老　邹　不一样了，完全不一样了。（诉说）那时，我整整三天两夜没吃上一口饭，到了第三天，才分到半块压缩饼干。那个饿呀，一辈子都忘不了。如今好了，第二天飞机就从天上往地面扔快餐面、矿泉水，还有火腿肠。路抢通了，救灾物资更是一整车一整车地往灾区运。虽说不是敞开肚子吃，但总也不至于饿肚皮。

大　梁　（痛苦地回忆）在记忆中，陪伴我的，只有那无边的黑暗，睁开眼睛是黑暗，闭上眼睛还是黑暗。

老　邹　你小子命大，挖你出来的时候，已经是大震后的第四天。大家都以为你不行了，是解放军的军医，拿葡萄糖滴在你的嘴唇上，你小子眼皮都没抬，舔着嘴巴就喝了下去。

大　梁　我就在那地底下躺了四天呀？

老　邹　（伤感地）救你的那个解放军战士，已经在地底下躺了三十二年了！

大　梁　我不会忘记他的。

老　邹　你明白就好！把你从废墟里刨出来的时候，我发现你后脑勺有个包，估计是给什么砖头木头敲着了，才让你晕晕乎乎地躺了四天！

大　梁　幸亏给敲了这么一下子，要不我就没命了。

老　邹　也不能这么说，以前你是多聪明的孩子，后来就变得有点傻里傻气了。

大　梁（不服气，大声地）我怎么就傻里傻气啦？你以为你多聪明呀？！

老　邹（轻笑两声）嘿嘿！行行行，你聪明，你聪明，诸葛亮都没你聪明！

［田浩被吵醒。

田　浩　你俩又怎么啦？还让不让人睡哪？

［老邹把烟头扔地上，踩灭。

老　邹（催促）睡吧睡吧，都抓紧时间睡会儿吧，天亮了要去替班。（找个远一点的地方躺下）

［大梁还是没睡，又掏出手机来玩弄。

田　浩（取笑）算了吧大梁，你那山寨手机，块头大，声音杂，信号差。我劝你最好别打，别到时让嫂子接到电话，还以为你是从地底下打出来的。

大　梁　我没打——

田　浩　不打你弄它干吗？

大　梁　我在看我女儿、媳妇。

田　浩（凑过身子来，看到了大梁手机里的相片）嘿，这里边原来存着你女儿、媳妇的相片呀！

［两人专注地看手机里的相片，蓝蓝的弱光映照在两人的脸上。

大　梁　耗子，你说，我儿子长得像我还是像我媳妇？

田　浩　我还没见过哩。

大　梁（急了）这不是还没生出来吗，我叫你猜！

田　浩　没准会是个女儿。

大　梁（坚决地）是儿子！

田　浩　行行行，儿子儿子。（看了看手机里的相片，想了想）嗯——你女儿像你，你儿子嘛，我猜应该像嫂子。

大　梁（不容置疑地）要像我！

田　浩　像嫂子！

大　梁（不依不饶）像我！

田　浩　（懒得争）你啥都知道了，还问我干吗？你儿子将来准像你：一个屌样，掏一辈子的下水沟！

大　梁　（气了）嘿——掏下水沟怎么啦？凭自己的双手吃饭，踏实！看你瘦猴似的身子骨，要不是我在老邹面前推荐你，你小子连下水沟都没得掏！忘恩负义呀你？！

田　浩　我不已经买了烟酒谢你了嘛！

大　梁　再掏上那么几年，你这新楼房一建起来，媳妇一娶进来，儿子一生下来，日子不就越过越美了吗？

田　浩　（满怀憧憬地，摆弄方向盘的样子）那是！我还要买一辆小轿车，有空调、音响的那种，带着丽红，还有我们的孩子，（学汽车鸣笛）叭——叭——旅游去啰！（醒悟）哦对了，我还答应了丽红，回头给她带一台“唉姆屁3”手机哩。

大　梁　回头路过石家庄给她买呗。

田　浩　（神神秘秘地）大梁，你说这个谢老板说话算话不？

大　梁　怎么啦？

［田浩从兜里掏出个小本子，翻开。

田　浩　这几天来，我们这个组一共挖出13个人，（强调地）其中5个是活的。

大　梁　你都记上啦？

田　浩　都记上了，到时咱要跟他对数。

大　梁　要对你对去，别扯上我！

［田浩对大梁的态度大为不满。

田　浩　（威胁地）拿了钱你不要啊？

大　梁　（坚决地）不要！

田　浩　（愤愤不平地）你不要我还想要哪！你在上面开吊车倒无所谓，我他妈倒霉，整天像个耗子似的，钻进那倒塌的房屋里去找人。碰到个活的还好说，死了的又脏又臭，特恐怖，特恶心，工钱还少了一半……

大　梁　（制止）你小子有完没完？整天钱钱钱！让老邹听到了，又得揍你！

田　浩　（看了看已睡下的老邹，嘴硬）他敢？！

［老邹转了一个身，说了句谁也听不明白的梦话。

［田浩噤声。

［远处传来几声“喔喔喔——”的公鸡打鸣声。

田　浩　嘿，大梁你听，还有鸡叫呢！

大　梁　天都快亮了，抓紧时间躺会儿，整天没精打采的，小心叫砖头砸死你！

田　浩　（嘟囔）乌鸦嘴……

[两人分头找个地方躺下。鸡鸣声还隐约传来，只是越来越远了。

[景暗转。

[光起，一个凄冷的早晨。

[樊伟中临时安置点的家，一顶印有“救灾”字样的帐篷。

[严丽上，只见她抱着一个纸箱，箱子里有几盒方便面和几瓶矿泉水。

严　丽　（叫人）赵阿姨——赵阿姨——

[樊伟中不耐烦的声音从帐篷里传出：“叫——叫——叫什么叫？”

[樊伟中从帐篷里钻出来，只见他一手拿着把牙刷，一手拿着半瓶矿泉水，正在刷牙。

[见到了严丽，用一口矿泉水漱了漱口，把嘴角的牙膏沫擦掉。

樊伟中　（揶揄）哟嗬，原来是严大父母官哪？这个时候您不坚守工作岗位，驾临寒舍，小民担当不起呀！

严　丽　（并不接茬，从纸箱拿出方便面和水）这是你们家今天的口粮，省着点吃。

樊伟中　哦，原来是送温暖来了。其实不用劳您老人家亲自登门，您一个电话，我立马就会出现在您面前！

严　丽　（冷冷地）我警告你，以后不准用矿泉水刷牙！

樊伟中　我还想用矿泉水洗澡呢。全身臭烘烘的，多影响灾区人民的形象！多影响抗震救灾的伟大成果！（用嘴向严丽喷了两口气）呵——呵——不臭了吧？

[严丽厌恶地躲避。

严　丽　闭上你的臭嘴！

樊伟中　还臭？再刷！（做出又要刷牙的样子）

严　丽　我没时间跟你耍嘴皮子！你再做做你老母亲的工作，最好今天就转移出去。

樊伟中　她的脚给砸了，跑不动。

严　丽　现在这里缺医少药，只有到了外面的医院，她才能得到最好的治疗。（不容置疑地）明天我看能不能安排个车，一定要把她先送出去！

樊伟中 （话中带刺地）这是命令吗？

严　丽 （终于忍无可忍）我就命令你了，樊伟中！

樊伟中 凭什么？就凭你当了个狗屁副镇长？

严　丽 副镇长你可以当狗屁，但如今我是治平镇抗震救灾副总指挥，你知道吗？

樊伟中 （恍然大悟的样子）哦，原来高升了！应该算马屁！

严　丽 你——

［严丽被气得浑身发抖。

严　丽 樊伟中，我再次警告你，现在是非常时期，请你不要妨碍我的工作。

樊伟中 （反问）我妨碍你了吗？我怎么就妨碍你了严大父母官？我不敢妨碍你！（振振有词）我樊伟中虽处江湖之远，但依然明白庙堂之道。眼前就这么个千载难逢的机会，摆着一架直上青云的天梯，进一步你就海阔天空了！我樊伟中就是长个水缸那么大的胆子，也不敢妨碍您呀严大父母官！

严　丽 请你不要以小人之心，度君子之腹！

樊伟中 （冷笑）哈哈！终于说出了你的心里话！我樊伟中他妈是个小人，你严丽是个君子！

严　丽 （正式地）樊伟中，你还真他妈是个小人！

樊伟中 （讥讽）啧啧！才在官场混几年，就学会用脏话了？

严　丽 本来我想干净，但对着某些人，想干净都干净不了。

樊伟中 那你倒是给我说说，你眼前的这个小人，怎么个肮脏法？

严　丽 在灾区，每个人都忙着救灾。你倒好，第一时间忙着写博文，发博客，生怕别人不知道出了你这么个“樊跑跑”！

樊伟中 （不以为然地）如果我是“樊跑跑”的话，那你呢？

严　丽 我？

樊伟中 你是不是应该叫“严早跑”？

严　丽 我不明白你的意思。

樊伟中 你这是揣着明白装糊涂！我是地震时跑出教室，而你，却早在十年前就跑出了教室。

严　丽 （争辩）那根本就是两回事！

樊伟中 是两回事，但结果是一样！（感叹地）从此乡村少了一个美丽的女教师，而官场上却多了一个美女官员！我，背负的是骂名；而你，由此而收获的却是金钱、地位以及荣耀！

严　丽（有点急了）我跟你说过多少遍，当初的选择并不完全是我个人的意愿。

樊伟中　那是谁的意愿？你父母的意愿？（酸酸的）那个后来成了你男朋友，现在已经是副县长的人的意愿？牛都不喝水，你能把牛头摁低？反过来说了，牛要是想喝水，你能把牛头抬起来哪？有人拿把刀子在后面逼你了吗？

严　丽（骂道）无赖！

樊伟中　哦，是无赖在逼你。

严　丽（大声地）我说你樊伟中是个无赖！

樊伟中　对！我樊伟中就是个无赖！一个坚守当初诺言，至今还在乡村当一名穷教师的无赖！

严　丽（伤心地）伟中，我与你之间的故事，早在十年前已经结束，不提了好吗？

樊伟中　你以为我愿意？（叹息）当初的诺言，当初的理想，都在十年前的那场大梦醒来之时，敲碎了，结束了！

严　丽　如果那场是大梦，那么今天这场算什么梦？噩梦？还是残梦？敲碎的何止是诺言、理想？

樊伟中　就因为我跑了出来？

严　丽　就因为你先跑了出来！

樊伟中　其实你也应该知道，像我这样跑出来的，并不就只有我一个。

严　丽　但是为此还津津乐道的，不以为耻反以为荣的，就你樊伟中一个！

樊伟中　如果讲真话也是一种错误，那我承认我错了。

严　丽（语重心长地）讲真话不是错，但你的行为错了！伟中，你错了，你真的错了，不管你承认不承认！

樊伟中　如果我有行为上过错的话，那么我问你：治平小学教学楼粉碎性坍塌，造成三百多名师生遇难，遇难者遗体被一窝一窝地扒出来。（严正地质问）请问，这又是谁的过错？

严　丽（伤心地）地震来得太突然、太猛烈了！

樊伟中（紧追不放地）如果说这仅仅是因为地震来得太突然太猛烈，那么与治平小学仅一街之隔的治平镇政府，却没有在地震中粉碎性坍塌，这你又做何解释？

[严丽无法回答。

樊伟中 你也无法解释，至少在现阶段你无法解释！

严　丽 我无须向你解释！

樊伟中 你说得对，你无须向我解释。（自嘲地）在你们的眼里，我算什么？“屁民”！但我，我会向你做出一个客观真实的解释。（胸有成竹地）而且这个解释很快就会揭晓，不管你愿意还是不愿意！

严　丽 樊伟中，你没这个资格。

樊伟中 任何人都有这个资格！

[田浩带着朱琦上，樊母也从帐篷里面出来了。樊母的脚受了伤，厚厚地包扎着，拄着一条棍子，艰难地走过来。

田　浩 严镇长，朱记者找你哩。（转而对朱琦）我说严镇长会在这里，你还不信。

[田浩发现了樊伟中。

田　浩 你就是那个樊什么老师？

樊伟中 （警惕地）干吗你？

[与樊伟中并列，拉开架势，做出起跑的姿势。

田　浩 预备——跑——

[田浩跑出几步，樊伟中不为所动。

田　浩 跑呀——怎么不跑了？（不无讽刺地）不听说你跑得挺快的吗？北京奥运会马上要开幕了，那百米跨栏干脆选你去得了，没准那刘翔还撵不上你哩！

樊伟中 我警告你，少他妈的在这时指桑骂槐！

田　浩 （依然不依不饶地）不过你参加残奥会更合适。

朱　琦 （不解地）为什么？

田　浩 因为他脑残呀！

樊伟中 （举起拳头，警告地）再说！再说老子揍你！

田　浩 （有恃无恐地把脑袋伸了过去）你敢！（对严丽和朱琦说）严镇长、朱记者，你们可要给我作证哦，我田浩从河北唐山千里迢迢跑来四川救灾，被人揍了！伤了可得算公伤，死了可得算烈士！

樊伟中 （拳头停在空中，气得咬牙切齿）你——

田　浩　（装出挺羡慕的样子）哎——樊老师，其实我还挺羡慕你的。我从唐山跑了几千公里来到这里，没几个人知道。而你只不过才跑了几百米，（问樊）有几百米吧？却全世界扬大名了，那才叫一个值，值呀！听说都有生产跑鞋的厂家找你做形象代言了，那代言费有好几百万，真的吗？

［樊伟中被田浩气得七窍生烟。

樊伟中　（追打田浩）你他妈的活腻了？老子豁出去了，打死了你，再出一回名——

田　浩　（戏谑地）来呀，来呀！你追得到我我就不是田耗子！

［田浩跑下，樊伟中欲追。

樊　母　（用棍子捣得地板咚咚直响）你给我回来，妈有话问你——

［樊伟中只好停止追赶，悻悻地走到母亲面前。

樊伟中　妈，你有啥事嘛？

樊　母　报纸上说的都是真的？

樊伟中　什么事？

樊　母　什么事？你还跟我装糊涂？朱记者都告诉我了！

樊伟中　（眼睛盯着朱琦，狠狠地）算你狠！

朱　琦　你不要误会。是阿姨知道我们是记者，昨天来找到我们，问这事是不是真的。

樊伟中　（辩解）妈，我只不过是打个比喻。

樊　母　我只想问你，你丢下你的学生自个先跑，这是真的吗？

［樊伟中怯怯地点了点头。

［樊母大怒，举起手中的棍子向樊伟中便要打。众人拦开。

严　丽　（劝慰）赵阿姨，你别生气，伟中他只不过是一时糊涂。

樊　母　（抹泪）他糊涂，他真的糊涂，糊涂到家了！他爷爷当过老师，他爸妈当过老师，就他不配当老师！（痛心地）他把老樊家三代的脸面都丢尽了！

樊伟中　（申辩）妈，大家都是这样跑出来的。

樊　母　大家都是这样跑出来，但有谁像你这样到处说胡话吗？（想了想，语气沉重地）你给我找辆推车，把我推到山外面去！

樊伟中　（若有所思地）妈，现在还不能走！

樊　母　要走，马上走！

樊伟中 妈，我还有事情要办，过两天我再送你出去好吗？

樊　母 不好！

严　丽 赵阿姨，明天我安排车子，先把您送到成都的医院。

樊　母 我要他跟我一起走！

樊伟中 （坚决地）妈，我现在还不能走！

樊　母 （伤心地）这两天你都在干了些啥事，你以为妈就不知道？（哀求地）伟中，听妈的话，别傻了，啊？

樊伟中 妈，过几天等我的事办完，我就去陪您。诗诗和她妈妈也在成都，会过来看您的。

樊　母 （无助地）不一样！（伤心地）在课堂里你丢下学生，现在又丢下母亲。妈老了，不中用了，连亲生儿子都不要了！

[樊伟中突然扑在母亲面前。

樊伟中 （哭喊）妈，我不会丢下您的——不会的！

樊　母 （颤巍巍地边说边下）妈老了，不中用了，连亲生儿子都不要了！

严　丽 （追上樊母）赵阿姨——（扶着樊母下）

樊伟中 （向着母亲的背影）妈，我不会丢下您的——不会的——

[渐收光。

五、果然是你——我打

[光起。

[治平小学救援现场。

[景大致同第二场，天空中多了一个垂下的吊钩，不停地吊起水泥预制板等重物。

[谢城邦手持对讲机在指挥吊车的运作，老邹、田浩在做协助吊钩吊物的工作。

谢城邦 低点，再低点……好，左，左……再往左……好了好了……

[老邹和田浩抓到吊钩，钩起一块预制板。

老　邹 好了！

谢城邦 起吊！慢点……慢点……（突然怒吼一声）慢点！听到没有？！下面还埋

着人哪！

［伴着吊车的轰鸣声，吊钩慢慢地吊起了预制板。

［突然，大地又一阵战栗，空中被吊起的预制板也摇晃了起来。

老　邹　（骂）又是余震！该死的余震！（与田浩躲避到安全处）

谢城邦　（向上方叫）跳车！大梁——你给我跳车——

［大梁画外音：老板，没事！人在机器在！

谢城邦　（发怒地呵斥）机器算个屁！你给我下来——

［好在这只是一次小余震，被吊在空中的预制板轻摇了几下，又平静下来。

［牛德垦拿着食物和水暗上，看到了这一切。

［这次小余震没有造成什么影响，吊车又继续轰鸣，被吊在空中的预制板继续上升。

牛德垦　（拿起一瓶矿泉水递给谢城邦）谢老板，来——喝口水吧。没事，小余震！

谢城邦　（不领情）没空，不喝！

牛德垦　还生我的气哪？

谢城邦　不敢！我只生我自己的气。

牛德垦　这两天，我也看出来了，你谢老板还算是个好人。

谢城邦　奸商！

牛德垦　（真诚地）原谅我吧老伙计，我老牛也就这个鸟脾气。（拉起谢城邦）走走走，我们到那边去歇会儿。你这没日没夜地干，累死了就给灾区添麻烦了。（悄声地）我刚才在那个倒了的小卖部捡了两瓶啤酒，还有包花生。（贴着谢的耳根悄声地）别跟人说，让防疫的知道，就喝不成了。

［两人走到一边吃东西，其他人隐去。

［两人用牙齿把啤酒瓶盖咬开。

牛德垦　（举起啤酒，和谢城邦碰杯）伙计，我代表灾区人民感谢你！

谢城邦　请你原谅，牛校长，我没能让你的老伴和你的孙女活着出来。

牛德垦　（伤感地）都尽力了！但愿在通往天堂的路上，她们祖孙俩搭个手，做个伴。

谢城邦　牛校长，你是条硬汉！

牛德垦　我是硬汉？

谢城邦 是的。当我们挖出你的老伴和你的孙女时，你没有流下一滴眼泪。

牛德垦 我哭了，是你没看见。

谢城邦 你没哭。

牛德垦 哭了……

谢城邦 没哭。你只是干号！

牛德垦 你说得对，我的眼里已经没了泪水。在这场灾难中，悲伤曾经让我泪流满面，感动也曾经让我泪流满面。每一个日夜，每一分，每一秒，都有一种强大的力量，在催促着、激发着我，令我不敢懈怠。

谢城邦 对，强大的力量。

牛德垦 这种力量不仅来自政府，更重要的，是来自我们每一个公民，十三亿的公民。四川人民将永远铭记两个人。

谢城邦 （不解地）两个人？哪两个人？

牛德垦 一个是党和政府派来的解放军，另一个就是来自全国各地的志愿者。

谢城邦 说得好！这几天，一批批的灾民有序地往外送，而成千上万的志愿者一个劲地往灾区拥。

牛德垦 没有谁发出过“到灾区去”的号召，但全国各地的志愿者都来了。国难当头，道义担当，这才是同胞啊！

谢城邦 是呀。平日里，他们可能是个锱铢必较的小市民，或者是个短斤少两的小商贩，又或者是个曾经赚过昧心钱的大老板。但在此时此刻，他们要做的，就是作为中国人民的责任与担当！

牛德垦 正是这种责任与担当，在为这块破碎的土地抹平创伤！

谢城邦 是的，它让我们看到了在灾区燃起的希望，看到了这个民族崛起的希望！

牛德垦 从老邹他们身上，我看到这种希望；从你的身上，我同样看到这样希望。

谢城邦 （轻叹一声）唉，不一样，我跟他们不一样。

牛德垦 不一样？

谢城邦 （若有所指地）不一样！

牛德垦 （赞许地）是不一样！（激昂地）你带来了八十多台重型机械，你投入了三百多名员工，听说你的公司还通过红十字会为灾区捐献了上亿元善款。我敬仰你谢老板，你是他们的中坚！

谢城邦 并不是因为我出的钱比他们多，才跟他们不一样。

牛德垦 我明白你的意思，谢老板。

谢城邦　牛校长，你刚才说过，我谢城邦算个好人，对吗？

牛德垦　是个好人！刚开始还以为你是那种只会赚钱的私人老板，那种浑身上下散发着铜臭味的资本家，那种为了发财什么事都敢干的人。（真诚地）现在看来，我错了。

谢城邦　（坦率地）你猜得没错，牛校长，我还真的就是那种人。

牛德垦　（轻轻地摇了摇头，笑了笑）你不是。

谢城邦　（叹了口气）应该说，以前是。

牛德垦　（疑惑地）以前是？

谢城邦　确切地说，是以前曾经是。

牛德垦　（真诚地）谢老板，就算以前你也赚过什么昧心钱，那么我想以你今天的行动，已经足以偿还过去的欠账，已经洗刷了作为企业家那种所谓的与生俱来的“原罪”。（痛快地）来，干了这杯，忘记过去吧！从现在开始，就从这一分、这一秒开始，你就是一个有责任、有担当、有良心的民族企业家！来，干——

［两人又把瓶子碰了一碰。

谢城邦　我也希望如此！（似在自言自语）钱到底算什么东西呢？

牛德垦　钱只能算是钱。

谢城邦　你相信吗牛校长，我当初为五万元欠款，跟人打了一年的官司。我也曾为了避那么一丁点的税，换了三个会计师。钱到底算什么东西呢？

牛德垦　做生意、办企业，我都不懂，但我想，每个企业起步的时候，差不多都是这样子的吧。

谢城邦　（推心置腹地）是呀，那时为了钱，什么歪主意都想过，什么小手段都用过。但钱到底算什么东西呢？当你发现它躺在公司的账本上，变成了一堆数字的时候，你就会觉得当初的那点执着是多么的可笑。

牛德垦　将来你会为今天的执着感到可笑吗？

谢城邦　（轻轻地摇了摇头）不会，一定不会！

牛德垦　一定不会？为什么？

谢城邦　因为今天不是为了钱。

牛德垦　（举起酒瓶，痛快地）好，老伙计，为你今天的执着——干杯！

［两人碰酒瓶子。

谢城邦　（抿下一口酒）那天，当我赶到治平镇，第一眼看到依然矗立在废墟中的治平中学，我觉得自己还是一个人。

牛德垦 我也一样，只要我的学校没有倒下，我就感觉自己还是一个站立于天地间的人！

谢城邦 我开始原谅我自己。

[牛德垦顿感一愕。

牛德垦 你、你说什么？

谢城邦 （坦然地）当我看到依然矗立在废墟中的治平中学，我开始原谅我自己。

牛德垦 （不解，追问）开始原谅你自己？治平中学跟你有什么关系？

谢城邦 （坦然地）有关系！它是我独立承建的第一座大楼。

牛德垦 （简直不敢相信自己的耳朵）你说什么？你给我再说一遍！

谢城邦 治平中学是我独立承建的第一座大楼。

牛德垦 治平中学就是你建的？

谢城邦 是的！

牛德垦 （像头发怒的狮子扑向谢城邦）哗啊——

[牛德垦一把将谢城邦推翻在地，举起一个酒瓶就要向谢城邦砸过去。

[谢城邦爬起，抓住牛德垦的手，两人纠在了一起。

谢城邦 （用力将牛德垦推开）干吗你？！

牛德垦 （歇斯底里）我杀了你——

[两人又厮打在一起，在地上滚来滚去。牛德垦不时发出野兽般的怒吼。

[到底牛德垦年事较长，不敌谢城邦，被谢城邦摁在地下。

[谢城邦举起拳头想向牛德垦打下去，想了想，放弃了。

谢城邦 （站起，气恼地用脚将倒地的酒瓶扫开）这鸟酒，不喝了！（转头骂牛德垦）喝得好好的，又想到打人，你他妈有病！（拍拍身上的尘土，欲走）

[牛德垦从地上踉跄地爬起。

牛德垦 （喝止）你给我站住——

谢城邦 怎么？不服气？（撸了撸衣袖，做出准备继续“应战”的样子）

牛德垦 （喘定了一口气）我有话问你——

[谢城邦停住了脚步。

牛德垦 （严正地）我问你，治平中学教学楼真的就是你建的吗？

[谢城邦没有回答，等于默认。

牛德垦 （愤怒地）你留下的是块“豆腐渣”， 你知道吗？

谢城邦 （痛苦地）我知道！

牛德垦 它会随时吞噬师生的生命，你知道吗？

谢城邦 我比任何人都知道！

牛德垦 还责任？担当？狗屁！

谢城邦 （忏悔地）所以，我就来了！

牛德垦 你来了又能怎么样？就可以免除你的罪孽吗？

谢城邦 我知道不可以，但至少可以减轻我的罪过。

牛德垦 （愤怒地）不！就算挖你祖宗十八代的坟、杀你十八代的子孙，也不能减轻你的罪过！

［谢城邦被牛德垦彻底激怒了。

谢城邦 你可以骂我，可以打我，甚至可以杀了我！但不能挖我的祖坟，更不能杀我的子孙！（稳定了一下自己的情绪）这楼，不是还没有倒吗？

牛德垦 （质问）你倒是希望它倒呀？

谢城邦 （反问）你以为我就希望它倒吗？你以为我不想建一座质量好得让原子弹轰也轰不倒的教学楼吗？（激昂地）我想！当初想，现在还想，将来还想！（诉说）但我能吗？工程造价早就给你定死，合理利润本来就不多，但你还有烧不完的香，磕不尽的头，潜不完的规则，而这一切，你得全都打掉门牙连血吞，连半个诉说的地方都没有！

牛德垦 所以你就以牺牲工程的质量，来赚取你的第一桶金？以及那些乱七八糟的灰色花销？

谢城邦 （叹了一口气）你要这么理解，我也没办法。

牛德垦 （痛心地、苦口婆心地）你知道这样做会死人的吗，谢老板？

谢城邦 正常情况下是不会有问题的。

牛德垦 什么情况才算不正常？你说——你给我说——

谢城邦 （虽然有点心虚，但仍在力争）至少在这样的大震面前，它依然没有倒下！

牛德垦 知道它为什么还没倒吗？

［谢城邦不语。

牛德垦 我知道你心里现在是怎么想，你肯定认为，你建的这座楼质量还算可以，顶住了这次强震。（大声地）但我现在就明确告诉你！你建的就是他妈的“豆腐渣”，它没有倒下，并不是因为你偷工减料的技术有多高，更不是你的运气有多好！

[谢城邦用有点不以为然的眼光盯着牛德垦，神情就像是在抗议。

谢城邦 事实不就是最好的证明吗？

牛德垦 （狠狠地）你花十七万建成的教学楼，我他妈花了四十多万进行维修加固！

[谢城邦闻言一震。

谢城邦 你花了四十多万进行维修加固？

牛德垦 我不知道这楼是你建的，我也不知道这楼你是怎么建的。因为我从前任校长手中接过来的时候，它就已经是座危楼：墙上的裂缝能跑老鼠，地板下面填的都是水泥纸袋，承重的柱子细得像根麻秆！这楼我不敢用，但我还不能不用，因为它是个“合格工程”。这十多年来，我几乎没睡过一个安稳觉，生怕一觉醒来，楼塌了压着我的学生。（哭腔）他们都是花朵般鲜活的娃娃，是爸爸妈妈的心头肉，是爷爷奶奶的掌上珠，是这个国家的未来，是这个民族的希望！你明白吗？（委屈地）为了他们，我也要去潜规则，我也有烧不完的香，我也有磕不尽的头！我到处求爷爷告奶奶，我他妈一知识分子，整天像头狗似的到处去要钱，为的是什么？为的就是维修加固你留下的这块“豆腐渣”，为的就是让我们这个国家还有未来！你知道吗？！

谢城邦 （心灵受到极大震动，深深地忏悔）对不起，牛校长。

牛德垦 现在你才来说“对不起”，有用吗？！（感伤地）记不清多少回醉死在酒桌，记不清多少次被人抬到医院打点滴，也记不清被多少人骂成酒囊校长！我为的是什么？为的还不就是维修加固你留下的这块“豆腐渣”，为的就是让我们这个民族还有希望！你知道吗？！

谢城邦 原谅我吧牛校长。

牛德垦 原谅你？你叫我拿什么来原谅你？（用手指向一边）就凭你这八十多台机械？就凭你这三百多名员工？还有那一亿多元的捐款？我现在就告诉你——不够，远远不够！

谢城邦 我有罪——

牛德垦 （狠狠地）你不但有罪，还罪孽深重！假如你弄的这个“豆腐渣”成了两千两百多名学生和一百多名老师的坟场，（大声地）就算挖了你祖宗十八代的坟、杀你十八代的子孙，也不能洗刷你深重的罪孽！

谢城邦 （仰天长啸）老天爷哪——我有罪——有罪——谁来拯救我——谁来拯救

我呀——

牛德垦 没有人能拯救你！在这个纷扰的世界，能拯救你的，只能是你自己！

谢城邦 （恳切地）牛校长，你做我的监督人，从今天开始，我要把城邦集团公司所有的利润，用于社会慈善事业。

牛德垦 （拒绝）我无权监督你谢老板，我也不想监督你！但我奉劝你一句，不要去做那些什么乱七八糟的这家那家，好好做一个人吧，做一个有良心的人吧。

[远处又传来阵阵山石滚落的沉闷声，大地又微微晃动。

[余震又发生，传来憨儿的叫声："地震啰——地震啰——"

[牛德垦见怪不怪，站在那里，屹然不动。

谢城邦 （突然像着了魔似的跪倒在地）余震，余震！你震吧——震吧——你把我也震了吧——

[余震突然加剧，又传来一阵楼房倒塌的声音。

[白色的尘埃纷纷扬扬，洒落在站成雕塑的牛德垦身上，和跪在地上忏悔的谢城邦身上。

[机器的轰鸣声戛然而止，突然传来老邹撕心裂肺的嘶叫："大梁——大梁——"

[田浩连爬带滚地上。

田　浩 （哭喊）谢老板谢老板，大梁遇难了——

[众人悚然。

[幕后老邹绝望地嘶叫："大梁，你不能死，不能死呀！你媳妇还等着你回去哪——"

[切光。

六、倒了学校——为啥

[夜。学校操场。

[这里正在举行一个烛光追思会，装着蜡烛的玻璃杯围成一个心形，中间有"5·12"字样。

[烛光燃起，整个舞台一片橘黄色的光，映照着一张张哀伤的脸。

[高矮不一的中小学生捧着装有蜡烛的玻璃杯分别从舞台两边上。

[音乐响起《让世界充满爱》。

女学生 （独唱）轻轻地捧着你的脸，
为你把眼泪擦干。
这颗心永远属于你，
告诉我不再孤单。

男学生 （独唱）深深地凝望你的眼，
不需要更多的语言。
紧紧地握住你的手，
这温暖依然未改变。

男、女 （合唱）我们同欢乐，
我们同忍受，
我们怀着同样的期待。
我们共风雨，
我们共追求，
我们珍存着同一样的爱。

男学生 （独唱）无论你我可曾相识——

女学生 （独唱）无论在眼前在天边——

男、女 （合唱）真心地为你祝福，
祝愿你幸福平安。

[朱琦、严丽、牛德垦、老邹、谢城邦、田浩依次上，他们的手中，都拿着一个点着蜡烛的玻璃杯。

朱　琦 总有一种感动，让我们泪流满面——

严　丽 总有一种大爱，让我们彼此挂牵——

牛德垦 总有一种责任，让我们奋勇向前——

老　邹 总有一种呼唤，让我们道义担肩——

谢城邦 总有一种表达，让我们坦诚相见——

田　浩 总有一种亲历，让我们不忘当年——

众　人 （合）总有一种力量，让我们铭记今天——

[樊伟中上，他左肩挎着个挎包，手中也拿着一个点着蜡烛的玻璃杯。

樊伟中 总有一种追求，让我们不畏艰险——

[众人见到樊伟中并不理睬，脸上表达着轻蔑与不屑。

[众人将手中玻璃杯放到“5·12”字样的前边，樊伟中也跟着把玻璃杯放上去。

[学生与众人下，舞台上只剩下牛德垦、樊伟中、严丽、谢城邦、朱琦等人。

牛德垦 （对樊伟中）你终于肯来见我了？

樊伟中 （嗫嚅）本来我就没有躲着你！

牛德垦 请把你的蜡烛拿走，樊伟中！

樊伟中 为什么？

牛德垦 （轻蔑地）因为你不配！

樊伟中 牛老师……

牛德垦 （打断）请你不要再叫我老师！

樊伟中 为什么？

牛德垦 因为我没有你这样的学生。

樊伟中 但事实上，我就是您的学生。

牛德恳 （痛苦地）天哪！我怎么就教出你这样的学生？

樊伟中 （低声地）牛老师……

牛德恳 我再次提醒你，不要叫我老师！

樊伟中 （稍大声地）牛……校长，在那个时候，我有权做出我自己的选择。

牛德垦 （轻叹了）我——不想跟你讨论这个问题。

严　丽 樊伟中，你所谓的选择，就是一个人先跑？

樊伟中 那么我来问你，严副总指挥，假如你当时处在我的位置上，你会做出怎么样的选择？在那只有零点零一秒的时间里，你能保证你一定会选择当英雄吗？

严　丽 （感到无形的压力）我……我……

樊伟中 （提醒严丽）请你看着我的眼睛回答，我不希望听到你言不由衷的话。

[严丽躲避樊伟中的视线。樊伟中见好就收，没有再穷追下去。

樊伟中 （无奈地）我知道，现在全世界的人都在骂我。我只想告诉你们的是，在当时我只是一种本能的求生反应，如果说本能反应也有崇高与低下之分，那么，我承认，我的道德低下。

牛德垦 （骂）厚颜无耻！

樊伟中 牛校长，今天我既不是来向您解释什么，也不是来请求你们原谅我什么。

牛德垦 那你还来这里干什么？

樊伟中 我是想让你们看几样东西。

[朱琦凑上前看。

朱　琦（揶揄）樊老师，该不会是你新买的跑鞋吧？

[樊伟中并不理会，从挎包里掏出一些水泥块。

樊伟中 这都是这几天我从附近几个学校采集到的。（举起一块）这是治平小学的。（举起另一块）这是东村小学的。（又举起另一块）这是高田小学的。（又举起另一块）还有这块，是高坪小学的。

严　丽 你这是什么意思？樊伟中。

樊伟中 马上你就会明白了。在你面前，以及在这位朱大记者面前，我说过要找到证据，要给你们一个真相！

朱　琦 这就是你要找的证据？

樊伟中 是的！（说完，两手各拿起一个水泥块，高声地）这就是证据！说它是"豆腐渣"是抬举了它，因为它比鸡蛋壳还脆！（说完，将两个水泥块轻轻一碰，水泥块立即碎了）

[樊伟中拿起一块连着钢筋的水泥块，问众人。

樊伟中 这也叫钢筋吗？（问谢城邦）谢老板您是个工程师，您说这也叫钢筋吗？我怎么左看右看上看下看它都像是根铁丝呢？（对众人挖苦地）我准备拿它到北京去鉴定一下，看看这是从哪个国家进口的这么精致的钢筋。

[谢城邦无言以对。

樊伟中（义正词严地对众人）证据的背后，就是真相！这就是为什么在这次地震中那么多学校粉碎性坍塌的真相！这就是为什么最惨烈的灾难现场都在学校的真相！（大声地）什么楼都可以倒，唯独学校不能！但我们现在所看到的，受灾最严重的却是学校！谁能告诉我，这又是为什么——

牛德垦（呵斥）够了——樊伟中！你没资格说这样的话！

樊伟中 我有！

牛德垦 你试图用别人的过错来掩饰自己的过错，你试图转移人们的视线来为自己解脱，我告诉你，这是徒劳的。你过去是"樊跑跑"，现在是"樊跑跑"，将来永远都是"樊跑跑"！这是你给自己戴上的、永远的魔咒。

樊伟中 难道我就不能跑吗？

牛德垦 你可以跑，但作为老师，你不能在学生的前头跑！

樊伟中 这话怎么听起来那么耳熟？哦——（指朱琦）她这样骂过我，（指严丽）她也这样骂过我！你们所有的人，都这样骂我！

牛德垦 难道骂错了吗？

樊伟中 你们都没有错，所有的错都是我的错！（痛苦地）而我唯一的、最大的、不可饶恕的过错，就是我为什么没有在这场地震中死去！（歇斯底里）我樊伟中为什么没有被那些"豆腐渣"给砸死？！（悲哀地）死了我就成了英雄！英雄，我曾经做梦都想当的英雄！（痛苦地）但老师就注定要去白死吗？

严　丽 没有人会白死！那些为了学生而牺牲的老师是伟大的，他们将会永远活在人们的心中。

樊伟中 （冷笑）哼！又是假话、套话、空话！谭千秋老师不伟大吗？张米亚老师不伟大吗？还有成百上千个谭千秋、张米亚难道就不伟大吗？（大声地质问）为什么直到现在，还没有人来为他们"追认"一下呢？那不是白死又是什么？

［众人沉默，心灵被深深触动。

樊伟中 （沉重地）喂奶的都提了副政委，晕倒的也成了"英模"。但作为老师，跑出来的被人骂死，没跑出来的被白白砸死，这是为什么？（怒吼）谁能告诉我，这是为什么？难道仅仅因为我们是个无权无势的穷教师吗？

［众人无语。

樊伟中 这些天来，如果还有什么能够让我感动的话，就是那些来自全国各地的志愿者和全国人民发自内心的捐款、捐物，以及捐血！（真诚地对谢城邦）只有在谢老板这样的人面前，我才真正感到自己的渺小。

［谢城邦感到无地自容。

牛德垦 （话中有话地）你不必在他面前感到渺小。

樊伟中 为什么？

牛德垦 因为他跟你一样渺小。

樊伟中 不！谢城邦代表的并不只是他个人，而是一群人，一群数以亿计的人！

牛德垦 代表代表，他只能代表他自己！

樊伟中 不，他们是社会的良知，他们是中国社会进步的推动力量，他们才是真正的英雄！他们只会付出，而不会去寻求任何的奖赏或荣誉。就比如来自唐山的农民兄弟大梁，就算死在这里，也从不奢望别人追认个“英模”或者“烈士”！

牛德垦 这些话从你的嘴巴里说出来，你不觉得是那么可笑吗？

樊伟中 那些嘴巴里喊得有多崇高，背地里做得就有多卑鄙的人，比我更可笑！

[听到这番话，谢城邦更加无地自容，下。

[樊母暗上。

牛德垦 你给我闭嘴！今天是全国哀悼日，不是你发表高谈阔论的时候！

樊伟中 牛校长，说话的权利我总还有吧？

牛德垦 （针锋相对地）但没有你胡说八道的权利！

樊伟中 如果连说话的权利都没有了，那还不如当初叫楼给砸死！

牛德垦 这对于你来说，未尝不是一个好的结局！

樊伟中 我知道，我樊伟中之所以今天还能够站在这里与你对话，是因为这十多年来你锲而不舍地维修加固治平中学这块“豆腐渣”，才使我以及全校师生在这场灾难中幸免于难。

严　丽 难道不是吗？难道你樊伟中心底就没有一丝一毫的感恩之情？

樊伟中 这就是你严丽！这么些年在官场里陶冶出来的腐朽思维！（振振有词地）我需要向他感恩吗？他只不过是做了些分内的事情，就像农民种地、工人上班、军人守防一样。如果这也需要感恩的话，那我们岂不是要对所有的农民、工人、军人感恩？其实，最需要向他感恩的人，只有一个！

严　丽 谁？

樊伟中 就是建了这座“豆腐渣”的人！

[樊伟中的一番言语，犹如一把把刀子般的冷风，刺入牛德垦的心间。

樊　母 （用拐棍要打樊伟中）你这个忘恩负义的东西，没有牛老师能有你今天吗？

[严丽拉着樊母。

严　丽 赵阿姨，您别生气。

牛德垦 （拉着樊母的手，悲伤地）老嫂子，对不起，我没教好您的儿子！我辜负了樊大哥当年的托付，我没教好他的儿子！（转而对樊伟中）樊伟中，我知道你在北京念了几年大学，理论水平高，我说不过你。（无力地）你走吧，治平中学这座小庙，放不下你这尊大神，你另谋高就吧。只当你没有我这个老师，我也没有你这个学生，你我的师生关系，从今天开始，一刀……两断……

樊伟中 （不忍）不，牛老师……

牛德垦 （坚决地）你走吧——我没你这个学生！走——

［樊伟中待在那儿，没有动弹。

牛德垦 你不走是吧？那我走，我走——

［牛德垦转身颤巍巍地下，转眼间，似乎一下子苍老了许多。

严　丽 牛老师——（追下）

朱　琦 （狠狠地对樊）不可救药！（下）

樊　母 （痛心地）儿呀，你……你怎么变成这样的人了呢？

樊伟中 妈，你不懂，这山川河流都变了，人，能不变吗？

樊　母 （苦口婆心地）伟中，妈老了，你的那些事妈不懂。你可以丢下你的学生，你也可以丢下生你养你的母亲，但你不能丢下牛老师，你知道吗？

樊伟中 我没丢下他，是他说要开除我，你刚才都听到了的。

樊　母 你爸跟他是多年的老朋友，你知道吗？

樊伟中 （不以为然地）我知道！他跟我爸共事多年，我爸去世前还托他好好管教我。

樊　母 那年你游泳被淹，是他把你从河里捞起来的，你还记得吗？

樊伟中 （有点气短）记得。

樊　母 （突然发威）记得你还顶撞他？

［樊母举起手中的拐棍，瘸着步子要打樊伟中。

樊　母 你这个忘恩负义的东西，我打死你！

［樊伟中不躲不闪，樊母举起的棍子反而打不下去，停在了半空中。

樊　母 （一声叹息）唉——（重重地坐在了地上）你过来！

［樊伟中仍然有点怕，小心地靠近母亲。

樊伟中 你不打我？

樊　母 妈不打你！妈有话要问你。

樊伟中 妈，您有什么话就说吧。

樊　母 明天你就把我送到成都。

樊伟中 妈，我现在还不能走！

樊　母 为什么？

樊伟中 这几天，我把证据都收集了，我还要追查下去，揪出那些“豆腐渣”背后的黑手，把真相大白于天下。

樊　母　（无力地）真相对于你来说，真的就那么重要？

樊伟中　重要。

樊　母　刚才你在说，治平中学教学楼是“豆腐渣”？

樊伟中　不但治平中学教学楼是“豆腐渣”，治平、东村、高田、高坪几间小学的教学楼，统统都是“豆腐渣”，我一定要追查下去！

樊　母　你一定要追查下去？

樊伟中　是的，事到如今，我必须追查下去。

樊　母　伟中，有些事情，不知道比知道的好。

樊伟中　妈，你不懂！

樊　母　妈读的书没你多，你的那些事妈不懂。但我想问你的是，你这样做，有意义吗？

樊伟中　当然有意义。

樊　母　别人做当然有意义，但你樊伟中“樊跑跑”来做，人家会相信吗？

樊伟中　（一时感到理亏）我……

樊　母　（咬了咬牙，正色地）如果你觉得非得这样做才有意义，我……我可以告诉你一个真相。

［樊伟中感到意外、吃惊。

樊伟中　你告诉我一个真相？

樊　母　（咬咬牙）治平、东村、高田，还有高坪小学的教学楼，都……都是你爸当镇教办主任时修的。

［闻言，樊伟中几乎站立不稳。

樊伟中　你……你说什么？

樊　母　（字正腔圆地）我说治平、东村、高田、高坪几间小学的教学楼，都是你爸当镇教办主任时修的！

［樊伟中稳稳自己的情绪。

樊伟中　这……这……这都是这次地震受灾最严重的地方，我爸……

樊　母　你爸那时没少跟那几个包工头红脸，整天像只斗败的公鸡似的，回家不是喝闷酒，就是摔东西。

攀伟中　（轻轻舒了口气）我知道我爸不是那样的人。

樊　母　那又能怎样呢？他不过是个小小的主任，上面还有镇长、局长……最后，他不也……不也默不吱声了吗？

樊伟中 （不敢相信）不！不！你骗我，骗我！（摇着樊母的肩膀）妈，你告诉我，你是骗我、骗我的！对吧妈妈？我爸不是那样的人！

樊　母 我没有骗你。那年，你奶奶病重，而你又考上了北京的大学，为了你的路费、生活费，都把你爸给愁死了。正在这时候，一个承建治平中学教学楼的姓谢的包工头，送来了五千元红包。眼瞧着你马上就要开学，实在没办法，你爸就收了。这五千元，就成了你在北京念书的全部费用。直到临死前的那天晚上，你爸还要我帮他把钱赔上。都这么些年了，你叫我……叫我怎么赔……找谁赔去呢……（落泪）

樊伟中 （不能自已，在追光下漫无目的地奔跑）不——不——你是在骗我——在骗我——

［樊伟中一边跑，一边把那个装过水泥块的挎包抡圆了不停地甩。

樊伟中 不——你在骗我——骗我——

［天空中闪过闪电，随即雷鸣。

［风雨欲来，一阵风起，蜡烛被风吹灭了不少。余震又袭来，大地轻轻晃动。

［远处又传来憨儿“地震啰——地震啰”的呼叫声。

樊伟中 （更加惊慌失措，漫无目的地奔跑）地震了——地震了——地震了——

［又一阵大风吹来，蜡烛全熄。

樊伟中 地震了——地震了——快跑呀——

［雷鸣，闪电，风雨如磐。

［闪电中仍然可见樊伟中在风雨中疯狂地奔跑。

樊伟中 地震了——地震了——地震了——（声音渐渐弱去）

［一片黑暗。

［死寂。

七、阴霾散去——回家

［黑暗中，隐隐传来中学生读《孟子·得道者多助　失道者寡助》的声音：“城非不高也，池非不深也，兵革非不坚利也，米粟非不多也，委而去之，是地利不如人和也……”

[光渐起，观众终于看到，舞台深处有两个印有“救灾”字样的帐篷，旁边有一块木牌子，上面写着“治平镇帐篷学校”字样。琅琅书声是从帐篷学校传出的。

[读书声渐渐响亮：“故曰：域民不以封疆之界，固国不以山溪之险，威天下不以兵革之利。（读书声响遏行云）得道者多助，失道者寡助。寡助之至，亲戚畔之。多助之至，天下顺之。以天下之所顺，攻亲戚之所畔，故君子有不战，战必胜矣。”

[读书声渐弱去。

[老邹背着行李、扛着“唐山农民志愿队”队旗上。

老　邹　（哀叫）大梁——耗子——

[田浩背着行李上，怀里还抱着个骨灰盒。

田　浩　来了来了——

老　邹　大梁呢?

田　浩　（举了举怀里的骨灰盒，悲伤地）带着呢!

老　邹　（摇起手中的队旗）走，回家——

[严丽扶着牛德垦上。

牛德垦　（上前紧紧地握住老邹的手）老邹，这就走了吗?

老　邹　走了！这二十多天，能干的，我们都干了。终于又听到了孩子们的读书声，我的心就舒坦了!

牛德垦　谢谢你，老邹!

老　邹　（深情地）牛校长，重建才是任重道远哪！全靠你们了。

严　丽　放心吧老邹。三年以后，不，是两年以后，我请你们回来。到时候，你们将会看到一个新治平。

牛德垦　到时候你们一定得来!

老　邹　我一定会来!

田　浩　我也一定来。

老　邹　（悲伤地）大梁他也一定会来！（感慨地）前后三十年，两次大地震，我邹建国都看到了，不一样，真的不一样了！国家强大了，社会进步了，中国人的脊梁，是任何地震也震不垮的。

牛德垦　是啊，中华民族是一个善于学习的民族，我们在困难中学习，在学习中进步。我并不希望将来还会发生这样的灾难，但如果灾难再一次降临，我相信，我们会做得比现在更好！

严　丽　对，一定会做得更好！

老　邹　（挥手）走了——回家——

［说完，老邹把队旗从旗杆取下来，包裹田浩手中的骨灰盒。

［严丽走进帐篷学校的教室。

老　邹　（抚摸着骨灰盒，伤感地）大梁，昨天我打电话回家，你婶说你媳妇生了，是个大胖小子！好呀，你们梁家有后了，我们“唐山农民志愿队”也有后了！等他长大了，我就带着他梁震生到全国各地转悠，让咱“唐山农民志愿队”薪火相传哪！

［田浩掏出一个纸包。

田　浩　老邹，这是谢老板给咱发的工资。

老　邹　（怒）你他妈的还真敢收呀？！

田　浩　我这不交出来了吗？

［老邹把钱转交给牛德垦。

老　邹　牛校长，这钱就捐给你们学校吧。

牛德垦　（痛快地）好，这钱，我代表治平中学，收了！

［大家都被感动着。

［严丽拿着一面国旗从帐篷学校教室出来。

严　丽　老邹，你们的队旗，就让它永远留在灾区吧。

老　邹　（点点头）行，就让它留在灾区吧！

［牛德垦把包裹着大梁骨灰盒的队旗取下，郑重地从严丽手中接过国旗，小心地覆盖在大梁的骨灰盒上。

牛德垦　（深情地）大梁他为国捐躯，理应受此待遇。（感慨地）在灾区，每一个活下来的都是英雄，每一个遇难者都是烈士！安息吧，大梁——

严　丽　安息吧，所有遇难的同胞们——

众　人　（合）安息吧，大梁——安息吧，所有遇难的同胞们——

［严丽把队旗重新挂在旗杆上。

［一阵风起，“唐山农民志愿队”队旗猎猎作响。

老　邹　（叫魂般）走了啊大梁——走了——回家去了啊大梁！两年后咱再回来吧，再回来吧——

［田浩向空中抛撒纸钱。

[纸钱飘飘洒洒，老邹和田浩带着大梁的英灵走了。

[天地间仍在回响：“安息吧，大梁——安息吧，所有遇难的同胞们——”

[樊伟中跑上，他已经疯了。

樊伟中 地震了——地震了——快跑！快跑呀——（跑下）

牛德垦 （叹息）唉，伟中这人……大震都挺过来了，怎么说疯就疯了呢？严丽，你找人给他做做心理治疗吧。

[严丽无语，止不住低头抽泣。

牛德垦 这场大地震，震倒了房屋桥梁，震碎了山川河流，震动了世道人心。重建，任重而道远哪！

[光渐暗。

尾　声

[黑暗中，有一个声音，在领着孩子们读《多难兴邦》：

戊子五月，故国有殇。
天塌地震，日月无光。
锦绣山河，百孔千疮。
生灵涂炭，路有流亡。

[光渐起。景转至帐篷教室，教室的黑板上竖写着“多难兴邦”几个大字。朱琦穿着印有“志愿者”字样的红T恤，拿着书本，在一字一句地领着学生们读《多难兴邦》。

一方有难，八方相帮。
血浓于水，慷慨激昂。
遥想始祖，峻德芬芳。
肇始中华，垦土拓疆。
建立帝国，功业皇皇。
国祚延绵，威震八荒。
惟近百年，历尽沧桑。
内忧外患，国人奔忙。
上下求索，改革开放。
雄狮已醒，浩浩汤汤。

不畏艰险，无惧风浪。

生于忧患，多难兴邦。

皇天后土，大国泱泱。

崛起中华，屹立东方！

[天地间回响：

不畏艰险，无惧风浪。

生于忧患，多难兴邦。

皇天后土，大国泱泱。

崛起中华，屹立东方！

[光渐收。

[剧终。

（发表于2009年《中国剧本》杂志，有改动）

康有为与梁启超

（又名《康梁》）

主要人物

梁启超 广东新会人，字卓如。中国近现代启蒙思想家，维新变法主将。出场时十八岁。

康有为 广东南海人，人称“康南海” 。中国近现代政治家、思想家，维新变法领袖，梁启超业师。出场时三十三岁。

谭嗣同 梁启超生死挚友，字复生。“戊戌六君子”之一，出场时三十三岁。

刘　洞 康有为学生，字约明，梁启超师兄。出场时二十岁。

图　珍 旗人，曾任清廷副都统、北洋政府内务次长。出场时三十岁。

水　野 全名水野幸男，中国通，曾任日本驻华公使馆外交官。出场时四十五岁。

白　云 广州白云观道长，康有为早年的师兄。

阿　全 梁启超的终生随仆。出场时十三岁。

清兵、学子、荣禄、大臣、将军、太监、艺伎、抬棺人等若干人。

第一场　拜师

[男幕后音：“在中国漫长的历史长河里，有一对著名的师徒，对中国近现代历史产生了重大的影响，他们就是广东的康有为与梁启超，世人称之为‘康梁’。康梁的故事，似乎应该从他们的第一次见面说起。那是光绪十六年、公元1890年中秋的夜晚。现在看起来，一切都是那么遥远……”

[光渐起。广州城，万木草堂，古木参天，月影婆娑。

[天上月近中天，两张桌几上放有月饼、茶点，高脚香炉上的檀香已燃过半。

[几个学生正在准备拜月的物品。康有为上。

康有为　（吟读）万木森森散万花，垂珠连壁照红霞。好将遗宝同珍护，勿任摧残委瓦沙。（吟毕，问身边的学生）约明——约明来了吗？

学生甲　先生，我这就去找大师兄。（下）

［白云道长手持拂尘，飘然而至。

白　云　（吟哦）白云深处，江上浮渚。明月有轮，秋水无驻。

康有为　（迎上，施礼）哟！炳琰师兄，久违了……

白　云　别！方外之人，康南海你还是称我的法号。

康有为　白云道长！（戏谑）白云山上白云观，道长该在那儿待着，那儿离天宫更近！

白　云　今夜中秋，人间如此良辰美景，神仙也下凡！哈哈——

康有为　请入座。

［白云入座，学生甲带着刘洞、梁启超、阿全上。梁启超一袭白长衫，手中摇着一把纸扇，好不逍遥得意。

学生甲　先生，约明大师兄来了。

刘　洞　（施礼）老师！

康有为　约明，月已中天，你来晚了。

刘　洞　路上遇个朋友，谈了几句，老师见谅。

康有为　哦？什么朋友？

梁启超（略施礼）便是在下。

康有为（略点头）哦，都是年轻人。万木草堂向来以救国为心、救世为念，有心向学者，来者不拒。

白　云　年轻人，你投到康南海的门下，怕是找错地方了。

梁启超（不以为然）道长您错了，我梁某人并无投师之意。

康有为（略意外）那你所为何来？

梁启超　梁某方才在江边赏月，路遇刘洞刘约明兄，闻说康先生饱读诗书，意境高远，还办了个万木草堂广收门徒，所以就想与先生切磋切磋。

白　云　有人上门踢馆子来咯！

梁启超　不敢！

康有为（愠怒）有什么话，你尽管说来——

梁启超　阿全，把你手中的月饼拿来。

阿　全（递过一盒月饼）少爷——

梁启超　康先生可否以月饼为题，即兴赋诗一首，以助雅兴？

白　云　哦，是酥皮饼。

康有为　容易！（拿起一块月饼，吟诗）一块酥皮饼，莲蓉明月心。年年来拜月，无惧露寒侵！

梁启超（被康有为的才思震住）可我带来的，却是五仁月饼。（吟诗）一块酥皮饼，包藏五种心。年年来拜月，变作白头吟！

康有为　白头吟？（愠怒）你——到底是何人？

梁启超　在下新会梁启超。

白　云　莫不就是广东新科举人梁启超？

梁启超　正是梁某。

康有为（闻言一顿，转而略一施礼）哦，原来你就是梁卓如梁先生？

梁启超（有点得意）难道康先生对梁某也有所耳闻？

康有为（不卑不亢）当然有所耳闻。梁先生十二岁中秀才，去年十七岁参加广东乡试，中第八名举人，还迎娶了广东学政李端棻李大人的堂妹，名动省会，谁人不知新会梁启超呢？

梁启超　过奖了！听约明兄说，康先生刚从京师回来？

康有为 正是前日南返。

梁启超 （话带锋芒）那就巧了，梁某也是上个月刚从京师南返广州。如果早前认识康先生，同船南渡，正好一路讨教。（明知故问）康先生是应顺天府乡试的吧？

康有为 （被说到痛处，愠怒）我也知道，梁先生上京是应庚寅科会考。

梁启超 （得意）正是！康先生是去考举人，而梁某却是去考状元。（看似自嘲，实质讥讽）只可惜的是，我们都落榜了。

康有为 一点也不可惜！梁先生年方十八，再考他十科八科又如何？

梁启超 （回敬）康先生说的是，您今年不也考到三十三了吗？

白　云 （大笑）哈哈——康南海你看看，你落的是什么榜，人家落的又是什么榜？

梁启超 道长谬赞！（颇自负）读书人“修身齐家治国平天下”，梁某只是走到半道而已。

康有为 不！你离“治国平天下”只有一步之遥了。（讥讽）有个当学政的大舅哥做靠山，后年科场再开，梁先生定能一步登天，名列一甲！

梁启超 谢谢康先生夸奖。不敢说名列一甲，但考个进士、做个翰林，梁某以为，还是蛮有把握的。

康有为 梁先生以为，这就可以治国平天下了吗？

梁启超 （针锋相对）康先生以为，这还不能治国平天下吗？

康有为 哈哈！只怕梁先生高中状元之日，便是我中华亡国之时！

梁启超 （一愣）康先生何出此言？

康有为 自道光十八年林则徐林大人到广东查办鸦片以来，西夷、东夷屡犯我境，前有《江宁条约》，后有《天津条约》以及《北京条约》，外夷一路攻城略地，大清只管割地赔款。（趋急）想我泱泱中华，既无御敌之兵，又无救国之臣，连皇上家的园子，都叫英法联军一把火给烧了！（缓下来）遭此大辱，仍不思改进，开科取士，考的依旧是千百年前的八股制艺。（又趋急）所谓饱学之士，既不通算术、不懂工艺、不识电光、不谙西语，更不相信有寰球宇宙，茫茫然而读四书，混混沌而注六经。（缓了缓）因此我康有为大可预言，梁先生高中之日，只怕就是中华亡国之时！

梁启超 康先生危言耸听！

康有为 绝非危言耸听！

梁启超 前有曾国藩、左宗棠，今有李鸿章、张之洞等朝廷股肱之臣，不也在兴办洋务、实业救国了吗？

康有为 （冷笑）哈哈，好一个兴办洋务、实业救国！（沉重地）咸丰十一年，朝廷设立总理各国事务衙门，至今也快三十年了。民众所见，无非就是挖了几座矿山，开了几个工厂，建了半条铁路，朝野上下，就以为可以“师夷长技以制夷”。可就在前几年，法国几艘兵舰，袭我福建马尾，军舰、船厂、炮台全数被摧毁。我方好不容易在陆路取得镇南关大捷，然而一纸《中法新约》又是割地赔款。（痛心地）正所谓败也割地赔款，胜也赔款割地！（正色地）请问梁先生，如此实业，救得了国么？

梁启超 （震动，无以应答）这……

康有为 （沉重地）梁先生十数年训诂之学，能抵挡外夷之炮船么？

梁启超 这……

康有为 （质问）凡有识之士，看不到国家危难么？

梁启超 这……

康有为 凡热血男儿，不在寻找求存之道么？

梁启超 （肃然）敢问康先生，可有求存之道？

康有为 救我中华者，唯“变成法、通下情、慎左右”九个字！

梁启超 唯这九个字？

康有为 而这九个字中，又以“变成法”为最要！

梁启超 敢问康先生，何为“变成法”？

康有为 摒弃不合时宜之旧法，汲取泰西诸国之良法，革除弊政，改革官制，改良乃至于废除科举……

梁启超 （大惊）废除科举？这……这岂不断了天下读书人的生路？

康有为 但可让中华走上自强之路！

白　云 康南海，你就不怕得罪天下读书人？

康有为 宁可得罪天下读书人，不敢贻害子孙万代！

梁启超 康先生既然厌恶八股制艺，何苦又孜孜以求，数度参加科考？

康有为 （痛苦地）知我者谓我心忧，不知我者谓我何求？读书人，唯有出仕，才能救国，康某别无选择！（仰天长叹）只可惜了我那一篇篇改良社会的文章，都只怕进了主考官的废纸篓！

梁启超 哦，我明白了……

康有为 （固执地）你不明白！为变成法，我康某人还以布衣之身，冒杀头之险，上书皇帝，进言变法！

梁启超 （起敬）康先生还上书皇帝、进言变法？

康有为 （凄然一笑）上苍见怜，还给康某留着条小命。

白　云 （半似玩笑）康南海你尽给朝廷出乱子，迟早会要了你的脑袋！

康有为 它要，拿去便是。

梁启超 （肃整衣冠，上前欲拜）先生，请受学生一拜！

康有为 （拦住）今夜中秋，只拜月光，你拜我何来？

梁启超 先生方才一席话语，启超如听南海潮音，如闻狮子嗥吼，不啻当头棒喝，冷水浇背！才知道八股之外，有更深远学问；才知道四海之外，有更广阔世界！（高声）启超愿从南海先生门下，执弟子之礼……

康有为 （摇头）不！康某不能收你这个弟子。

白　云 （揶揄）那是，人家是一举人，你收得下吗？

康有为 （冷笑）哼！六经皆我注脚，群山皆我仆从，何况区区一举人？

白　云 那你为何不收？

康有为　万木草堂以救国为心、救世为念，一不收死读诗书之人，二不收醉心功名之徒，三不收无家国情怀之士。梁先生，请便——

白　云　（打量梁启超）梁先生，这康门，你还入吗？

梁启超　（略思索）入！梁某不再死读诗书，不再醉心功名，愿追随先生，为国奔走！

［梁启超拿起桌上的茶杯，满怀期待地敬向康有为。

康有为　追随康某，为国奔走？

梁启超　一心一意，九死不悔！

康有为　那好吧！但愿以后你我相守相望，一路同行。

白　云　哈哈——新科举人拜老秀才为师，千古奇闻！

康有为　（自负地）终有一日，老秀才也要登上天子堂。

梁启超　（下跪，施拜师大礼）南海师——

［渐收光。

第二场　上书

［男幕后音：“梁启超拜康有为为师，这对看似普通的师徒，从此就成了同一战壕的战友。五年后，公元1895年，康梁到北京参加乙未科会试。这次会试康有为考中了进士，而梁启超没有中式。在这期间，中日在黄海爆发海战，号称世界第七、亚洲第一的北洋水师，败给了日本海军，李鸿章代表清政府与日本签署和约。消息传回国内，掀起了一场轩然大波……”

［追光中，梁启超和谭嗣同拿着一管长卷急上。

梁启超　复生兄，你们湖南公车愿意联署上书吗？

谭嗣同　南海先生再次秉笔《上皇帝书》，我们湖南公车全部同意参加联署！

梁启超　好！我们走——

［两人下。图珍带着随从急上。

随　从　（悄声）图大人，人呢？

图　珍　各省公车都到都察院了，我们走——（两人急下）

［光全起。北京城，都察院门前，已聚集了一大班举子，康有为站在一个高台上。

康有为　（悲壮地）国家已破，洋务已死！

［康有为“哗——”地一下，把手中的长卷展开。

［与此同时，天幕一幅放大版的长卷放下，右首《上皇帝书》五个大字赫然入目。

康有为　（激情演讲）同胞们！去年甲午海战，我大清天朝上邦，败于日本这个东瀛小国，国人无不痛心。然而，在我康某人看来，中国的败象，早在三十年前已注定！三十年前日本明治新政，尽改西法，三十年来我国办洋务，只会花钱买机器。因此我康某人可以大胆地说：甲午战败，洋务已死！

［各地举子不断聚集，梁启超、谭嗣同上。图珍率兵暗上，冷眼旁观。

康有为　甲午战败，乃五千年未有之大辱！甲午战败，为华夏民族灭顶之大灾！（痛心地）甲午战败，割让辽东，尽失台澎，赔款两万万两银子。同胞们，你们说，这和约签还是不签？

众举子　不能签……绝对不能签……

康有为 （举起手中长卷）同胞们，五年前我康某人曾“上皇帝第一书”。今日，康某又冒杀头之险，具名上第二书！凡一万八千言，请皇帝拒和约、改制度、变成法！（悲壮地）此书若不达，康某若不死，再上第三书、第四书，乃至于第一千书、第一万书！

［梁启超和谭嗣同赶到，站到康有为身边。

梁启超 同胞们，康先生敢具名上书皇帝，我们为什么就不敢？

众举子 敢——

谭嗣同 康先生要是为此掉了脑袋，我湖南谭嗣同第一个作陪！

众举子 我们都愿意陪康先生掉脑袋！

谭嗣同 （把手中的长卷展开，高声地）乙未科会考湖南公车九十六人，同意具名联署康有为先生《上皇帝书》！

梁启超 （展开手中的长卷，高声地）乙未科会考广东公车二百八十九人，同意具名联署康有为先生《上皇帝书》！

甲举子 （展开手中的长卷，高声地）乙未科会考福建公车一百一十二人，同意具名联署康有为先生《上皇帝书》！

乙举子 （展开手中的长卷，高声地）乙未科会考台湾公车六十七人，同意具名联署康有为先生《上皇帝书》！

[十八行省的举子纷纷展开手中的签名长卷。康有为报以深深一躬礼。

梁启超 （报）乙未科全国十八行省公车，同意具名联署康有为先生《上皇帝书》！

康有为 （满怀深情）同胞们，康某深谢了！有不惜葬送前途者，不惧抛洒头颅者，请随康某前去递交《上皇帝书》——

众举子 （齐声）愿随康先生前去递交《上皇帝书》！开门……开门……

[众举子拍打都察院大门。半天，一个官员才从里面出来。

[众人立时肃静，与官员形成一个短暂的对峙。图珍带着兵丁上，站在两旁警戒。

官　员 （清了清嗓子，宣读手中的卷子）都察院训示：近日外传朝廷与日本签约，凡十八行省赴京应试举子思潮涌动，其情可堪。然天朝与日本之涉，乃国与国之交，非人情世故可解。全权大臣已受朝廷之命，于日前在和约之上签押用宝，已成定局，无可挽回。冀各省公车自回行馆，等候本科皇榜，继续为国效力……

[闻言，所有举子静默，一阵可怕的静默。

[官员感到一种无形的恐惧，慌忙闪身入内，并狠力把门重新扣上。

康有为 （声嘶力竭）已成定局——无可挽回——哈哈哈——

[康有为用尽全力，把手中的《上皇帝书》掷向天空。

众举子 （大哭）已成定局——无可挽回——

[众举子也把手中的签名长卷，纷纷掷向天空，哭倒。

[天幕升起“上皇帝书”和“国家已破，洋务已死”等字样的条幅。

[渐收光。

第三场　变法

[三年后，光绪二十四年，农历戊戌年，公元1898年。

[舞台一侧，太监在追光中宣旨。

太　监 奉天承运，皇帝诏曰：自甲午年中日黄海开战以来，已四年矣，国运不振，民心思变。天下士子，多主变法自强。广东士子康有为、梁启超屡

洋務已

洋務已
國家
上皇
國家已破

屡上书，进言变法，忠心可嘉，明日进殿，共商国是。钦此。（下）

[光全起。紫禁城勤政殿外间朝房，荣禄和大臣、将军等人在朝房当值。

大　臣（沉不住气）荣大人，今儿皇上召见康梁，这法怕是不变不成了！

荣　禄　你着什么急？

将　军　他康有为这一变法，说什么撤衙门、裁冗兵、建新军，那还要我们这些满族将军、八旗子弟干吗？

大　臣　这不是从我们这些老臣嘴里抠食吗？（赌气）我、我这就向皇上告老，回家种地去！

荣　禄　放心，不是还有太后老佛爷吗？

大　臣　可皇上都亲政了不是？

荣　禄　幼稚！

大　臣（小心地）荣大人您是说皇上幼……

荣　禄（大声地）说你呢！

[康有为、梁启超上。

荣　禄（蛮横地拦在康、梁面前）你们两个，就是康梁？

康有为（不亢不卑）正是。

荣　禄　三年前的上书，怎么就没要了你们的脑袋？

康有为　这不正是皇恩浩荡么？

荣　禄（讥讽）哼！南蛮之人，长成你们这个桀桀大才的样子，也算是个异类。

康有为　南蛮之人，早在秦汉已经教化。西北边民，至今仍在游牧。

荣　禄（恼怒）放肆！

将　军（大笑）哈哈！康有为，你别忘了，我祖宗十万铁骑，不也踏平中原了吗？

康有为（向将军施礼）康某恳请将军，可否再领十万铁骑，前去平倭荡寇？

将　军（恼羞）你以为我不敢？

康有为　我当然知道将军敢，但敢胜的不多，敢败的却不少！

将　军（气结，噌地拨出佩剑）康有为，我杀了你！

梁启超（勇敢地挡在康有为面前）不要伤了我的老师！

康有为（脸带微笑）卓如，别怕，他不敢！（自负地）杀了康某人，谁来为皇上施行新法？

将　军（气短）哼——（剑入鞘）

荣　禄　康有为，虽然圣上召见你，但我还是要告诉你：祖宗之法，不是你说要变就变！

康有为　荣大人口中的祖宗之法，能保圣皇之城，还是能守祖宗之地？

荣　禄　这……

康有为　（凛然）宋临川先生王安石有云："天变不足畏，祖宗不足法，人言不足恤。"

大　臣　（冷笑）哼！熙宁变法也无善终！

康有为　（绵里藏针）哦？原来，李大人是把当今圣上，比作前宋神宗皇帝？

大　臣　（知道犯了忌，气急）你——

荣　禄　康有为，今天让你变了祖宗之法，明天你就敢去改天换日！

康有为　荣大人，您错了！当今天下，康某是保孔教第一人、保大清第一人！

梁启超　（赞同）老师说得对，唯有变法，才可保孔教、保大清。

康有为　（赞赏）好，说得好！不愧是我康门弟子。祖宗之法，善则行之；不善，则变之。

荣　禄　你康有为不过是工部预衡司一个六品小主事，祖宗之法，你说要变就能变？

康有为　哈哈，当然不是。（抱拳向天而敬）当今圣上，乃旷代之明君！他说要变法，就一定能变！

荣　禄　如果还变不了呢？

康有为　（脸带微笑）那就斩他几个一品大员，杀他几个封疆大吏。荣大人，您看如何？

荣　禄　（狠狠地）那好！我荣禄倒要看看，到底是谁斩了谁！哼——（和将军拂袖而下）

［内殿声："宣康有为、梁启超进殿——"

大　臣　（阴阳怪气）康先生进去侍奉皇上吧，可别忘了，有机会也该好好侍奉老佛爷。（下）

康有为　多谢李大人提醒！

［康有为、梁启超入殿。收光。

［暗转。舞台中央，太监在追光中宣旨。

太　监　奉天承运，皇帝诏曰：自甲午战败以来，已三年矣，国运不振，民心思变。天下士子，多主变法自强。广东士子康有为、梁启超屡屡上书，进言变法，力主革旧维新，譬如废八股，裁冗兵，变成法，改制度，如此等等。然变法为前人未有之创举，千头万绪，全在人事。擢工部预衡司主事康有为总理衙门章京行走，授四品衔。授广东举人梁启超六品衔，署理译书局事务。擢谭嗣同、林旭、杨锐、刘光第为军机四卿，授四品衔。嗣后中外臣工，各宜勠力同心，以变制度、行新法为根本，以富国强兵为要务，不得因循守旧而置天朝于万劫不复之境地也。钦此。（下）

[光渐收，一阵诡谲的音乐从远处传来。

[北京城黑沉沉的城头，远处传来隐约的更声，时已三更。

[追光中，图珍带着一队清兵手持灯笼、刀枪追上。圆场。

图　珍　（大声叫嚷）太后有旨，捉拿康梁！

众清兵　（帮腔）捉拿康梁——

图　珍　肃清乱臣，缉捕康党！

众清兵　（帮腔）缉捕康党——

图　珍　走！（与众清兵下）

[光全起。京西南海会馆，室内有书，墙上有剑。梁启超正在拨弄一把古琴。弦丝之声，有如空谷跫音。

[谭嗣同捧一书稿上。

谭嗣同　（击节赞叹）好书、好书哪！

梁启超　（迎上）复生兄，又读到什么好书了？

谭嗣同　黄遵宪先生新著——《日本国志》。

梁启超　（接过书看了看）哦？（把书还给谭嗣同）去年我就推荐你读这书。你却说：谭嗣同不读倭国之书！

谭嗣同　惭愧！要不是日本公使馆的水野幸男先生再三推荐，也就错过了。

梁启超　以强敌为师资，不失为自强之本。（踌躇满志）泰西各国，历三百年才实现富国强兵，而日本维新不过三十余年，一蹴而成为世界强国。中国若能效仿日本维新变法，三年便可自立，三十年而强日本！

谭嗣同　对！朝廷《明定国是诏》已颁天下，变法已成离弦之箭。帝党携手康党，何惧后党？

[梁启超连忙做了个“嘘——”的动作，提醒谭嗣同隔墙有耳。

[两人走到窗边，看了看，没人，又掩嘴而笑。

梁启超　康党多年孜孜以求，终有成果！

谭嗣同　何止康党？就连李鸿章、张之洞、袁世凯这些洋务大员，都想加入我们的强学会。

梁启超　（笑了笑）李鸿章、张之洞老奸巨猾，都不要！唯独袁世凯袁侍郎手握重兵，支持变法，是可以倚重的力量。

谭嗣同　（凝重地）前天晚上，我奉圣上密诏，入法华寺见袁侍郎，与他约定：借圣上往天津小站检阅新军之际勤王护驾，然后回师京都，清君侧、复大权、肃宫廷、杀……

梁启超　（抓住谭嗣同的手，制止他说出"太后"两字）沙……沙……场点兵！

梁、谭　（合）哈哈——

谭嗣同　卓如你把我叫来，说南海先生有要事商谈，这么晚了，怎么还没见他？

梁启超　怕是外头的事还没做完，耐心等等就是。

［这时，门外传来拍门声。

梁启超　（有点警惕）谁？

［门外声音："先生，是我，阿全。"

梁启超　（释然）哦，是阿全。（开门）

［阿全进屋。

阿　全　（急，悄声地）先生，出大事了！

梁启超　（一愣）出什么事了？

［阿全示意有谭嗣同在旁。

梁启超　复生兄与我志同道合，如今又是军机四卿之首卿，有什么话，但说无妨。

阿　全　我刚刚接到消息，荣禄连夜带人，把圣上抓了起来，囚禁瀛台！

梁、谭　（同大惊）啊？！

谭嗣同　什么？这荣禄，连皇帝都敢抓？！

梁启超　消息可靠吗？

阿　全　绝对可靠！

［梁启超急，突然想到一个办法，上前抓住谭嗣同的手。

梁启超　复生兄，你我这就上法华寺，请袁侍郎马上起兵勤王！

谭嗣同　走——

［这时，刘洞撞门而入。

梁启超　（惊）师兄——

刘　洞　（喘定口气）康广仁先生已经被巡防营抓走，副都统图珍带着官兵全城搜捕维新人士。老师带着圣上的“衣带诏”，已经成功出走，特命诸同志各自逃生，以存实力！

［众人震惊。

梁启超　（关切地）南海师已经成功出走？

刘　洞　对呀！

梁启超　（稍安）这就好。（对谭嗣同）走！我们马上去找袁侍郎！

刘　洞　（没听明白）找袁四郎？哪个袁四郎？

谭嗣同　袁世凯。

刘　洞　（惨笑）找他？他还四处找你们呢！

［众人愕然。

刘　洞　（凄然）袁世凯已经投了后党，图珍就是他派来的。

［闻言，众人颓然。

梁启超　（突然想起）不好！那个图珍去年到过南海会馆，还说要加入我们的强学会。

刘　洞　此地不可久留，马上得走！

［众人急忙收拾东西要逃命。

［谭嗣同从墙上取下宝剑，“噌——”的一声，宝剑出鞘。

谭嗣同　袁世凯——我杀了你！

梁启超　复生兄，现在不是骂贼的时候，图珍马上就会搜到这，我们快走！

［稍作沉吟，谭嗣同宝剑入鞘，整了整衣冠，向梁启超、刘洞深深施礼。

谭嗣同　（深思熟虑）约明、卓如，嗣同不走了！

刘　洞　（不解）你不走了？

谭嗣同　不走了！这两年，嗣同随南海先生览读各国志书，才知道国家变法，无不从流血而成。而今日，中国之所以国运未昌，是因为还没有因变法而流血者。（坚决地）这滴血，请从我谭嗣同始！

梁启超　（被感染）说得好！我也不走了！

谭嗣同　（大声地）不！你是康梁！康梁就是变法，康梁就是新法，康梁不能死！

梁启超　为什么你谭复生可以慷慨赴死，而康梁就不能？

谭嗣同　（锥心的痛）康梁死了，新法也就死了！

梁启超　（喃喃自语）康梁死了，新法也就死了？

谭嗣同 （坚定地）康梁不能死，变法不能停！

[梁启超闭目向天，泪流满面。

谭嗣同 卓如，你马上去日本公使馆，找到我的朋友水野幸男，他会帮助你的。

梁启超 找日本人？

谭嗣同 眼下，只有日本人才可以救你！（慷慨决绝）康梁不能死，新法不能死！嗣同愿代你而死！代新法而死——

梁启超 （向谭嗣同跪下，大恸）复生兄，启超将为你而生！为新法而生！

谭嗣同 卓如，记住我的话，无论如何，变法不能停！

梁启超 （一字一句）变法不能停？记住了！启超记——住——了——

[刘洞、阿全也被感染，跪拜如仪。

谭嗣同 （拭去脸上的泪水，坚决地）你们走！不有行者，无以图将来；不有死者，无以醒后世！为了新法，去，也昆仑；留，也昆仑！

[屋外传来图珍的吆喝："都给我查个仔细，别让乱党跑咯！"

谭嗣同 快走！

梁启超 （一字一句）去，也昆仑；留，也昆仑？！复生兄——

谭嗣同 走——

[梁启超、刘洞和阿全一步三回头，从后门下。

[一片寒寂的月光，罩住了谭嗣同孤单的身影。

谭嗣同 （向天）去，也昆仑；留，也昆仑！

[黑暗中，图珍带着清兵撞门而入，刀枪齐齐指向谭嗣同。

[谭嗣同横剑向敌，然而，剑未出鞘。

谭嗣同 （仰天长笑）哈哈哈——去留肝胆两昆仑！

[切光。

第四场　和袁

[男幕后音："戊戌变法历时仅百日，谭嗣同等'六君子'喋血菜市。在日本人的帮助下，康梁先后逋命东瀛。这一去，整整十四年。时光到了公元1912年初，这已经是民国元年……"

[光起。东京艺伎馆，室中放了两张榻榻米、日式茶具。水野幸男身穿和

服，正在摆弄一局围棋。

[幕后传来靡靡的东瀛音乐，三个艺伎正在跳舞。

[图珍戴着礼帽、夹着皮包碎步急上。水野略一挥手，艺伎全下。

图　珍　（点头哈腰）水野先生，幸会幸会！

水　野　（头也不抬）你来了，图先生？

图　珍　来了……

水　野　我们来一局？

图　珍　图珍不通棋艺，恕难奉陪。（左右张望）

水　野　（继续点棋子）放心，你要见的人，会来的。

图　珍　图珍此次秘访日本，成功与否，全赖水野先生。（掏出支票，放桌子上双手推给水野）敝国的一点心意，请笑纳。

水　野　（看也不看，把支票推回）我们所要的，是国家利益，你的——明白？

图　珍　（连连点头）明白明白。（收起支票）

水　野　康梁如果能回到中国，加盟北洋政府，我想，这符合日本国的利益。

图　珍　是的是的。但图某担心，康梁回国后，与南方的孙文结成同盟。

水　野　（软中带硬）那是你们的内政。谁能保证日本国在满洲的利益，我们就跟谁合作。

图　珍　那是那是。

门　房　（报）水野先生，梁先生来了。

水　野　请他进来吧。

门　房　梁先生，请——（下）

[梁启超、阿全上。

梁启超　（热烈地）水野先生——

水　野　（满脸堆笑）噢，梁先生！我知道，你一定会来的。

梁启超　水野先生都叫人送来了帖子，梁某能不来吗？

水　野　这两年来你我虽不常见面，却时常能在报章拜读你的高论。

梁启超　书生意气，空谈而已！倒是水野先生每月叫人送来的油米茶盐，实在是解了梁某的无米之忧。

水　野　哈哈！不值一谈！来来来，给你介绍一位朋友，一位来自你父母之邦的朋友，你们也许见过面。

图　珍　（作礼）梁先生！

梁启超 （觉得眼熟）请问，阁下是……

图　珍 （并不隐瞒）在下是国民政府内务次长图珍。

梁启超 图珍？

图　珍 图某当年在南海会馆向康先生、梁先生讨教过。

［阿全一听，火冒三丈，冲上前一把揪住图珍。

阿　全 好呀，你就是图珍？！（举拳欲打）

图　珍 （挣扎）小哥，能不能让我把话说完再打？

阿　全 等你把话说完，我就不打你了。

图　珍 这就对了嘛。

阿　全 （吼）我杀了你！

［眼看着阿全就要打人，水野上前制止。

水　野 哦，梁先生，给老朋友一个面子，叫您的人放了他。

梁启超 阿全，放了他。

阿　全 哼！（一把推开图珍）

图　珍 （整了整衣衫，向梁致歉）梁先生，当年官差不由己，还望见谅。

梁启超 你千里迢迢来到日本，就为说这句话？

图　珍 是这样的，梁先生，眼下南北政府已实行和解，袁世凯袁大总统想请流亡海外的维新同人回国，共商国是。

梁启超 （愤怒）哼！当年唯恐不能把维新派赶尽杀绝的袁世凯，要请我们回国？

图　珍 梁先生，我想您误解袁大总统了。（正色地）当年，支持变法的，除了那几个少得可怜的"帝党"，以及你们几个书生意气的"康党"，文武百官、封疆大吏，有几个是你们的人？没钱没粮没兵，您以为写几篇文章、颁几道诏书就可以改变几百年乃至于上千年的成法吗？不能！（沉重地）袁世凯如果当年也追随光绪爷一条道走到黑，结局只会比"六君子"更惨！

梁启超 （怦然）比"六君子"更惨？

水　野 图先生所说，不无道理。

图　珍 （语重心长的样子）虽然我也是满人，可我知道，爱新觉罗家的天下已经烂到了底子，一个腐朽的王朝走向崩溃，是没有人可以阻挡的！

水　野 （见机打圆场）政治上各为其主，分分合合的事常有，如今相见泯恩仇吧！

图　珍　对对对，相见泯恩仇！

水　野　请喝茶。

［众人落座，品茶。

图　珍　（推心置腹的样子）梁先生，图某有一句话，不知当说不当说？

梁启超　说来。

图　珍　当下之北洋政府，里头都是些行伍之人，改良派若能参与其中，与之互为依托，中国前途，定能曙光重现。

梁启超　（被触动）互为依托？

图　珍　（意味深长地）对，互为依托！

［梁启超陷入沉思。

图　珍　大总统还允诺，只要梁先生回国，一定助先生入阁。

梁启超　我梁启超不求个人显达，但求能在国内聚合维新力量，组成进步政党，以开中国民主之风气！

图　珍　（笑）哈哈！大总统正有此意，就等梁先生回国筹建新党，与孙文的革命党相抗衡。

梁启超　组党结社，决非朝夕之功。

图　珍　经费这一层，您大可放心，财政部早已拨备二十万元，只等梁先生回国取用。

梁启超　你不会是信口开河吧？

图　珍　此乃袁大总统亲口对我所说。二十万元，现大洋。

水　野　可见袁大总统一片诚意。

图　珍　大总统还托我传话，康先生如果也能回国，政府定有妥善安排。

梁启超　此事重大，梁某自当与南海师商量。

图　珍　这，就拜托梁先生了。

[梁启超端起茶杯，低头品茗。

[水野和图珍四眼对望，会心一微笑。光渐收。

第五场　劝归

[光起。上场次日，康有为在日本的寓所。

[寓所中摆了个祭坛，坛上不知供奉着什么。

康有为　（忧愤地）中华，生我养我的中华，我为之魂牵的故国，我为之梦绕的家邦。十四年了，我离开你已经整整十四年了。每一个日夜，我都在遥望着故土，遥望边塞的冰雪，遥望南国的花香，遥望中原的厚土，遥望辽阔的海疆……就这么遥望着它，一点点地……一点点地……陆沉……

[说到伤心处，康有为悲恸垂泪，不能自已。

康有为　二十多年前，我康有为就想到会有这么一天，但没有想到这一天竟然来得如此匆忙，如此彻底！今日国人皆骂康某保皇，一如当年朝野皆骂康某维新。知我者寥若晨星，不知我者何止万千？（动情地）没错，我康有为是在保皇，但我一不保叶赫那拉氏，二不保千年不变的宗法！（向天而敬，激昂地）我康某人保的是德宗皇帝，是主张变法图强的光绪爷！（悲伤）我康某人保的是国家社稷，是苍生黎民啊……（惨笑）可今日，皇帝没了，大清也没了。国已经不再是那个国，家还是那个家么？（哀号）大清哪，先皇哪……臣等无能，回天乏力啊……（向祭坛跪倒）

[刘洞带着梁启超上。

刘　洞　老师，卓如来了。

梁启超　（见康有为跪倒，急扶起）老师——

康有为　（无力地）卓如呀，你可知，大清已亡了吗？

梁启超　启超知道了。

康有为　你给我跪下。

梁启超　南海师，您这是……

康有为　（不容置疑）跪下！

[梁启超只好向着祭坛跪下。

康有为　（指着祭坛）这上面供奉的，是德宗先皇帝赐予我的“衣带诏”。国破家亡，臣子无以为念，唯有三跪九叩，以表忠义！

梁启超　（猛地站起，拍了拍前襟，坚决地）南海师，这头我不能叩！

康有为　（意外，转而呵斥）跪下！

梁启超　我不能跪！

康有为　（气结）你——

梁启超　大清灭亡、清帝退位，皆是咎由自取，不足为惜！

康有为　放肆！当年你也曾食君禄、受君恩。

梁启超　当年参加科考，接受六品官衔，是追随老师出仕救国之理想。自从戊戌年以来，启超孤悬于海外，游历于欧美，对国家前途命运，重新做种种思索。

康有为　你又如何思索？

梁启超　启超以为，当下中国前途，不外乎两种选择：一是施行有君主之立宪制度，譬如日本和英国；二是施行无君主之共和制度，譬如大革命后的法兰西。

康有为　以中国五千年之积淀，唯有施行有君主之立宪。

梁启超　是的，半年以前，启超也还坚定地这么认为。然而武昌城头一声枪响，现在还谈有君主之立宪，有意义么？现在还叫爱新觉罗氏坐这个天下，有可能么？

康有为　酿成今日局面，罪不在德宗皇帝。

梁启超　启超从不否认德宗圣明。然而德宗只能是德宗，事实证明他根本无力抗衡整个清室。

康有为 （叹息）这点，你倒是说对了。

梁启超 （激愤地）就是这个清室，屡屡错过改良与维新的历史机遇。洋务运动，只学物器；戊戌新政，只存百日。前两年说要“预备立宪”，最终又演变成了皇族内阁，贻笑于天下！（沉痛地）只学物器，不改制度，列强环伺之下，最终只会死路一条！

康有为 君主立宪，何尝不也是种制度改革？当然了，为师所主张的，是虚君共和。

梁启超 （慷慨地）南海师，天下乃天下人之天下，并非一家一姓之天下！既然是虚君，留来何用？

［望着慷慨激昂的梁启超，康有为感到无比陌生。

康有为 （叹息）人说“善变之梁启超”。看来，所言不虚呀！

梁启超 天下格局天天在变，人心焉能不变？但启超永恒不变的，是一颗忧患家国的心。

康有为 （有点愤怒）难道，就你梁卓如一个人在忧患家国？

梁启超 学生当然知道老师也在忧患家国。可如今大清已亡，无皇可保了。（沉重地）国家除了继续往前走，别无选择。

康有为 无皇可保？别无选择？（拭泪）

梁启超 今天学生过来，是想与老师商讨回国参加北洋政府的事。

康有为 （愕然）回国？参加北洋政府？

梁启超 （坦然）袁世凯派人来到日本，说是要请康梁回国。

刘　洞 （惊诧）卓如你都答应了？

梁启超 （委婉地）还要听从老师的意见。

康有为 （愤怒地）你分明已经答应了袁世凯！

梁启超 （争辩）中国除了“保皇”，难道就没有第二、第三条路可走了吗？既然已经山河易帜、南北议和，为何我们就不能摒弃前嫌，与北洋袁氏携手，共造一个全新中华？

康有为 共造全新中华？我看你梁卓如，有的只是趋附之心！

梁启超 （极痛苦）不不不！启超绝非趋附之徒！

康有为 如果连当年的康梁都回去，当了他袁世凯的官，这不就是他袁某人“四海归心”“得道多助”了吗？你以为我们回去了，天下就太平了吗？

梁启超 前路纵然有冰山火海，以民族大义计，以安邦兴国计，康梁此时此刻不能不回！

康有为 必须回？

梁启超 必须回！（单膝下跪，动情地）南海师，启超不跪大清，不跪先皇，但今天就给您跪下了，我们就回去吧！（泣告）这整整十四年的流亡生活，惶惶如丧家之犬，不可终日……

康有为 （扶起梁启超）丧家之犬，不可终日？当年的康梁，怎么就成了丧家之犬，惶惶不可终日呀？（号啕大哭）

［两人抱头痛哭。

梁启超 老师，我们回国吧，回国就有家了……

康有为 有家了？

梁启超 有家了！

康有为 （痛苦地摇头）没有了！当年戊戌之变，慈禧叫人烧了广州的万木草堂，抄了为师在南海苏村的老宅，还刨了康氏的家山祖坟……我康某不过是为国家变法图强，怎么就成了叛臣逆子、天涯逋客了呢？

梁启超 如今，他们已经走进了自掘的坟墓里。

康有为 该走进坟墓的，是那些冥顽之人，而非大清！

梁启超 （不想在这个问题再辩）也许是吧。学生前几天收到一位广州旧友寄来的信，说当年老师在草堂院子里种的那棵木棉树，又开花了。

康有为 又开花了？（动情地问）没给烧了？

梁启超 没烧着，年年都开花！

康有为 （开心起来）东瀛苦寒，珠江水暖，它能不开花吗？火红火红的、大如鹅卵的花骨朵，一砸下来，能把地面砸出个坑，这就是咱南国的木棉花！（又伤感）十多年了，只有在梦里，才见到南国的木棉花……

梁启超 回去吧！我们出来已经整整十四年，老师都满头斑白了。（从康有为肩膀处捡起一根白发）

刘　洞 老师，卓如说得对，我们还是回去吧。

康有为 （拿过白发，不胜伤感）整整十四年了，回吧！回去看看我的老宅子，回去重新垒起康氏的家山祖坟，我康有为愧对先人哪！（颤巍巍地走向祭坛，点燃三支檀香，大声地）我更愧对大清、愧对先皇哪！臣等无能，回天乏力啊——

［光渐收。

第六场　反袁

［男幕后音："宣统皇帝宣布退位，昭示着一个朝代的终结，哦不，是一种制度的终结。回到国内后，梁启超加入了北洋政府，而康有为依然是闲云野鹤，不问世事。然而，树欲静而风不止，世事总在康梁这对师徒身上缠来绕去……"

［光起。北京寓所，康有为正在临笺疾书。

康有为　（驻笔吟哦）共和制度，三年以来，乱象丛生……

［另一光区，梁启超也在临笺疾书，与康有为看似在各写各文，实则在文笔交锋。

梁启超　（驻笔吟哦）共和制度，三年以来，国势未定……

康有为　（驻笔吟哦）国人所见，触目伤心：无伦理、坏纲常、去教化。国之经纬，唯有重回尊孔……

梁启超　（驻笔吟哦）吾爱孔子，吾尤爱真理；吾爱先辈，吾尤爱少年；吾爱历史，吾尤爱未来……

康有为　（驻笔吟哦）孔教之不保，何来我中华五千年之人文？大清之不保，谈何保国？是之为保种必先保教，保国必先保大清……

梁启超　（驻笔吟哦）吾以为：教已不必保，也不可保，大清不必保，也不能保。从今往后，四万万同胞，唯有努力保国，保中华之国而已……

康有为　（驻笔吟哦）袁世凯者，窃国之大盗也……

梁启超　（驻笔吟哦）袁世凯者，窃国之大盗也……

康有为　（驻笔吟哦）已登大总统宝座，犹不满足，阴谋复辟……

梁启超　（驻笔吟哦）已登大总统宝座，犹不满足，阴谋复辟……

康有为　（驻笔吟哦）天下大统，为大清国肇始，岂容袁氏复辟？可复辟者，唯有逊帝宣统皇帝也……

梁启超　（驻笔吟哦）天下大统，已行共和制度，岂容袁氏复辟？敢复辟者，国人皆可诛之，启超定当奋起诛之……

康有为　（驻笔吟哦）康某人反对袁氏复辟！（愤然掷笔）

梁启超　（驻笔吟哦）梁启超反对任何人复辟！（愤然掷笔）

［梁启超的光区收光。幕后传来白云道长的行板歌吟："海滨邹鲁兮

有乔松，木秀于林兮迎罡风。南人离井兮寄北地，山高水长兮又相逢……”听着这似曾相识的吟哦，康有为不觉循声望去。

[白云道长不期而至，只见他装扮如旧，只是须发花白，更显仙风道骨。

康有为 （惊喜，迎上）哦，白云道长，炳琰师兄！你怎么来了？（垂泪）快二十年了……

白　云 （感慨）快二十年了……正所谓白云苍狗无定态，沧海桑田已人间！哈哈——

康有为 师兄你该写个信，好叫我派人去接你。

白　云 （一本正经的样子）前些年，我写信到东瀛给你，要你给我寄张船票。然后就等呀等，等了整整十五个年头。

康有为 （信以为真）真的？

白　云 真作假时假亦真。我没有等来船票，这就是真。

康有为 惭愧。

白　云 得知你从东瀛回来，我就从岭南上来找你。然后就走呀走，走了整整四个年头。

康有为 （不以为然了）真的？

白　云 假作真时真亦假。我今儿到了你面前，却是不假。哈哈——

康有为 师兄依然是快意之人，廿载风尘，没在你心中结成块垒。

白　云 而你心中的块垒，却是无以化解。

康有为 （叹息）无以化解了！

白　云 在为弟子梁卓如闹心？

康有为 师兄一语中的！

白　云 天道轮回，冤冤相报。你今日之情形，何尝不是当年在礼山草堂与九江先生朱次琦的旧事重演？

康有为 当年与恩师九江先生是学术之争，而如今与梁卓如，却是政见之争。

白　云 有区别吗？

康有为 学术之争，争的不过是个人意气。政见之争，争的却是国家前途。

白　云 （大笑）哈哈哈——康南海呀康南海，国家前途什么时候在过你们这些书生手里？你跟梁卓如在报章上争来争去，何尝不也是意气之争？算了吧，师徒一场，何必跟自己的学生过不去？

康有为 （沉重地）知我者谓我心忧，不知我者谓我何求？师兄已经是方外之人，

世俗之事……

白　云　不懂!

刘　洞　(拿着报章急上)老师,今天的报章……

康有为　约明你看,谁来了?

刘　洞　(作礼)白云道长!(对康有为)老师,报章……

白　云　走了走了!方外之人,不懂世俗之事!走了——

康有为　(挽留)师兄,二十年没见了,我有好多话要跟你说哪!

白　云　走了走了——(飘然而下)

康有为　(没留住白云,迁怒于刘洞)有什么话,你不能等会儿再说?

刘　洞　(指着报章)老师,卓如不该背叛您。

康有为　背叛?

刘　洞　他回国是有所图谋的。(递过报纸)老师您看,头条稿。

康有为　(余怒未消)你读来给我听!

刘　洞　(念报)"财政部资金短绌,梁启超追讨二十万欠款。"

康有为　二十万欠款?这怎么回事?

刘　洞　当初,袁政府许下了二十万元的重金,他梁卓如才答应回国。不想袁世凯现在想赖账,梁卓如不干,这事就闹得满城风雨。

康有为 （怒）找他去！

［两人急下。收光。

［暗转。夜，隐约传来“风高物燥，小心火烛。关好门窗，防火防盗”的打更声。

［梁启超正在寓所誊抄稿件。图珍上。

图　珍 （边上边叫）梁总长，梁总长——

梁启超 （迎上）图先生，连夜来访，有何见教？

图　珍 偶尔路过，进来拜会总长大人。

梁启超 此乃私宅，图先生不必拘礼。

图　珍 （谄媚）诶，同朝为官，这尊卑上下的，还是要讲究的嘛。

梁启超 请坐！（叫）上茶——

［婢女送茶上。复下。

梁启超 图先生，你来得正好，梁某有件事，正想找你商议。

图　珍 还请总长明示。

梁启超 前几年在日本的时候，你跟我说，只要我回国，二十万元的组党经费，由财政部拨备。现在都几年过去了，请问，钱呢？

图　珍 这……想必大总统也有难处。眼下是遍地狼烟，打仗，烧钱哪！

梁启超 那孙文也是被你们逼的！我梁启超好不容易才把进步党筹建起来，帮你们把国民党压了下去，却连一文钱的运作经费都没有！我的请款文书，屡屡被财政部打了回头。（不满地）如此机密之事，还被你们的人捅到报馆。

图　珍 不、不！此事绝非图珍所为。

梁启超 狡兔还没死呢，就想把走狗烹了？

图　珍 袁大总统答应助您入阁，您不也入了吗？

梁启超 （冷笑）哼，听起来倒是不错：司法总长。敢问图先生，当下中国，有法吗？哪个不是刀兵说了算？！

图　珍 扯远了，扯远了！

梁启超 不说了，喝茶！

［两人同举杯，喝茶。

图　珍 （放下茶杯，转入正题）梁总长，近来各界纷纷请愿，都说共和制度不合我国之国情，以杨度等“六君子”……

梁启超 （砰地把茶杯放桌子上）放屁！他杨度也敢称“六君子”？我看是“六伪君子”！

图　珍 （唯唯诺诺）是是是！杨度他们六……六个人，成立了个什么“筹安会”，向大总统劝进。大总统说过，他并不赞同恢复帝制，这您也是知道的。

梁启超 既然大总统不赞同恢复帝制，就杨度他们几个能搅出什么风浪来？

图　珍 （一脸无奈）可眼下各界纷纷上书请愿，要求再行帝制，大总统也是骑虎难下呀！

［至此，梁启超对图珍连夜造访的意图，已经明了。

梁启超 （大笑）哈哈，从来只听说想当皇帝难，原来他袁世凯不想当皇帝，也这么难！

图　珍 梁总长是政府要员，关于再行帝制的问题，您有何高见？

梁启超 （故意地）你不是“筹安会”的吧？

图　珍 （摇头）不是不是。

梁启超 袁世凯叫你来的？

图　珍 也不是。（强调）绝对不是！

梁启超 袁公子袁克定？

图　珍 这……可以这么说吧。

梁启超 （凛然）那好，请你转告袁公子，乃至于大总统：纵令全国四万万人中，三万九千九百九十九万九千九百九十九人赞成恢复帝制，而我梁某一人，绝不赞成！

图　珍 绝不赞成？

梁启超 绝不赞成！

［见梁启超态度决绝，图珍只好顺着往下走。

图　珍 那是那是。好不容易才建立民国，怎能又倒了回去呢？（掏出张支票，放在桌子上，推到梁启超面前）这是二十万。

梁启超 （愕然）二十万？你这是什么意思？

图　珍 眼下关于是否再行帝制的问题，天下舆情汹涌，大公子得知梁总长写了篇题为《异哉所谓国体问题者》的万言著作……

梁启超 （颇感意外）连这，你们也知道了？

图　珍 梁总长是当今名士，大公子得知大作是反对再行帝制的，公开发表怕对大总统不利。

梁启超 所以派你来，收买我？

图　珍 不不不！大总统……不不……大公子的意思是，只要梁总长不公开发表这篇文章，这二十万元，权当润笔。

梁启超 （大笑）哈哈哈！我梁启超从来都是发表文章拿稿酬，今天才知道，原来不发表文章也能拿稿酬，而且是大稿酬！

图　珍 大公子还说了，这二十万元，也算是清偿先前对梁总长的欠款。

梁启超 （愤怒）政府欠我的是组党经费，是公款，与他袁公子何干？

图　珍 不都是白花花的大洋吗？

梁启超 完全两码事！麻烦你转告袁公子，《异哉所谓国体问题者》是篇讨伐檄文，不是应景时文，一定要公开发表。这钱，拿回去！

［见梁启超态度决绝，图珍一改谄媚脸孔。

图　珍 （威胁）如此，谁也无法保障梁先生之人身安全！

梁启超 纵使梁某身首异处，文章也定要发表！

图　珍 只怕你等不来文章发表之日！

梁启超 谢谢你的提醒！（拿起桌上文稿）这是一份刚刚誊抄好的《异》文，本要投送报馆，既然图先生来了，有劳你带一份回去送给大总统，指点一二。

图　珍 不识好歹！

梁启超 （喊）阿全，送客！

［阿全进来，对图珍做了个“请——”

［图珍正要退出，康有为和刘洞上。

图　珍 （作礼）康先生！

梁启超 （作礼）南海师！

康有为 （板着脸）图先生，你也在？

图　珍 图某不期造访，告辞。（欲下）

康有为 请留步。

图　珍 （不断察言观色）康先生有何见教？

康有为 图先生可有读报的习惯？

图　珍 从政者，不能不读。

康有为 今日《国民报》，读了吗？

图　珍　今日事多，未曾览读。

康有为　那就有劳先生了！

［康有为一扬手，刘洞把《国民报》递给图珍。

康有为　头条稿。

图　珍　（打开报纸，眉间掠过一丝喜色，朗读）“财政部资金短绌，梁启超追讨二十万欠款！”

梁启超　（如芒刺在背）南海师，这二十万……

康有为　（发现了桌子上的支票，拿起来）这是你回国的价码，是你梁卓如的安家费！

梁启超　（急）不！不！这是袁世凯答应给我的、回国筹建进步党的组党经费。

康有为　组党经费？

梁启超　是组党经费。这事图先生可以证明。

康有为　图先生，是这样的吗？

图　珍　这……

梁启超　（求助地）图先生，你得给我做个证明！

图　珍　我照直了说？

梁启超　说！

图　珍　（眼珠子一转，狡黠地）康先生，这既不是安家费，也不是组党经费。

康有为　哦？

梁启超　（意外）那、那又是什么费？

图　珍　（慢条斯理）那是袁大总统曾答应给梁先生的、动员康先生回国的辛苦费！

［康、梁同时惊呆！康有为忽然有些晕眩，刘洞连忙把他扶到椅子上。

梁启超　（怒吼）阿全，送客！

阿　全　（忍着气）图先生，是你自己走呢，还是我拖着你走？（撸袖子）

图　珍　（嘴硬）本人是国民政府……

阿　全　（怒吼）滚——

［阿全推搡图珍，图珍抱头鼠窜地下。

康有为　（一拍桌子）梁卓如，今天这事，你得给我说个明白！

梁启超　（急辩）南海师，启超是清白的。

康有为　清白？大前年在日本，你说给我痛说什么民族大义、安邦兴国，现在看来，是那么的冠冕堂皇、那么的滑稽可笑！你当袁政府的官也罢，拿袁世凯的钱也好，我康某人无权过问，也不想过问。（怒）但是，你不该拿康某人来做交易！

梁启超 启超从来不会做交易，更不敢拿老师来做交易。这是组党经费，不是安家费，更不是什么辛苦费。（颇心冷）如果老师宁可相信那个图珍，也不肯相信自己的学生，启超也无能为力……

刘 洞 （责备）这么大的事，卓如你就不该瞒着老师。

梁启超 筹建进步党之事，我是向老师禀报过的。他说："只知保皇，不问其他。"

康有为 （思忖）这么说来，为师冤枉你了？

梁启超 启超正在做的三件事，足以证明我的清白。

康有为 哪三件？

梁启超 第一，袁世凯倒行逆施，天下舆论沸腾，而我的讨袁檄文《异哉所谓国体问题者》明天就可以在京、津、沪各大报章发表，公开"讨袁"！第二，袁氏称帝，背离启超回国参与共和政府之初衷，明天我就递交辞呈，辞去所有政府职务！（拿起桌子上的辞呈递给康有为）这是我已经写好的辞呈，请老师过目。

康有为 （接过辞呈看了看）还有吗？

梁启超 第三，辞职后我即赴上海，联络各方，筹集军饷。蔡锷蔡松坡自从被袁世凯免去云南都督后，羁縻京师至今，我令他三天内设法脱身，潜回云南，率部反——袁——

［梁启超拿起图珍遗落在桌子上的那张支票，"哧——"地撕了。

梁启超 （语带哀求）南海师，您还不相信学生吗？

［康有为看着那张被撕毁了的支票，沉吟有顷。

［光渐暗。

第七场　决裂

［男幕后音："梁启超命令学生蔡锷潜回云南起兵'反袁'，随后，他辞去了北洋政府总长职务，取道上海、香港，在粤、桂、黔等地军政大员间进行斡旋，策应护国运动。不到半年，袁世凯就在举国声讨中病亡，

共和制度得以重光。然而，袁世凯的前车之覆，却未能成为后车之鉴，时隔不久，又一场复辟大戏粉墨登场……”

［光起。1917年夏，梁启超天津饮冰室寓所。

［桌子上放了碗汤药。梁启超神情憔悴，咳嗽连连。

阿　全　（跑上）先生，船到码头了。

梁启超　（痛苦地）船到码头了？

阿　全　迎灵的事务都准备好了，就等着先生去主持。

梁启超　半年前，我就在那码头，送松坡去日本治病。现在，却要我去接他的灵柩……（无力地摇头）白发人送黑发人，不去了……

阿　全　我听那些人说，蔡锷蔡将军得的是喉结核病，连日本医生也没了办法。（安慰）蔡将军没有战死沙场，也算是个善终。

梁启超　（失态）什么话？！将军没有战死沙场，算什么善终？

［阿全噤声。

梁启超　（歉意）对不起，阿全。松坡是我的学生，当年在长沙时务学堂，他才十五岁，就跟着我入京师，搞变法，此后又一起流亡日本。最近这两年来，他于身家性命不顾，随我“反袁”“讨袁”，落下一身战伤。天妒英才啊！他只活了短短的三十四年。

阿　全　“讨袁”成功，九泉下，蔡将军他可以瞑目了。

梁启超　（感慨）可以瞑目了！你到码头，代我去接松坡的灵吧。

阿　全　是，先生。（想了想）您还是把药给喝了吧。

［梁启超无力地摆摆手，阿全正要退出，遇着康有为和刘洞。

阿　全　康先生，刘先生。

康有为　你们家先生在吗？

阿　全　在。（向内）先生，康先生、刘先生来了——

梁启超　（迎上，作礼）南海师，约明师兄。

康有为　卓如呀，我从京师过来，有些事与你商量商量。

梁启超　（对阿全）你先下去吧。

［阿全下。康有为、刘洞落座。

梁启超　南海师，近来可好？

康有为　（爽朗地）还行吧。行看惊涛拍岸，坐看云卷云舒。

刘　洞　在报上得知松坡在日本病亡的消息，老师也掉了泪。

梁启超 老师对松坡一向严爱有加。

康有为 （伤感地）多难得的一个将才，怎么转眼就没了呀?

梁启超 （劝慰）老师节哀。

[婢女上茶。

梁启超 南海师，请用茶!

[众人举杯，品茶。

康有为 （放下茶杯，四下环顾）卓如呀，你这饮冰室，入住有半年了吧。

梁启超 大半年了。

康有为 庄子有云："朝受命而夕饮冰。"可见，你仍在忧心国事。

梁启超 不不！启超选择避居天津，是为远离京师的纷扰。

康有为 世间事，多是避无可避。

梁启超 心若不避，当然就避无可避了。老师从京师过来，所为何事?

康有为 （转入正题）袁世凯倒了台，最近黎元洪与段祺瑞又闹起"府院之争"，你可知道?

梁启超 天下人都知道。

康有为 "辫帅"张勋率"辫子军"入京调停……

梁启超 （愤然）政府内部纷争，何须军队调停?!

康有为 约明，这事你怎么看?

刘　洞 这些年闹完革命又闹共和，最近还闹出了个洪宪。各路军阀你方唱罢我登场，国无宁日，民不聊生。依我看哪，还不如爱新觉罗家当皇帝呢。

梁启超 师兄此言差矣！共和乃新生政体，有些混乱，在所难免。

刘　洞 可人家并不这样看。"辫帅"头天进了城，第二天早上就头戴红顶花翎，入宫在养心殿觐见宣统皇帝。

梁启超 （一惊）张勋他头戴红顶花翎去见"废帝"溥仪?

刘　洞 "辫帅"见了皇帝，又和老师一合计，决定光复大清帝国。

梁启超 （震惊）光复大清?

刘　洞 是呀！如今圣上年纪尚轻，复位之事，全凭老师与"辫帅"二人谋划!

梁启超 （惊愕）谋划？南海师参与了谋划?

康有为 （淡然）是的。

梁启超 （极度痛苦）这……

刘　洞 宣统皇帝要授老师弼德院副院长之职。

梁启超 （强压愤怒）南海师还要当复辟大清的官？

刘　洞 就眼下看来，这还是极机密之事。

梁启超 （愤然）既然是极机密之事，告我何来？

［见到梁启超的强烈反应，康有为仍然沉住气。

康有为 前些年在日本，你说袁世凯已经造出一个全新中华，可结果呢？不也没跳出几千年的窠臼吗？袁氏的德行与修为，远逊于德宗先皇帝。（满怀憧憬）而当今圣上，年少聪颖，又无后宫掣肘，只要你我用心匡扶，定然又是一番伟业！

梁启超 （摇头）刻舟还能求剑吗？

康有为 逝者已矣，来者可追。

刘　洞 老师这次过来，就是要请你入朝辅政。

梁启超 （意外）请我入朝辅政？

康有为 是的。你当过袁政府的司法总长，又在海外待了这么些年，眼下正是用人之际，只要我向圣上举荐，会给你留个好位子的。

梁启超 你们难道就忘了，是我和蔡锷发动了护国战争，把袁世凯赶下了台？

康有为 光复大清，你算是有功之臣，所以才请你入朝辅政。

梁启超 （摇头惨笑）光绪年间，我流亡日本，创办《新民丛报》，发表文章死战革命党，是为了“挽救”大清？抵制洪宪，我与松坡起兵“讨袁”，是为了“光复”大清？（悲伤地）松坡战伤累累，客死东瀛，难道也是为了“光复”大清？

康有为 （意味深长）你是无意而为之，为师却是用心来栽培！

梁启超 （苦笑）好一个用心来栽培！（沉重地）吾爱吾师，但吾更爱真理！要我梁启超追随复辟，万万不能！

康有为 （气急）你——

［眼看局面越搞越僵，刘洞连忙把梁启超拉到一边。

刘　洞 当着老师的面，你就不能把话说得委婉一点？

梁启超 委婉？（痛切地）想当年，南海师为救国家民族，七次上书皇帝进言变法，是万人景仰的“康圣人”。我梁启超对他顶礼膜拜，不惜追随他抛洒头颅，逋命天涯。然而，辛亥鼎革后，他念念不忘的却是满清王朝。如今袁世凯的洪宪覆辙还历历可见，他这边就打出为清亡朝招魂的鬼幡。（走到康有为面前）南海师，启超宁死，也不去当宣统朝的官！

康有为 宁死也不当宣统朝的官？

梁启超 （决绝地）宁死不当！复辟王朝从来不会有好结果。当年复生兄说过：变法不能停。这话放在当下，依然没有过时。

康有为 （有点愤怒）当年你也曾说过：追随康某，九死不悔！

梁启超 当年追随老师，是因为老师在引领潮流。

康有为 （恼怒）这么说，你是在骂康某已经落后于时代？

梁启超 学生……并无此意。

康有为 （叹息）看来，你是无意参与光复了？

梁启超 绝不参与！

康有为 你可要三思！

梁启超 启超也请老师三思……（举起茶杯，敬向康有为）

康有为 （与梁启超对视良久，最终没接茶杯）既然如此，你可否保持缄默？

梁启超 （失望、痛心，"砰——"地放下茶杯）保持缄默？

康有为 是的。

梁启超 （追问）老师您要学生如何保持缄默？

康有为 （愤怒地）梁启超笔墨胜刀兵，如何保持缄默，还用我说吗？！

梁启超 （沉思良久，摇头）如果我不能呢？

康有为 （意外）不能？（严厉地）此乃师命！

梁启超 师命？

康有为 师——命——

［顷刻间，康有为、梁启超之间的空气似乎已经凝固。

［突然，梁启超捂着胸口，剧烈咳嗽，浑身战栗。

［刘洞过来为梁启超拍打后背。

刘　洞 （流着泪）看在二十多年的师生情分上，卓如你就答应他吧！

梁启超 （喘定一口气）师兄你要我答应他？

刘　洞 （下跪）答应吧——

梁启超 （揪着自己的胸口，似哭似笑）世有康梁，再无康党！

刘　洞 （没听清）你说什么呢？

梁启超 （大声）世有康梁，再无康党！

康有为 （失望）世有康梁，再无康党？（痛苦地背过身去）

梁启超 （指天悲号）世有康梁，再无康党！再——无——康——党——

[话音未落，梁启超一个趔趄，轰然倒地。

[急收光。

第八场　哭拜

[男幕后音：“张勋复辟，闹剧收场。康梁二人对国家前途命运的不同理解，在报章上发表文章进行论战，师徒关系从此形同水火。这种关系足足延续了十年，一直到公元1927年康有为在青岛去世。那一年的早春，春寒料峭……”

[青岛郊外，北风呜咽，鹅毛飘雪。

[白云须发全白，手持法器在前面引路。刘洞身穿重孝，扛着一支招魂幡上，后面四名老弱白巾白衣白裤的抬棺人，抬着一副薄棺（虚拟），情景凄清。

[出殡队的后面，还跟着一个吹丧笛的。一支丧笛吹得撕心裂肺。

白　云（一边撒纸钱，一边哀伤地唱醮）：

生不露宿兮有藉仙乡，
死不草附兮九天清凉。
梁木其坏兮立雪神伤，
铎帐风寒兮山高水长。
蓬岛归真兮九曲流觞，
德音不忘兮千古名扬。
呜呼，尚飨——

［出殡队伍将下之时，梁启超和阿全一身重孝急上。

梁启超（冲上，几欲跌倒，哭叫）南海师——南海师呀——

刘　洞（迎上，扶住梁启超）卓如，你也来了？

梁启超　师兄……

［两人泪眼相对。

梁启超　前几天还在报章读老师文章，怎么转眼间就走了呢？

刘　洞　人生无常，毕竟老师都已古稀之年了。

梁启超　前些年，我与南海师虽说多有龃龉，也曾当面抵牾，可他终究还是我的老师。看到报上的讣告，我和阿全就赶来青岛。

刘　洞　你有心了。

梁启超（伤感）启超来迟，未能堂前守灵，就送南海师最后一程吧。

［梁启超说完，要随出殡队前行。

刘　洞（不为所动，委婉地）卓如，你从天津过来，一路上舟车劳顿，还是不送了吧？

梁启超　弟子之礼，岂能不送？

［说完，梁启超自顾自地要跟上出殡队。

［刘洞紧走几步，拦在了梁启超的前头。

刘　洞（半是哀求地）卓如，你还是不送了吧？

梁启超（纳闷）这怎么了师兄？

刘　洞（无奈地）老师是叨念着“世有康梁，再无康党”而咽的气，他心里苦呀……

梁启超（如被电击）南海师是叨念着“世有康梁，再无康党”而去的？

［刘洞点头。

梁启超 （不敢相信）都十年了，他还记着这句话？

刘　洞 （叹息）十年了，他还记着这句话……

梁启超 （悲痛）天哪！他始终没有原谅我……

刘　洞 卓如你能来，是你心里还装着他这个老师。但这最后一程，我看还是不送为好，免得老师地下也不得安生！

梁启超 （大恸）天哪——

[出殡队已远去，刘洞摇着招魂幡追下。

阿　全 （上前扶梁启超）先生，咱不送了，回天津去吧。

梁启超 （幽幽地）回不去了……回不去了！阿全，你说，我梁启超辱没师门了吗？

阿　全 没有。

梁启超 我欺师灭祖了吗？

阿　全 没有。

梁启超 （痛切）但今天我这……这算被逐出师门了吗？

阿　全 （嗫嚅）算……不算……（大哭）我不知道呀先生……

梁启超 你下去吧，我随后就来。

[阿全哭着下。

[猛然间，梁启超转身，向着远去的灵柩，深深一躬礼。

梁启超 （悲恸地）南海师呀南海师——您心里苦，启超也苦呀！

[雪继续在下。

梁启超 可我梁启超自问无愧于天！皇天后土，亘古洪荒。人类社会发展到今天，独裁专制已经是人神共愤，君主立宪不过是回光返照！民主、宪政、共和已是天下洪流，不可阻挡，不可逆转。我梁启超所做的一切，不过是顺天而为，应时而动！我，问天而无愧！

[雪开始越来越大。

[迎着越来越大的风雪，梁启超愈加慷慨激昂。

梁启超 天下苍生，黎民百姓，百十年来颠沛流离，生灵涂炭。哀我故国，中原板荡，烽烟连年。哀我父母，忍辱负重，苟且偷生。我梁启超孜孜以求救国救民之道，从未停息寻求变革的步伐。逋逃东瀛，游历欧美，历九死而不悔，得一生仍前行。游走于北洋军阀间，穿梭在南北政权中，不惜委曲求全，不惜背负“趋附”“善变”之骂名。为的是什么？为的不过是救国民于水火，挽狂澜于既倒。我，问地也无愧……

［雪越下越大。

梁启超 一无愧于天，二无愧于地，我梁启超三无愧于师呀——

［漫天大雪，纷纷扬扬。

梁启超 我师南海，堪称圣人，心怀天下，忧国忧民。当初在广州万木草堂之教诲语犹在耳，当年在京师上书变法之翰墨历历在目，不能忘却，不敢背离。然而，我梁启超只为天地立心，为生民立命，为救华夏民族脱水火，为让少年中国能崛起！当初在万木草堂一拜康师是为修身，在东京寓所再拜康师是为救国，今日里，在这个冰天雪地三拜康师，只为明志！南海师啊南海师，我梁启超自问无愧于师门，对得起康梁之“康”，无愧于康梁之“梁”……

［风雪中，梁启超站成了一尊银白雕塑，天地间一片银装素裹。

［雪稍停，隐约传来丧笛的哀音，摄人心魄。

［远处，谭嗣同等“戊戌六君子”向这边缓缓走来。

梁启超 （紧追几步）复生兄——复生兄——

［“六君子”向前走去。

梁启超 （大叫）复生兄呀——我梁启超代你而生三十年，可有虚度？“六君子”抛洒菜市的热血，可有白流？

［“六君子”并不驻足，继续向前走去。

梁启超 （叫喊）复生兄，你倒是回答我呀！（看着“六君子”消失，几近绝望）启超谨记你当年的嘱托，变法不能停……不敢停！

［隐约中，康有为青衣白巾，仿若幽灵，吟哦着“知我者谓我心忧，不知我者谓我何求……”踏雪而来。

梁启超 （意外，又有点惊喜）南海师？南海师——

康有为 卓如？（幽幽地）你还是回去吧。

梁启超 南海师，您原谅我了吗？

康有为 已经没有了怨恨，又谈何原谅？卓如呀，你我师徒多少年了？

梁启超 算来，整整三十七年了。

康有为 （推心置腹）三十七年了，你我志同道合不过也就七八年，剩下的三十年，都在争呀，吵呀，辩呀。

梁启超 所争所辩，都是为了国家民族。

康有为 （感叹地）是啊，所争所辩，都是为了国家民族。可你，恨我这个老师吗？

梁启超 （愧疚，大哭）不不不！是学生不逊……对不起老师呀……

康有为 其实呀，你我设计的路径虽然各不相同，但目标是一致的，都是为了国家能够强盛起来，不再受外人的欺凌。

梁启超 （由衷地）是的，都是为了国家的强盛。

康有为 历史自有历史发展的潮流，推动它可以，改变它太难。

梁启超 启超以为，君主立宪不过是回光返照，共和制度才是世界潮流。

康有为 君主立宪也好，共和制度也罢。总之，属于你我的时代，已经结束了……

梁启超 不！不！结束的是那个旧的时代，新的时代已经开始！

康有为 我知道，在你梁启超心中，一直有个少年中国。

梁启超 （憧憬着）在学生心中，新生的少年中国，将是一个如朝阳般的中国。

康有为 我康某人曾经想挽救的那个老大帝国，它已经死去，（激愤地）它已经死去了！（缓缓地）寄望后来者，再造一个全新的中华、一个少年的中国吧。就让那个如朝阳般的少年中国，早日屹立于地球的东方！我走了，走了……知我者谓我心忧，不知我者谓我何求……（飘然而去）

梁启超 南海师——南海师——（晕眩）

［白云、刘洞带着抬棺人和吹丧笛者上，笛音开始变得激越。

刘　洞 （看见雪地中的梁启超，赶紧上前）卓如——卓如——

梁启超 （醒来）师兄……

刘　洞 老师已经入土为安了，我们回去吧。

梁启超 入土了？

刘　洞 入土了……走吧……

白　云 （吟哦）尘归尘兮土归土，天作笑兮天作哭。冰雪融兮流地火，长夜终兮旭日出……

［白云道长飘然而下。刘洞把梁启超扶起。

［风雪呼啸，笛音激越。幕后雄浑的男音，调寄《忆秦娥》，或吟或唱：

哀音裂，
长歌如诉声声咽。
声声咽，
辛夷如雪，

杜鹃如血。

两行浊泪英雄啜，

千秋功过凭人说。

凭人说，

我心孤洁，

与尘音绝。

[风雪初霁，天地间现出片片红光。

[刘洞、梁启超相互搀扶，步履虽然蹒跚，却也坚定，下。

[光渐收。

[剧终。

（本剧2012年发表于《剧本》月刊，有改动，2014年由佛山粤剧院、佛山艺术剧院首演，先后获得第二十一届曹禺剧本提名奖、第十届广东省鲁迅文学奖（艺术类）、第十届广东省“五个一工程”奖、第十二届广东省艺术节剧目一等奖和编剧一等奖等奖项，系国家艺术基金2015年度扶持项目、第十四届中国戏剧节优秀入选剧目，已在全国三十个省份五十多座城市巡演一百二十多场）

中轴线

时　间： 21世纪10年代

地　点： 南方某省南州市

人　物：

郑一鸣　46岁，省委原政策研究室主任，后任南州市委副书记、代市长。

吴志旭　49岁，南州市分管城建的常务副市长，郑一鸣在中央党校的同学。

韩　刚　32岁，草花村当年第一个大学生，如今无业，农二代。

方　菲　女，30岁，宏海集团南州项目部总经理，韩刚的初恋情人。

郭　明　即将退居二线的南州市城管支队长。

老　严　五十出头，省纪委副书记。

林淮海　年过半百，草花村村主任。

晓　玉　草花村女青年，韩刚女朋友，林淮海的女儿。

韩金泉　年过六旬，韩刚父亲。

大　炮　本名韩大浩，二十七八岁，韩刚的族弟。

马小杰　30岁，郑一鸣秘书。

众村民、机关干部、拆迁队员等人。

序　幕

[空旷的舞台被灯光分成两个表演区。方菲拿着手机打电话，韩刚也在打电话。不同的是，韩刚戴着耳机，一副吊儿郎当的样子。

方　菲　（有点小心地）喂——是……是韩刚吗？

韩　刚　是我。你谁呀？

方　菲　我是小菲。

韩　刚　（一愣，继而木然地）哦……

方　菲　我在同学那儿找来你的电话，你还好吗？

韩　刚　还活着。

方　菲　集团公司要派我到你们南州工作。

韩　刚　哦……

方　菲　（欲哭）韩刚，除了“哦”你就不能跟我说句全话吗？

韩　刚　（不为所动）哦……

方　菲　（哀求）集团公司要我负责南州的工作，我想你来做我的助手，好吗？

韩　刚　对不起，方菲，我现在只是个种地的农民，我们已经生活在两个完全不关联的世界。谢谢！

［韩刚说完，从裤袋子里掏出手机，狠了狠心，掐断了电话。

［一阵忙音。

方　菲　（急呼）韩刚——韩刚——

［切光。

第一场

［光起。省城郑一鸣办公室。

［办公室显得有点乱，郑一鸣和马小杰正在收拾东西。地上放了好几个大大的编织袋，看上去已经装满了东西。

马小杰　（从柜子上拿下两本厚厚的书，拍了拍灰尘）主任，这两本书还带吧？

郑一鸣　都带上，都带上。宁可食无肉，不可室无书。

马小杰　（纠正地）好像是“不可居无竹”吧？

郑一鸣　改了！

马小杰　（笑了笑）主任，您这次去南州，是上任，不是搬家。

郑一鸣　上任就是搬家！我呀，到南州干那么一两届就退休，那地方山青水秀，将来就在那儿养老，也是个不错的选择！

马小杰　早着呢，说不定什么时候就给调回省里了。

郑一鸣　（想了想）诶，你小子是不是担心回不了省城？

马小杰　我……

郑一鸣　这次下去我连司机都不带，只想有个能帮我抄抄写写的助手。你要是不想去，可要跟我坦白。

马小杰 （有点不好意思）不是了！您要是在那儿退休，我就在那儿把老婆找了，也把家安在那儿！

郑一鸣 （笑）行！这事就包我身上，我给你做媒拉纤，在机关饭堂、在招待所给你找个姑娘，好让你死了回省城的心。

[正说着，吴志旭带着方菲上。

吴志旭 （大呼小叫）哎哟老同学——我进省城看你来了——哈哈——

郑一鸣 （略惊喜）吴志旭？！

[郑一鸣迎上，握手。

郑一鸣 （寒暄）什么风把你这个南州市常务副市长给吹来了？也不打个电话。

吴志旭 是南州改革发展的东风！（转而对方菲介绍）这就是咱南州市新任市委副书记、代市长郑一鸣同志，我在中央党校的老同学、老班长！

郑一鸣 （对方菲）他是副班长！

吴志旭 哈哈——

方　菲 （热情地伸出手）郑市长您好！

吴志旭 （握手）你好你好！（对吴志旭正式地）老吴，咱可都是党的干部，还得讲个组织纪律，这不是还在走程序吗？我目前的身份是省委政策研究室主任，还不是你们的代市长。

吴志旭 （不以为然地）有那么神秘吗？都公示了！实践是检验真理的唯一标准，你不能整天待在书斋里，也该下去实践实践。

郑一鸣 是得下去实践实践。（招呼众人）都坐都坐！

[吴志旭、方菲入座。

郑一鸣 这不正搬家吗，乱得没个落脚的地方。（对马小杰）小马，你到机关事务处要个小货车，到时要把这些东西拉一拉。

马小杰 好的。（下）

郑一鸣 （对吴志旭介绍）我办公室秘书马小杰，这次我打算把他带下去。

吴志旭 （正式地）老同学，这次你能到南州上任，是南州720万父老乡亲的福气，也是我吴志旭的福气。你是个下凡的神仙，神通广大。我嘛，是个城隍的土地，在南州都干了大半辈子。只要咱俩配合好，没有干不好的工作，你说呢？

郑一鸣 老吴你说得对，神仙下凡，也得问土地嘛。

吴志旭 光顾着说话，差点忘了，我给你带来了两份见面礼！

郑一鸣　（有点警惕）老吴，我还没上任呢，你可不能害了我。

吴志旭　都想哪儿去了？帮你还来不及呢。

郑一鸣　（好奇地）都是什么礼物？

吴志旭　（指着方菲）第一份礼物，就她！

［方菲优雅地点头笑了笑。

［郑一鸣把吴志旭拉一边。

郑一鸣　（窘迫，悄声地）你把她送给我？她可是个女的！

吴志旭　（一脸的坏笑）你意思是想要个男的？

郑一鸣　你——

吴志旭　（戏谑地）又想歪了不是？（正式介绍）这位是宏海集团的董事会行政助理方菲，今天上午刚刚获得了董事会的新任命：宏海集团南州项目部总经理！

郑一鸣　（恍然大悟的样子）哦，原来是宏海集团的方总！幸会幸会！（又握手）

方　菲　（优雅地笑了笑，纠正）是南州项目部的！以后还请郑市长多多关照。

吴志旭　宏海集团是中国房企十强之一，为了把他们招到南州，市委市政府可谓煞费苦心，前前后后整整运作了五个年头。

方　菲　集团公司也是看到了南州市委市政府领导的合作诚意，第一期计划投资68个亿，支持南州的中轴线建设。

郑一鸣　（这才真正恍然大悟）哦，这就是你老吴的第一份见面礼？

吴志旭　68个亿！这见面礼还够意思吧？

郑一鸣　（发自内心地赞叹）太够意思了！

吴志旭　昨天我才跟他们副总裁签了合作意向书，今天就过来看你。

郑一鸣　（打趣）我说呢，原来是顺道！

吴志旭　小方，你就把第二份见面礼拿出来给郑市长看看。

［方菲从带来的礼品袋中拿出一轴画，展开。

吴志旭　八大山人的《梅竹》！

［郑一鸣仔细地看了看画。

郑一鸣　（摇头）老吴，这礼我不能收！这八大山人是明末清初的著名画家，一代宗师，他的画作放在今天，都是价值连城呀！

吴志旭　我知道你有研究字画的癖好，这不就是红粉送佳人、宝剑赠英雄吗？

郑一鸣　我记得这画前些年在香港佳士得拍卖行拍出了500万，而且是美元！

吴志旭　（有点得意地）给吓着了吧？

郑一鸣　老吴，还是那句话：你可别害了我。这礼我不能收！

吴志旭　放心，是赝品！

郑一鸣　赝品？

方　菲　是这样的，郑市长，我们集团公司总裁跟拍卖行的老板是朋友，这幅《梅竹》是经鉴定后淘汰下来的赝品，市值500元，人民币。

吴志旭　小方要把这画送给我，我说我要它干吗？又不是真的！我突然想起你对古董字画有研究，送给你正合适，万一哪天你也遇到八大山人的字画，这不就可以货比货了吗？

郑一鸣　（看了看落款）还真是假的呀？

方　菲　是高仿。现在那些人造假手段可高了，一般人还真鉴定不出来。

郑一鸣　（再次仔细看了一番）嗯——看出来了，有点意思。

吴志旭　这可以收了吧？

郑一鸣　（痛快地）那我就给老同学一个面子，附庸一下风雅，这总比附庸“三俗”好，对吧？

吴志旭　（大笑）好，痛快！我们还有点别的事，就不打扰了。你什么时候到南州？

郑一鸣　下周一报到。

吴志旭　好！到时候我们就在南州给你接风。（与方菲下）

［送走两人，郑一鸣把画半挂起来，仔细欣赏了一番。

郑一鸣　（自言自语）这个吴志旭，葫芦里卖的什么药？

［敲门声响。

郑一鸣　请进——

［马小杰带着老严进来。

马小杰　主任，省纪委严副书记看您来了！

郑一鸣　（热情地）哟，老严，你怎么也来了！

老　严　（打趣）耳熟，这话听着耳熟！人家一见组织部的，就会说：“哎哟，可把您盼来了！”见到纪委的，就这么一句：“你怎么也来了？”（一副挺无辜的样子）你看我这官当的，走到哪都不受欢迎。

郑一鸣　（笑）看你说的！请坐请坐——

老　严　（对马小杰）小马呀，我跟你们郑主任随便聊聊，你忙去吧。

马小杰　（识趣）哎！主任，小货车就在楼下，我下去等着。

郑一鸣 好。

[马小杰扛起一个编织袋，下。

老　严 一鸣呀，对于组织这次的工作安排，你个人有什么想法？

郑一鸣 咱俩都一栋大楼上班这么多年，你还不了解我吗？

老　严 （严肃地）不了解！

[郑一鸣的表情也随之严肃起来。

老　严 （沉重地）这么些年来，从咱这栋大楼派下去的干部不少，然后又从我们手里“双规”回来的也绝不是“极个别”。有些同志当机关干部的时候，是多么阳光、多么干净呀！下去才三五年时间，从头到脚的每一条毛细血管都沾满了污浊。这些年我老在琢磨这事，是我们的制度出现了问题，还是官员的品德出现了问题？

郑一鸣 我想，兼而有之吧。

老　严 其实我刚才说不了解你，只对了一半。对于今天之前的你，我是了解的。至于将来的你，希望还是和我所了解的一样。

郑一鸣 （真诚地）谢谢你，老严！

老　严 其实南州市的情况我了解得并不比你多，今天我只能就我掌握的情况，跟你交换一下意见。

[郑一鸣拿出笔记本。

郑一鸣 我记一记。

老　严 不用拿本子记，记在脑子里就行了。南州可以说是省会的大卫星城，近年从省城转移出去的产业，很多都在南州落户，同时省里也给予了南州很多发展的政策，是个极有发展前景的区域。省委决定把你这个政研室主任派下去，我想也有这方面的考虑。南州目前正面临着千载难逢的发展机遇，各项事业蓬勃发展，桥梁、道路、高铁、深水港等大型项目都在投产或准备投产，最近还听说他们的城市中轴线正在立项。但从我们纪律检查的角度来看，建设大发展期，也就是问题大爆发期。这一两年来，我们也陆陆续续收到了不少关于南州的问题反映。

郑一鸣 我明白你的意思，老严。

老　严 你明白就好！咱要跳出“建设上马，干部下马”的怪圈。知道为什么现代人的寿命比古人长吗？

郑一鸣 （有点意外，笑）老严你问这干吗？

老　严　（还是挺严肃的样子）回答我。

郑一鸣　我想是现代医学昌明吧。

老　严　不全对！现代人之所以长寿，是因为现在的孩子一出生，就开始接种各种各样的疫苗，也就是老百姓所说的“打预防针”，预防胜于治疗。你明白我的意思吗？

郑一鸣　（心悦诚服）老严，我明白你的意思。你说得太对了，预防胜于治疗！今天你这个省纪委副书记就是来给我“打预防针”的！

老　严　（哈哈一笑）哈哈——好了好了，明白就好，工作谈话就到此为止吧。我相信你会干干净净下去，清清白白回来。我还有事，走了！（起身）

［老严起身欲走，却看到了挂在墙上的《梅竹》。

老　严　一鸣你好雅致，办公室还挂幅画。

郑一鸣　（解释）哦，有个朋友知道我要下去任职，专门送给我的，高仿八大山人的《梅竹》。

老　严　（疑惑）高仿？

郑一鸣　也是就赝品，假的！

老　严　（笑）你那个什么朋友，买个假货送人？

郑一鸣　真的咱不能收，你说对吧？

老　严　（读画上的题字）“潇潇秋雨留风骨，料峭冬雪送红梅。”好！画是假的，但这意可是真的！看来你那个朋友还有点意思。

［听老严这么一说，郑一鸣也琢磨了起来。

郑一鸣　嘿，老严你不说，我还真没想到这一层。

［两人相视一笑，切光。

第二场

［一个宁静的清晨。典型的南方乡村里，竹林、芭蕉的掩映下，一栋栋各有特色的乡村小楼散布其中。

［在小楼的周围，一栋栋两层、三层的在建小楼或红砖裸露，或只有框架，显得十分不协调。不远处几个村民正在出出入入，忙着挑砖石、沙子。

［韩刚家门前的小院。韩刚穿了条大裤衩，上身赤裸，睡眼惺忪，被老爸

韩金泉从里屋轰了出来。

韩　刚　爸——你干吗你——

韩金泉　（手里拿着一把竹扫帚追出，嘴里不停地叫骂）干吗？！太阳都晒屁股了，你还睡？整天没日没夜就知道对着台破电脑，能对出钞票来呀？你看看——整个村子谁像你？你看你三叔家的大炮，年纪比你小，读书比你少，活干得比你好！一眨眼工夫，人家三座小楼都盖起来了。

韩　刚　（抢白）盖那破楼，迟早不得拆呀？！

韩金泉　吃了迟早不得拉，那你吃来干吗？（喘了口气）我不跟你磨嘴皮，今天你早点到府前路口去，给我找三五个外省民工回来。

韩　刚　找来干吗？

韩金泉　干吗？你去看看，现在是家家在动土，户户在建楼，就别指望人家过来帮工。咱家的地基都打下去好几天了，赶紧把房子建起来，不能再拖了。

韩　刚　（没好气地）我不去！

韩金泉　（气噎）你——（扬起巴掌）我打……

［韩刚并不躲闪，还故意挺了挺身子，比韩金泉还高出一个头。

韩金泉　（打不下手）唉——你个衰仔！

韩　刚　爸，咱们这是违章抢建，犯法的。

韩金泉　犯什么法？法不责众！你看整个草花村，谁家不在建楼？我们家就建两座，人家四座五座都建了起来。现在不建，等过段日子一来拆迁，补偿款没你的份，吃亏的是咱自己。

韩　刚　（嘟哝）农民！

韩金泉　你说什么？

韩　刚　（大声地）农民！

韩金泉　（气不打一处来）农民？你小子不是农民？（想了想，伤心地）对，你不是农民！你是个大学生，我省吃俭用供你上完大学，在城里打了那么几年工，到头来却成了个不下田不种地的“大学生农民”！

韩　刚　（嘴硬）我……我是要回乡创业！

韩金泉　（愤怒）草花村连半亩田地都没有了，你创个鬼业！

韩　刚　我……我开个网店不行呀？

韩金泉　下半年中轴线就要从这里穿过去，到时候什么店都给你扒了！还创业？

韩　刚　他敢！

韩金泉 有什么不敢？去年水边村不是整村拆迁了吗？前些年咱家要不是供你上大学，两座小楼早盖起来了，犯得着今天我跟你怄这气？（骂）你个败家子！

韩　刚 （不服气）我败家？你们这些大人不只败家，还败村！

韩金泉 （没听清）你说什么？

韩　刚 败村！

韩金泉 你说谁“败村”？

韩　刚 水边村整村拆迁，那是人家还有土地。而我们草花村呢？你不是说连半亩田地都没有了吗？这不是败村是什么？依我看，不但败村，还断子绝孙！

韩金泉 （气噎）你……你……我打死你个衰仔……

［韩金泉举起竹扫帚，追着韩刚要拍打的样子。韩刚跑。

［几个村民扔下手中的活儿，过来劝阻。这时，林淮海上。

林淮海 老韩，大清早的，怎么就弄得鸡飞狗跳？

韩　刚 （故意躲在林淮海背后）林叔，我爸要打死我，他要杀人！

林淮海 去去去，父母打子，自古有理！（转而对韩金泉，慢条斯理地）我说老韩呀，刚仔怎么说也是咱草花村考出去的名牌大学生，别动不动就打人！

韩金泉 （不爱搭理）这是我的家事，你这个村主任管不着。

林淮海 （被戗）那好，那我就说说村子里的事。这些天来大家都在没日没夜地建楼盖房，我作为一村之长，该说的话都说了，该做的工作也做了，将来如果有个什么事，大家可别骂我。

村民甲 村主任，你都说了些什么呀？

林淮海 那我就再说一遍：你们像种番薯一样种房子，那是你们的事，上头要是追究下来，别说我不提醒你们啊！

村民乙 你们家的宅基地，早几年不也全都建起来了吗？

林淮海 （争辩）我、我有手续！

村民乙 （讽刺）你是村主任，你没手续谁有手续呀？

村民甲 这年头，还什么手续不手续？他们家的晓玉，好像也没什么手续，昨天晚上不也睡在韩家了吗？

［林淮海一听，跳了起来。

林淮海 （怒吼）你、你说什么？

村民甲 （自知失言，有点怕）我可什么也没说，什么也没说……（躲到人群后

面）

[众村民哄笑。

[林淮海狠狠地剜了韩家父子一眼，向韩家院门走去。

[韩金泉一副理亏的样子，韩刚则不以为然，一副笑骂由人的样子。

林淮海 （站在院门前，大叫）晓玉——晓玉——你给我出来——晓玉——

[好一会儿，晓玉穿着睡衣，脚下还穿了双大码男式拖鞋，怯怯地走出院门。

晓　玉 （眼睛盯着地板）爸……

林淮海 （脸色铁青）昨天你不是说去小姨家了吗？

晓　玉 （嗫嚅）吃完晚饭就回来了……

[林淮海给气糊涂了，一会儿指指韩家的小楼，一会儿指指晓玉，一会儿又指指韩刚，就是说不出话来。

[韩刚走过来护着晓玉。

韩　刚 林叔，我跟晓玉是真心的……

林淮海 （气得直哆嗦）就你？还真心？（终于爆发，从韩金泉手里抢过竹扫帚）我……我……拍死你们……两个不要脸的东西……

[林淮海追打韩刚、晓玉，韩金泉拦在中间，众村民劝架，都乱成了一团。

[正在这时，大炮带着几个村民跑上。

大　炮 （气喘吁吁地）村主任，村主任——不好了，不好了，城管支队带着几十台推土机都来到村口了！

林淮海 （停了下来）你说什么？

大　炮 城管支队带着几十台推土机要进村，怕是要强拆来了。

林淮海 （把扫帚一扔，气嘟嘟地）如果他们问我，就说我不在家。（转头对韩刚、晓玉）回头再跟你们算账！（急下）

大　炮 哎——林叔，你是村主任，怎么就跑了呢？

村民甲 两边不是人，他现在不跑什么时候跑？

村民乙 （苦着脸）那现在我们怎么办呀？推土机一推，全完了！

韩　刚 （挖苦）昨天不是还在兴高采烈地抢建吗，现在知道死了吧？

村民甲 建房子的钱我全是借来的。

韩　刚 那就更好嘛，反正也不是自己的钱！

[大炮一看韩刚的样子，就来气。

大　炮　刚仔哥，你别幸灾乐祸好不好？人家现在拆的不只是违建，是拆全村，为那个什么……什么中轴线让路！

村民乙　大炮说得对，是拆全村！

韩　刚　（骂）狗屁中轴线，瞎折腾！大伙听我的，我让他们怎么来的，还怎么滚回去！

[众人拥着韩刚。

众村民　对对对！让他们滚回去——

[急收光。

[暗转。村口，一棵大榕树，还有两株高大的木棉树。木棉树枝头有几个艳红的花骨朵儿。

[这时村口已集合着一大群城管执法人员，个个头戴钢盔，手持盾牌，如临大敌。幕后传来阵阵推土机的轰鸣声。

[郑一鸣、吴志旭也在现场。

[城管支队长郭明在整队。队伍集合完毕，郭明走过来向吴志旭报告。

郭　明　吴市长，队伍都准备好了，你讲两句？

吴志旭　好！同志们，法规该宣传的我们已经宣传了，政策该兑现的我们也都兑现了，现在是该采取强制措施的时候了。市委市政府对我们的这次行动大力支持，新上任的郑市长今天亲自带队、现场办公，做我们的坚强后盾！下面请郑市长做指示，大家欢迎！

[掌声稀稀落落。

郑一鸣　（制止鼓掌）客套话我就不说了，只跟大家提两个要求：第一，推进中轴线工程，是市委市政府的决策部署，我们只有坚决执行！第二，我们既要严格执法，也要文明执法，不准伤人，更不能伤及无辜！大家都明白了吗？

众队员　（齐）都明白了！

吴志旭　好！各小组按计划行动！

[城管队员分成几组，准备进村。

[正在这时，韩刚带着众村民手持扁担、锄头拥到村口。

[两边的人马在村口形成对峙，气氛似乎凝固，场面紧绷，谁也不想先开口。

大　炮　（打破沉默）钱还没补偿到位，你们就想拆房子，想都别想！

吴志旭　（轻蔑地）滚一边去！叫你们的领导出来。

［大炮和众村民把韩刚推上前。

吴志旭　（疑惑问韩刚）你谁呀？

［韩刚正要作答，大炮把话抢了过去。

大　炮　那你又是谁呀？

郭　明　这位领导是市政府的吴市长！中轴线工程副总指挥！

大　炮　（指着韩刚，狡黠地）他……他是我们的书记！

［吴志旭盯着韩刚，不相信。

吴志旭　书记？我怎么没见过你？

大　炮　是……是团支部书记！

吴志旭　（气不打一处来，吼）把你们的村主任叫出来！

众村民　（众口一词）跑了，早跑了——

［郑一鸣走上前，温和而又不失威严地对韩刚说话。

郑一鸣　你叫什么名字？

韩　刚　（不亢不卑）韩刚。韩国的韩，刚柔相济的刚。

郑一鸣　嗯，不错，还知道刚柔相济！他们推举你出来当头儿是吧？

韩　刚　不是。

郑一鸣　（有点意外）不是？

韩　刚　是我自己要来跟你们谈判。

吴志旭　还有什么好谈的，就你们草花村，市区两级工作组都做了两年的工作，该给的政策一分不少地给了你们！

韩　刚　你们不就是想我们为这条宽12车道、长9.6公里的中轴线让路吗？不就是想把府前路改造成一条号称北半球最长的城市中轴线吗？大好事呀！（嘲讽）我们作为南州市的草花村村民，没理由不支持嘛！

吴志旭　（冷笑）有你们这样拿着扁担、锄头支持的吗？

韩　刚　只要满足我们两个最后的要求，我们绝不拖政府的后腿，明天就搬，而且是全村整体搬！

郑一鸣　哪两个要求？

［吴志旭把郑一鸣拉一边。

吴志旭　（悄声地）一鸣你别听他瞎说，他们永远都有那么几个最后的要求，这当上得还少啊？

郑一鸣 先让他说嘛。（转而对韩刚）你说——

韩　刚 第一，草花村绝不拖政府的后腿，但也不当什么“标兵”，只要中轴线沿线各大国有单位、银行、公司带头拆迁搬出，我们就搬！（问郑一鸣）这位领导，这个要求不算过分吧？

郑一鸣 （沉住气）那第二呢？

韩　刚 其实第二个要求也简单：前些年我们村的980亩集体土地被非法贱卖了，我们只想要回这块土地，也好有个活命的地儿……

吴志旭 （打断）来来回回都在说那980亩土地，我告诉你，当时那块地是通过合法程序转让出去的！

韩　刚 所以我们才想通过政府，用合法的手段要回来嘛。草花村虽然不大，但老老少少的也有上千口人，政府总不能让我们都睡马路上吧？

吴志旭 没时间跟你废话！（叫郭明）郭队长，叫各小组做好工作准备！

郭　明 （叫）各小组，做好工作准备！

［幕后推土机的轰鸣声又起。

［双方又开始剑拔弩张，气氛骤然紧张起来。

郑一鸣 （出人意料地）收队，回去！

［双方人员都感到意外。

吴志旭 收队回去？不拆啦？

郑一鸣 （坚决地）回去！

［急收光。

第三场

［市政府郑一鸣市长办公室，墙上挂着那幅《梅竹》。

［领导班子正在开碰头会，城管、规划、国土等部门领导也列席会议，气氛显得沉闷、压抑。

［郑一鸣正在翻看手中那沓厚厚的资料。

郑一鸣 （严肃地）中轴线沿线到底还有多少个国有单位、大公司没动？沿线各个村庄的搬迁情况如何？我们究竟有没有掌握每个单位、每个村庄、每户居民的情况。城管支队的郭明同志，你来说——

[郭明起身点了点头。

郭　明　中轴线全长9.6公里，原府前路有4.5公里，其余的5.1公里是延伸部分。在府前路地段，有三家国有银行、中国移动和中国电信，他们还没有动迁。此外还有质监、环保、疾控、市二中、博物馆等机构也还没有动迁，不过他们已经做出了动迁计划。

郑一鸣　公司企业呢？

郭　明　在府前路地段，还有七家星级宾馆，以及数量众多的公司企业、个体工商户。这部分公司企业仍在观望。

郑一鸣　延伸部分的情况如何？

郭　明　5.1公里的延伸部分一共涉及5个村庄，其中3个要整体搬迁，两个部分搬迁。

郑一鸣　目前已经动了几个村子？

郭　明　都还没动。

[郑一鸣啪地一声，把手中的资料重重地拍在桌子上。

[众人一愣。郭明更像受到了冲击波冲击，略略地向后一仰。

郑一鸣　（压住内心的不满）都没动？！

吴志旭　（连忙打圆场）应该说除了草花村都已经动了起来。

郑一鸣　人家提那么两个要求，就把你给顶了回来，而且还合情合理合法！

吴志旭　这里面有历史遗留问题。

郑一鸣　不管是历史遗留问题还是现实问题，如果不妥善解决，你叫人家老百姓怎么动？我们怎么去动人家？

吴志旭　选择草花村作为示范点，这也是市委学鹏书记的决策！之所以第一个选择草花村，是因为在5个村庄中草花村最大，人口也最多，如果成功拆迁，正面的影响也大。

郑一鸣　其他4个村子也像草花村一样，都完全没有了土地吗？

郭　明　那倒不是。其他4个村子，他们还有集体土地，可以异地建村，不存在没地可用的问题。

郑一鸣　（下决心地）我看这样吧：国土、规划还有农业等部门，尽快与司法部门组成一个工作组，调查草花村那980亩土地的问题，如果确实存在违法违规问题，要敢于纠正……

[吴志旭如坐针毡。

吴志旭 （打断郑一鸣）不行！

郑一鸣 （一愣）怎么不行？

吴志旭 （定了定心绪）我、我是说这样拖下去不行！（话带锋芒）一鸣同志，你刚到南州，情况还不是很了解。强势推进中轴线是市委学鹏书记的决策，是“一把手工程”。按照市委市政府年初制订的计划，现在离完成全线拆迁的最后期限只有9个月时间，如果为草花村那980亩土地走一圈法律程序，它会拖你三五年！话说回来，时间虽然紧迫，但如果我们下足够的决心，有得力的措施，我看也是可以按时完成拆迁任务的！

郑一鸣 什么叫“足够的决心”？

吴志旭 对于这些，我们都有工作预案。沿线的政府机构和国有单位，如果三个月内不实施动迁，那就“动人”，把能够动迁的人换上来当领导。这就是我们的决心！

[众人纷纷交头接耳。

吴志旭 至于府前路两边的公司和商户，全部按1：1的比例同地域补偿，将来都在“北半球最长的城市中轴线”上做生意了，他们能不乐意吗？

郭　明 （不失时机地）吴市长说得有道理，那些商户老向我打听什么时候动迁。

吴志旭 因此可以说工作的难点是在延伸部分的5个村子上，而难点的难点就在草花村。只要采取有力的措施，所有的问题将迎刃而解。

郑一鸣 你有什么措施？

吴志旭 （坚决地）一个字：拆！两个字：强拆！

郑一鸣 就这么简单？

吴志旭 就这么简单，事情没你想象的那么复杂！村民合法的建筑已经按政策补偿，违章违规的部分一分钱也不能补。

郑一鸣 （追问）拆完了你让他们都住到哪儿？

吴志旭 他们手上不是有钱了吗？买房也行，租房也行，爱住哪儿住哪儿，市场经济嘛。

郑一鸣 （痛心疾首地）志旭同志，这是我们的人民，你不能像对待敌人一样来对待他们！

吴志旭 一鸣同志，感情是不能解决问题的！

[郑一鸣和吴志旭的争执火药味越来越浓。

[众人看着这两个主要领导在争执，有点不知所措。

郑一鸣 感情是不能解决所有问题，（坚定地）但如果没有感情，所有问题都解决不了！

吴志旭 （无奈服从的样子）你是代市长，你说的或许是对的。

郑一鸣 并不是因为我是代市长，所以我说得才对。（义正词严）全心全意为人民服务，这是党的根本宗旨！如果对人民毫无感情，何来全心全意的服务？

吴志旭 （辩解）打造城市中轴线，目的就是提高南州的城市品位，因此从长远来说，也是为人民服务，也是在为人民谋福祉。一小部分人做出局部的牺牲，那也是值得的！

郑一鸣 （针锋相对）所以你就认为必须牺牲一个草花村？

[正在这时，马小杰进来。

马小杰 郑市长，我刚刚接到南城区政府办的电话，说草花村要选韩刚当村主任。

吴志旭 （万分意外）什么？要选韩刚当村主任？

[急收光。

[暗转。草花村。

[大炮举着扩音喇叭，站在村头的榕树头下装腔作势地叫唤。

大　炮 哎——乡亲们，把手上的建设工程先放一放，来开个重要会议！

[众村民有的提着箩筐，有的挑着挑子，三三两两地走了过来。

村民甲 我说大炮，你除了会“放炮”（“吹牛”之意），什么重要会议轮得到你来开？别耽误了大伙的正事。

大　炮 我韩大浩今天要给大伙说的，就是一个事关全村利益的正事！

村民甲 别吹了，有事快说，大家都忙着建房子呢。

大　炮 别以为就你们家才建房子，草花村谁家不建呀？

村民甲 你们家三座小楼不都封顶了吗？

大　炮 我那一千多平方米的鸭棚子还没砌好围墙呢。

村民丙 （吃惊）那也算呀？

大　炮 怎么就不算？四面有墙，顶上有瓦！

村民丙 你那盖的不是石棉瓦吗？

大　炮 石棉瓦不是瓦呀？我这就是平房，你知道吧？

村民甲 得，又一千平方米！

村民丁 顶得上两座三层小楼了！

[大炮把手上的红纸展开。

大　炮 大家看，这是什么？

众　人（没看清楚）是什么？

大　炮 这是我从村委会公告栏揭下来的，咱们村“两委”换届的公告。

[众人一听，原来是这事，不以为意。

村民丙 就这事？都张贴两礼拜了。

村民丁 选什么选嘛，选来选去还不是他林淮海当村主任？

大　炮 凭什么他林淮海就当了十多年的村主任？美国总统还四年一届呢！

村民甲（不耐烦）大炮你想当村主任是吧？你敢选，我就敢投你一票。

大　炮 我就是个管八千鸭子兵的命，管不了你们一千多口老少爷们，但有一个人行呀！

村民丙 谁呀？

大　炮 刚仔哥——韩刚呀！

众　人（合）他？

大　炮 大伙想想，昨天就在这里舌战群雄、勇退拆迁队的，是谁？

众　人（想了想）是他！

大　炮 为我们赢得继续施工时间、为全村立了大功的，又是谁？

众　人 是他！

大　炮 将来最有可能为咱们草花村追回那980亩土地的，又会是谁？

众　人 还是他！

大　炮 这不就明白了吗？不选他韩刚，选谁呀？

村民丁 对！林淮海是个草包，只顾自己捞钱，事到临头，脚底抹油，今年不选他了！

[一时间众村民义愤填膺。

众　人（合）对对对！不选林淮海了！选韩刚！选韩刚！

[村民乙拉着韩刚上。

村民乙 大炮，我把刚仔找来了。

韩　刚 大炮，他又在搞什么鬼把戏？

大　炮（直截了当）大伙要选你当村主任！

韩　刚　选我当村主任？

大　炮　对呀！刚才大家都举手通过了。（问众人）大伙说对不对？

［众人又作举手状。

众　人　对对对！

韩　刚　谁爱当谁当去！我的网店还要进货哩。（要走）

大　炮　（叫住）刚仔哥，拆迁队还会来的！

韩　刚　还会来？

大　炮　你不当这个村主任，把那卖掉的980亩土地追回来，到时候我们住哪儿？

韩　刚　（想了想）你们真要选我呀？

众　人　（一致地）真选你！

［切光。

第四场

［上场次日。吴志旭办公室。

［林淮海焦急地上。

林淮海　不好了，不好了，吴市长——

吴志旭　什么事？慌里慌张的！

林淮海　村民都要联名，推举韩刚那小子作为村主任候选人！

吴志旭　（故作镇定）我知道了！至于把你吓成那样？

林淮海　（哭丧着脸）他一当上村主任，我可就完了。

吴志旭　（骂）见过有官瘾的，没见过你那么大官瘾的！村主任才多大的官？你还想当一辈子？

林淮海　（不服气，抢白）你以为我想干那个比芝麻绿豆还芝麻绿豆的、干事不拿钱拿钱还睡不甜的“羊官”呀？我早就不想干了！

吴志旭　（没听明白）你说什么官？

林淮海　羊官！

吴志旭　放羊的老倌？

林淮海　（没好气地）替人受罪的“羊官”。

吴志旭　行！不想当就别当。再说，你想当也当不了多久了。

林淮海 （大惊）纪委要查我？

吴志旭 （恨铁不成钢地）你看你、你看你！自乱阵脚了不是？（大声地）没人要查你，是草花村要拆，村子都没了，你这个村主任还当什么当？

林淮海 现在不是还没拆吗？（嘟哝）这都是那什么中轴线给闹的！韩刚那小子一旦当上村主任，那980亩地的盖子，谁都捂不住！

［吴志旭一时也有点手脚无措。

吴志旭 （狠狠地）这事让你办得！当了十多年的村主任，到头来却栽在这个小东西手上！

林淮海 （乞求）吴市长，这事你得想想办法。

吴志旭 我能有什么办法？现在有村民委员会组织法，都不好插手你知道吗？

林淮海 （来气）卖田卖地的时候好插手，现在出事儿就不好插手？

吴志旭 （恼怒）怎么跟领导说话呢？

林淮海 （顶撞）我就这样说话了！怎么啦？我就一农民，不当村主任了我还是农民！姓吴的，我把话撂在这里，现在你我都是绑在一根绳子上的蚂蚱，那980亩地问题一曝光，谁也甭想跑！

吴志旭 （气噎）你——

林淮海 好自为之吧你！

［林淮海说完，摔门而去。

［望着林淮海已消失的身影，吴志旭半天才回过神来。

吴志旭 （骂）农民——

［吴志旭拿起一个高级精致的打火机，打了好几下，才把烟点上，在烟雾缭绕中苦思冥想。

［吴志旭拿起了桌上的红色内线电话，按号码，还没按完，又把话筒重重地扣下。

［一支烟抽得差不多要完了，他终于下了决心，拿起手机，拨了一个号码。电话接通。

吴志旭 （声音沉缓地）郭明，你来一下我办公室。

［抽完最后一口烟，吴志旭想了想，终于又拿起内线电话，拨打了一个号码。

吴志旭 （接通，语气里很是恭谦）您好您好……学鹏书记……是我，志旭……中轴线征地拆迁工作都在稳步进行……没问题，没问题，年底前完成绝对没问题……我跟郑代市长的配合……目前来说还算可以吧，我的那幅画他都收了……那当然，我会摆正自己的位置……有个情况我想还得向您汇报一下……其实也没什么大事，就是前些年草花村卖出的那980亩土地，现在村里的个别人还在闹……我知道，我知道，有什么情况我还会及时向您汇报……好的好的……好的好的……

[吴志旭一放下电话，就看见穿着城管制服的郭明站在桌子前，吓了一大跳！

吴志旭 （不满地）你、你什么时候进来的？

郭　明 刚进来。

吴志旭 怎么不敲门？

郭　明 敲了！

吴志旭 敲了？

郭　明 我说“可以进来吗？”，你说“好的好的”，我就进来了。

[吴志旭擦了擦额头上的细汗。

吴志旭 （语重心长的样子）老郭呀，你这个城管支队长当了没十年也有八年了吧？

郭　明 十二年了！明年我就要退二线了。

吴志旭 不容易啊！每天都冲在执法第一线，比警察还辛苦。

郭　明 辛苦一点倒没什么，关键是不被市民理解。每天打开电脑、报纸，都能看到城管又怎么怎么啦的报道，叫人心寒。

吴志旭 你放心，市委市政府是理解和支持你们的！一个城市如果没了规范管理，那还能叫城市吗？那只能叫集市！

郭　明 谢谢领导的支持！

吴志旭 闲话就不说了，把你叫过来，是想和你研究一下草花村的情况。

郭　明 我觉得昨天郑市长说的也有一定道理。

吴志旭 （生气地）你别听他瞎说，他才来几天？在南州这个地头上，学鹏书记一锤定音，我是二话没说！他郑一鸣就算是个下凡的神仙，有事还不得问我这个城隍的土地呀？（命令地）你给我带几个人，开几台钩机、推土机什么的，到草花村找那么一两处违章建筑开刀。

郭　明 （不解）带几个人？前几天不是去了两百多号人都没拆成吗？

吴志旭 不是叫你去拆村民的房子。

郭　明　那拆什么？

吴志旭　路边店、旧围墙什么的都可以，只要能把那个姓韩的小子引出来就行。

郭　明　引他干吗？

吴志旭　整个草花村不就是他挑头闹事的吗？他一出来阻挠，我马上叫警察过去抓他，告他个暴力抗法！

郭　明　（醒悟）明白了，擒贼先擒王。

吴志旭　我还不信，一个草花村就能把整条中轴线给拉下马？中轴线是学鹏书记抓的“一把手工程”，只许成功，不许失败！等工程完成了，我就向学鹏书记汇报，给你调整到一个好点的岗位。都快退休的老同志了，还在一线，看见了都让人心疼。

郭　明　（心头一热）吴市长，啥也别说了，我这就去！

吴志旭　别着急，到了傍晚村民都收工回来再动手。

郭　明　（想了想）明白了。

［切光。暗转。

［草花村。村后小竹林，韩刚追着晓玉上。看样子，他们才吵完一架。

晓　玉　我爸说了，如果你去选这个村主任，就不许我嫁给你。

韩　刚　我没选村主任的时候，他也没答应把你嫁给我呀！

晓　玉　（气急）你——

韩　刚　你爸怎么左瞅我不顺眼，右看我不舒服？那年我考上大学，他还说我是全村最有出息的。

晓　玉　你现在不是又没出息了吗？（嘟着嘴，挺委屈的样子）还把人家的女儿给霸占了！

韩　刚　（愤愤不平）这、这怎么能叫霸占呢？我军不去霸占，敌军还不一样要霸占？再说了，我霸占的又不是他！

晓　玉　你还霸占他村主任的位子。

韩　刚　他的未来女婿要选村主任了，要提前接班了，他应该高兴才对呀。

［晓玉一听，破涕为笑。

晓　玉　你这叫抢班！

韩　刚　（更加来劲）你不能这么想，放历史上这叫“禅让”，知道不？尧帝、舜帝留下来的中华传统，我这样做，注定是要流芳千古的。

晓　玉　就你这张破嘴，怎么不去考个律师？

韩　刚　律师算啥？六方会谈叫我去，也不至于谈砸！

晓　玉（笑）有本事你把中轴线给叫停了。

韩　刚　我叫不停，我也不想把它叫停。

晓　玉（不解）那你在拆迁队前乱蹦乱叫干吗？

韩　刚　他们要搞中轴线，我们不正好要回那980亩土地吗？这地卖得冤枉。那个什么破公司把那块地买去，现在还在种野草晒太阳，这叫什么你知道吗？

晓　玉　叫什么？

韩　刚　这就叫囤地！等过了几年再卖出去，那价钱都会翻十几倍、几十倍！（骂）这群王八蛋，个个都在吸农民的血！

晓　玉　要是把那块地要了回来，你打算怎么卖？

韩　刚　我不卖！

晓　玉　不卖？

韩　刚　坚决不卖！那儿不是有山有水吗？（满怀憧憬地）我要在那儿建一个大型的农业生态园，我们整个村子都搬进生态园里，在那里一边生活，一边劳作，他们城里人不是担心吃得不健康、不放心吗？我就是要让他们看着我们怎么种菜、怎么种粮食、怎么养鸡鸭鱼，顺带把观光农业也就搞了起来。

晓　玉（受到感染，兴奋地）我要种一大片的玫瑰花、薰衣草！

韩　刚　行！将来我向人求婚，连买玫瑰的钱都省了，直接到你地里采。

［晓玉一听，嗔怒。

晓　玉　我撕了你！

［晓玉要“撕”韩刚的嘴，两人扭作一团。

韩　刚（求饶）大小姐，我求婚的人就是你嘛……

［正在两人嬉闹间，大炮急上。

大　炮（见状，把头扭一边）哟、哟，忙着呀？我可什么也没看到！

［韩刚和晓玉分开，韩刚还不时用手揉了揉嘴巴。

韩　刚（有点不快地）干吗呢大炮，我在跟你嫂子谈正经事。

晓　玉　谁是你嫂子？

大　炮　刚仔哥，城管又来了！

韩　刚（吃惊，愤怒）又来了？上次咱们提的要求，半个也还没见落实，就来硬的了？走，叫人到村口去！

大　炮　不在村口。

韩　刚　在哪儿？

大　炮　在西岗路边，来了两台钩机，把我那两个鸭棚子给扒了。

韩　刚　（想了想，问）等等！就两台钩机，扒你两个鸭棚子？

大　炮　对呀，他们说我这是违章建筑，占道经营，影响交通。我那些鸭子可惨了，都吓得全上了架！

韩　刚　后来呢？

大　炮　后来我就来叫你了。

韩　刚　他们没进村？

大　炮　没有，两台钩机还停在那儿呢。

韩　刚　扒得好！你那两个鸭棚子，本来就阻挡视线，影响交通，去年在那儿就撞了两回车。我要是选上村主任，第一个要扒的就是你两个鸭棚子！

大　炮　（哭着脸）刚仔哥，你怎么都这样？

韩　刚　他们只要不拆我们的村子，爱干吗干吗！

大　炮　我还打算把鸭棚子扩建一下，扩大养殖规模呢。

韩　刚　放心吧，将来会有你养鸭子的地方！

［正在这时，韩金泉气呼呼地上。

韩金泉　刚仔，原来你们都在这里？快走，跟我走！

韩　刚　出什么事了爸？

韩金泉　几个城管和国土所的人，带着两台推土机，把咱们家的小鱼塘给填了！

韩　刚　填了我们家的小鱼塘？

韩金泉　对呀，他们说我擅自改变土地用途，属违法用地。那个小鱼塘都挖了十多年，从来就没人来管过嘛。

韩　刚　他们也没进村？

韩金泉　就几个人，他们还敢进村？

［至此，韩刚琢磨到其中可能的奥秘。

韩　刚　（劝慰）爸，咱家那小鱼塘，都成污水塘了，养的鱼你都不吃，填了也就填了呗。

韩金泉　（来气）你个衰仔！你爸我当年挖那个塘多辛苦你知道吗？卖鱼的钱都供你上大学了，你说填就填？

韩　刚　我看今天这事肯定有问题，他们不进村，却又是拆大炮的鸭棚子，又是填我们家的小鱼塘，我估计还会有一出，要不怎么叫“三板斧”呢？咱们要沉住气，不能上这个当。

大　炮　有那么玄吗刚仔哥？

韩　刚　这就叫逼迁，无所不用其极，你长长见识吧。

［正说着，村民甲急上。

村民甲　刚仔刚仔，不好了，我路边那个摩托维修店，叫城管的人给扒了！

韩、炮　（合）占道经营，影响交通！

村民甲　（惊讶）你们都知道了？

［切光。

第五场

［夜，咖啡厅包厢。烛光柔和，音乐轻舒，桌子上放了瓶高级红酒，富有浪漫情调。

［就两个人——吴志旭和方菲。两人面对面坐着。

［方菲抱着个高脚杯子，几乎笑岔了气。

方　菲　哈哈哈——我说吴大市长，办韩刚这小子，用得着费那么大劲吗？

吴志旭　（苦着脸）我也不想费那么大劲呀！知道什么叫天下第一难吗？

方　菲　我好像听说过，计划生育！

吴志旭　那是以前！

方　菲　挣钱？

吴志旭　那是别人。

方　菲　说的也是。您吴大市长，挣钱好像也不太难。

吴志旭　（忙撇清）别扯上我，我就挣工资。

方　菲　那什么才是天下第一难？

吴志旭　拆迁！

方　菲　拆迁？

吴志旭　拆迁难，天下第一难！

方　菲　这到底难在哪里嘛？

吴志旭 难就难在你永远满足不了农民的胃口，拆一平方米你补他三千，他就要六千，征他一亩地给他五万，他就敢要十万。

方 菲 这叫人心不足蛇吞象。

吴志旭 你一旦满足不了他的要求，上访的、上吊的、跳楼的、跳桥的、自杀的，啥都有。但羊毛不会出在狗身上，这些补偿款，最终还不是转嫁到卖地款上？说白了，政府现在是替你们开发商省钱！

方 菲 （意味深长地）放心吧吴大市长，该我们公司出的钱，我们会出的！

［说着，方菲向吴志旭推过一张卡。

吴志旭 （看也不看）怎么意思？

方 菲 购物卡，一点小意思。

吴志旭 （把卡扔还给方菲）算了吧你们，上次送来的那张，还不够买两瓶酒。

方 菲 这次我叫财务在后面多加了两个零。

吴志旭 就算再加五个零，对于你们公司来说，还不是九牛一毛？

方 菲 （发嗲）不要这样子嘛，吴大市长，公司在南州挣了钱，还会忘记您吗？

［方菲左手举着杯红酒，右手拿着那张卡，走到吴志旭身边，很暧昧地把卡塞进吴志旭左胸口袋里。

方 菲 您说呢？吴大市长？

吴志旭 好话都让你说尽了，我还说什么呢？（举起杯子）喝！

［两人碰杯。

吴志旭 现在草花村拆迁难，还不是难在钱这个问题上。

方 菲 哎哟，还有钱解决不了的问题吗？

吴志旭 这个问题还真不是钱就能解决的。韩刚那小子，非要扯出他们村前几年卖掉的那980亩土地，这不就把问题复杂化了吗？

方 菲 他说扯就扯呀？

吴志旭 他一说要追回那980亩土地，全村人呼啦啦地就要选他当村主任，把我气得！

方 菲 这就是农民。

吴志旭 他要是真当上这个村主任，麻烦可就大了。

方 菲 （笑）所以你们就想出那“三板斧”，来拍死他？

吴志旭 这不都拍空了吗？（感慨地）韩刚那小子真不知天高地厚，来蹚这浑水干吗？这里面的水太深了，一不小心就会把他给呛死！

方　菲　（吃一惊）有那么严重吗？

吴志旭　水太深了，不是呛死他，就是呛死我！

方　菲　啊……

［吴志旭一筹莫展，方菲想了想，又堆起笑脸！

方　菲　吴大市长，如果我把韩刚这小子搞定了，您怎么报答我？

吴志旭　（不以为然）就你？

方　菲　（自信地）就我！

吴志旭　（戏谑地）美人计？

方　菲　您甭管。总之我有办法让他当不上这个村主任！

吴志旭　真的？

方　菲　真的！

吴志旭　只要你能让韩刚死了当村主任的心，有什么要求，尽管提！

方　菲　一言为定？

吴志旭　一言为定！

［方菲伸出小手指，与吴志旭拉钩。

［吴志旭拉完钩，把方菲的手吻了一下。

方　菲　其实我的要求也简单，就是宏海集团要拿位于草花村的“一号地块”。

吴志旭　（有点为难）这可是整条中轴线最值钱的地块。

方　菲　不值钱我们还不要呢。我们要在那儿建一个豪宅小区，名字都起好了，就叫“一号大院”！

吴志旭　小方，不是我不想帮你，别的地块还好说，要说这“一号地块”，那可是学鹏书记点了头才算。

［方菲又过来，又往吴志旭衣兜里塞了张卡。

吴志旭　（不满地）我说你不能把那些零都加在一张卡里头？一张又一张的，逗小孩玩哪？

方　菲　这不是购物卡。

吴志旭　（疑惑）什么卡？

方　菲　（暧昧地）房卡。

吴志旭　房卡？

方　菲　海格大酒店，1207，今天晚上……

吴志旭　（暧昧地笑了）小方，真有你的！你们集团公司把你派到南州，算是找对人了！（下决心地）行呀！只要你把韩刚弄得当不上村主任，“一号地块”的问题，我可以替学鹏书记拍板！

方　菲　新来的郑市长那里，需不需要再去“沟通”一下？

吴志旭　（有点不高兴）郑市长初来乍到，不了解南州的情况，中轴线是“一把手工程”，学鹏书记负总责。我跟学鹏书记从乡镇一起打拼到现在，都半辈子交情了，这个主意我还是可以帮他拿的。至于郑市长那儿，你的那幅画他不是已经收了吗？

方　菲　（赞赏地）还是吴大市长您深谋远虑。

吴志旭　（自嘲）你还是直接说我老谋深算好了！他郑一鸣就算是下凡神仙，啥事还不得问我这个城隍土地？（愤愤不平地）他这么一来，我要当市长，又不知该等到猴年马月！（抬腕看了看表，故作正经地）不说了！都十二点了，我要去海格酒店了。

方　菲　“一号地块”？

吴志旭　一言为定！搞定韩钢？

方　菲　一言为定！

［两人相视一笑，方菲挽起吴志旭的胳膊，欲下。

［走了几步，吴志旭想了想，挣脱方菲的手。

吴志旭　外面人多眼杂！

方　菲　（嗔骂）贼心贼胆！

［两人一前一后下，切光。

［半夜里，空旷的舞台，两条追光形成两个表演区。方菲穿着睡衣，头发蓬乱，一脸的疲惫，一只手里还拿着根烟。

方　菲　（打电话）韩刚，你不要去选那个村主任！

［灯光的这一边，韩刚穿条大裤头，看样子才从床上爬起来。

韩　刚　三更半夜的，你就跟我说这个？

方　菲　（幽幽地）明天你能来一下我公司吗？

韩　刚　有话现在就说吧。

方　菲　（不容置疑，吼）我叫你不要去选那个破村主任！

韩　刚　（回敬地）你可以去当老板的小秘，也可以去当总裁的助理，为什么我就不能去当个村主任？我他妈就一农民，我不去选村主任，难道你叫我去选市长呀？

方　菲　（哀求）韩刚，以前是我不对，但这次你必须听我的，别选了，好吗？（哭泣）

韩　刚　（口气软了下来）对不起方菲，我必须对我的父老乡亲有所交待，如果我现在说不选，草花村真的就完了。

[方菲泪流满脸，手机无力地从手中滑落。

韩　刚　（呼喊）喂——方菲——喂——喂——

[忙音。两边同收光。

第六场

[市政府市长办公室，郑一鸣正在琢磨墙上挂着的那幅《梅竹》。

[马小杰上。

马小杰　市长，您找我？

郑一鸣　是啊，想跟你谈个事。

马小杰　有什么指示，您就说呗。

郑一鸣　小马，我们都到南州三个多月了，感觉怎么样？

马小杰　就像是个大工地，到处都在挖。

郑一鸣　最大的工地就在我们的眼前。

[郑一鸣走到窗边，推开窗户。

郑一鸣　你看，整条府前路，树也砍了，路也挖了，偏偏在草花村，遇到了拦路虎。

马小杰　您想搬走这只拦路虎？

郑一鸣　必须得搬！

马小杰　但还不能硬搬。

郑一鸣　你说对了！我找你来，就是想谈这个问题。从现在掌握的情况来看，草花村前些年卖出的那980亩土地可能有问题，你给我去调查一下。注意，不要惊动别人。

马小杰　明白。

郑一鸣　最好从买家入手，我倒要看看，谁那么大的胃口，一口气吞了那么大的一块地。

马小杰 这不难，我都听人说了，买那块地的好像是一家香港上市公司。

郑一鸣 就这么着，顺藤摸瓜！

马小杰 （想起了一件事）对了市长，草花村换届选举，韩刚作为候选人，要竞选草花村村民委员会主任，已经上报区里了。

郑一鸣 （有点意外）已经上报区里了？区里有什么意见？

马小杰 根据村民委员会组织法，只要候选人满足一定条件，就可以成为正式候选人。也就是说，韩刚可以成为正式候选人。

郑一鸣 （想了想）既然如此，我们还是乐见其成吧。（若有所思地）这些年来，我们对基层的民主建设不够重视，总以为基层群众觉悟低、素质差，总想包办一切。到头来，不但什么也办不了，客观上还纵容、包庇了一些基层干部，让他们做出了许多匪夷所思、令人发指的事情来，对党和政府的公信力造成了极大的伤害。我们常说，中国的老百姓是世界上最善良的老百姓，但善良并不等于懦弱，等他们真正凝聚起来，你才知道什么叫力量！

马小杰 上次草花村就是个典型的例子。

郑一鸣 我想这不一定就是个坏事。推进中轴线是南州的重大城市项目建设，如果在这个过程中，让像草花村这样的基层群众性自治组织开展自治，那也是功在千秋的事业。

马小杰 （醒悟的样子）是呀，我怎么就没想到呢？

郑一鸣 （笑）你想到了，你就能当市长！

马小杰 （自谦地）我当不了市长。

郑一鸣 你就少在我面前装孙子了。城管支队的老郭要退二线了，等中轴线工程完成后，我就推荐你去当个副支队长。

马小杰 （叫苦）这我可干不了，弄不好让那些小贩给撕了。我还是去继续调查那个香港上市公司吧。（下）

郑一鸣 （望着马小杰的身影，笑了笑）别以为基层工作单纯，难着呢！（继续看那幅画，吟读）“潇潇秋雨留风骨，料峭冬雪送红梅”……

[渐收光。

[暗转。迪厅，音乐强烈，灯光五彩，众男女在音乐和灯光下蹦迪。

[大炮正和几个小青年乱蹦，方菲穿着性感，踩着舞步，有意无意地靠近大炮。

［见美女靠近，大炮更是来劲。

大　炮　靓女，你好漂亮哦——

方　菲　一般一般，港姐第三。

［几个小青年大呼小叫。

方　菲　我认识你。

大　炮　你认识我？

方　菲　草花村的，大炮！

大　炮　（被人认出，有点气泄）草花村怎么啦，马上就要变成市区了，没劲！

方　菲　我请你喝酒，怎么样？

大　炮　我干吗喝你的酒？

方　菲　姐姐我有一事相求。

［众人隐去，音乐变成了抒情、舒缓的乐曲。

［大炮和方菲走到一个相对安静的角落。

大　炮　（还在追问）你怎么认识我的？

方　菲　我不但认识你，还认识你们村的韩刚。

大　炮　你还认识他？

方　菲　那年暑假，我和韩刚回到你们村子，你还在塘里放鸭子。

大　炮　（惊喜地）想起来了，你是方菲姐！

方　菲　想起来了是吧？

大　炮　那时你不是跟我刚仔哥谈对象吗？那会儿刚仔哥考上了大学，又带回一个漂亮的女朋友，整个村子都轰动了。后来……后来你们怎么又不那个了？

方　菲　哪个？

大　炮　就那个呗！咳，刚仔哥自从回到村里，别提多遭罪了，去年才跟晓玉好，差点没被晓玉她当村主任的老爸打折腿。

方　菲　（愤懑）活该！他不是要竞选村主任吗？

大　炮　就这事，晓玉她爸又想打折他的另一条腿。

方　菲　我问你，你想不想你刚仔哥选上村主任？

大　炮　当然想了！

方　菲　我也想。

大　炮　你们不是都已经那个了吗？

方　菲　什么这个那个的，啥意思？

大　炮　用在这里，是分手的意思。

方　菲　所以我才要帮他一把。一来算是补偿一下他，二来是因为我们公司在南州开展业务，他选上了村主任，对我不更有利吗？

大　炮（想当然）那是！晓玉他爸当村主任，找他的老板可多了。

［方菲掏出手机，打电话。

方　菲（对电话）小敏你过来。

［才一会儿，那个叫小敏的女孩提了个黑色的环保袋走了过来。

方　菲　东西带来了吗？

小　敏（递过环保袋）方总，东西都在这儿。

方　菲　好，你先下去吧。

小　敏　是。（下）

大　炮（好奇地，想打开环保袋）什么东西？

方　菲（一拍大炮的手）别打开！（小声地）这里面是20万，现金！

大　炮（嘴巴半天合不上）现金，20万？给谁的？

方　菲　给你的！

［大炮一听，一把将钱袋子搂入怀中。

大　炮　真是给我的！

方　菲　嗯！

［大炮眼珠子咕噜一转，把钱袋子推还方菲。

大　炮　我不要！拿人钱财，替人消灾，回头你叫我韩大浩去杀人放火什么的，我可不干！

方　菲　没叫你去杀人放火。

大　炮　打架也不行！

方　菲（想笑）都跟谁打架呀？

大　炮　我马上就有拆迁补偿款了，马上要成正宗的城里人，违法犯罪的事我不干！

方　菲（笑）你也太能想了吧？谁叫你去打架了？

大　炮（不解）那你给我钱干吗？

方　菲　你不是想你刚仔哥当上村主任吗？

大　炮　对呀！

方　菲　我也想让他当上村主任。这20万，是给他做“竞选经费”的。

大　炮　竞选经费？

方　菲　是啊！凡是你认为要打点的人物，要请的客，要送的红包，你尽管可以在这里开支，目的只有一个，就是要他韩刚当上草花村的村主任。你明白我的意思吗？

大　炮　（开始醒悟）原来是这样呀？

方　菲　有问题吗？

大　炮　（爽快）能有什么问题嘛！不就是请客喝酒吃饭吗？（又一把把钱袋子搂了过去）

方　菲　该送的红包，还得送。

大　炮　我懂！别以为我是个农民就不懂，架桥的酒，开路的烟，桌子底下把红包点！

方　菲　记住，不要让韩刚知道你在干这事，更不能让他知道我给了你钱。

大　炮　我有那么傻吗？

方　菲　悄悄地，我们就帮他把事情做成。

大　炮　（拍着胸脯）放心吧方菲姐，我保证做得天衣无缝。

方　菲　你要做得细致一点，谁谁谁收了你多少红包，你都给我拿个本子记上。

大　炮　记上？为什么？

方　菲　别到头来人家收了钱又不投票。

大　炮　（又来痞子气）他敢！

方　菲　好了，有事你忙去吧。

大　炮　你帮我买单哦——

［大炮抱着钱袋子，乐癫癫地下。

［方菲拿出手机，拨打电话。

方　菲　（对电话）我都布置好了，只要他韩刚一当选，你就可以到纪委举报他贿选！

［还没等对方回话，方菲就把电话收了。

［幕后传来方菲自己的声音：方菲，你在干吗？在干吗——

方　菲　（抱着自己的脑袋）我在干吗——在干吗——（极痛苦）

［切光。

第七场

[吴志旭办公室。吴志旭跳着脚对方菲发脾气。

吴志旭 你看你，你看你，都做了些什么好事？

方　菲 （并不胆怯）我做了什么好事，难道你吴大市长还不知道吗？

吴志旭 韩刚他选上了！

方　菲 你急什么急呀你？选上了你就去查他呗，他贿选，选上也当不上！

吴志旭 监察局的人去查了，人家根本就没有贿选一说！

方　菲 （言之凿凿）不可能！上个月底他们村的韩大浩才从我这里拿了20万去做活动经费，不然你以为他韩刚就自然而然地当选呀？

吴志旭 现在人家都查了，回头那980亩地的问题捂都捂不住了！

方　菲 这关我什么事？我只要轴线那"一号地块"。

吴志旭 你呀你呀，尽长脸蛋不长脑子。韩刚一当选村主任，那980亩土地的盖子就会被掀开；那个盖子一掀开，我就有麻烦！我一有麻烦，中轴线上的"一号地块"就没你什么事了知道吗？

方　菲 不是还有学鹏书记吗？

吴志旭 他？（绝望地）他比我更麻烦！

方　菲 （吃惊）啊？

吴志旭 （决断地）不行，我要去找郑一鸣。（想了想）你就在我这里待着，听到我的电话，你就到826来。

方　菲 干吗？

吴志旭 （狗急跳墙）还能干吗？他郑一鸣如果不保我，他也甭想过这关！

[吴志旭欲下，忽然想起了什么，回过身来从抽屉拿出一个信封，放进自己的提包里。急下。

[切光。

[暗转。郑一鸣办公室，墙上还挂着那幅《梅竹》。

郑一鸣 都调查清楚了？

马小杰 都调查清楚了。购买草花村980亩土地的公司叫隆鑫房地产置业有限公司，在香港挂牌上市。这家公司的老板叫吴恒，是吴副市长的堂侄儿。

郑一鸣 （冷静地）还有吗？

马小杰 还有。隆鑫公司在低价购买草花村土地的过程中，使用了大量的违法违规手段，包括擅自改变国有土地用途、侵占基本农田、化整为零分片购入等手段。最让村民难以接受的是，他们与村委会以及有关部门暗箱操作，采取了冒充村民签名、制作虚假文书等办法，使得这项交易顺利实施。

郑一鸣 （脱口而出）王八蛋！

［马小杰一愣。

郑一鸣 （回过神来，道歉）对不起小马，我骂人了。（沉重地）要不是这条中轴线，这里面的黑幕不知道还要捂多久！

马小杰 市长，还有一个重要情况，我不知道该不该说。

郑一鸣 你说。

马小杰 隆鑫公司老板是吴恒，但幕后老板实际上另有其人。

郑一鸣 （一愣，敏锐地）谁？

马小杰 这人叫肖玲，是梁学鹏书记老婆的亲妹妹。

郑一鸣 （闻言，极其慎重）这就涉及领导干部，消息可靠吗？

马小杰 错不了！有人举报韩刚在竞选草花村村主任时贿选，省纪委工作组已经介入调查，很快就牵扯到那980亩土地的问题，他们把我找去了解情况。

郑一鸣 （意外地）他们也把你找去了？

马小杰 是的。

郑一鸣 草花村卖地是前几年的事了，跟你我都完全没干系！

马小杰 据我所知，这事是省纪委严副书记负责的，他们已经掌握了一系列有关南州的问题线索，他担心您已经深陷其中。

郑一鸣 （感慨地）这个老严哪，到底对我还是不放心！

马小杰 当他们知道我也在调查草花村980亩土地问题的时候，就知道你没有牵扯到这些事情。昨天他们就把肖玲的情况告诉了我，叫我今天向您通报。

郑一鸣 小马呀，我们到南州已经三个多月了，工作局面怎么就是打不开呢？原来呀，这里面有太多的利益、太多的纠葛、太多的纷争，剪不断，理还乱。走，老严他们还在南州，我们找他谈谈去。

［两人欲下，吴志旭急上。

吴志旭 一鸣……

郑一鸣 （有点意外）老吴？有事吗？

吴志旭 你要出去？

郑一鸣 想出去走走。

吴志旭 我有个事想跟你商量商量，挺急的。

郑一鸣 （对马小杰）小马，你先回你办公室，我跟吴市长商量个事。

马小杰 好的。（下）

郑一鸣 老吴，请坐！

［吴志旭没坐。

吴志旭 （脸色煞白）一鸣，出事了，韩刚选上草花村村主任了！

郑一鸣 （淡定）韩刚选上草花村村主任，这能出什么事？

［吴志旭走到门边，把门给反锁上。

吴志旭 一鸣，韩刚选上村主任，那980亩土地的问题怕是捂不住了！（拉住郑一鸣的手）一鸣，你一定要保我过关！

郑一鸣 保你过关？这事与你有什么关系？

吴志旭 一鸣，事到如今，我也只好直说了，这事牵涉到我！

郑一鸣 （并不意外）是吗？

吴志旭 （隐晦地）当初，他们草花村卖地，就是通过我牵线搭桥的。（绝望地）我、我都陷进去了你知道吗？（求救）现在只有一个办法能把这事给掩饰过去。

郑一鸣 什么办法？

吴志旭 韩刚之所以当选，是因为他向方菲要了20万元的"竞选经费"。你马上派人去查，肯定有线索。只要抓到一条线索，我们马上就可以宣布韩刚当选无效，然后再找个什么条文之类的，关他一年半载，这事就算过去了。

郑一鸣 老吴，事到如今，你应该向组织汇报。

吴志旭 （苦叫）向组织汇报我就完了！

郑一鸣 你这么跟我说，难道就不会完吗？

吴志旭 （抓住救命稻草似的）你会帮我的，你一定会帮我的！你说对吧？

郑一鸣 老吴呀，问你一个问题。

吴志旭 什么问题？

郑一鸣 我们是哪一年认识的？

吴志旭 （想了想）六年前，在中央党校。

郑一鸣 那年，你刚从县委书记提拔为副市长，那是多么意气风发。

吴志旭 还提那些干吗？

郑一鸣 那时候，大家都想干一番事业，都有一个宏伟蓝图。我还记得，你的论文是《区域协同发展与干部队伍的思想作风建设》，谈的就是经济发展与党风廉政建设的关系，还拿了优秀论文奖。

吴志旭 都过去了……

郑一鸣 是呀，六年时间，眨眼就过去了。但我觉得，有些东西不能随着时间的流逝而改变，比如情怀，比如信仰……

吴志旭 别说了一鸣，我知道你要说什么。

郑一鸣 知道了就好。

吴志旭 （欲哭）一鸣，我怕、我怕呀……

郑一鸣 怕？

吴志旭 我怕这样就被关了进去，我怕老婆要跟我离婚，我怕乡下的老母亲知道……

郑一鸣 老吴，现在省纪委严副书记还在南州，你亲自向他汇报，争取主动。

吴志旭 你是不打算帮我了是吧？

郑一鸣 我现在就是在帮你。

吴志旭 （勃然变色）在帮我？你这是在落井下石！（狠狠地）我吴志旭过不了这关，你郑一鸣也甭想活！

郑一鸣 （严肃地）吴志旭同志，这是市人民政府办公大楼，这些带恐吓性的语言，还是不用为好。

吴志旭 （大笑）哈哈！郑一鸣，你这是恐吓吗？你有把柄，落我手里了知道吗？

郑一鸣 （也笑）老吴呀，如果我郑一鸣有什么见不得光的东西落你手里，一、你可以向市委报告；二、你也可以纪检监察部门举报，用不着这样要挟我。

吴志旭 （威胁）如果我向组织报告，你我就一同完蛋！

郑一鸣 （语调并不高，但语气十分坚定）如果真的要一同完蛋，那我只好陪着你。

吴志旭 好！有种！我可以叫两个人过来吗？

郑一鸣 当然可以，如果你认为有必要。

吴志旭 好！你等着。（掏出手机，拨打）您好，是严副书记吗？我是吴志旭，……对对对……我现在在郑市长办公室826，您能过来一下吗？我有个重要情况要向您汇报……好的好的……（挂了又拨另一个电话）方菲，你现在就上来！（挂机，对郑一鸣）我要把严副书记和方菲请来，见证你的自取灭亡！

郑一鸣 （痛心地）老吴，你这么做，我们还是中央党校的同学吗？我们还是一起共事的同志吗？

吴志旭 已经不是了！在你决定不帮我的时候，（大声地）已经不是了！（咬着牙）因为你当初的一个退缩，让草花村有了喘息的机会，有了追讨那980亩土地的念头，才酿成今天的被动、今天的危机，以及你我今天的撕破脸皮！是你把我们都赶上了绝路！

郑一鸣 如果真有所谓的绝路，那也是你自己的选择。

吴志旭 （冷笑）我要你陪我走下去。

[外面响起敲门声。

吴志旭 （大声地）进来——

[敲门声还在不依不饶地响。

吴志旭 （更响）进来——

郑一鸣 你都把门锁上了！能进吗？

[吴志旭狠狠地瞪了郑一鸣一眼，走过去开门，进来的是方菲。

吴志旭 来了，第一个见证者来了！（对方菲）请进——

[方菲已经感觉到那种压抑的气氛，进门后有点小心地向郑一鸣点了点头。

方　菲 郑市长——

吴志旭 （轻蔑地）马上就不是了！

郑一鸣 （并不介意）方总请坐。

[正在这时，马小杰带着老严和两个工作人员，推门而进。

马小杰 严副书记，就这儿！

老　严 哟，都在哪？

吴志旭 严副书记来得还真快。

老　严 刚才在你们学鹏书记办公室谈了一下工作，接到你电话我就下来了。

郑一鸣 老吴，你要的人都来了，有什么话，就敞开说吧。

吴志旭 你现在后悔，还来得及。

郑一鸣 没有什么后悔不后悔的。

吴志旭 好！有种！（对老严）严副书记，我要向组织举报：郑一鸣收受巨额贿赂！

[众人惊诧。

郑一鸣 （压住怒火）吴志旭，我们都是党的干部，请你不要无中生有、血口喷人！

吴志旭 我有人证、物证！严副书记，您要主持正义！

老　严 吴副市长，你放心，在党纪国法面前，没有特殊公民，更没有特殊干部！

吴志旭 严副书记，郑一鸣收受了一笔金额高达500万美元的礼品，请组织调查。

老　严 你有证据吗？

吴志旭 我说过，我有人证！物证！

老　严 （感到问题严重）那请你提供相关证据。

[吴志旭把方菲拉了过来。

吴志旭 人证，就是她！

[方菲一脸无奈，一副任人摆布的样子。

吴志旭 （走到墙边，指着《梅竹》）而物证，就是这幅八大山人的《梅竹》！

郑一鸣 这不过是一幅赝品。

吴志旭 （冷笑）那是你以为！（转而对老严）严副书记，我还清楚记得，今年的2月16日，在郑一鸣到南州上任的前一周，我陪这位——宏海集团南州项目部总经理方菲小姐到他省政研室办公室，向他赠送了这幅价值500万美元的名画。他郑一鸣，居然就收了。这不，还挂在了自己的办公室！

[形势急转直下，郑一鸣开始着急。

郑一鸣 不不不！严副书记，他只说对了一半。这幅画确实是他们送给我的，但这只是一幅赝品，价值不超过人民币500元。

老　严 （问方菲）这幅画是你送的吗？

方　菲 （有点紧张）是我送的，但这画是……

吴志旭 （抢过话头）是赝品！为了让这位新上任的市长优雅而又体面地收下这幅价值连城的古画，我和方小姐统一了口径，都说这画是赝品！（得意地）哈哈——郑一鸣，你中计了！

郑一鸣 （愤怒）中计了？从一开始这就是个计？你们……（气结）

吴志旭 （庆灾乐祸）后悔了是吧？来不及了！

郑一鸣 （稳定了一下自己的情绪）不！我相信自己的鉴赏能力，这幅画就是个赝品！严副书记，我请求组织把这幅画拿到北京，甚至拿到国外最专业的鉴定机构进行鉴定。（坚定地）如果是真品，我郑一鸣愿意承担一切法律责任！

老　严　看来只有如此了！（对工作人员）把这幅画收起来！

［工作人员很小心地把《梅竹》卷了起来。

［吴志旭从提包里抽出一个信封，又从信封拿出一沓文书，啪的一声，拍在桌子上。

吴志旭　用不着国外鉴定那么麻烦。我这里有香港佳士得拍卖行的拍卖文书，以及金额写了500万美元的发票，假不了！

［老严拿起文书和发票仔细察看，表情越来越冷峻。

吴志旭　（狠狠地）郑一鸣，这回你死定了！

老　严　（摇着头，叹息）郑一鸣呀郑一鸣，你到底也没逃过……

方　菲　（突然爆发）不！严副书记，我有话要说！

老　严　（意外地）你还有什么话要说，方小姐？

方　菲　这幅画真的就是赝品。

［所有人愕然，连郑一鸣都大感意外。

方　菲　是这样的。去年我们得知南州要搞一条号称北半球最长的城市中轴线，集团公司为了拿到最好的地块，就从香港佳士得拍卖行拍下了这幅珍品古画。本来是准备要送给吴副市长的，但吴副市长说新市长马上就要到任，不如把这幅画送给新来的市长，先把他套住，下来的事情就好办了！

［听到这里，郑一鸣浑身没力，瘫坐在自己的办公椅上。

老　严　（不解）那怎么又成赝品了呢？

方　菲　刚才吴副市长不是说了吗，我们怕郑市长不敢收，就统一口径，说这幅是赝品。我向集团公司老总汇报这事，老总说既然这样，那就干脆送个赝品好了。于是，我就赶紧找人做了这幅高仿，也没花几个钱……

［这时，轮到吴志旭惊恐万状。

吴志旭　你、你是说，你们给我看的，是真货，而送给他郑一鸣的，是赝品？

方　菲　是这样的。

吴志旭　那、那真货呢？

方　菲　还锁在公司保险柜里。

吴志旭　（追问）这发票？

方　菲　这倒是真的。我就一直没弄明白，这画你不收，偏要留下这拍卖文书和发票。

吴志旭　（终于明白过来，捶胸顿足，破口大骂）奸商……全他妈的奸商……

老　严　好了，事情已经基本搞清楚了。有几个事情，我还要向大家宣布一下（拿出笔记本）：第一，经调查，草花村韩刚当选村主任，不存在贿选情况。村民韩大浩确实收了宏海集团南州项目部总经理方菲小姐赠送的20万元现款，但全部已经用在了自己家两栋违章抢建的房子上，有完整的票据为证。通过我们的工作，韩大浩同意分期归还方菲款项，并立下了字据。第二，鉴于吴志旭同志在草花村980亩集体土地出让过程中涉嫌严重违纪，省纪委决定暂时停止吴志旭同志的职务工作，协助有关方面进行调查。第三，鉴于南州市委书记梁学鹏同志在中轴线、深水港、市政工程等项目中涉嫌严重违纪，已经被暂时停止职务工作。南州市的全面工作暂时由郑一鸣同志负责，明天省委组织部会有人下来正式宣布。（收起本子，问）大家都听明白了？

［众人不语。

老　严　既然大家都没什么异议，那就执行吧。（对吴志旭）吴志旭同志，麻烦你跟我们走一趟。

［两个工作人员，一左一右带着吴志旭下。

［老严略向郑一鸣点了一下头，算是作别，下。

［郑一鸣像是大病了一场，瘫在椅子上好像站都站不起来。

［方菲不知所措，走也不是，留也不是，用眼光向马小杰征求意见。

［马小杰用手做了个“走”的动作，方菲如获大赦，溜下。

马小杰　（小声地）市长，他们都走了。

郑一鸣　（沉重地）小马呀，刚才你都看到了吧？

马小杰　都看到了。

郑一鸣　原来我还以为，南州这里头有的只是利益的纠葛、权力的纷争。让我万万没有想到的是，这里头还有构陷和算计，还有埋伏和陷阱，还有许许多多我们看到的和没看到的、想到的和没想到的东西。在我们还没来到这个地方之前，就已经成为人家“围猎”的对象。这还是我们共产党领导的政府吗？我看怎么像是个尔虞我诈的商场、你死我活的战场呢？

马小杰　市长，他们已经受到了党纪国法的制裁。

郑一鸣　（感慨地）是啊，天网恢恢，疏而不漏，这已经证明了党有足够的自我净化能力，任何人如果敢于触犯法纪，终有一天是会被清理出去的。

马小杰 市长，刚才我真替您担心，如果当初您的鉴赏能力出现了问题，那今天被带走的，可能就会是您。

郑一鸣 说得好！但有一点请你放心，如果当初我不能确认那幅画是赝品，无论如何我是不会收的。本来以为这样做可以融洽人与人的关系，方便日后相处，却不料，背后有这么个惊天阴谋。（无力地）小马，我想歇一歇。

马小杰 哎！（下）

［渐收光。

第八场

［一年后，又是草花村口，锣鼓喧天，醒狮起舞，一片欢腾，村民们正在热热闹闹地搬家。

［韩刚和晓玉正在帮村民搬东西。

韩　刚 嘿，我说大叔大伯，都搬新家了，这些破玩意儿还要来干吗？

村民甲 穷家值万贯！居家过日子，不都是用这些旧东西吗？

韩　刚 政府帮我们重新规划了草花新村，每家每户独栋小楼，前后小院。比那南雁山下别墅群还豪华。

村民乙 当然比这老村舒服多了！

［众人热烈地交谈着。

村民甲 （问）刚仔，你跟晓玉的事什么时候办呀？都搬新村了。

韩　刚 （指着晓玉）这事得问她。

晓　玉 我爸说了，要等他出来后才能办，他要看着我们成亲。

村民乙 老村主任都是叫那些人给害的，自己的钱没挣多少，到头来却惹了两年牢狱之灾。

晓　玉 我爸说对不起大家，请乡亲们原谅。

村民甲 都过去了，他回来还是咱草花村一员，大家伙说对不对？

众　人 对！还是咱草花村一员。

［大炮拿着一封信上。

大　炮 刚仔哥，你的信。

［韩刚接过信。

韩　刚　发个信息不完了吧？还写信，老土！

［韩刚走到一边，抽出信笺，幕后响起方菲的声音：“韩刚，当你接到这封信的时候，我已经离开了南州，甚至已经离开了那个曾经以为可以实现我心中梦想的南方，到一个没有人知道我的地方重新生活了。大学四年，是我最快乐的四年，也是我今生无法淡忘的四年，原因，只为有你！可是你我毕竟是来自两个不同世界的人，此生注定要走到不同的地方去，我无法接受你的内敛，就像你无法接受我的张扬。我在南州工作的大半年里，你甚至都不肯再见我一面（抽泣）……也就是在这大半年里，我做了许多违心的事儿，现在想来，是那么污浊，那么不堪。你的高洁，反衬了我的卑劣。但有一点你必须理解，我不想你去竞选村主任，却是真心诚意的，我真的不想你卷入这场争斗，不想你成为一个无谓的牺牲品。但现在看来，我的顾虑似乎是多余的。郑市长是个好人，是他的人格魅力唤醒了我，让我在最后一刻挺身而出，说了对得起良心的话。韩刚，我走了。至于那20万元，我已经倾其所有向公司做了赔付；如果大炮要还钱的话，你就先替我收着，将来如果我有机会到南州，你再还我，拜托了！祝福你和晓玉，我还没见过面的嫂子……”

［韩刚在读信，大炮在一旁不断窥探。

大　炮　（像是看出点门道）嘿！方菲姐说那笔钱不用还她了，是吧？

韩　刚　想得美你！她要你把钱还给我！

大　炮　（嗫嚅地）那钱不都建了房子？

韩　刚　你那都是违建，知道吧？

［这时，郑一鸣带着马小杰、郭明等人上。

马小杰　韩主任，郑书记看你们来了！

韩　刚　（迎上，握手）您好郑书记！

郑一鸣　（满脸春风地）你好呀小韩同志！去年也是在这里，我们第一次见的面，你说对吧？

韩　刚　是的，那时候你们要拆我们的村子。

郑一鸣　说得对！去年是想拆你们的村子，而今天我们却是来帮你们搬村子！（对郭明）郭队长，把车子都开进村去！

郭　明　好！（向内）大家都听好了，车子进村！

［郭明下，幕后随之传来阵阵汽车的轰鸣声。

郑一鸣 小韩呀，你送来的草花园现代绿色农业产业园的报告我们已经收到了，市委市政府专门组织专家论证过，决定支持你们，今天跟我一起来的，就有农业、国土、规划、财政等部门的领导。你们今天要搬进的草花新村，就在草花园里，那里是你们祖祖辈辈耕作过的土地，其中30亩规划为新村，950亩规划为产业园，这就是“人在园中住，人园两依存”的社会主义新农村模式！

［大家鼓掌。

大　炮 （有点不放心）郑书记，草花新村都成产业园了，我……我还能养鸭子吗？

郑一鸣 你要是有那个能耐，养一群凤凰都可以！

［众人笑，气氛热烈。

郑一鸣 封建时代的皇帝，都还知道在紫禁城留下一亩三分地，种上五谷，以示重农、悯农，为什么我们现在就不能留下这块面积千百亩的土地，为我们的子子孙孙、为全市人民提供一片可供养命的绿色呢？

众　人 （齐呼）好，说得太好了——

［这时，郭明上。

郭　明 （报告）郑书记，村子里的东西基本已经搬完，拆迁队是不是可以进场了？

郑一鸣 （向韩刚征询）你认为呢小韩？

韩　刚 可以了！

郑一鸣 好！那就进吧。

郭　明 （有点感慨地）这回中轴线终于可以顺利推进了。

郑一鸣 等一等，我还有个重要事项向大家宣布！

［大家驻足倾听。

郑一鸣 经过新一届市委市政府领导班子反复研究，决定中轴线工程下马！

众　人 （大感意外，交头接耳）中轴线下马？

郑一鸣 是的！在草花村原址上，我们计划建造一个可供市民群众休憩的主题公园。至于是什么主题呢？我们将通过网络、电视、报纸等媒体充分向市民征询意见。我个人认为，能不能把草花公园建成一个廉政主题公园？我们可不可以把这个公园的来龙去脉刻成铭碑，让以后的每一届党委政府、每一个在南州这块土地上工作的党员干部都记住这个教训，少折腾老百姓，多干些为民利民的实事好事呢？

[众人陷入深思。

郑一鸣　（感慨地）世界上从来就没有一条笔直到底的道路，我们又何必在城市里头搞一条笔直的、长得望不到头的中轴线？为了这条中轴线，从村主任到副市长、市委书记都倒下了，难道就像群众所说的那样，让“府前路”变成“腐钱路”、康庄大道变成“肮脏大道”吗？不能！绝对不能！真正的中轴线，是在人们的心里，是人们心里那条通向理想、康庄、祥和、幸福的大道！

[说完，郑一鸣拉起老村民甲、乙的手，带着大家，迈着轻松而又坚定的步伐，向着前方走去。

[此时，村头那两株木棉树次第开放，火红、热烈。

[渐收光。

[剧终。

2015年9月26日二稿

铁血道钉

有一种钉子，它既不是钉在墙上，也不是楔在木头里，而是被人用大锤重重地打进大地。这种钉子，就是道钉，铁道线上的钢钉。

——题记

主要人物

詹天佑 广东南海人，号眷诚，京张铁路总工程师。清廷首批官派留美幼童，毕业于美国耶鲁大学铁路工程专业，回国后多次出任中国自建铁路总工程师，被誉为“中国铁路之父”。出场时44岁。

林竞明 字德宏，詹天佑留美同学，京张铁路副总工程师。

袁世凯 曾任直隶总督、北洋大臣兼督办铁路大臣，后被解职。

杨新泰 大英铁路公司驻华代表处帮办。

金　达 大英铁路公司驻华代表，铁路工程师，杨新泰的雇主。

宋老五 京张铁路筑路工，有时以灵魂形式出现。

宋耀庭 宋老五儿子，原系京张铁路筑路工，后入读山海关铁路学堂。出场时19岁。

马　贵 京张铁路工程段段长。

筑路工、兵丁等人。

序　幕

[光渐起。远山如黛。

[天际间传来孩子们琅琅书声：“第五课——《詹天佑》：詹天佑是我国杰出的爱国工程师。从北京到张家口这一段铁路，最早是在他的主持下修筑成功的。这是第一条完全由我国的工程技术人员设计施工的铁路干线。从北京到张家口的铁路长200公里，是联结华北和西北的交通要道。

当时，清政府刚提出修筑的计划，一些帝国主义国家就出来阻挠，他们都要争夺这条铁路的修筑权……”

[宋老五（灵魂）扛着把大锤上，他仰望着蓝天，似乎在寻找这来自天际如同天籁般的声音。

宋老五 （喃喃自语）谁来阻挠？谁来争夺？（举起大锤，声音渐大）谁敢来阻挠？谁敢来争夺？（挥舞大锤，咆哮）我砸死他——砸死他——

[宋老五手中的大锤呼呼生风。突然，他一个趔趄，“轰隆——”一声摔倒在地。

[一段粗犷的号子骤然传来：“嘿——嘿——嘿哟嘿——嘿——嘿——嘿哟嘿——”

宋老五 （爬起）我不是詹天佑……我不是詹天佑……我只是一名筑路工，一名每天都在抬铁轨、扛枕木、打道钉的筑路工。我把那一枚枚七寸长、八两重的道钉，一锤一锤地、一锤一锤地砸进黄色的、黑色的、沙土的、岩石的大地……我不是詹天佑……

[渐收光。

第一场　相约

[光绪三十一年，公元1905年初。保定直隶总督府。

[詹天佑站在袁世凯面前。

袁世凯　（手中拿着一张名帖）你——就是詹天佑？

詹天佑　回大人话，在下就是詹天佑。

袁世凯　（又看了看名帖）“五品选用道员，关外铁路驻段工程师”。（把名帖往桌子上一扔）是你跟胡燏棻胡老头说，要自建京张铁路？

詹天佑　是的，大人。

袁世凯　那些洋人早盯上了，你跟他说有屁用！

詹天佑　所以天佑才来拜见大人。

袁世凯　找我也没用。这是连接京师与张家口之间的干线铁路，全长200公里，你要是玩砸了呢？

詹天佑　天佑以人头谢国人！

袁世凯　（一愣，继而又不以为然）算了吧，别以为在花旗国喝了两年洋墨水，你这颗脑袋就有多值钱。

詹天佑　（赔着笑）大人，是喝了十年。

袁世凯　喝一百年也没用！你玩砸了，我袁世凯的这颗脑袋也保不住。詹先生，请便——

[说完，袁世凯端起茶杯，意欲送客。

詹天佑　（急了）大人，您可是当今的铁路大臣，难道就愿意中国路权永久被洋人霸占？

袁世凯　（放下茶杯）别提这铁路大臣！去年在关外听了你们胡老头的几句胡言，我袁某人就向朝廷上奏，提议动用关内外铁路盈余修建京张铁路。没想我这么随便一提，朝廷就给我加了这顶“督办铁路大臣”的帽子。（叫苦）我他妈这不是自找苦吃吗我？！

詹天佑　大人，您这可是高升了呀！

袁世凯　升个屁！我袁某人都直隶总督兼北洋大臣了，还稀罕这个吃力不讨好的铁路大臣？

詹天佑　天佑以为，唯有实业才可以救国，唯有铁路才可以兴邦！可眼下全国数千公里铁路，全是借洋款、用洋员建起来的，路权、路产要三五十年后政府才可以高价赎回。身为中国工程师，天佑深感不安……

袁世凯 （有点轻蔑地）行了！你詹天佑头上戴的，不过是顶“五品选用道员”的虚衔，国家的事情，还轮不上你来操这份心！如今是百姓怕官府，官府怕洋人。

詹天佑 大人，天佑头上戴的虽然是个虚衔，但一颗为国为民的心，却是实实在在的。

［兵丁报上。

兵　丁 报大帅，大英铁路公司驻华代表处的金达先生求见。

詹天佑 （若有所思）金达？

袁世凯 这些洋鬼子，走马灯似的，把我这总督府当他们洋餐厅了。（厌烦地）见谁不见谁，都他妈得罪人。不见不见！

兵　丁 喳。（欲下）

詹天佑 （叫住）等等！大人，这英国人，可以一见。

袁世凯 可以一见？

詹天佑 今天不见，明天他再来。明天不见，后天他还会来。

袁世凯 那你说……

詹天佑 让他死了这条心，就不会再来了。

袁世凯 就凭你？

詹天佑 （奉承）这不还有大人您吗？

袁世凯 （对兵丁）那就让他们进来吧。

兵　丁 喳。（下）

袁世凯 詹先生，我可警告你：你可别这边让洋人死了心，回头又叫我死掉人！

詹天佑 （胸有成竹）大人，您就放心吧。

［说话间，金达和杨新泰上。

袁世凯 （笑脸相迎）哟，金达先生，您来了？

金　达 怎么？不欢迎？

袁世凯 岂敢岂敢！请坐——

金　达 （质问）总督大人，贵国的京张铁路，到底是给谁来修呀？

袁世凯 （一时犹豫）诶……这个嘛……朝廷还没最后定论。

杨新泰 那袁大人您的意思是……

詹天佑 （上前）袁大人的意思是，这筑路权俄国人也在争。

杨新泰 （这才发现詹天佑）你谁呀？

詹天佑 那您又是谁呢？

杨新泰 （狐假虎威）我是谁并不重要，重要的是这位主子是谁！（指向金达）

金　达 杨新泰先生是我的帮办。

袁世凯 这位嘛……是同治年间朝廷官派的留美幼童、是从花旗国学铁路回来的詹天佑詹先生。

金　达 （略惊讶）哦？詹先生是从美国学铁路回来的？

詹天佑 是的。

金　达 请问詹先生毕业于什么学校？

詹天佑 （不露锋芒地）耶鲁大学。

金　达 （略意外）啊！不知道詹先生有没有兴趣，来我的大英铁路公司驻华代表处做事？

袁世凯 （不快地）詹先生如今是、是本督请来的铁路顾问！

杨新泰 （对詹天佑）原来，你就是那个从花旗国回来的詹天佑？

詹天佑 正是詹某。

杨新泰 门外边站的那个林竞明，就是你的同学？

詹天佑 是的，都是一同留美十年的同学。

杨新泰 那我来请教詹先生，俄国人凭什么跟英国人来争京张铁路的筑路权？

詹天佑 詹某也请教杨先生，那英国人又凭什么呢？

杨新泰 京张铁路，所用资金，是关内外铁路的运行盈余，难道你们都不知道吗？

詹天佑 （不慌不乱）那又如何？

杨新泰 那詹先生你就应该知道：当年为了兴建关内外铁路，朝廷借的是英国政府的银子。换句话说，眼下京张铁路所用的银子，本质上也还是英国的银子。

金　达 （夸张地）Money！钞票！大英帝国的钞票！

杨新泰 使用英国资金建造的铁路，不得聘用第三国工程师。这，写入了两国政府条约！

金　达 （得意地）总督大人，你听明白了吗？

袁世凯 （略显慌乱）好像是、是有这么回事……

杨新泰 （挑衅地）袁大人，您的这位铁路顾问，还是叫他回家种地去吧。

詹天佑 （挖苦）杨先生，为了洋主子，您也算是煞费了一番苦心。

杨新泰　各为其主！

詹天佑　只怕杨先生的一番苦心，到头来把洋主子给害了。

杨新泰　（一怔）害了？怎么害了？

詹天佑　（娓娓道来）是这样的杨先生：中日甲午年海战后，大清国与俄国签订了一份《防御同盟条约》。条约约定，长城以北，为俄罗斯帝国的势力范围。京张铁路跨过八达岭，穿越长城到达蒙古高原。如果俄国人没意见，京张铁路当然可以让英国人来修。

杨新泰　（始料不及）啊？！

詹天佑　（故作惊讶）难道杨先生不知道这份条约吗？

金　达　（有点急）杨先生，是这样的吗？

杨新泰　听、听说过有这份密约，但都有十来年了吧……

袁世凯　（放下心来，气定神闲）条约至今有效。

詹天佑　大人，这边是大英帝国，那边是俄罗斯帝国，咱可都得罪不起呀。

袁世凯　（作苦状）是呀，可不能为了一条铁路，让人家打起来吧？

詹天佑　这要是真打起来，大清国都不知道该帮谁才好。

［袁世凯与詹天佑一唱一和，把金达和杨新泰急得团团转。

金　达　你们……哼！那京张铁路，难道就不修了吗？

袁世凯　如此看来，只好我们自己来修了。

金　达　你们自己来修？（轻蔑地）能修京张铁路的中国人，恐怕还在娘胎里呢！

詹天佑　（走到金达面前，掸了掸衣服的前襟）金达先生，您见过娘胎里长这么大的人吗？

杨新泰　（不屑）就你？

詹天佑　对，就我，詹某人！

金　达　（冷笑）那好，詹先生！我相信，会有那么一天，你们将为今天的决定而感到后悔。

杨新泰　而且这一天很快就会到来，你们等着吧。

詹天佑　（不卑不亢）詹某愿意奉陪。

金　达　杨先生，我们走！

袁世凯　不送——

［金达与杨新泰气呼呼地下。

袁世凯 （望着金达背影，痛骂）我呸！就这么个红毛洋鬼，居然敢在我的总督府颐指气使、作威作福！大清颜面何存？我袁某人颜面何存？！

詹天佑 大人，中国自建铁路，就从京张开始吧！

袁世凯 看来，你詹天佑是有备而来。

詹天佑 天佑当然是有备而来。天佑还想告诉大人，当年李鸿章李大人花了那么多的银子，从德国买回来的那些铁甲兵舰，甲午一战，灰飞烟灭。可见，银子买得来铁甲兵舰，买不来国家尊严。

袁世凯 （叹气）是啊！甲午战后，朝廷派我在天津小站编练新军，前两年又令我筹建北洋常备军。这前后十年时间，我袁世凯发了狠地练兵，要练成一支能熟练使用火炮枪械的、中国自己的新式军队。

詹天佑 大人！依天佑看来，中国军队缺的不仅仅是火炮枪械。

袁世凯 军饷粮草？

詹天佑 也不是。

袁世凯 那又是什么？

詹天佑 我们眼下最缺的，是能够用于运兵的铁路。

袁世凯 能够用于运兵的铁路？

詹天佑 孙子有云："兵之情主速。"再好的军队，如果出不了窝，或者出了窝如鹅行鸭步，也不过是笼中之虎、潭中之蛟。

袁世凯 眼下中国的铁路，不是也不少了吗？

詹天佑 可这些全是借洋款、用洋人建起来的铁路，一旦与外国发生战事，那些洋人会让我们用来运兵吗？

袁世凯 （点头）这倒也是呀。

詹天佑 大人已经身居直隶总督、北洋大臣高位，将来如果又能够操控全国铁路，等于就操控了国家命脉。

袁世凯 （心领神会，笑骂）好你个詹天佑，这话要是传回朝廷，不砍了你的脑袋才怪！

詹天佑 （昂然）要是中国能够建成自己的铁路，砍掉詹天佑这颗脑袋，又有何妨？

袁世凯 （沉吟有顷）那好！我再来问你，京张全路200公里，建成需时多长？

詹天佑 只要财物充足，四年足矣。

袁世凯 朝廷打算六年建成，你只要四年？

詹天佑 （肯定地）是的，天佑已经在全线做过勘察，建成京张，只要四年。

袁世凯 （逼问）要是四年造不出来呢？

詹天佑 （慷慨）詹天佑以人头谢国人！

袁世凯 好！四年建成之日，我亲自去给你贺礼。

詹天佑 （抱拳致礼）天佑感谢大人——

袁世凯 你先回去吧，我这就上奏朝廷：京张铁路，国人自建。

詹天佑 谢大人！

袁世凯 但你也得给我记住了：四年时间，这路要是建不起来，（一字一句地）我派兵——去拿你人头！

詹天佑 天佑记住了——

[詹天佑退出，总督府灯暗。在大门外等候的林竞明迎上。

林竞明 （急切地）怎么样，眷诚？袁世凯他答应了吗？

詹天佑 答应了。

林竞明 （惊喜）袁世凯答应了？太好了——

詹天佑 但这路如果四年建不成，他要派兵来拿我的人头。

林竞明 啊？

詹天佑 怎么？怕了？

林竞明 （拍胸脯）不怕！要砍脑袋的话，我林竞明陪你去！

詹天佑 （感动）好兄弟，谢谢你！咱们一起干！

林竞明 对，咱们一起干！

[詹天佑郑重地伸出右拳，林竞明也伸出右拳，两人郑重地碰拳为誓。

[切光。

第二场　开工

[孩子们的琅琅书声又从天际传来：“1905年，清政府任命詹天佑为总工程师，修筑从北京到张家口的铁路。消息一传出来，全国轰动，大家说这一回咱们可争了一口气，帝国主义者却认为这是个笑话……”

[光渐起。京张铁路山口工地，一个有淡雾的早晨，后面不远处矗立着一个为开工典礼而搭的牌楼，一段铺满砟石的路基，路基两边放着几段铁轨。

［金达和杨新泰身穿猎装、手持猎枪上。

金　达　四年建成京张铁路？这是个笑话，天大的笑话！

杨新泰　金达先生，您说，那些工人会相信我们的话吗？

金　达　（反问）那你觉得，他詹天佑能修成京张铁路吗？

杨新泰　（摇头）不能。

金　达　这就对了！没有一个人会相信，他詹天佑可以建成京张铁路。

杨新泰　迟早，他们会上门来求我们的。

金　达　是的！上帝会惩罚那些不听劝告的人。我们走——（两人欲下）

［林竞明带着马贵和两名筑路工上。两名筑路工抬着一张长形小香案，走到牌楼前放下，摆上香炉、果品等祭品。马贵把三个海碗排开，把小坛酒里的酒往碗里倒。

杨新泰　（大呼小叫）哟，这不德宏兄么？

林竞明　杨兄？

金　达　他是……

杨新泰　他就是前些日子在总督府大门外见过的、和詹天佑一同留美十年的同学林竞明林德宏先生。

金　达　哦！想起来了，我们是见过一面。你好林先生——（略一欠身致礼）

林竞明　你好金达先生！（对杨新泰，略讥讽）祝贺杨兄，看来洋主子对你还不错。

杨新泰　托您的福！都是在铁路线上做事的人，德宏兄要是哪天混不下去了，（拍胸脯）来找我，就像前两年在关外铁路一样，我们继续合作。

林竞明　（踌躇满志）中国自建京张铁路，我林竞明全力辅助詹天佑，出任副总工程师。往后的日子嘛，只会越混越好。

杨新泰　（不以为然）那可不一定。听人说了，前些日子他詹天佑在袁总督面前押了脑袋，袁总督在金銮殿上又被老佛爷押了脑袋……

林竞明　杨兄消息灵通，连袁总督押脑袋的事，你也知道了？

杨新泰　（得意地）那当然！只怕在这四年时间里，京张铁路建不起来，这脑袋呀，怕是要叭叭叭地往下掉……

［正在倒酒的马贵一听到杨新泰的话，把酒坛砰地放香案上。

马　贵　（对杨新泰）闭了你的乌鸦嘴！

杨新泰　德宏兄，这哪儿来的野蛮人？

林竞明　他是工段长马贵。

杨新泰 哦！今天这铺轨开工的大典礼，就您这个副总工程师，还有这个马段长，怎么去祭天祭地祭鬼神呢？他詹天佑别是怕了不敢来吧？

[传来“丁零——”的铃声，詹天佑骑着脚踏车上。

林竞明 这不来了吗？

詹天佑 （下车，见到金达、杨新泰，略惊讶）哟！怎么在这儿又见到了二位？

金　达 Good morning（早上好），詹——

詹天佑 您好，金达先生。

金　达 噢！原来詹先生也喜欢踩脚踏车？

詹天佑 在花旗国的时候就学会了。（支起车子，蹲下摇了摇脚踏板）今天是什么风，把二位给吹来了？

金　达 当然是贵国的春风。

詹天佑 但春天并不是打猎的季节。

金　达 春天也不是个适合开工的季节。

詹天佑 哦？！是吗？（揶揄）难道是让我们后悔的那一天，这么快就来临了吗？

杨新泰 （笑了笑）是的詹先生。你现在后悔，还来得及，晚了，怕就身败名裂了。

林竞明 （欲发火）说什么了你——

詹天佑 （劝阻）德宏呀，你和马贵去营地那边，看看筑路工们都准备好了没有。这开工大典礼，可不能少了他们。

[林竞明狠狠地瞪了金达和杨新泰一眼，与马贵及两个筑路工下。

詹天佑 金达先生、杨先生，我詹某人后悔也好，身败名裂也罢，今天是京张铁路铺轨开工的日子，有事请讲，没事的话，那就请便——

金　达 詹先生，看在上帝的分上，请允许我向你提个忠告：以贵国目前的实力来看，京张铁路你们建不了。

詹天佑 那么谁才建得了呢？

金　达 当然是我们英国人。

詹天佑 詹某愿意听听，金达先生打算怎么来建这条铁路？

金　达 京张铁路，南起北京丰台，北至张家口。京张之难，难就难在要打通居庸关天险。而居庸关天险，险就险在关沟地段。

詹天佑 詹某当然知道。

金　达 本人在中国修了二十多年的铁路，如此险峻之地，也是第一次遇到。请问詹先生，你是准备如何把铁路修上去？

詹天佑　（不亢不卑）金达先生，您如果有什么指教，詹某愿闻其详。如果是来打探情报的，对不起，恕不奉陪。

金　达　（讪笑）那好、那好。在轨距的问题上，不知詹先生有什么想法？

詹天佑　这个问题嘛，倒是可以拿出来讨论讨论。我们要采用的，是1435毫米的标准轨距。

金　达　在我看来，标准轨距并不适合京张的地形地貌。

詹天佑　标准轨距来源于贵国，可眼下中国铁路的轨距，五花八门，关外俄国人采用的是1520毫米宽轨距，日本人采用的是1067毫米窄轨距。关内铁路，大都是你们英国人修的，除了标准轨距，也有宽轨距和窄轨距。好端端的中华大地，愣是让你们这些外国工程师弄成了"万国铁路"。

杨新泰　（嘲笑）那是因为朝廷聘用了万国工程师。

詹天佑　中国迟早要融入世界潮流中去，早一天"接轨"总比晚一天的好。

杨新泰　你想多了詹先生。

詹天佑　早在两千多年前，我们的老祖宗就提出"车同轨，书同文"。如果到了今天，我们的铁路轨距还五花八门，这岂不上愧对了祖宗、下贻害于子孙了吗？！

[林竞明神色慌张地跑上。

林竞明　眷诚，不好了……不好了……

詹天佑　我的林副总师，什么事情让你如此慌张？

[林竞明发现金达他们还没走。

林竞明　（强压怒火）你们两个，刚才是从营地下来的？

金　达　是的。

林竞明　（骂）王八蛋！（从地上抄起一把铁铲，吼）我他妈拍死你——（追打金达）

[金达躲到杨新泰身后。杨新泰把猎枪的枪口一抬，顶住了林竞明的下巴。

杨新泰　（板着脸）德宏兄，得罪了！

詹天佑　（急）杨先生，请放下你的枪。

金　达　詹先生，你的朋友很不友好。

林竞明　姓杨的，有种你开枪呀——

杨新泰　（冷笑）你以为我不敢？

詹天佑　（急）金达先生，我代表我的朋友，向您表示歉意。

金　达　我接受你的道歉，我们都是上帝的孩子。杨先生，放下枪吧。

杨新泰　哼！连老佛爷都不敢得罪洋人。（放下枪）

金　达　告辞了……

［金达与杨新泰欲下。幕后传来马贵的喊叫：“大家听我说，别走，都别走……”

［金达闻言大惊，抢过脚踏车，跳上去踩着就跑。

金　达　詹，Good bye（再见）——（下）

杨新泰　诶——金达先生，等我……等我——（追下）

林竞明　（大叫）都给我站住——（拿着铁铲要追）

詹天佑　（喝止）回来！到底发生什么事了？

林竞明　（把铁铲一扔）今天一大早，金达和那个姓杨的，跑到营地上散布谣言，说四年建不成京张铁路，所有人都要砍脑袋！筑路工听了他们的怂恿，都要卷铺盖回家，罢工不干了！

詹天佑　（大惊）什么？罢工？！

［正在这时，宋老五带着一大群背着、掖着铺盖的筑路工蜂拥而上，马贵在后面追着跑上。

马　贵　（拦在前面）大家都别走，有话好好说……

宋老五　（大声地）走开，让我们回家！

马　贵　（指着小香案，愤怒地）马上就要办典礼了，这个时候你宋老五却说要回家？

宋老五　办？我叫你办！（说完，走近小香案，二话不说，一脚踢翻）

［小香案上的海碗以及祭品散落一地。众人没想到宋老五会来这么一出，都愣住了。

马　贵　（哀号）老五，算我求你了——（下跪）要是大家都走了，这铁路真的就建不成了。

宋老五　建成了，他詹天佑升官发财。建不成，所有人都要掉脑袋。这活儿，咱不干了，走！

众路工　对，不干了！走——（筑路工们蜂拥着又要走）

［詹天佑走前几步，挡在众筑路工的前面。双方对峙。

詹天佑　（抱拳向众人致歉）这么说来，是我詹天佑连累了大家……

宋老五　（愤怒地）你他妈正在把大伙儿往死路赶，你知道吗？

詹天佑　我把大伙儿往死路赶？

宋老五　没了洋人工程师，这路还怎么修呀？

詹天佑　中国修铁路，非得要请洋人工程师吗？

宋老五　（被问住）反正、反正这碗饭咱不吃了。（冷冷地）詹总师，请你把路让开——

詹天佑　既然都要赶着回家，当初何苦又要出来？

宋老五　前几年闹八国，老家全村的房子都给烧了，要出来挣钱，给儿子盖房子、娶媳妇。

詹天佑　你的儿子好福气！

宋老五　（啐）福气个屁！（把宋耀庭推上前）这就是我的儿子，14岁那年就从学堂出来，跟着他爹在关外铁路当牛做马的儿子！

宋耀庭　（哭着脸）爸——

詹天佑　小伙子，你叫什么名字？

宋耀庭　（小声地）宋耀庭……

詹天佑　大声点！

宋耀庭 （大声地）宋耀庭！光耀的耀，门庭的庭！

詹天佑 好，很好，光耀门庭！不管今天早上谁跟你们说了些什么，我要告诉你们的是：四年建不成京张，要被砍脑袋的，不是你宋老五，也不是他陈老三，而是我詹天佑！（大声地）把大伙儿往死路赶的，不是我詹天佑，也不是他袁世凯，而是那些开着铁甲船、拿着毛瑟枪的洋鬼子！是今天早上在营地怂恿你们罢工的洋鬼子！（沉痛地）五年前的庚子之乱，十年前的甲午海战，四十五年前的英法联军火烧皇家三山五园，山河破碎，亡国灭种……中国必须要有自己建造的铁路，否则，我们的子孙将永远忍受被人开着铁甲船、拿着毛瑟枪追着屁股往死里打的耻辱！（捡起地上一个摔崩了角的海碗）永远生活在这种山河破碎、亡国灭种的恐惧之中……

[人群没有动，在静静地倾听詹天佑的痛述。

詹天佑 （无力地）我说完了，你们可以走了……

[沉寂的现场，没有人挪动自己的脚步。

詹天佑 （咆哮）走呀——怎么都不走啦？！

[詹天佑说完，把手中的海碗“叭——”的一声摔地上，海碗碎开。

[众筑路工被震住了，宋耀庭手中的铺盖落地。

宋耀庭 （跪在父亲面前）爸，我不走了……

詹天佑 （走过，扶起宋耀庭）好样的！詹叔叔谢谢你！（对众人）要走的可以走，不走的，都给我留下来！

宋老五 我……我也不走了……（说完，把手中的铺盖狠狠地掷在地上）

众路工 （呐喊般）不走了——我们都不走了——（众筑路工随之也把铺盖掷落在地上）

[在震天的呐喊声中，詹天佑猛地拿起一枚7寸道钉，跑上铺满了砟石的路基。

詹天佑 （大声地）宋耀庭，拿起那把18磅大锤——

[宋耀庭“哦”了一声，回头提着大锤跑上。

詹天佑 这是京张铁路的第一枚道钉，也是中国人自建干线铁路的第一枚道钉。你过来，给我砸！砸下去——

[詹天佑俯下身子，半蹲着把道钉按在铁轨和枕木的接口处。

[宋耀庭两脚哆嗦，18磅的大锤举了几次都没有举起来。

宋耀庭 （哭着腔）詹总师，我……

詹天佑 （大声地鼓励）你是好样的！砸，给我砸！

［宋耀庭一咬牙、一闭眼，抡起大锤一锤砸下去。然而这一锤却没砸准，重重地砸在了詹天佑的肩后背，把詹天佑整个人砸趴在地。

［林竞明冲过去，扶起詹天佑。

林竟明 眷诚，你流血了……

詹天佑 （捂着流血的肩膀，对宋耀庭）咳、咳……好小子……你这一锤……忒狠……

林竟明 （一掌把宋耀庭推倒在地，大骂）王八蛋，你想把他砸死呀！

宋耀庭 （申辩）我、我没有……没有呀……（大哭）

詹天佑 （用沾满鲜血的手，又抓过那枚道钉）四十多年前，我们的先辈漂洋过海，为花旗国筑建了一条横跨北美东西海岸的太平洋铁路，在每一根枕木下面，都埋着一名华工的遗骨。（悲壮地）如果今天谁把我詹天佑砸死在这里，我谢谢他！至少，我没有被当成“猪崽”，卖到太平洋彼岸的花旗国。至少，我的骨头留在了自己的国家，埋在了我亲手筑建的铁路线上！（动情地）如果我死了，请用我的骨头，做成一根枕木，一根永远匍匐在华夏大地上的枕木！

宋老五 （抓过一把大锤，大声地）儿子，来——今天我们就为京张铁路、为中国人自己建造的铁路打下第一枚道钉，铺下第一条铁轨！

[宋耀庭如有神助，挺起腰杆，抡起大锤，与宋老五一锤一锤地砸下去，锤锤精准。

[林竞明和众路工迅速聚拢上来，扶钉的扶钉，抡锤的抡锤，一锤一锤地打下去，“叮——当——叮——当——”之声随之响起，气氛肃穆而悲壮。

[“嘿——嘿——嘿哟嘿——”的开山号子粗犷雄浑，此起彼伏。

[渐收光。

第三场 试探

[两年后。路边小酒馆，摆着两张小桌。杨新泰、林竞明两人在喝酒，一边停着那辆脚踏车。

林竞明 （拿起酒杯看了看）杨兄，这算是敬酒呢，还是算罚酒呢？

杨新泰 今天兄弟我专门过来，是替金达先生归还车子，（指了指脚踏车）别无他意。

林竞明 归还？那你叫他把抢去的中国土地也归还了吧。

杨新泰 （讪笑）看您说的，金达先生他不过是个修铁路的。

林竞明 整整两年过去了，他还在惦记着京张铁路？

杨新泰 念念不忘。

林竞明 我算是看明白了，你今天不是来还脚踏车的。

杨新泰 （笑）嘿嘿！既然大家都是明白人，兄弟我也就不绕圈子了。两年后，京张铁路要是如期贯通，加官晋禄的，恐怕不会是您德宏兄吧？

林竞明 你到底想说些什么？

杨新泰 （压低嗓门）我们继续合作！

林竞明 在这两年里，我们修通了丰台到南口的路段，火车头已经开到了长城脚下。再有两年，京张铁路就可以全线贯通。（反问）你我之间，还需要合作吗？

杨新泰　（冷笑）那您，不还是个带“副”字的官吗？（信誓旦旦）只要京张铁路让英国人来建，我可以保证，把您前面的那个“副”字拿掉。

林竞明　杨兄抬举了。这事，恐怕我帮不上你的忙。

杨新泰　（试探）那最近京张线上，有什么动静？

林竞明　（警觉）没动静！按部就班，一切正常。

杨新泰　（打哈哈）啊哈！那是，有动静，我能不知道吗？（举筷）来来来，别看这路边小店，卖的可都是从蒙古高原上来的老羊肉，香着呢！

［杨新泰把羊肉夹给林竞明。

杨新泰　（放下筷子）听说，德宏兄老家那边去年发了大水。

林竞明　百年一遇。

杨新泰　老家的人还好？

林竞明　谢谢！还好。

杨新泰　我觉得您还是回去看看为好，顺便也买几亩地，正所谓丰年买粮，饥年买地。

林竞明　我得有这个银子，还得有那个闲工夫！

杨新泰 （激将）您不过是个带“副”字的官，大小事情，还不都是他詹天佑定夺？

林竟明 你错了杨兄，最近负责跟日本工程商雨宫敬次郎谈租用凿岩设备的，就是本人。

杨新泰 （漫不经心的样子）哦，租设备？怎么不来找大英公司呢？

林竟明 杨兄以为，我们会去找你的大英公司吗？

杨新泰 货比三家，价低者得嘛。

林竟明 没有三家了，按照合约，日本人明天一大早就会把设备给送来。

杨新泰 你们开始挖隧道了？

林竟明 正开挖居庸关隧道，这条隧道不好挖。

杨新泰 （大笑）哈哈！他詹天佑不是把牛皮吹上了天，说四年建成京张铁路的吗？那就让他慢慢挖、慢慢地挖。来来来！兄弟我再敬您一杯！

［两人举杯，一饮而尽。

杨新泰 德宏兄回老家买地需要银子，尽管开口。

林竟明 （警惕地）杨兄，你不会是想贿赂我吧？

杨新泰 您说呢？

林竟明 我们是不会向大英公司租用设备的。

杨新泰 那不就结了吗？贿赂个屁呀！（意味深长地笑了笑）想好了，今天晚上过来找我。

［宋老五和三个筑路工扛着大锤、铁镐上，看样子是刚收工回来。

［筑路工们正要落座，宋老五发现了林竟明。

宋老五 林副总师？您也来这儿喝酒？

林竟明 哦……路过。

杨新泰 （起身）德宏兄，我还有点别的事，告辞了！（欲下）

宋老五 （看了看杨新泰）这位……怎么瞅着有点眼熟？

杨新泰 我不认识你……

宋老五 想起来了！两年前，开工的那天，你带了个洋人过来……

路工甲 对！就是他，那个给英国公司做事的姓杨的帮办。

路工乙 我也想起来了，那天是他跟大伙说，四年建不成京张，所有人都要砍脑袋。

宋老五 姓杨的，睁开你的狗眼睛看看：这路，我们不是已经修到长城脚下了吗？

杨新泰 后面的路，还长着呢！

宋老五 再长也能把它修完！（转而对林竟明）我说林副总师，您怎么跟这鸟人一起喝酒？

林竞明 我……

杨新泰 （嘟囔）一群野蛮人……（推起车子要走）

宋老五 （看了看脚踏车，疑惑）咦？这不是詹总师的脚踏车吗？怎么会在你手上？

杨新泰 关你屁事！它现在是我的车。

林竞明 （叫住）哎……你今天不是……

杨新泰 （窝火）老子今天不还了！

宋老五 你还敢明抢了是吧？把车子留下，滚——

众路工 滚——

宋老五 再不滚，信不信老子就地挖个坑，把你活埋啰！

众路工 对！把他活埋啰！

杨新泰 （狠狠地咒骂）你们自己挖隧洞，把自己活埋了……

宋老五 （火了）弟兄们，抄家伙，把这狗东西活埋了！

[众路工抄起家伙围了上来，杨新泰见势不对，跳上脚踏车飞驰而下。

宋老五 （大叫）弟兄们，给我追——

众路工 追——

[宋老五带着众路工，抡锤举镐追下。

林竞明 哎……你们……

[切光。

第四场　克难

[次日早上，京张铁路工程部，屋两边堆放了一些工程仪器和工具，小餐桌放着用过的早餐。工程部正中央的墙上挂了张大型地形图，上标有“居庸关”“八达岭”“青龙桥”等字样，各种红色、黑色、虚线、实线的线路图分布其中。

[詹天佑拿着标尺在地形图前反复测算，不时把所得的数据记在册子上。此时的詹天佑已经46岁，有时需要戴老花镜了。

[宋老五推着那辆脚踏车上。只见他右脚挽起半条裤腿，走起路来有点一瘸一拐。

宋老五 （有点小心地叫）詹总师……

詹天佑 （出门来）宋老五？你……

宋老五 我、我给您送脚踏车来了。

詹天佑 （惊喜地）脚踏车？我的脚踏车？

［詹天佑走过去蹲下，摇了摇脚踏板，看看车子还能不能用。

詹天佑 （站起来拍了拍车子的坐垫，开心地）哎呀我说老五，这两年来你总在躲着我，今天又是从哪儿把这宝贝给我找了回来？

宋老五 （嗫嚅）是、是抢回来的……

詹天佑 （愕然）抢回来的？

宋老五 昨天收工回来，我见到那个姓杨的帮办。

詹天佑 你见到杨帮办了？

宋老五 这个狗东西一来，我就知道准没啥好事情。

詹天佑 他又怎么啦？

宋老五 他……他骑着这车子到处瞎转悠。我认得这是您的脚踏车，所以，就追了他八里地，把车子给抢了回来。

詹天佑 （不敢相信）你追了他八里地？

宋老五 足足八里！要不是这儿到处是烂路，我还真撵不上他，还把腿给摔了一下……

詹天佑 （急）啊？要紧吗？要不，叫马段长放你两天假？（走过去要拉宋老五的裤管看）

宋老五 （躲避着）不要紧，真的不要紧！就擦破点皮。

詹天佑 老五，来来！今天咱俩坐下来好好聊聊。

［两人席地而坐，推心置腹地谈话。

詹天佑 老五呀！这脚踏车虽说是我花了一百多两银子，从上海洋行买回来的宝贝，但你实在不值得为了它，把自己的腿给摔了。

宋老五 詹总师，那天我不该听信洋鬼子的蛊惑，挑头闹罢工，还把开工典礼给搅了。这两年我一直想在您面前赔个罪，说一声对不起……

詹天佑 这不能怪你，要怪，就怪那些洋人。

宋老五 刚开始的时候，谁相信咱自己能建铁路呢？但那天听了您说的那番话，看着您把海碗往地上“啪——”地那么一摔，我就知道，我不走，也不能走了。

詹天佑 为什么？

宋老五 因为我宋老五也是个有血性的男人。

詹天佑 （真诚地）谢谢你！老五。

[说着，詹天佑的手拍在宋老五的膝盖上，宋老五痛得“哎呀——”叫了起来。

詹天佑 （歉意地）对不起，对不起！弄到你伤口了是吧？

宋老五 不要紧的，詹总师。

詹天佑 这脚踏车曾经是我宝贝，但现在看来，你宋老五，还有京张工地上成千上万的筑路工，才是我詹天佑真真正正的宝贝。

宋老五 我们才是您真正的宝贝？

詹天佑 （感慨地）是呀！你想想，这铁路是它自己长出来的吗？不是！是我詹天佑一个人做出来的吗？也不是！它必须依靠成千上万像你宋老五一样的筑路工人，一锤一锤地打出来、一镐一镐地挖出来。正是有了大伙儿的辛劳付出，我们才能把这些自己建造的铁路，铺向大江南北，铺到雪域高原，铺到白山黑水。

宋老五 詹总师，我都年过半百了，恐怕……也干不了几年了。

詹天佑 （颇失望）哦……

宋老五 等把这京张铁路建成了，我就回去了。

詹天佑 （意外）你要回去？

宋老五 回老家去，给耀庭他盖房子、娶媳妇。（憧憬着）但我要他留在您身边，跟着您把我们自己建造的铁路，铺向大江南北。

詹天佑 （笑了）好！等建成了京张，你就安安心心地回去给儿子盖房子、娶媳妇。到时候，我一定随一份大礼。

宋老五 （有点小心地问）詹总师，您也要给儿子盖房子、娶媳妇吧？

詹天佑 要，那当然要！我那几个毛头也不小了，等建成京张，我也回老家去，盖几间房子，将来给他们娶媳妇。

宋老五 听说您老家在广东那边，好远是吧？

詹天佑 是啊，在广东南海，好远好远。十岁那年，我就离开了老家到花旗国去，回国后又一直在铁路线上东奔西跑。（无限怀念）这些年，我也在想我的家呀！我的家就在珠江边上，一涨潮，水就淹到我们家的脚楼底下；一退潮，就可以看见活蹦乱跳的小鱼小虾。每天晚上，都听见珠江河里的小艇在叫卖（用粤语）：“状元及第艇仔粥——”只要花上两个铜板，就能买到一砂锅装满了蚬肉鲜鱼的艇仔粥。

宋老五 （咽了咽口水）那一定是很鲜很甜的。

詹天佑 （肯定地）那是当然的。等将来京汉线、粤汉线修通，我们在这里坐着火车，就可以回到我的南海老家，到时候，我请你喝艇仔粥，怎么样？

宋老五 那敢情好啊！

詹天佑 老五你说得没错，等我们老了以后，这铁路还得靠耀庭他们来建。山海关铁路学堂校长上个月还给我来信，说耀庭他可出息了，都当上了优等生。

宋老五 要不是您把他送去学堂，他怎么会有这个出息？您让我怎么感谢您才好？

詹天佑 不用感谢我！长江后浪推前浪，一代新人胜旧人，他们这些后来人呀，一定会比我们出息，一定能够建造出更好的铁路。

宋老五 （感动）詹总师，就凭您这番话，我宋老五就算豁出这条老命，也要跟着您把这京张铁路建成！

詹天佑 一言为定？

宋老五 一言为定！

［詹天佑伸出右拳，宋老五也学着伸出右拳，两人碰拳为誓。

［正在这时，马贵上，他见到宋老五跑来了工程部，气不打一处来。

马　贵 （吼）宋老五，你跑来这里干吗？

宋老五 （如老鼠见猫）我这就上工去，这就上工去……（瘸着腿急下）

詹天佑 马贵，你怎么对工人那么凶？

马　贵 不凶怎么管他们？要是整天跟他们婆婆妈妈，我早被他们吃掉了！

詹天佑 叫你去找林副总师，人呢？

［林竞明伸着懒腰上。

林竞明 一大早就被人拍门，扰人清梦！

马　贵 林副总师，昨天晚上又去喝酒了吧？

林竞明 （不高兴）别瞎说！

詹天佑 马段长，居庸关隧道的开挖进度可不太理想呀。

马　贵 我有什么办法？（埋怨）那些凿岩机左等不来，右等不来，逼得我每天像赶牲口一样，叫他们抡着大锤去砸石块、挖炮眼。

林竞明 有没有机器，这活不得一样干呀？

马　贵 那可不一样！以前在关外铁路，用的是英国人的凿岩机，打个炮眼跟抽袋旱烟般轻松。现在用大锤去砸，累死不说，还把头顶上的小石块震得像冰雹一样掉下来，前几天就把两工人的腿给砸伤了。

詹天佑 你这个当段长的，可要注意施工安全。

马　贵 工期摆在那儿，作业面就那么点大，全靠人挖手扒。我除了把他们当牲口赶，还能怎么着？

林竞明 你就放心吧马段长，我已经跟日本人谈好了，凿岩机今天上午必须送到工地。

马　贵 今天说明天来，明天说后天来，鬼才知道到底来还是不来？

林竞明 （恼）我再说一遍：凿岩机今天上午送到！说不定，现在已经到工地上了。

马　贵 （半信半疑地）那就好！否则，累死了我也保证不了工期。（嘟囔着收拾餐盘）

詹天佑 马贵，你把脚踏车推出去，给链条上点油，下午我还要上工地。

马　贵 哎！（把餐盘放在后架上，推着脚踏车下）

林竞明 眷诚，一大早把我叫来，有急事吗？

詹天佑 （看见马贵还没远去，小声地）你呀，把事情办砸了你知道吗？

林竞明 办砸了？什么事？

詹天佑 昨天半夜里，日本人雨宫敬次郎派人来，说凿岩设备不租给我们了。

林竞明 （大感意外）什么？我跟那个雨宫敬次郎，前几天才签好合约，说设备今天早上到位。

詹天佑 可人家如今毁约了，还愿意赔付毁约金。

林竞明 那……那我们赶紧找别的公司。

詹天佑 （摇头）都不愿意租。

林竞明 啊？！都不愿意？

詹天佑 有凿岩设备的外国公司，也就那么几家。看样子，他们已经结成了联盟，故意不把设备租给我们。（不无忧虑地）这事，一定是有人在背后捣鬼。

林竞明 （暗骂）王八蛋！

詹天佑 这确实让我们措手不及，但骂人显然是没有用的，必须马上想办法解决这个问题。要不然，全路段的进度，就被耽误在这里。

林竞明 （急问）那怎么解决？

詹天佑 我们的同学杰克森你还记得吗？

林竞明 就是那个长了一头红色卷毛的家伙？

詹天佑 就是他。他现在是纽约贝迪公司的经理，他们公司倒是有凿岩机。我已经给他发去了电报，但第一批设备，最快也要三个月后才可以到埠。

林竞明 （终于放下心来）哦，这是个好办法。但在贝迪公司的凿岩机到来之前，我们还得把工期往前赶，一天也耽误不得。

詹天佑 是的！四年工期，是袁大人向朝廷作了保的，耽误不得。

林竞明 哪怕是用手去扒，也要把这几条隧道给扒出来。

詹天佑 （苦笑）用手扒出来？亏你想得出！（拉着林竞明走到地形图前）来，昨天我又熬个通宵，找到了一个突破八达岭天堑的最新方案！

林竞明 我也正想跟你谈个事。

詹天佑 哦？那你先说。

林竞明 明天我想告个假，回一趟老家。

詹天佑 现在大伙儿都在赶工期，你要告假回去？

林竞明 是的。我老家去年不是遭大灾了吗……

詹天佑 （释然）哦！是得要回去看看。

林竞明 我二弟来信，说今年地价都很低，叫我带点钱回去，趁这个机会买它两亩。

詹天佑 原来是回去买地？你呀……（摇头）

林竞明 我的事说完了，说你的最新方案。

詹天佑 其实两年前金达说得没错，京张之难，难在居庸关天险。而居庸关天险的核心部位，就在这八达岭。（不断在地形图上比画）

林竞明 必须得挖隧道。

詹天佑 问题是如何挖，怎么挖？我们正在开挖的居庸关隧道，长度为367米，而准备开挖的八达岭隧道，按照此前我们勘定的路线，却是长达1812米。

林竞明 在凿岩机没到位的情况下，这1812米的隧道，没有两三年时间，恐怕拿不下来。

詹天佑 所以说我们原来的方案必须调整。如果把八达岭隧道的开挖点，放在青龙桥西北角这里，可以缩减为1091米左右。

林竞明 1091米？（点头）这个长度可以接受。但问题是在这么短的距离里，火车如何才能安全顺利地爬升到这里？

詹天佑 在青龙桥这里，我准备设一个车站。

林竞明 京张线是往西北走，青龙桥却是在东北方向，这岂不是南辕而北辙？

詹天佑 不不！这只是个车站。火车进了青龙桥站，然后再向西北折返，在折返的过程中实现爬升。

林竞明 （开始看出点道道）嗯，有点意思。

詹天佑 这两段铁路连在一起，就是一个向右侧放的“人”字，而青龙桥车站就在“人”字的交合点。

林竞明 “人”字形结构？

詹天佑 是的。先向东北延伸，然后再向西北折返爬升，这样就可以大大降低线路的坡度。

林竞明 （看了看地形图）青龙桥的地面并不开阔，火车开进去，如何才能掉头转出来？

詹天佑 不用掉头。将来进南口的火车，在它的后面加挂一台机车，进了青龙桥车站，就把前车改作后车，后车改作前车，这样就可以完成向西北折返爬升的过程。

林竞明 （拍案叫绝）绝了！

詹天佑 两个机车，前面拉，后面推，还可以解决爬升过程中动力不足的问题。

林竞明 （赞叹）太好了，连洋鬼子都没想到的办法，让你给想到了！

［正在这时，宋耀庭身穿学生装、拿着简单的行李上，挺阳光的样子。

宋耀庭 （致礼）詹总师好！林副总师好！

詹天佑 （没反应过来）你是……

宋耀庭 我是宋耀庭。

詹天佑 宋老五的儿子——宋耀庭？

宋耀庭 是的，詹总师。

林竞明 咳！前阵子还像个穷要饭，现在倒成个洋学生了。（对宋）你不是在山海关铁路学堂上学的吗？

宋耀庭 林副总师，我去山海关学堂都两年了，现在已经学成肄业。

詹天佑 （略感叹）德宏啊，我们整天沉在这京张线上，一晃又两年过去了，人家已经从一个筑路工，成了一名山海关铁路学堂的肄业生了。

宋耀庭 （自谦）耀庭学到的不过是些皮毛而已，怎及詹总师、林副总师留美十年？

詹天佑 接下来有什么打算？

林竞明 （揶揄）你小子不会是打算回老家盖房子、娶媳妇吧？

宋耀庭 不，林副总师，我要留在京张，修铁路。

詹天佑 （赞赏）好，年轻人有志气！你就给林副总师当个助手，边干边学。

林竞明 行呀！我就收下这个徒弟吧。

宋耀庭 谢谢詹总师！谢谢林副总师！

詹天佑 你先回营地吧，你老爹才上工不久呢。

宋耀庭 詹总师，林副总师，我回营地了。（下）

詹天佑 （看着宋耀庭下去的身影，有点感慨地）一晃两年，都变成大小伙子了。德宏啊，还有一个关键问题必须解决。

林竞明 什么问题？

詹天佑 眼下连接车厢的都是老式链子车钩，这种车钩在平原地区使用还可以，但在京张线上却是用不得。

林竞明 为什么？

詹天佑 上行时容易造成断裂，但更可怕的是：当车子下行的时候，由于车体强大的惯性，整列火车就有可能往前挤在一起，造成事故。

林竞明 这个问题又如何解决？

詹天佑 前几年，美国发明家伊利·汉密尔顿·姜尼发明了一种新式自动车钩。这种车钩采用握臂式结构(用手比画)，能够很好地解决列车下行时车厢前拥的问题。我已经向朝廷建议，京张铁路首先使用姜尼车钩，及后推行全国。

林竞明 这是个好主意。

[正在这时，马贵失魂落魄地跑上。

马　贵 不好了詹总师……出、出事了……

詹天佑 出什么事了马贵？

马　贵 宋老五他们正在隧道打炮眼，作业面上的岩石突然坍塌，他们几个走避不及，被砸了……（失声痛哭）

林竞明 （一时大惊）啊？！坍塌……被砸……

马　贵 （指着林竞明痛骂）你说日本人已经把设备送到工地上，现在设备在哪儿？你说——

詹天佑 马贵，走——（与马贵急下）

[舞台上只剩下惊慌失措的林竞明，追光打在他的身上。

林竞明 （跪在地上，忏悔般）对不起，老五兄弟……对不起呀老五兄弟……

[林竞明这边的灯暗，另一表演区起追光，一身血水的宋老五飘飘走来。

宋老五 （茫然四顾）这是在哪儿？我到了哪儿？

[詹天佑向宋老五迎面走来，相隔甚远处，停了下来。

詹天佑 （伤心地）居庸关隧道塌方，你……已经遇难了……

［詹天佑能够听到宋老五的声音，而宋老五却不太能听到詹天佑的声音。

宋老五 我好像听见了一种声音，一种像仙乐般的声音。

詹天佑 那是隧道里岩石滚落的声音……

宋老五 我还听见泉水的叮咚。

詹天佑 那是地下水流出来的声音……

宋老五 还有山间松涛的呼啸。

詹天佑 那是工友们在呼唤你的名字！老五、老五兄弟——你听见了吗老五兄弟？

宋老五 好像有人在叫我。是詹总师……是詹总师！詹总师是您吗？

詹天佑 是我！是我……

宋老五 詹总师，对不起……这回，我真的要走了……

詹天佑 （痛心疾首地）是我詹天佑对不起你们……

宋老五 您不是说过，要把我们自己建造的铁路，铺向大江南北，铺到雪域高原，铺到白山黑水吗？但所有的这些，我怕是看不到了，我要走了詹总师……

詹天佑 不！不！你刚才还答应了我，要跟着我把京张铁路建成的呀老五兄弟！我们一起发过誓的……（痛苦地举起右拳头）

宋老五 （也举起了右拳头）是的，我们一起发过誓……

詹天佑 可这路才修到一半，这路才修到一半你知道吗？！你怎么说话不算话了呀……

宋老五 对不起詹总师……我要走了，但耀庭他可以跟着您，（憧憬地）跟着您把我们自己建造的铁路，铺向大江南北，铺到雪域高原，铺到白山黑水……

詹天佑 但你已经看不到了……

宋老五 詹总师，我还有一个请求，您能答应我么……

詹天佑 你说……

宋老五 请把我埋在长城脚下……我要看着京张铁路……建成……

詹天佑 （泣不成声）我答应你……我都答应你……

宋老五 谢谢……谢谢……我走了……走了……（说完，飘然而去）

詹天佑 老五兄弟……（哭倒）

［詹天佑这边的灯暗，另一表演区灯光起。宋耀庭拿着孝子棒走上。

宋耀庭 （哀伤地）爸——我回来了——爸——您走好啊——爸——我回来了——（下）

［宋耀庭的声声呼唤，苍凉哀伤，摄人心魄。

［追光中，詹天佑手中拿着宋老五的那件血衣上。

詹天佑 （一脸疲惫）一场事故，刹那间就夺去了六七条生命，可怜的宋老五，就这样……死了……（哭）老五兄弟——我詹天佑对不起你、对不起那些殉难的兄弟呀——（深深自责）或许，从一开始我就不该在袁世凯面前提出自建京张铁路，不该和那些洋人争夺这京张铁路的筑路权，我也不该、不该在开工的那天，把你们给拦了下来……我不该、不该呀！（无力地）四年建不成京张，如果有人要来砍我詹天佑的脑袋，那就让他们来砍、来砍吧……我累了、累了……

［詹天佑无力地瘫坐地上，触手碰到宋老五的那件血衣，拿起来端详了好一会儿。

詹天佑 （拿着血衣站起）不……不……不！宋老五他不能白白死去，那些在居庸关隧道遇难的弟兄不能白白死去！我詹天佑宁可让隧道里的土块砸死，

让山上滚落的巨石压死，也不能等朝廷送来的鬼头刀砍死！！不——

[渐收光。

第五场　化险

[保定总督府，袁世凯在胡乱地翻看堆在桌子的报章，一脸怒气。

兵　丁　（报上）报大帅，京张铁路的詹天佑詹先生来了。

袁世凯　放他进来！

兵　丁　喳！（向外叫唤）詹先生，请进——

[詹天佑上。兵丁下。

詹天佑　（作礼）天佑见过大人——

袁世凯　免了。

詹天佑　大人把天佑召来，不知有何吩咐？

袁世凯　不敢吩咐。袁某就是想请教詹先生：你们学铁路的，是不是也要学地理堪舆。

詹天佑　（摸不着头脑）地质地理，那是要学的。至于风水堪舆，民间之说，姑且听之……

袁世凯　那你会算卦吧？

詹天佑　（云里雾里）这个……

袁世凯　（一本正经的样子）詹先生你给我算算，看袁某还能不能活到后年？

詹天佑　大人洪福齐天，一定是长命百岁！

袁世凯　可有人说呀，我袁某人的阳寿最多不过还有两年。（拿起一份份报章）你看看——京城的《新闻报》《京报》，上海的《申报》，还有日本人办的《亚东时报》，都把这事闹翻了天，说什么“京张铁路军都山遇阻，袁世凯脑袋暂存两年”，“居庸关隧道死伤无数，四年完工遥遥无期”……

詹天佑　（额头冒汗）大人，这都是社会上的谬传。

袁世凯　居庸关隧道出事故没有？死了人没有？

詹天佑　是、是有几个死伤，我们也感到十分痛心……

袁世凯　（一拍桌子）那你还说是人家谬传？！我袁某人可不管你死了几个人，也不管你出了几次事故，（强调地）但我要工期，四年的工期！你明白吗？！

詹天佑 天佑明白。

袁世凯 你明白个屁！（不满地）开工都两年了，你连条居庸关隧道还没打通！（话中有话）你要是不能保全袁某的这颗脑袋，我不得不另想办法。

詹天佑 大人请放心，再有五个月，居庸关隧道就可以打通。

袁世凯 五个月？为什么是五个月？

詹天佑 因为三个月之内，我们在纽约贝迪公司订购的那批凿岩机就会到埠，再用两个月，居庸关隧道就可以打通。

袁世凯 如果我没有记错的话，除了这条367米的居庸关隧道，还有一条更长、更险的八达岭隧道。

詹天佑 原来大人对京张了如指掌……

袁世凯 （指着自己的脑袋）脑袋！

詹天佑 八达岭隧道我们已经定线。

袁世凯 （怒）开工都两年多了，你现在才告诉我，八达岭隧道已经定线？

詹天佑 这条隧道的设计一直在修改，我们在寻找最佳的路线走向，以及最好的施工方案。

袁世凯 找到了吗？

詹天佑 我们已经把隧道的长度从最初的1812米，缩减为1091米。

袁世凯 （大失所望）全长只有367米的居庸关隧道，你整整要挖半年，还死了那么多的人。（质问）这长度为1091米的八达岭隧道，你打算要挖它几年？又死他几个人？

詹天佑 大人，可不能这么比。

袁世凯 我在想呀，最后死的那个人，一定是袁某。

詹天佑 （解释）不不！大人。这八达岭隧道，只要半年时间，我们就可以把它打通。

袁世凯 蒙我？还是骗我？

詹天佑 天佑怎敢蒙骗大人？

袁世凯 367米的居庸关隧道你要用半年，1091米的八达岭隧道，你也要用半年。这不是蒙骗，又是什么？

詹天佑 因为我们已经找到了更好的施工方案。

袁世凯 更好的施工方案？说来——

［詹天佑发现了案桌上有一个“山”字形笔架，拿起来看了看。

詹天佑 （比画）大人您看，如果把这笔架比作八达岭，隧道就要从这山底下通过。

袁世凯 废话！从山顶上爬过去的，那叫长城。

詹天佑 如果在这搁笔的位置，我们打两个竖井下去，到了隧道线的位置上，然后同时朝着南北两个方向开挖。

袁世凯 （琢磨，点头）嗯！有点意思。

詹天佑 加上原有的南北两个作业面，那么在八达岭隧道，就一共有了六个作业面。

袁世凯 你的意思是说，开挖进度可以提高三倍？

詹天佑 是这样的，大人。

袁世凯 如果这个方法可行，为什么不在居庸关隧道施行，白白浪费了半年时间？

詹天佑 还是因为我们没有凿岩机，这种大深度的竖井，甚至比隧道还难打。只要贝迪公司的凿岩机如期运到，八达岭隧道就会快速掘进。

袁世凯 把你我二人的脑袋，都押在了那个远隔重洋的什么迪公司身上，你不觉得，这太可怕了吗？

詹天佑 大人放心，纽约贝迪公司的经理，是我当年在耶鲁的同窗好友，是一个稳重靠谱的人。

袁世凯 （仍疑虑）那万一呢？

詹天佑 其实这种凿岩机，在国外是个最普通不过的工程设备，万一花旗国那边不能运到，我们还可以向德国、比利时等国的公司购买。此前我们是想节省银子，所以才向外国驻华公司提出租用。

袁世凯 那现在怎么又不租了呢？

詹天佑 因为现在所有的驻华公司已经联合起来，不向我们租借这样的设备。

袁世凯 （叹息）原来如此！照你这么说，八达岭隧道也没有问题了？

詹天佑 一定没有问题，大人放心好了。

袁世凯 不用砍我的脑袋了？啊哈——

［两人同笑。兵丁报上。

兵　丁 报大帅，金达先生到了。

袁世凯 哦，到了？（征询地望向詹天佑）詹先生，你说这个金达，我见呢，还是不见？

詹天佑 天佑怎敢替大人做主？

袁世凯 （笑）两年前，我不想见他，是你非要我见，今儿却又不敢替我做主，这到底又是为何呀？

詹天佑 因为两年前我知道他是为何而来的。

袁世凯 今儿就不知道了吗？

詹天佑 还真不知道。

袁世凯 那我就告诉你吧：今天是我把他请来，想跟他谈接手京张的事。

詹天佑 （大感意外）接手京张？！

袁世凯 （戏谑般）你说这洋鬼子嘛，运气怎么总是那么差？每次都跑在你詹天佑的屁股后面，也不知道他上辈子欠了你些啥。

詹天佑 大人是说：如果天佑晚来一步，这京张铁路就要易手了吗？

袁世凯 （不置可否）你说呢？

詹天佑 （一阵后怕）看来天佑今天不虚此行。

袁世凯 那就让洋鬼子再"虚行"一回吧。（对兵丁）你去告诉那个金达，就说本督今天身体欠安，改日我再登门拜访。

兵　丁 喳！（下）

袁世凯 （掏心窝子般）詹先生，袁某人下半辈子的荣华富贵，以及这颗项上人头，全在你手上了，你可不能玩砸咯！

詹天佑 （郑重地）天佑定然不辱使命！

[切光。

第六场　路成

[如幻梦般的空旷舞台。追光中，宋老五（灵魂）扛着把大锤上。

[天际间又传来孩子们朗读课文的声音："过青龙桥，列车向东北前进，过了'人'字形线路的岔道口就倒过来，原先推的火车头拉，原先拉的火车头推，使列车折向西北前进。这样一来，火车上山就容易得多了……"

宋老五 （喃喃自语）两年了，我已经死去两年了。我就像是一枚7寸长、8两重的道钉，被永远地打进了军都山，打进了八达岭，打进了京张铁路……

[另一个追光中，林竟明出现。

林竟明 （痛苦、沮丧）两年了……他已经死去两年了。七百多个日夜，我都在一种无名的惶恐之中。我成刽子手了？我杀人了？我怎么就杀人了呀……

宋老五 架桥修路，哪能不死几个人呢？死了就死了吧，不怨天，不怨地，怨命！但我还有个儿子，他从山海关铁路学堂出来，（欣慰）他读书了，长出息了……

林竞明 我读了十年的洋书，都读进狗肚子里了吗……

宋老五 两年了，一直在陪着我的，是这把大锤，它陪着我已经两年了……（随追光消失）

林竞明 人不是我杀的！（大声地）不是我杀的——

［另一条追光中，杨新泰出现。

杨新泰 就是你杀的！

林竞明 你滚——滚——

杨新泰 （笑）德宏兄，不是说好了，咱们继续合作的吗？

林竞明 我明天就回老家去卖地，把那些钱通通还给你！

杨新泰 哈哈！那点小钱，不值一提。只要我们继续合作，再多的银子都可以给你。

林竞明 我不会再跟你们合作，你滚——

杨新泰 （冷笑）你的把柄落在我手里。这，恐怕已经由不得你了。

林竞明 你——

杨新泰 （正色地）是你给我们送来了情报，所有的在华外国公司因此结成同盟，不向京张铁路出租任何凿岩设备。所以说，宋老五以及那些遇难的筑路工，都是被你杀死的！

林竞明 （气结）原来、原来你们一直在算计我。

杨新泰 （摇头）不不不！我们是在算计他詹天佑，算计京张铁路。

林竞明 但你们失败了。

杨新泰 言之过早！但留给我们的时间，确实已经不多了。你看那边，人家都已经加官晋爵了——

［追光收，大光起。工程部，詹天佑身穿崭新的二品官服，踱着方步上。马贵迎上。

马　贵 （惊喜地）哎呀詹总师，您穿上这新官服，可威风了！

詹天佑 （笑了笑）明天是通车大典礼，今天朝廷就派人把新朝服给送来了。怎么样，还合身吧？（伸伸袖子，左右摆摆）

马　贵 袁大人来了。

詹天佑 （意外）谁？

马　贵 袁世凯，袁大人。

詹天佑 他来了？快快有请——

马　贵 （传唤）有请袁大人——

［袁世凯身着布衣，和一个随员上。

詹天佑 （作礼相迎）袁大人驾临，有失远迎……

袁世凯 免了免了！如今你才是大人。

詹天佑 （不解）大人，这……

袁世凯 （上下打量詹天佑）嗯，不错！这大清文二品官服，穿在你詹天佑身上，还像那么回事。看看——这锦鸡绣的补子，镂花红珊瑚的顶子。

詹天佑 天佑感谢大人当初的举荐，以及四年来的鼎力支持，修成了京张铁路，得任邮传部二等顾问官，领二品衔。

袁世凯 不不不，是我袁某人要感谢你。

詹天佑 感谢我？

袁世凯 感谢你没让我这颗脑袋搬家呀。

［詹天佑、袁世凯两人会心一笑。

袁世凯 （慨叹）这些年来，想砍我袁某人脑袋的人多了去，可就是无处下手呀！

詹天佑 京张铁路明天举行全线通车大典礼，大人今天提前过来……

随　员 老爷明天就要回河南老家，今天特地要来看一看京张铁路。

詹天佑 （意外）大人要回老家？

袁世凯 （颇失落地叹气）回去了！去年光绪爷驾崩，太后驾鹤西归，新主登基之际，逼着我交出北洋六镇，撸去我军机大臣、外务部尚书等本兼各职。（愤愤不平地）本以为建成京张，朝廷还会给我加官晋爵，没想到等来的，却是这个一撸到底！

詹天佑 （愕然）朝廷把大人一撸到底……

袁世凯 （阴沉地）由他去吧！我袁世凯不当这官，京张铁路它还是京张铁路，北洋六镇它还是北洋六镇，（话里有话）我袁某人的话，人家该听的还得听！（一副谦卑的口吻）您说对吗？詹大人——

詹天佑 大人说的，不无道理。

袁世凯 今天我提前过来，是因为四年前我有一诺：建成京张，袁世凯要亲自来给你贺礼。

詹天佑 大人今天的驾临，就是对天佑最大的褒奖。

袁世凯 还记得四年前你说过的那句话吗？

詹天佑 还请大人明示——

袁世凯 你说："操控了全国铁路，等于就操控了国家命脉。"袁某一直在琢磨，这全国铁路也好，国家命脉也罢，必须操控在自己的手里！（边说边捏紧了自己的拳头）

詹天佑 大人说得对，仅有京张这200公里是不够的，我们还要建两千公里、两万公里的铁路。中国有多大，铁路就该有多长！

袁世凯 好了好了，如今人也见了，路也看了，礼数也还清了。（意犹未尽地）将来还有很多事情，需要你我去做。你明白我的意思吗，詹先生？

詹天佑 （郑重地）天佑愿意为国效力！

袁世凯 为国效力？（摇头苦笑）你詹天佑呀，到底还是个书呆子！我走了，保重——（略施礼，与随员下）

詹天佑　（相送）大人保重——

［大光收，詹天佑等人隐去。追光起，林竞明、杨新泰在追光中。

杨新泰　德宏兄，看明白了吗？人家都二品了，可你呢？

林竞明　我……

杨新泰　袁世凯已经倒了台，“请”走了詹天佑，下一个二品，就是你！

林竞明　如果我不呢？

杨新泰　（狠狠地）我再说一遍：你的把柄落我手里了！

林竞明　（泄气）那、那怎么请？

杨新泰　德宏兄是个聪明人，怎么请，你会有办法的！（下）

林竞明　（犹豫）办法？

［切光。

第七场　惊变

［孩子们琅琅书声又从天际传来：“京张铁路不满四年就全线竣工了，比计划提早两年。这件事给了藐视中国的帝国主义者一个有力的回击。”

［光渐起，上场次日，京张铁路全线通车典礼现场：一段已经建成的铁路，1∶1的铁轨上停放了一辆硕大无朋、霸气十足的蒸汽机车，车头大灯的位置上挂了个红绸做成的巨大红花，格外夺目。两个机修工拿着工具正在为机车做维修保养。

［马贵抱着小酒坛和三个海碗上，后面跟着两名筑路工，抬着那张小香案，香案上放着香炉、果品。两名筑路工把小香案摆在舞台中间，马贵放下小酒坛。

马　贵　（对两名工友）你们都给我听着，今天谁再敢踢这香案，我保准打瘸他的腿！

路工甲　（伤感地）马头，老五叔都死两年了，你还说他……

马　贵　（把海碗放在小香案上依次排开）这老五……不说他了！（对机修工叫嚷）哎——你们俩，活儿给我干仔细点！这可是刚从英国运回来的大家伙。

机修工　放心吧马头。（继续干活）

马　贵　光船费就花了上万两银子，（骂）该死英国佬！大强——大强你听到了没有？鸣个笛——

[机车里的人伸出个头，答：“好嘞！”随之“叭！”地鸣了一个短笛。

马　贵　（高声）长笛，给我来个长笛！咱今天办通车大典礼，就是要告诉山神爷爷，京张铁路，从今天起就要建成通车了！

[机车里的人答：“明白了马头！”随之“叭——”地鸣了一个长笛。

马　贵　（陶醉）什么叫惊天地、泣鬼神？这才叫惊天地、泣鬼神！

[詹天佑着官服上。

詹天佑　马贵你在说什么呢？“敬天地、与鬼神”？

马　贵　詹总师，我是说……

詹天佑　天地是要敬的，至于鬼神嘛，孔老夫子说了：远之！

马　贵　您说得对。（指着小香案）东西都准备好了。

詹天佑　林副总师呢？

马　贵　朝廷官员、各国使节，还有外国公司的驻华代表陆续到来，林副总师在下面迎候呢。

詹天佑　邮传部的那班老爷，看来都是吃饱了给撑的！

马　贵　这不是给詹总师您长脸了吗？

詹天佑　是给他们自个长脸。京张这边还没最后完工，那边又说要把我派遣回我的老家广东。

马　贵　回广东？

詹天佑　回去主持修建粤汉铁路。

马　贵　詹总师您不乐意？

詹天佑　我当然乐意。光绪三十二年，京汉线全线通车，粤汉线早几年也已经开工，两湖段进展还算顺利，粤北南岭段却是打打停停。

马　贵　军都山、八达岭都不在您的话下，南岭算个啥？

詹天佑　逶迤八百里的南岭，不会因为我詹天佑的到来而消失。（充满期待）等将来打通了南岭，再修一座横跨长江天堑的铁路大桥，京汉线与粤汉线正式连通接轨的时候，你再给我说几句好话也不晚。

马　贵　只怕詹总师又高升了，我马贵这个小段长，在您面前都说不上话。

詹天佑　（淡然一笑）我詹天佑这辈子也就是个修铁路的。四十年前，花旗国的联合太平洋线和中央太平洋线两线接轨，横跨北美东西海岸的铁路大动脉由此诞生。（憧憬着）京汉线粤汉线两线连通，堪比花旗国的“两洋”线接轨。到那时，一条绵延2500公里，发轫于蒙古高原、贯穿中原腹地直至南海之滨的南北大动脉，将会呈现于世人面前！

马　贵　（由衷地赞叹）就像一条腾飞的巨龙！

詹天佑　你这个比喻不错，此路贯通之时，便是我中华大国腾飞之日！实业救国，铁路兴邦，是我詹天佑毕生的追求与梦想。总有一天，咱们要修成全世界最好的铁路，造出最好的机车。（看了看天色）都这个时候了，那帮看热闹的人，也该来了吧？

［金达和杨新泰上。

金　达　（老远就叫）你好呀詹先生——

詹天佑　（迎上）哦？金达先生，您也来了？

金　达　今天是京张铁路全线通车的大典礼，作为大英铁路公司的驻华代表，我怎能不来？

詹天佑　不会是来看我们出洋相的吧？

金　达　詹先生你真会开玩笑！我是来向你表示最诚挚的祝福——

杨新泰　朝廷官员和各国使节，都在下面的凉棚喝茶，金达先生说必须上来见一见詹先生。

金　达　老朋友了嘛！

詹天佑　谢谢！

金　达　作为一名专业的铁路工程师，我不得不承认，你在京张铁路的建造过程中，创造了一个世界铁路史的奇迹，我为你感到高兴。

詹天佑　（不卑不亢）过奖了。

金　达　你们有灿烂的文明，有丰富的资源，还有辽阔的国土，谁也不敢保证，在将来的哪一天，你们就会成为大英帝国的对手。对此，我又感到深深的忧虑。

詹天佑　所以，您就一直在阻挠中国人自主建造铁路？

金　达　（坦率地）是的。

詹天佑　为什么呢？

金　达　因为，你们在损害我们的利益。

詹天佑　那请金达先生您告诉我，我们损害了你们的什么利益？

金　达　大英铁路公司的利益，以及大英帝国的利益！

詹天佑 这就奇怪了，我们在自己的国家，建造自己的铁路，怎么就损害了你们大英铁路公司的利益，以及大英帝国的利益了呢？

金　达 （一时语塞）这……

詹天佑 这，未免有点霸道了吧？

杨新泰 （上前）詹先生，你是留过洋的人，就别揣着明白装糊涂了，这天底之下，哪儿不是大英帝国的利益呢？

詹天佑 （软中带硬）起码京张不是！

杨新泰 （一笑）嘿嘿！话可不能说绝了。

［宋耀庭急上。

宋耀庭 不好了詹总师，从八达岭下来的工程通勤车，在下行时发生脱轨，两节车厢翻车！

詹天佑 （大惊）你说什么？脱轨？翻车？

宋耀庭 那些前来参加大典礼的宾客都跑了过去，议论纷纷。

詹天佑 （疑惑地望了一眼金达他们，然后对众人）我们走——

［宋耀庭、马贵等人随詹天佑急下。

杨新泰 （对金达笑了笑，悄声地）金达先生，好戏上演了。

金　达 杨先生，作为大英铁路公司的驻华代表，我很欣赏你。但作为一名铁路工程师，我讨厌你！

杨新泰 （始料不及）这……

金　达 我们还是赶紧走吧，再不走，人家就会拿大锤来砸我们了。

［杨新泰随金达急下。詹天佑怒气冲冲地上。

詹天佑 都给我上来！

［林竟明、宋耀庭、马贵等人上，一众筑路工随上。

詹天佑 （质问）宋耀庭，你是负责技术的，你告诉我，京张铁路的列车应当用什么车钩？

宋耀庭 总师您吩咐过，一定要用姜尼车钩。

詹天佑 那今天的通勤车，用的又是什么车钩？

宋耀庭 是、是链子车钩……

詹天佑 八节车厢，像块柿饼一样，全挤在了一起。（咆哮）是谁给了你这个胆子？！是谁叫你们换了链子车钩？！

［众人面面相觑，不敢作声。

马　贵　（想了想，走到詹天佑面前）詹总师，是林副总师昨天吩咐我，今天通勤车要全部换上链子车钩。他还说了，今天是大典礼，用新式车钩怕不保险。

林竞明　（欲阻拦）马贵，你……

马　贵　林副总师，请您原谅！我马贵虽然是个粗人，但不敢出卖自己的良心。

詹天佑　（叹息）明白了……（斩钉截铁地）马贵，你马上带人去把姜尼车钩换上，同时告诉所有观礼的宾客：这次翻车事故，原因在于错用了链子车钩，不是道路设计的问题，京张铁路，将如期通车！

马　贵　是！都跟我来——（招呼众人急下）

［林竞明欲随众人下。

詹天佑　德宏，你——留下。

［林竞明只好留下。

詹天佑　现在，这里只剩下你我二人，有话，你就敞开说吧。

林竞明　这又从何说起……

詹天佑　就从该说起的地方说起——

［詹天佑疲惫地在铁轨边坐下，林竞明也在铁轨旁坐下，两人背向而坐。

［林竞明依旧无语。

詹天佑　既然你不说，那就我来说吧。记得那年在康州的海滨男校，负责管理我们的陈兰彬，在每个学员身上克扣了五美元，你纠集了几个同学，把他狠狠地揍了一顿。

林竞明　那时候穷……

詹天佑　刚进耶鲁那年，全班到海边游玩，有个美国学生揪着我的小辫子，骂我们是猪。

林竞明　我把那个坏小子扔海里了。

詹天佑　从那时候开始，我就认准了你林竞明，认准了你这个兄弟！

林竞明　（愧疚地）我让你失望了。

詹天佑　那时，你说的一句话，至今我还记得。

林竞明　哪句呢？

詹天佑　你说：“敢他妈再欺负中国人，叫你去死！”从那以后呀，那个美国小子见了我，总是“哈啰哈啰”地叫个不停。（笑了笑）可见，尊严是要靠实力来保证的。

林竞明　（苦笑）我都记不起来了……

詹天佑　（轻描淡写地）其实在去年，就有人告诉我，说你在老家买了地。我说呀，谁在老家没两亩地呢？可那人又说，你在老家买的地不是两亩，而是两百多亩。

林竞明　（如坐针毡）原来，你都是知道的……

詹天佑　我宁肯相信，你买地的那些钱，都是借来的。

林竞明　（若有所指）迟早都是要还的……

詹天佑　我知道你会去还，但我没有想到，你会以这样的方式去还。

林竞明　让你更没有想到的是，我会在今天去还……

詹天佑　是的。四年前，当我决定去找袁世凯的时候，我原以为，自建京张最大的阻碍会来自朝廷、来自袁世凯。但很快我就发现，更大的阻碍是来自洋人。直到今天，直到现在，我才明白，原来……

林竞明　原来我才是你最大的阻碍……

詹天佑　（痛心）难道，这就是四年前你说“咱们一起干”的结果？

林竞明　（恼羞）所有的这些，不都是你詹天佑逼的吗？！

詹天佑　我逼的？

林竞明　都是同批官派留美十年，又是一同回国做事的人，你都当上京张铁路总办兼总工程师了，都二品衔了，可我呢？（几乎咆哮）凭什么我永远都在你的手底下干活？！永远都活在你的影子里？！永远都当这个不入流的小工程师？！凭什么呀……（无力地）你得到了二品衔，我拿到了二百亩地，这……也不算过分吧？

詹天佑　你以为我在袁世凯面前装孙子，就是为了当这个官？你以为我在邮传部那班老爷面前赔笑脸，就是为了这个二品衔？如果不当这个官、不领这个衔，我詹天佑什么事也办不成！（脱下官帽，双手递向林竞明）如果可以，我把它送给你！

[林竞明不接，官帽掉在地上。

詹天佑　（叹息）三十多年了，你林竞明终究还是不了解我……

林竞明　（摇头）很多时候，我连自己都不了解自己……

詹天佑　现在这个结果，会对谁有好处呢？

林竞明　对谁都没有好处了，除了那些英国人。

詹天佑　英国人？

林竞明　他们会向朝廷说：中国人是建不好铁路的，中国铁路，还得让英国人来建。

詹天佑 那你认为呢?

林竞明 一个昏聩如斯的老太婆，竟然统治了近半个世纪的中国；一个未满三岁的黄毛小儿，居然登上了大统来让万民膜拜。国已至此，邦已至此，（大声地）你以为办几个实业就可以挽救的吗？你以为建一条铁路就能够振兴的吗?

詹天佑 那你愿意看着它永远这么沉沦下去?

林竞明 当初，我跟你一样，总以为可以改变这个世界。但到了后来才发现，改变的，却总是自己。

詹天佑 （痛惜）志已不同，道已不合，（决绝地）你可以走了。

林竞明 （羞惭）眷诚，对不起……

詹天佑 （痛苦地）回你的老家，做你的庄园主去吧!

林竞明 （略作礼）保重——（下）

[马贵、宋耀庭以及拿着大锤铁镐等工具的众筑路工急上。

马　贵　詹总师，姜尼车钩已经全部换好了。

詹天佑　通车典礼，马上开始——

[众筑路工两边呈八字排开，肃立如仪。

[詹天佑走近小香案，提起小酒坛，“哗——”的一下，把三个海碗全部倒满。

詹天佑　（拿起一碗酒，激动地）三十八年前，当我穿越了浩瀚的太平洋，踏上了北美西海岸的那片土地，爬上了那个叫“火车”的庞然大物的时候，我就梦想着，我的故国也要有属于自己的、如巨龙般驰骋于天地间的火车。今天，在这个京张铁路建成的日子里，在这个全线通车的大典礼上，我詹天佑以及一起筑建这条铁路的所有弟兄们，终于梦想成真！这第一碗酒，敬天地——

[说完，詹天佑单膝下跪，庄重地把酒酹向大地。

[众筑路工随詹天佑齐刷刷地单膝跪下，如山呼般响应：“敬天地——”

詹天佑　（起身拿起第二碗酒）在花旗国的十年，是我负笈游学的十年，也是我忍辱负重的十年。我从来不敢忘记身上流淌的炎黄血脉，也从来没有忘记忧患深重的中华家邦，我知道我詹天佑为何而来，我也知道我终将为何而去！于是，我选择了铁路专业，选择了这个可以报效国家、可以告慰祖宗的专业！这第二碗酒，敬祖宗——

[詹天佑单膝下跪，把酒酹向大地。身后的众路工又如山呼般响应：“敬祖宗——”

詹天佑　（起身拿起第三碗酒）当我们打通了居庸关天险所有隧道的时候，当我们成功设计了青龙桥“人”字形路线的时候，当我们贯通了北京到张家口全路段的时候，我们怎能忘记，那个再也不能回去给儿子盖房子、娶媳妇的宋老五？还有那些永远躺在了这条铁路线上的诸位兄弟？这第三碗酒，敬英魂——

[詹天佑单膝下跪，把酒酹向大地。身后的众路工又如山呼般响应：“敬英魂——”

詹天佑　（起身，越发激昂地）“实业救国，铁路兴邦”是我的追求和梦想，直到今天，直到现在，我还坚定地认为：这是我詹天佑曾经的并将是永远的追求和梦想，是任何人也无法阻挠、无法改变的追求和梦想！我们也许看不到梦想实现的那一天，但我们相信梦想一定会实现！

[此时众筑路工已缓缓站起，在詹天佑身后如群雕般凝重，如洪流般涌动。

众路工 （齐诵）我们相信梦想一定会实现！

詹天佑 我们也许不知道这列火车开往何方，但我们是一枚道钉，一枚被深深打入中华大地的道钉。

众路工 （齐诵）我们是一枚道钉，一枚被深深打入中华大地的道钉。

詹天佑 我坚信，我们所承载的这列火车，一定会沿着这条道路、这条钢铁做成的道路，开向光明的、灿烂的未来——

众路工 （齐诵）我们所承载的这列火车，一定会沿着这条道路、这条钢铁做成的道路，开向光明的、灿烂的未来——

[话音落时，蒸汽机车冒出一团团浓浓的白烟，正在缓缓起动。随之而来的，是阵阵重金属摩擦、滚动的声音。

詹天佑 （跳上火车头，呐喊般）京张铁路——全线通车啰——

[天幕上，伴随着一声撕裂的汽笛，一辆老式蒸汽机车烟囱喷着黑烟、车底冒着白汽，拖着长长的车厢，轰鸣着、缓缓地向着前方驶去……

[又一声汽笛，一列内燃式火车向前方驶去……

[又一声汽笛，一列电气式火车快速向前方驶去……

[又一声汽笛，一列列“和谐号”高速列车风驰电掣般向前方驶去……

[伴随轰鸣的列车声和撕裂的汽笛声，天幕上徐徐出现字幕：

1876年，英国商人在上海擅自修建了中国第一条铁路——淞沪铁路，全长15公里。

1905年，清政府决定独立自建第一条干线铁路——京张铁路，全长200公里。

2008年8月1日，中国第一条高速铁路——京津城际高速铁路运营，运营时速达350公里。

至2016年9月10日，随着郑徐高铁的开通，中国铁路总运营里程已突破12万公里，位居世界第二。同时，中国高速铁路运营里程突破2万公里，位居世界第一，占全球高铁运营里程55%以上。

随着“一带一路”倡议的实施，中国高铁正在走出国门……

[渐收光。剧终。

（本剧发表于2017年第四期《剧本》月刊，2017年由佛山艺术剧院首演，获得第十三届广东省艺术节剧目二等奖等奖项，系国家艺术基金2016年度扶持项目、文化部2016年度剧本扶持工程项目）

穷孩子·富孩子

时　间：当代

地　点：南方某大城市

人　物：

蓝天亮　男，46岁，民营企业家。

杜月玲　女，42岁，蓝天亮妻，医生。

田孝军　男，30多岁，特警大队长。

牛　聪　男，49岁，早年入城打工者，现沦为绑匪。

阿　贵　男，年约30，绑匪，牛聪的同伙。

王大海　男，50多岁，下岗工人，现以捡破烂为生。

杨　洁　女，40多岁，王大海妻。

涛　涛　男，15岁，蓝天亮和杜月玲的儿子。

小　梅　女，15岁，王大海和杨洁的女儿，涛涛同学。

斌　斌　男，12岁，牛聪的儿子。

众特警、民警等人。

序　幕

[黑暗中，传来一个男孩子（斌斌）的呼喊声："爸爸——爸爸——我想你！"

[又传来一男一女争吵的声音。女人（杜月玲）的声音："你明天就把他辞退了！这样的人留在公司，早晚是个祸害！"男人（蓝天亮）的声音："你听我说……"女人的声音："我报警！"男人的声音："你别……"

[男孩子的声音："爸爸——我想你，我要上学——"

[追光渐起，出现一个出租屋的大通铺，通铺上睡着牛聪和阿贵。

牛　聪　（骤然惊醒，大喊）斌斌——斌斌——

［牛聪猛地爬起，看了看四周，才知道刚才是做了个梦，顿感颓然。

［待了一会儿，牛聪开始手忙脚乱地在枕头、铺盖、床底到处翻找着什么，却又是什么也没找到。

阿　贵　（被吵醒，睡意蒙眬地）聪哥，你又干吗……

牛　聪　阿贵，去年我们藏的那把枪呢？

阿　贵　（翻了个身，依然睡意蒙眬）在厨房的烟囱里，用塑料袋包着……

牛　聪　哦……

阿　贵　（惊觉，猛地坐了起来）聪哥，你找那把枪干吗？

牛　聪　你说呢？

阿　贵　你要真干呀？

牛　聪　（咬着牙）都他妈把我赶上绝路了，干！

［切光。

第一场

［幕后隐约传来女孩子的呼喊声："王老师——王老师——有坏人——"老师的喊叫声："涛涛——小梅——抓坏人——抓坏人啊——"

［声音渐弱，两个巡警跑上。

巡警甲　（用对讲机）呼叫指挥中心，呼叫指挥中心：十二中发生人质劫持案，巡逻中队请求支援！巡逻中队请求支援！……收到！

［两巡警追下。

［舞台警灯闪烁，警笛大作。田孝军带着十多名全副武装的特警持长短枪上，圆场。

［田孝军右手持手枪，左手持对讲机。

田孝军　（对对讲机）指挥中心，指挥中心，我是特警大队长田孝军，我们已到现场，我们已到现场……是！随时报告情况。

特警甲　报告队长！特警队集合完毕——

田孝军　随时准备战斗！

特警甲　是——

巡警甲 （跑上）报告田队长，劫匪跑上了烂尾楼三楼，作案动机未明。

田孝军 现在还掌握什么情况？

巡警甲 劫匪一共两人，有武器。

田孝军 人质情况呢？

巡警甲 是两名初中生，一男一女。

田孝军 （略一思索）能找到这座楼房的平面图吗？

巡警甲 应该可以，那边就是承建商办公室。

田孝军 好！现场由我们特警队负责，你们马上给我把平面图找来，并且联系120急救中心。

巡警甲 是！（下）

警察甲 （跑上）报告队长，上楼的通道已被劫匪用废旧建材堵死。

田孝军 还有别的通道吗？

警察甲 （肯定地）没有了！

巡甲警 （拿着一卷图纸上）报告，平面图找来了。

田孝军 打开！

［两名巡警展开图纸，田孝军手中拿过旁边的一根棍子分析地形图。

田孝军 大家请看：这就是劫匪目前所处的位置，空间大约有三十平方米。这是我们所看到的窗户，这边还有一个小窗户。这是唯一能够进入这个房间的门，这是我们现在所在楼下小广场的位置。劫匪只要站在这里，就能够俯瞰楼下所有的动态。这、这，还有这，都是射击死角，可以有效躲避来自各个方向的子弹，这给我们实施抓捕和精确打击带来极大的困难。（脸色凝重地）集合——

［警察迅速整队集合。

田孝军 一小组——

一小组 到！

田孝军 你们负责封锁现场，严密做好外围警戒，闲杂人等不得靠近！

一小组 是！

田孝军 二小组——

二小组 到！

田孝军 你们担任突击队，（指着房屋布局图）在楼道口布控，随时听候我的命令，做好强攻的准备！

二小组 是!

田孝军 狙击组!

狙击组 到!

田孝军 你们迅速上东面、南面高楼布控，在保证人质安全的前提下，一有机会，果断开枪!

狙击组 是——

田孝军 但你们都要给我记好了，任何时候，不得伤害人质，哪怕是误伤! 明白了吗?

众特警 明白!

田孝军 行动!

众特警 是——

[幕后浑厚的男音群唱响起："啊呵哟呵……啊呵哟呵……"

[歌声中，田孝军带众特警持枪上场，伴以一组包含奔跑、上楼、攀爬等

阳刚的舞蹈动作，下。

[舞台右侧的烂尾楼内光起，几堵没有批荡的旧墙和没有窗门的窗户，光线灰暗。

[涛涛和小梅已被劫匪用废旧电线绑着。

涛　涛　（挣扎）放开我，放开我！

牛　聪　臭小子，放你不是不可以，叫你老爸拿钱来！

涛　涛　我们家没钱。

牛　聪　呸！本市知名企业、号称华南最大的物流公司的蓝天集团蓝老板没钱？

涛　涛　有钱也不能给你，你们是坏人！

阿　贵　你说对了，我们就是坏人。

小　梅　叔叔，你们只是想要钱吗？

牛　聪　（有点疑惑地）对呀！

小　梅　你放了我们，我叫我爸把钱送过来。

阿　贵　（惊喜地）嘿，聪哥，意外收获呀！没想到这个多事的小丫头，还是个富二代呢！

牛　聪　（急切地对小梅）告诉我，你爸是干什么的？

小　梅　我爸以前在化工厂上班……

牛　聪　后来呢？

小　梅　后来……后来就说是下岗了。

阿　贵　（自作聪明地）是不是下岗后开了个大公司？

小　梅　跟我妈一起捡破烂……

［小梅话音未完，阿贵"啪"的一个耳光扇了过来。

涛　涛　小梅，小梅……

阿　贵　（骂）臭丫头，把你大爷当猴耍呀？

小　梅　（哭）呜——我们家有钱……

牛　聪　（拉住阿贵）阿贵，你让她说下去。

阿　贵　（耐着性子问小梅）你爸是不是捡到值钱的古董了？

小　梅　我妈跟我说了，家里存了一大笔钱，等我将来上大学……

［小梅话音未完，阿贵"啪"的一个耳光又扇了过来。

牛　聪　（恼羞）你们家的那点小钱，留着买药吃吧！

［小梅低头哭泣。

［涛涛挣扎着，一脚踢在阿贵身上。

涛　涛　不许欺负女孩子！

阿　贵　（猛地揪住涛涛）哟嗬——臭小子，英雄救美是吧？（欲打涛涛）

牛　聪　（制止）算了，省点力气对付警察吧。

［闪烁的警灯射入烂尾楼，警笛声时紧时弱。

［田孝军幕后音："楼上的人听着，你们已经被包围了，你们已经被包围了。放下武器，交出人质，争取宽大处理——"

阿　贵　（惶恐地）聪哥，我们被包围了。

牛　聪　（懊恼）妈的，计划全让这个小丫头搅乱了。

阿　贵　（对小梅）臭丫头！本来我们就没打算绑你，是你自己往枪口上撞的知道吧？！（有点埋怨）聪哥，昨天晚上你不是说已经想好逃跑路线了吗？怎么就跑上这破楼来了？

牛　聪　你以为我愿意？这个多事的小丫头一喊一叫，把警察全他妈招来了！

阿　贵　聪哥，现在这事越弄越大，我都有点怕了……

牛　聪　（嘴硬）怕什么？绑一个是绑，绑两个也是绑，他们要是敢上来，就先拿一个开刀！（拖着涛涛走到窗边，用枪顶着涛涛的脑袋）起来！他们要是敢上来，我就先弄死一个！（对下面大喊）下面的人听着，我手上有人质，你们要是敢上来，我就杀了他们！

［田孝军幕后音："伤害人质对你没有任何好处，只会加重你的罪行！"

牛　聪　杀死两个人质当然没什么好处，但杀一个嘛，对我们没有半点坏处！

［田孝军画外音：请你保持冷静，人质的生命就是你们的生命。

［幕后传来一声汽车的鸣笛，随即一阵刺耳的刹车声。

［画外一声妇女撕心裂肺的哭喊声："涛涛、涛涛，妈妈来了——"

涛　涛　（拼命挣扎呼喊）妈妈——妈妈——

［切光。

第二场

［舞台左侧是小广场，光起。警察已用警戒线围出一个警戒圈。舞台右侧是烂尾楼，可见一个不大的窗口。

［广场上有田孝军以及两个待命的警察。

［蓝天亮和杜月玲冲了上来，后面追着两个阻拦的警察。

杜月玲　涛涛，涛涛——

警察甲　你们不能进去！（继续阻拦）

杜月玲　让我进去，让我进去……

田孝军　（迎上拦着，指着蓝天亮夫妇质问警察甲）他们是什么人？谁让他们进来的？

警察甲　报告队长，他们是人质的亲属。

田孝军　亲属就可以随便进来吗？

杜月玲　（迫不及待地）警察同志，我是上面被劫持男孩的母亲，我儿子现在怎么样啦？

田孝军　我们正在研究营救方案。

蓝天亮　（有点愤怒）还在研究？是不是还要等你们领导来讲个话、开个现场办公会议？

田孝军 （冷冷地打量蓝）你又是什么人？

蓝天亮 我是什么人？（指着楼上，大声地）我是上面被劫持男孩的父亲！我叫蓝天亮！

田孝军 蓝先生是吧？（严正警告地）我现在警告你，请你不要用这种语气跟警察说话！

蓝天亮 （情绪有点失控）我就用这种语气怎么啦？现在是我的儿子被坏人劫持了，你明白吗？

田孝军 你们的心情我完全理解，但请你们保持冷静，配合我们警方的行动。

蓝天亮 （质问）那你告诉我，你们警方现在有行动吗？

田孝军 （感到尊严受损）蓝先生，我可以命令我的突击队十秒钟之内冲上楼去，然后对着劫匪一阵乱枪扫射。（略一停顿）但如果这样的话，恐怕你将永远见不到你的儿子。你懂吗？

杜月玲 （感到恐惧）不……不要！我们配合，我们一定配合警方的行动……

蓝天亮 （态度有所软化）你们不是还有谈判专家的吗？

田孝军 谈判专家？（冷笑）我就当过谈判专家！如果每一个案件都可以用嘴巴谈下来，还要警察干吗？现在最重要的就是要稳住劫匪的情绪，这才是对人质生命的最大保障！这样的道理，难道你们不明白吗？

杜月玲 （连连点头）我们明白，我们都明白。

田孝军 （举着扩音器向楼上喊话）楼上的人听着，你们已经被包围了，唯一的出路就是放了孩子，争取宽大处理——

[阿贵抱着小梅从窗口探了出来，只见他用枪指着小梅的脑袋。

阿　贵 （向下喊）你他妈少废话，我大哥吩咐了，叫你们的老大出来！

田孝军 （向上喊）我是市公安局特警大队长田孝军，有什么话可以跟我说！

阿　贵 我大哥吩咐了，马上给我们准备两……两……(口吃，半天说不出话来)

牛　聪 （着急）快——

阿　贵 两百……块！

牛　聪 （一巴掌打过去）“块”你个头！万！是200万！

阿　贵 是……是200万！200万元现金，和一辆加满油的小车。

田孝军 我们尽量满足你们的要求……

阿　贵 不要说尽量，现在不是谈生意的时候！

田孝军　（吞声忍气）我们可以满足你们的要求，但是你们必须确保人质的安全！

阿　贵　有钱大家都安全，没钱就、就不好说了——

［蓝天亮突地站起。

蓝天亮　（向上大喊）钱——钱——钱——你就知道钱！拿小孩子做人质，算什么男人嘛？我给你拿钱，你放了我儿子！

［阿贵和小梅从窗口隐去，蓝天亮要向楼道冲去。

田孝军　（拦住蓝天亮）蓝先生，你回来！你们最近是不是得罪了什么人？

蓝天亮　（没多想）我一个开物流公司做合法生意的，会得罪什么人呀？

［这时，王大海、杨洁赶到，身上还带着捡破烂的家什。

杨　洁　（连爬带滚地扑上）小梅——小梅——（对田孝军）警察同志，我们家小梅呢？

田孝军　还在楼上，我们正在组织营救。

杨　洁　（对楼上）小梅，妈妈来了，你出来呀——

［画外小梅哭声："妈妈——妈妈——"

王大海　小梅不用怕，爸爸上来救你——

［说完，王大海就要向楼上冲。

［田孝军一把拽住王大海。

田孝军　你疯了，你现在上去送死呀？劫匪有枪！

王大海　（急得要哭）你们警察不也有枪吗？救救我的女儿吧，好吗？

杨　洁　（哭着哀求）警察同志，求求你们，救救我女儿、救救我女儿啊——

［这时，田孝军手中的对讲机响起。

田孝军　（对着对讲机）喂，我是田孝军。

［对讲机传来幕后男音："孝军，我是市局张建。"

田孝军　您好，张局长。

［幕后音："我和市领导在省里开会，现在正往回赶，现场由你全权负责。"

田孝军　是！

［幕后音：现场情况怎么样？

田孝军　劫匪说要200万元现金和一辆小车。

［幕后音："孝军，现在我给你下死命令：任何时候都要把人质的生命放在第一位，要确保孩子的生命安全，明白吗？"

田孝军　明白！

[幕后音："你现在的任务就是稳住劫匪，控制局面，想办法拖延时间。但同时要抓住有利时机主动出击，要随时向我报告案情。"

田孝军 是！

[阿贵从窗口伸了半个头出来。

阿　贵 （向下喊）警察"叔叔"，我们要的车子和钱，都准备好了没有？

田孝军 车子我们马上给你们准备。（对正在待命的警察甲）小梁，你去把吉普车开到楼下。

警察甲 是！（下）

[幕后传来汽车的起动声，然后刹车、鸣笛。

田孝军 （向上喊）你们要的车子已经准备好了。

阿　贵 钱呢？

田孝军 我们正在准备，不过还需要些时间。

[牛聪向阿贵伸出两个指头示意。

阿　贵 好！就给你们两……两分钟……

[牛聪一听几乎给气得跳起来。

阿　贵　（忙改口）不对！是、是两个小时，如果两个小时内见不到200万，我们就杀一个孩子——

［两个孩子的父母大惊，呼喊着各自孩子的名字。

田孝军　（发火）喂，你们讲点道理好不好，现在银行快下班了，整整200万元现金，最快也要到明天才能备好。

阿　贵　我不管，你们是警察，会有办法的。（看了看手腕的表）如果两个小时后拿不到200万，你们就等着给孩子收尸吧——

［阿贵从窗口隐去。

蓝天亮　（掏出手机打电话）老杨呀，我是蓝天亮，现在公司的账户上还有多少钱？好，你现在马上去给我提200万现金！什么？银行不会同意提那么多的现金？我这等着救命！……救谁的命？（大声地）救我儿子的命！……我找人说去，你现在马上去银行，其他的事情不用你管。快，要快！

［蓝天亮急忙走向田孝军，杜月玲跟上。

蓝天亮　田队长，钱的事情我来解决，你能不能请上级机关跟相关部门通报一下情况，这样我们才能在最短的时间里提取现金。

田孝军　（不假思索）不行，不能给劫匪钱。

杜月玲　为什么？

田孝军　我们不能让劫匪牵着鼻子走。

杜月玲　只要能保住我儿子的命，这笔钱我们家愿意出！就算以后不能追回来，我们也认了。

田孝军　这不是能不能追回的问题，我们警方完全有信心、有能力处理这个案件！

蓝天亮　（激动地）但现在劫匪只给两个小时，除了先给他们拿钱，你还能想出更好的办法吗？他不就是想要钱吗？给他不就完了吗？

田孝军　这不仅仅是给钱的问题。

蓝天亮　我知道，这关系到你们警察尊严和面子的问题。你们是想拖延时间，拖他个四五个小时，拖他个一天两天，劫匪最终坚持不住了，崩溃了，向你们投降了，（大声地）这就是你们最想要的结果，对吗？！

［田孝军不置可否。

杜月玲　（哭腔）但最先崩溃的不是劫匪，而是我的儿子……

田孝军　杜女士……

杜月玲　（语气近乎哀求）钱没了我们还可以再挣，儿子我只有一个啊。我求你了田队长！

杨、王　（合）求你了田队长——(下跪)

阿　贵　（在楼上喊叫）别啰唆了！赶紧准备钱，要不然我就撕票了！

众　人　求你了！田队长——

田孝军　（深思熟虑地）好吧！我这就跟上级汇报。（用对讲机向上级汇报情况）指挥中心，指挥中心，我是田孝军……

[渐收光。

第三场

[烂尾楼内光起。

阿　贵　（侧着耳朵在听）聪哥，楼下好像没了动静。

牛　聪　你以为警察都走了吗?

阿　贵　不是。这不声不响的，让人心里害怕……

牛　聪　怕什么！咱们手上有枪有人质，大不了来个鱼死网破！

阿　贵　（怯怯地）聪哥，咱为的是钱，这杀人的事……

牛　聪　都这个时候了，还说这话？逃得出去就有钱，逃不出去就拼命！

[幕后传来一声汽车急刹车声。

阿　贵　聪哥聪哥——下面好像又有动静了……

[楼上光渐暗，楼下光起。两名警察拖着一个大大的拉杆箱跑上。

警察甲　报告队长，200万现金送到。

田孝军　好，放下。

警察甲　是。

田孝军　（拿起扩音话筒）楼上的人听着，200万现金已经准备好了，你们可以放人了。

[牛聪用枪顶着涛涛，从楼上窗口探出半个头。

牛　聪　等我们到了一个安全的地方，自然就会放人。

田孝军　只要你们放了孩子，我可以保证你们的安全。

牛　聪　你就别拿我们当傻瓜了，警察先生！

蓝天亮 （仔细一望，见是牛聪，大吃一惊）牛聪？怎么会是你呀牛聪？！

牛　聪 没错，就是我牛聪。没想到吧蓝总？

杜月玲 （向楼上骂道）牛聪，把我儿子还给我！当初我们是怎么对你的？你的良心都被狗吃了吗？

牛　聪 （话里有话）老板娘，你们对我牛聪的好，我都记在心里呢！

杜月玲 （哀求地）牛聪，就算以前我曾经得罪过你，但孩子是无辜的……你把涛涛还给我，把涛涛还给我——（哭）

［牛聪隐去。

［蓝天亮把妻子搂在怀里。

蓝天亮 （安慰）月玲，放心吧，涛涛不会有事的！

杜月玲 （推开丈夫）不会有事？都这样了你还说不会有事？！（指着楼上）当初你要把那人招进公司，我就不同意！他贪污了公司3万元货款，我说要报警你偏不听。现在好了吧？你满意了吧？

蓝天亮 （痛苦地）你不要再说了，好吗？

杜月玲 不，我要说！他跟你是兄弟，是从一个村子里出来打拼的好兄弟，对吧？可现在呢？现在他想把你的儿子弄死你知道吗？亏你上个月还到处托熟人找关系，要帮他把儿子弄进城里来上学。

田孝军 （狐疑地）杜女士，这个牛聪到底是什么人？

杜月玲 他原来是蓝天公司的业务员，上个月刚被我们辞退了。

田孝军 （问蓝天亮）他是你们蓝天公司的员工？

蓝天亮 是的。

田孝军 他在城里还有亲人吗？

蓝天亮 没有了。老婆跟他离了婚，只有一个儿子叫斌斌，放在乡下老家牛牯塘村跟爷爷奶奶过。

田孝军 （想了想）牛牯塘村？

田孝军 （对旁边的警察乙）小梁，你过来——

［警察乙走过来，田孝军对他一阵耳语。

警察乙 （疑惑地）队长，恐怕在时间上来不及。

田孝军 （不容置疑地）你马上跟当地的同志联系，两边同时行动！明白吗？

警察乙 是！（招呼另一名警察，同下）

田孝军 （拿起话筒向上喊）楼上的人听着，200万现金已经准备好了，我现在派人把钱给你们送上去！

[阿贵从窗口探出头来。

阿　贵　（用枪指着下面的人群，大叫）不准上来，谁也不准上来。

田孝军　（不急不缓地）那你们就下来拿吧。

[阿贵隐去。

[片刻静场，令人窒息的静场。

田孝军　（自言自语地）有种的就别出窝，一出窝我就整死你！（对正在待命的众警察）马上做好战斗准备！

众警察　是——（迅速就位，举枪）

[正在这时，传来牛聪的声音：把钱放在楼道口的空地上，我放一个孩子下来拿。

田孝军　（大失所望）王八蛋！狡猾的东西——

王、杨　（惊喜地）劫匪答应放人了——

杜月玲　（对蓝天亮）老公，牛聪他说要放一个孩子下来。

蓝天亮　他只是让孩子下来拿钱，不是放人。

杜月玲　不不！一定要让涛涛先下来，先下来就多一分生存机会，你知道吗？

田孝军　都给我安静点！（对对讲机）狙击组注意：我现在把钱放到楼道口让他们下来拿，两个目标一旦分离，注意掌握时机，各个击破！

[狙击手幕后音："收到！"

[田孝军拖着行李箱，慢慢走向前，放在楼道口的空地上，然后又慢慢后退。

田孝军　牛聪，钱已放在楼道的空地上了。

[田孝军一退回原地，杜月玲就拉着他哀求。

杜月玲　田队长，让我儿子先下来吧。

[杨洁见状，也上前哀求田孝军。

杨　洁　田队长，求您了，让我们家小梅先下来吧。

杜月玲　（对杨洁）不行，让我儿子先下来！

杨　洁　（不理杜月玲，只对田孝军）求求您了田队长，小梅她是个女孩子，胆小。

杜月玲　（十分不耐烦地把杨洁推开）你争什么争？这200万赎金，是你们家出的吗？

杨　洁　（被噎住了）你——

杜月玲　（得理不饶人般）要是这赎金是你们家出的，哪怕只是一半，我都同意让

你们家孩子先下来！

王大海 （愤慨）你们、你们有钱就可以欺负人啊？！要不是你们把坏人得罪了，连累了我们家小梅，她会这样子吗？

杜月玲 照你这么说，现在是我们蓝家在害你的女儿了？

王大海 这……这至少是你们家引起的吧？

杜月玲 （冷笑）我们家引起的？告诉你，那是因为钱而引起的！知道吗？穷鬼——

蓝天亮 （拉开杜月玲）你少说几句好不好？

杜月玲 我说错了吗？

杨　洁 （有点失去理智，对着杜月玲哭喊）穷人怎么啦？穷人就活该早死呀？

杜月玲 （针锋相对）那有钱人又怎么啦？有钱的人都要拉去枪毙吗？

王大海 （急了）你们、你们欺负人！我要去告你们……

杜月玲 爱往哪儿告告去！（对田孝军）这钱是我们家拿的，田队长你说是不是应该让我儿子先下来？

田孝军 谁下来都一样，两个孩子的生命我们都要保护。

王大海 那你说让谁先下来？

杜月玲 （逼问）那你说到底谁先下来？

[两家人在为让哪个孩子先下来争执起来。

杨、王 你说……

杜月玲 你说呀……

田孝军 （想了想）都别争了！那个钱袋子比较重，我想男孩子下来比较合适。

王、杨 （如遭雷击）啊？

杜月玲 （拉着蓝天亮的臂膀，面露喜色）老公，涛涛可以下来了！

[蓝天亮不言不语，表情复杂。

杨　洁 你……你们警察怎能这样？

王大海 （质问田孝军）你……你也嫌我们穷是吧？我告诉你警察同志，如果今天我女儿不能活着下来，我夫妻俩也不活了，明天就去跳楼！（哭着腔）跳楼……我们去跳楼，我们要让所有人都知道，是……是让你们这些有钱人给逼死的！

田孝军 （愤怒地）够了！你们这样可以解决问题吗？难道我就不想把两个孩子安全解救下来吗？（情绪稍为平和）在我田孝军的眼里，两个孩子的生命都同样重要，我只想过如何才能够把他们安全地解救下来，从来就没有想过丢下谁、放弃谁。（指着杜月玲）有钱不是她的罪过，（转而对王大海）没钱也不是你的过错。（坚定地）但如果你们再干扰办案的话，就给我统统滚到警戒圈外面去！（拿起对讲机，果断地）各小组注意，男孩出来后，楼上只有一个人质，一旦有合适的机会，果断开枪！

[幕后音："收到——"

[杜月玲一个人悄悄地走出人群。

[急促、紧张的背景音乐起。

田孝军 （拿起扩音话筒向上喊）牛聪，钱现在就放在楼下空地上，你们放男孩出来拿！

[牛聪用枪顶着涛涛从窗户伸出个头来，向下看了看。

牛　聪 我喜欢让谁下去就让谁下去，用不着你们来安排！

田孝军 你自己掂量吧！但我还是必须告诉你，这个行李箱很重。

[牛聪隐去。

[良久，小梅从烂尾楼的楼梯口走了出来，只见她走得有点蹒跚。

[见下来的是小梅，大家都感到出乎意料，现场一时静得让人心慌。

[小梅在楼梯口前的行李箱前停了下来。只见她双手把箱子提了提，却是提不起来，于是就用力拖，但拖到一个台阶前就再也拖不上去了。

[小梅一脸无助。

小　梅　妈妈，我拖不动！

杨　洁（焦急地）小梅，听妈妈的话，过来——

牛　聪（用枪顶着涛涛，从楼上伸出半个头来）小丫头，赶紧把钱给我拿上来！

小　梅（又用力拖行李箱，但还是拖不动）我拖不动……

杨　洁（声嘶力竭）小梅，不要听他的！过来——

牛　聪（威胁地）小丫头，你敢逃跑，我就打死你的同学！

[小梅望了望楼上，又望了望妈妈这边，有点不知所措。

牛　聪（命令地）你快回来——

杨　洁　小梅，你过来……

小　梅（哭着）妈妈，涛涛还在上面，我不能丢下涛涛！

杨　洁（伤心欲绝）小梅——你不能再上去！危险——

小　梅　不——妈妈——

[说完，小梅望着妈妈，有点依依不舍地重新走上楼去。

杨　洁（绝望地）小梅——你怎么那么傻呀？你为什么还回去呀……（哭声绝望、凄惨）

[不一会儿，阿贵从窗口伸出了半个头出来。

阿　贵　你们都听着，我们现在让男孩下来拿钱，谁也别想耍花招，不然的话，你们就等着给女孩收尸吧！（隐去）

[这时，杜月玲拿着矿泉水和面包回来，手中的矿泉水已经开过。

杜月玲（问蓝天亮）涛涛下来了吗？

[蓝天亮一脸凝重，不作答。

[在人们焦急的等待中，涛涛终于从烂尾楼的楼梯口走了出来，只见他走到装钱的行李箱前，停了下来，用力一提，行李箱就上了一级台阶。

杜月玲（大叫）涛涛，过来——

涛　涛（无助地）妈妈，小梅还在上面呢。

杜月玲　傻孩子，你看妈妈给你们买了面包和矿泉水，你过来拿上去跟小梅吃。听妈妈的话，啊？

[牛聪用枪顶着小梅伸出半个头来。

牛　聪　小子，赶快把钱给我拿上来！

杜月玲　（骂）牛聪你还是不是人哪？200万我都给你拿来了，你让孩子过来喝口水不行吗？

牛　聪　你少给我玩花招！

杜月玲　人质还在你的手上，我能玩什么花招？喝了水就让孩子把钱给你送上去。

田孝军　（向对讲机）各小组注意！一有机会，实施精确打击！

[幕后音："收到！"随即传来几下拉枪栓的声音。

[牛聪好像也听到了动静，及时把脑袋收了回去。

杜月玲　（对涛涛）涛涛别怕，来妈妈这儿！

[涛涛放下了行李箱，有点犹豫地走向人群，最后越走越快，扑在了母亲的怀里。

涛　涛　妈妈——

[杜月玲紧紧地搂着涛涛。

涛　涛　妈妈——小梅还在上面，我要上去救她……（说完，惊慌地哭了起来）

杜月玲　（紧紧地搂着儿子）好了好了，有警察叔叔呢。儿子乖，喝一口水。

[涛涛举起母亲递过的矿泉水，咕咕噜噜一口气喝下大半瓶。

杜月玲　（轻声安慰涛涛）没事了涛涛，没事了……再喝点，没事了……

涛　涛　妈妈，我有点头晕……

杜月玲　（轻声地）你睡吧，睡吧……没事了……

蓝天亮　（惊讶，拍打涛涛）涛涛，你怎么啦？涛涛——

[田孝军循声望过去，只见涛涛在母亲的怀里两眼惺忪，头一歪昏睡了过去。

田孝军　（大吃一惊）怎么回事？这到底怎么回事？

[田孝军警惕地拿起涛涛喝剩的小半瓶矿泉水闻了闻，又仔细地看了看。

蓝天亮　（抢过瓶子仔细地看了看，极其严肃地问杜月玲）杜月玲，你给儿子喝了些什么？

杜月玲　(慌张地)没有、我没有……

[蓝天亮疑惑地盯着杜月玲。

蓝天亮　说实话啊，杜月玲！

田孝军　杜女士，你在水里放了什么？你这样做涉嫌妨碍警察执行公务，你知道吗？

杜月玲　（平静地）是，我在里面放催眠的药物了。

田孝军　（大惊）啊？那……那你能把他叫醒吗？

杜月玲 （冷冷地，坚定地）不能！

田孝军 （两眼一闭，用手一拍自己的脑门，痛苦地）天哪——（把瓶子一摔）

蓝天亮 你……你……你怎么就做出这样的事呀，杜月玲？！

杜月玲 （万分委屈地）我怎么啦？（哭）这是我的儿子，我的亲生儿子！我能眼睁睁地看着他再落入魔掌吗？

田孝军 杜女士，你这样做，上面的孩子马上就会有生命危险，你知道吗？！

杜月玲 （冷冷地）我不知道，那是你们警察的事。

田孝军 我再问你一次，你能把涛涛叫醒吗？

杜月玲 我是个医生，药用量我最清楚，他又受了高度惊吓，没两三个小时他是醒不了的。

[田孝军无奈地背过脸去。

杨　洁 （几近绝望，扑上前去摇着杜月玲）你……你还好意思说是医生？你就是个魔鬼！杀了我女儿的魔鬼！

[渐收光。

第四场

[烂尾楼内。

[阿贵走到窗边，偷偷地向楼下望了望。

阿　贵 （嘴巴开始有点哆嗦）聪哥，那……那个男孩怎么还没上来——

牛　聪 别怕，我们手上还有人质！

阿　贵 这走又走不了，钱又拿不上来。要不，我下去把钱拿上来？

牛　聪 （狠狠地）只要走出楼道一步，你就会被警察的枪打成筛子！

阿　贵 那我看不如……不如……

牛　聪 不如什么？

阿　贵 （一咬牙）不如投降吧，聪哥！

牛　聪 （感到意外）投降？

阿　贵 投降吧聪哥——

牛　聪 （用枪指着阿贵，狠狠地）再说投降两字，我就一枪打爆你的头——

阿　贵 （悲从中来）打吧打吧，反正我刘金贵烂命一条……

牛　聪　没错，你他妈本来就是烂命一条！那次隧道塌方，要不是我死命拽住你，你早就去见阎王爷了。你还欠我一条命，你明白吗刘金贵！

阿　贵　我当然明白！在这个城市打了十多年的工，幸亏认识了你，最不该认识的人也是你！

牛　聪　（不解地）最不该认识的人也是我？

阿　贵　如果不认识你，我会走到今天这一步吗？

牛　聪　（冷笑）是的，你不会走到这一步！（大喝一声）但早死了！

阿　贵　（无奈地）你说得没错！正因为欠你一条命，我才死心塌地地跟你去偷盗，去抢劫。大牢蹲过，被人打过，臭得能熏死人的水沟冬天里我跳过，十八层高的楼我爬过，每天晚上跟耗子似的，游荡在这个城市的每一个角落。（伤心地）我也曾想过从头开始，但已经太晚了……（凄然）你运气倒是不错，去年还进了老乡的公司当业务员，可我呢？我他妈就像一块被狗啃过的骨头，扔到大街上，谁都不要！（泪流了下来）你活得好好的时候，从来不会想起我阿贵，什么时候倒霉了，被人欺负了，就想到来找我。就算欠你八辈子的债，也总该还清了吧，聪哥！

牛　聪　（愧疚地）阿贵，我对不起你。

阿　贵　我知道，早晚有那么一天，我刘金贵不得好死。

牛　聪　阿贵……

阿　贵　每当看到街上跑的警车，看到巡逻的警察，我的小腿就直哆嗦。每天晚上做梦，我都梦到警察来抓我。你知道吗？我也想堂堂正正做人呀聪哥！

牛　聪　（被阿贵说到痛处）堂堂正正做人？（苦笑）我做梦都想啊刘金贵。但你可以吗？你有技术吗？你有文凭吗？（越说越急）你有这个城市的户口吗？在这个城市有一间属于你自己的房子吗？（心酸）没有！什么也没有！所以，就注定你要干得比牛多，吃得比猪差，睡得比狗晚，起得比鸡早！永远都有你干不完的活，永远都是在拿最低的工资。好不容易熬到年底，回家过个年还得像打仗一样去挤火车。（悲凉地）等到哪一天你老了，干不动了，你就会默默地卷起铺盖，回到那个生你养你的老家，在那里你会慢慢老去。你的青春全留在了这座城市，而这座城市任何一个角落都不会有你半点痕迹，哪怕是一根头发丝那么大的痕迹！

阿　贵　（泣求）不要说了，聪哥——

牛　聪　不！我要说，我要痛痛快快地说！

阿　贵　聪哥，这就是命，我们穷人的命！

牛　聪　（爆发地）不要跟我说命！我还他妈就不认这个命！凭什么他的命就注定开奔驰宝马，我的命就活该做牛做马？凭什么他儿子就在城里上最好的学校，我的儿子就在山里成了留守儿童？

阿　贵　（欲言又止）聪哥，我想家了……

牛　聪　（叹气）想家？谁不想家呀？原打算拿到这笔钱，咱们就去一个没人认识我们的地方，一人一半把钱分了也行，合起伙来做点小生意也好。隐姓埋名几年，然后再把家里人接过来，安安稳稳地过完下半辈子，再也不过那种又穷又苦又憋屈的日子了。（极沮丧）没想到，跑上这破楼来了……

阿　贵　聪哥，我老婆下个月就要生了……

牛　聪　（一怔）你老婆下个月就要生了？

阿　贵　下个月我就要做爸爸了……

牛　聪　（歉疚）阿贵，聪哥对不起你，你走吧，回去做个好爸爸。我牛聪就不是个好爸爸……

阿　贵　（被感动，哀求）聪哥，咱们一起投降吧——

牛　聪　你滚！

阿　贵　不！

牛　聪　再不走，我就开枪了——

阿　贵　聪哥，那次在塌方的隧道里，我就发过誓，要做你同生共死的好兄弟！我们一起投降吧，聪哥！

牛　聪　（歇斯底里）滚！

阿　贵　（哭号）聪哥！

牛　聪　你给我滚——

阿　贵　聪哥——

牛　聪　滚！（枪口顶到阿贵的脑门）

[阿贵万分惶恐，退到后面的小窗户。

[阿贵爬上窗户，就在阿贵要跳窗的一瞬间，牛聪有意地把枪口向上一抬。

[“啪”的一声枪响，阿贵坠楼。

[切光。

第五场

［烂尾楼下广场。刚才楼上的枪声仿佛未曾散去，人们乱作一团。

田孝军 （对对讲机）什么情况？谁开的枪？

［警察甲跑上。

警察甲 报告队长，是楼里面开的枪！

田孝军 楼里面开的枪？

警察甲 一名劫匪从后面的窗户跳楼摔下。

田孝军 摔死了没有？

警察甲 没有，暂时没生命危险。

田孝军 人呢？

警察甲 昏迷了，已经送上救护车。

田孝军 有枪伤吗？

警察甲 没发现枪伤，好像是没打中。

田孝军 好呀，终于扛不住了，开始狗咬狗了！

［牛聪一手抱着小梅，一手拿枪顶着小梅的脑袋，从楼上的窗口现了半个身出来。

牛　聪 （向下喊）下面的人听着，马上叫男孩把钱给我拿上来，不然的话我就不客气了！

田孝军 牛聪，你的同伴已经向警方投案自首，现在你唯一的出路，就是放下武器，交出人质……

牛　聪 呸！那个不争气的东西，被我一枪打死了！你们是不是想知道下一个死的是谁吗？

［牛聪的枪口在小梅的头上像拧螺丝钉一样拧来拧去。

小　梅 （吓得大哭）妈妈——妈妈——

蓝天亮 （对着楼上大喊）牛聪，你给我冷静点！

［牛聪、小梅隐去。

［杨洁扑向杜月玲，跪在她面前，“砰、砰、砰”就是三个响头。

杨　洁　大姐，求您了，您救救我们家小梅吧。

［杜月玲无动于衷。

杨　洁　大姐，求求您啦！您是医生，您帮帮我们吧！

杜月玲　（冷冷地）我帮不了你。

王大海　（也跪在杜月玲面前）大姐，虽然我们是捡破烂的，但是我们有的是力气，如果能把小梅救出来，我可以给你们家打工，打一辈子的工，不要工钱，好吗？求您了大姐——

［杜月玲无动于衷。

王大海　（痛哭流涕地）大姐，我今年都五十多岁的人了，从来没给人下跪过，您就看在我这张老脸的分上，救救我的女儿吧！

杜月玲　（哭喊）你们不要再说了，行吗？！就许你们心疼女儿，就不许我心疼儿子吗？涛涛是我的儿子，是我身上掉下来的肉！换了是你，你愿意把他再送到坏人手里吗？（伤心欲绝地）我也是个母亲，我也是个母亲呀！

蓝天亮　（话重心长地）没错，我们都是父母，都知道疼爱和保护自己的孩子。但月玲你这样做，是在拿别人孩子的生命，来换自己孩子的生命……

杜月玲　他女儿的命是命，你儿子的命就不是命吗？

蓝天亮　如果涛涛能回去，他和小梅都有生还的可能，如果他不回去，那小梅可就死定了……

杜月玲　我管不着！我只要我的儿子，我的儿子……（紧紧地抱着儿子）

蓝天亮　你这是在爱孩子吗？这只会害了他呀！刚才小梅已经出来了，但她为了我们涛涛不受伤害，毅然决然地又回了去。而你，却把儿子给骗了过来。（沉重地）你这样做，儿子将永远生活在一个亡灵的阴影下，永远背负良心和道德的谴责。（心痛地）长大后，他会成为一个懦夫、一个逃兵、一个不敢负责的男人……

［杜月玲默不作声，只是紧紧地抱着儿子在流泪。

蓝天亮　（略为平静）你还记得吗？儿子出来时对你说的第一句话是什么？他说："妈妈——小梅还在上面，我要上去救她。"（自责地）在今天这个事情上，在这场生与死的抉择之中，我们做父母的，还远远不如两个孩子！（自豪地）我儿子是好样的，他不想成为一个逃兵，更不想成为一个懦夫！他远比他的父亲、他的母亲更加正直、勇敢、刚强！

杜月玲　什么正直、勇敢、刚强，我统统不要！我只要他活着，好好地活着……

蓝天亮 难道这就是你要给他的母爱吗?

杜月玲 (无力地)是的。

[这时,牛聪抱着小梅向楼下喊话。

牛　聪 下面的人听着,我没时间跟你们继续玩下去了,最后给你们3分钟,如果3分钟内男孩不把钱拿上来,我就和这个女孩同归于尽!

小　梅 (晃动着自己的手)妈妈——妈妈——

牛　聪 (看了看手腕上的表)计时开始——

[急促、紧张的背景音乐起。

[这时王大海不知从哪里找了条木棍。

王大海 (向楼上喊)王八蛋,我跟你拼了——(趁众人不注意,甩开膀子就向前冲了去)

[没跑几步,楼上传来“啪”的一声枪响,王大海像中了魔法一样被定住。

牛　聪 (从窗户伸了个头出来,喊)除了小男孩,谁上来,谁死!

田孝军 (拖回王大海)你给我回来!(拿起对讲机)各小组注意,做好突击准备,在保证孩子安全的前提下,可采取任何措施。

[对讲机声:“收到——”

田孝军 (拿过扩音话筒)牛聪,刚才下来的男孩被你吓晕了,等会儿他醒过来再让他帮你把钱拿上去。

[幕后牛聪冷冷的声音:“还有两分钟——”

田孝军 请你保持冷静,伤害人质对你没有任何好处!

[牛聪的声音又从楼上传来:“一分五十秒!”

[类似心脏搏动或秒针嘀嗒的背景音响起,随着时间流逝,情势万分紧迫。

蓝天亮 (走过去,对杜月玲)把儿子给我!

杜月玲 (疑惑地)你要干吗?

蓝天亮 (不容置疑地)把儿子给我——

[尽管不情愿,杜月玲还是把昏睡的儿子交给丈夫。

[抱着儿子,蓝天亮来到田孝军身边,把田孝军的扩音话筒抢了过来。

蓝天亮 (大义凛然地)牛聪你给我听好了,请你不要伤害孩子!我儿子刚才被你吓晕了,现在我就把钱,还有我儿子,一起给你送上来。

[在场的所有人都感到意外、惊愕。

[楼里也沉默着。

杜月玲 （突然醒悟，发疯地拉着蓝天亮）不！不！不！把儿子还给我，把儿子还给我！

[蓝天亮一声不吭，一只手把妻子拨开。

[杨洁看到这一切，感动，抱着丈夫痛哭。

[田孝军也为之动容，转过脸去擦泪。

王大海 （感动地）蓝先生，能救一个就算一个吧！（忍着泪，哽咽）我们是穷人，穷人的命……不值钱……

蓝天亮 （愧疚地）大哥，在这儿，我代表我全家向你道歉了。但是我想告诉你，无论穷人富人，每一个生命都值得我们去尊重和珍爱！（说完，抿紧嘴，用力地拍拍王大海的肩膀）

田孝军 （闻言有所感悟，自语地）每一个生命都值得我们去尊重和珍爱？（想了想，转而对蓝天亮）蓝先生，上面危险，你……

蓝天亮 （贴近田孝军的耳边）放心吧！我了解牛聪。

田孝军 （郑重地点点头）好，我们在外面配合你，注意安全。

杜月玲 （痛哭）蓝天亮——你这是带着儿子去送死，你知道吗……

蓝天亮　月玲，请你相信我，不会的……不会的……（像在对儿子，又像是对自己，动情地独白）儿子，咱们现在就上去救小梅，你也是这样想的，对吧？无论最后的结果如何，你都将是一个胜利者。小梅她家穷，是个穷孩子，而你无疑就是个富孩子了，但没关系，穷孩子富孩子，都是妈妈的好孩子。长大后你会明白，人虽然有贫富之分，却没有贵贱之别。（沉重地）儿子，今天的事情，完全是由我们蓝家引起的，我们对不起小梅，更对不起小梅的爸爸妈妈，因此所有的责任都必须由我们去承担。刚才在你的身上，爸爸已经看到了这种责任与担当。（自豪地）爸爸有你这么个儿子，知足了！（转而有点伤感地）爸爸对不起你，没想到三十多年前的心债，竟然要让你来帮爸爸一起去偿还。但我知道，你是会理解爸爸、支持爸爸的。儿子，但愿你会很快地醒来，醒来后你会看到，这天依然是蓝的，草依然是绿的，人，也依然是美的。

[说着，蓝天亮左手托着儿子，一步一步地走向烂尾楼，走过行李箱，用右手拖了起来，继续走向前走。

[牛聪从楼上窗口向下紧张地注视。

[蓝天亮带着儿子和行李箱走入了楼梯口，而牛聪也从窗口边消失。

[几个警察迅速向烂尾楼冲了过去。

[这时田孝军手中的对讲机响起："报告队长，我是小梁，任务已经完成，我们正在进城！"

田孝军　好，赶紧过来！（急下）

[幕后浑厚的男音群唱响起："啊呵呦呵……啊呵呦呵……"

[切光。

第六场

[烂尾楼内。蓝天亮背着儿子、拖着行李箱慢慢地一步步走向牛聪，牛聪正用枪顶着小梅的脑袋。

[看到蓝天亮背着儿子上来，牛聪显得有点慌乱，用枪指着蓝天亮。

牛　聪　蓝天亮，你给我站住！

[蓝天亮顺从地停了下来，把装钱的箱子"啪"的一声扔在地上。

牛　聪　（命令地）把你儿子放下——

［蓝天亮把儿子从背上放下来，与牛聪相对七八步之遥。

［嘴巴被堵住的小梅磨磨蹭蹭地靠近涛涛，与涛涛靠在了一起，用眼睛惊恐地看着这一切。

牛　聪　钱……我要的钱呢？

蓝天亮　（踢了踢跟前的箱子）都在这儿了。

牛　聪　打开——

蓝天亮　刚从我公司账户提取出来的200万元现钞，银行的封签还在，假不了。

牛　聪　别废话，打开！

［蓝天亮只好蹲下身体去拉开行李箱的拉链。

［牛聪看到行李箱里的钱，又惊又喜。

牛　聪　（对蓝天亮吆喝）你马上给我滚，滚——

蓝天亮　阿聪！

牛　聪　滚，我叫你滚！

蓝天亮　阿聪，你带着这两个孩子和一大箱子钱，你一个人怎么走？

［牛聪一听顿觉愕然，显然他还没来得及想这个问题。

蓝天亮　不如这样吧，你放了两个孩子，我来当人质。

牛　聪　你来当人质？

蓝天亮　对！我来当人质。

牛　聪　哼，我信你才怪，你跟警察串通好了给我下套！

蓝天亮　我不是给你下套！阿聪你想过没有，我儿子晕了要人背；这整整200万现金，好几十斤重，如果你们还是两个人的话，勉强还可以背着跑，但现在只有你一个人，你怎么背、怎么跑？再加上这个不是很配合的小女孩，除非你是神仙，要不然你甭想跑出警察的包围圈！

［牛聪一听也觉得有道理。

蓝天亮　把两个孩子都放了吧，我跟你走。如果你认为可以，我还可以帮你开车。

牛　聪　（想了想）你儿子可以留下，但这小女孩必须跟我走！

蓝天亮　（十分愤怒，用手一指窗外）你没听见她父母在下面哭得撕心裂肺吗？老两口都将近年过半百了，还在没日没夜地捡破烂，才把女儿养这么大，你忍心吗？

牛　聪　这跟我没关系。

蓝天亮　今天你显然是冲着我来的，又何必连累无辜的人？

牛　聪　（抖动着指着蓝天亮的枪口）你说得没错，今天我就是冲着你来的！

蓝天亮　我知道你在怨我、恨我。

牛　聪　我不怨你，也不恨你，我他妈活该！(笑着说)我一个刑满释放人员，被你收留已经是天大的好事，我还贪污你公司3万块货款。（放纵地）哈哈，蓝天亮，你终于知道我是什么样的人了吧？

蓝天亮　（摇头）不！你不是这样的人？

牛　聪　哦？那你说，我牛聪是个怎么样的人？

蓝天亮　我知道，你我之间，那件事是无法绕过去的。已经三十多年了，它就像一把沉重的枷锁，压得我无法喘过气来。

牛　聪　不要再提那事！

蓝天亮　不！我一定要提！这件事是你我人生路上的一道分水岭，它让我们分别走向了两个完全不同的方向。（回忆般）那年我刚刚念完初中，才17岁。

牛　聪　我18岁。

蓝、牛　（合）我们都怀揣着一个梦想，从大山走到了城里。

［暗转，回忆片段，两个人都回到少年时。

蓝天亮　（兴奋地）聪哥，这就是大城市吗？

牛　聪　是的，天亮，我们已经来到大城市了！

蓝天亮　聪哥你看——楼真高呀！车真多呀！

牛　聪　是呀！这密密麻麻的高楼里，将来一定有我们的一个家；这满大街在跑的汽车里，将来一定也会有属于我们的那一辆。

蓝天亮　（信心十足）对！在这个大城市里，将来一定会有我们的一个家——

牛　聪　有属于我们的小汽车！嘟——嘟——开车啰——

［牛聪作开车状跑了起来，蓝天亮跟在后面，两人兴奋地奔跑了起来。

牛　聪　（停下，沮丧地）但是，我们没钱……

蓝天亮　是的，我们没钱……

牛　聪　每个月除了吃喝拉撒，剩不了几个钱。

蓝天亮　聪哥，要不我们去做点生意吧？

牛　聪　做生意？做什么生意？

蓝天亮　我都看好了，那些酒楼饭店都在卖山珍野味，价钱老高老高了。

牛　聪　他们都在卖什么山珍野味？

蓝天亮　什么都有！有的还在偷偷卖穿山甲、猫头鹰，那价钱就更高了。

牛　聪　穿山甲、猫头鹰？咱们乡下不是有吗？去年咱俩进山还抓了不少呢。

蓝天亮　咱们这回不抓。

牛　聪　不抓？

蓝天亮　咱们借点钱，回去收购，然后——

牛　聪　然后怎么样？

蓝天亮　然后就卖进城里，做生意，赚大钱！

牛　聪　（兴奋地）你太聪明了，天亮！这回咱们可找到挣大钱的路子了！

［两人又兴奋地跑了起来。

蓝天亮　聪哥，等挣到了钱，你的梦想是什么呀？

牛　聪　我的梦想，就是要开一家自己的餐馆——

蓝天亮　我的梦想，是要有一辆自己的东风大卡车——

牛　聪　（欢呼着）我要开餐馆——

蓝天亮 （欢呼着）我要开卡车——

[正在两人忘乎所以的时候，传来一阵威严的画外音："站住！我们是森林公安！""你们涉嫌非法贩卖野生保护动物，请接受公安机关的调查！"

[两条追光中，蓝天亮和牛聪被关在审讯室里。

蓝天亮 聪哥，我怕……

牛　聪 别怕！有我呢。（转而抬起头来）都是我干的，与他无关。

[画外音："牛聪，男，现年18岁，石岭镇牛牯塘村人，因非法收购、贩卖穿山甲、猫头鹰等国家保护动物，数量较大，情节较为严重，根据《中华人民共和国野生动物保护法》的相关条款，判处有期徒刑3年……"

[转回现实。

牛　聪 我一直以为，出来后我们还可以一起干，还像以前一样做好兄弟。可是我错了，出狱后我穷得像个要饭的，而你却当起了小老板，开着那辆东风大卡车跑运输，钞票那是一把一把地赚。

蓝天亮 你后悔了吗？

牛　聪 后悔？我后悔什么呢？你蓝天亮能得到的，我牛聪为什么就不能得到？

蓝天亮 于是，你就玩了命地去弄钱，而从不考虑这些手段是否合法，终于又换来了第二次牢狱之灾。

牛　聪 （无奈地）是的，我又换来了第二次牢狱之灾。出来后我妥协了，毕竟已经四十出头的人了，我就到你公司打工。人前人后我管你叫蓝总。可谁又知道，三十多年前你屁颠屁颠地跟在我的后面，叫我聪哥。

蓝天亮 如果在那次审讯中，我承认贩卖野生动物的主意是我出的，今天很有可能是我叫你牛总了。阿聪，这就是我一直感到亏欠于你的地方。

牛　聪 除此之外，就没有别的了吗？

蓝天亮 （肯定地）没有了。除此之外，我蓝天亮再也没做过一件对不起你牛聪的事！

牛　聪 肯定没有？

蓝天亮 （肯定地）肯定没有了！就算你私吞了我公司3万元货款，我也没有报警，也没有要你赔偿，还按劳动法给你发了遣散费。难道不是吗？

牛　聪 （怒斥）那你还不如直接把我送给警察！我最见不得你他妈这种高高在上

的鸟样！

蓝天亮 （痛心地）阿聪，你变了。

牛　聪 这都是因为你！

蓝天亮 因为我？

牛　聪 我恨你！蓝天亮你知道吗？

蓝天亮 我当然知道，是我让你蹲了3年大牢。

牛　聪 你知道个屁！其实那件事对我牛聪来说不值一提，一转身一抬脚就迈过去了。最令我伤心的是，这30年来你无时无刻不在伤害我。（悲怆地）伤得满身是血……

蓝天亮 如果我蓝天亮还在什么地方伤害了你，（真诚地）请你原谅。

牛　聪 原谅？你叫我拿什么来原谅？刚进城的时候我们在一家工厂打工，你升了组长，我还是个工仔；后来一起做那单“生意”，我进去了，你啥事都没有；3年后我出来了，穷得就像个要饭的，你却当起了小老板；现在更好，你成了拥有两百多辆大小汽车的物流公司老板，而我呢……只是你手下的一个货运司机。

蓝天亮 （质问）难道这就是你要绑架我儿子的原因？

牛　聪 其实这些，还不是最主要的。

蓝天亮 那什么才是最主要的呢？

牛　聪 （咬着牙）你——向我们的母校牛牯塘小学捐款，建了一栋“蓝天楼”，6层高，比镇政府还他妈气派；你——出钱在村前修了一座桥，6米宽双车道，叫“月玲桥”；你——每年你还向孤寡老人送温暖发红包，提起你蓝天亮，村里、镇里甚至县里没有一个老人不对你竖起大拇指。而我牛聪呢？什么也没有！老婆离了，家散了，还欠下一屁股的债。牛氏家族去年建祠堂，我捐了200元，还是借的，借的你知道吗？每年春节回家，你都开着漂亮的小轿车。而我呢？转8趟车还没回到家门口！你知不知道，每次走过你的“月玲桥”，看见你的“蓝天楼”，我他妈连跳河自杀的心都有了！你知道吗？

蓝天亮 （一直在沉思静听，感到愧疚）现在知道了……

牛　聪 （伤心地）说牛聪懒我无所谓，说牛聪笨我也无所谓，但说蓝家人有出息，牛家人全是窝囊废我还能无所谓吗？说牛家人连地都种不好，还学人家到城里混，我还能无所谓吗？乡邻的目光就像一把把尖刀，每回一趟老家我都被剐得浑身是伤、满眼是泪。每一次我都是在夜里偷偷地回，一大早悄悄地走。这些，你又知道吗？

蓝天亮 阿聪，对不起！

牛　聪 有用吗？现在才来跟我说“对不起”，有用吗？！谁不知道牛聪和蓝天亮是两个一起出来打拼的穷孩子呢？如今你成功了，你发财了，你当老板了，这不就更加显得我的无能、我的窝囊吗？（悲哀地）所有这些，就像是在我的伤口上撒盐……

蓝天亮 没想到这些年来，我一直在伤害你。

牛　聪 还有！你娶的那个城里人老婆，从不拿正眼瞧我们这些乡下人，左防着我右防着我。从进你公司的那一天起，她就一直在找碴儿想把我撵走。在你的面前，我永远矮了半截，永远都要仰望着你。还记得吗？刚进你公司的时候你叫我聪哥，后来叫阿聪，再后来就叫牛聪。从去年开始，在那帮司机面前，你直接叫我的外号：“大头葱”。

蓝天亮 阿聪，对不起，真的对不起。

牛　聪 晚了、太晚了……前天我母亲打来电话，问我是不是贪污你的钱了，我说没有，只是暂时借用，等治好爸的病咱再慢慢还上。

蓝天亮 （吃惊）啊？牛叔病了？你为什么不跟我说？

牛　聪 （哭喊着）我为什么要跟你说？难道你还要我跪下来求你吗蓝天亮？现在不光我没脸在牛牯塘村生活下去，就连我那年迈多病的父母也没脸在村里活下去了！（悲恸地）我爸都八十多岁的人了，还……还拿红纸包了两斤肉，到你们蓝家去磕头……赔罪……（绝望地）我已经被你蓝天亮逼上绝路了，你知道吗……

蓝天亮 （真诚地）阿聪，如果说这些年来我在无意之中对你造成了伤害，我向你表示道歉。但如果说是我把你逼上了绝路，这点我不能认同。走到今天这一步，都是你自己的选择，没人逼你。

牛　聪 （伤感地）是啊，走到这一步，都是我自己的选择……

蓝天亮 拿了这笔钱，你打算到哪里去？

牛　聪 （斩钉截铁地）远离这座冷漠无情的城市，到一个没有人认识我的地方，重新开始我的生活。

蓝天亮 重新开始你的生活？

牛　聪 是的！从明天开始，这个世界不再有一个叫牛聪的人。

蓝天亮 不管你走到那里，你都必须为你今天的行为负责。

牛　聪 （有点戏谑地）负责？那你说我该负什么责？

蓝天亮 将来会有法官跟你讨论。

牛　聪 （狠狠地）所以用不着你来操心！

［蓝天亮不想在这个问题上继续刺激牛聪。

蓝天亮 阿聪，其实我还想告诉你，这不是一座冷漠无情的城市。这里是改革开放的前沿，是一块充满生机和活力的热土，是一座充满机遇、开放包容的城市。三十多年前，我们不就是怀揣着这样或那样的梦想，离开老家，南下寻梦来了吗？

牛　聪 （凄然）梦醒了，该走了！我们这些永远也无法成为城里人的外来打工仔，该走了……

蓝天亮 不！这三十多年来，不是还有一拨又一拨的年轻人寻梦而来吗？他们的梦想，不是已经在这块土地上发了芽、生了根吗？

牛　聪 你现在有钱了、成功了，当然可以说这样的话。

蓝天亮 你只看到别人成功的一面，而没有看到别人艰辛的一面。当初我借钱买下第一辆大卡车，往北方拉货，一个来回就半个月，吃在车上，睡在车上，这样的活我一干就是3年。那时候车匪路霸特别多，有两次我还差点被人用刀捅死，至今身上还有那时留下的疤痕。有几次资金紧张，我把家里的房子以及所有的产业都押给了银行，如果投资失败，我直接上市区最高的大楼，两眼一闭就往下跳。不仅仅是你才有故事，也不仅仅是你才有血泪。而我的这些故事、这些血泪，你又知道多少呢？

［牛聪默默地静听。

蓝天亮 之所以说这是一座充满机遇的城市，是因为它向我提供了一次又一次起死回生的机会。在最困难的时候，总会有朋友向我伸出援助之手。这样一路走来，也就是你现在看到的所谓“成功”。而这种“成功”，对每一个人来说，机会都是平等的。

牛　聪 平等？

蓝天亮 对！但它有一个前提，就是必须对生活充满希望。

牛　聪 （有所触动）像我这样的人，还有希望吗？

蓝天亮 （真诚地）希望对于每个人来说，都是有的。只要选择一个适合你的目标，选择一条正确的路径，用上10年、20年，哪怕是30年的时间，你就一定能够实现心中的梦想和追求。我们的国家在这三十多年来的沧桑剧变，还有我们身边那些实现了梦想的人，不就是最好的、最为生动的证明吗？（语重心长地）重新开始的方式很多，你何必又选择今天这种方式呢？放弃吧阿聪！

[一听到“放弃”两字，牛聪的枪口又猛然指着蓝天亮。

牛　聪　不！我不想后半辈子在大牢里度过，我已经失去太多了！

[这时，田孝军悄然从牛聪的后面上，他也用枪指着牛聪。

田孝军　如果这样的话，你将会失去你的全部，包括生命！

[蓝天亮、牛聪和田孝军三人呈三角形僵持着。

[众特警从门口、窗户等处上，迅速占据有利地形，持枪瞄准牛聪。

田孝军　请放下你的枪，牛聪——

牛　聪　如果我不呢？

田孝军　那我告诉你，你将会死得很难看。

牛　聪　为什么？

田孝军　因为在你的上下左右，一共有10支枪正对着你。

牛　聪（狂笑）哈哈，你们10支枪对着我，而我只用一支枪对着他就足够。

田孝军　那得看是你的枪快还是我们的枪快了。

牛　聪（毫无惧色）当然是你们的枪快，因为你们是警察！

蓝天亮　田队长，叫你的人把枪放下！

田孝军（坚决地）不！

蓝天亮　田队长，我跟牛聪之间的恩怨，我想到一个没人的地方私下解决。好不好？他不会伤害我的。你说对吗，阿聪？

[牛聪不答。

蓝天亮　阿聪，现在你的枪对着我，警察的枪又对着你，（动情地）但我不想听到任何一方的枪响，真的不想！很多事情都可以从头再来，唯独生命不能。既然老天爷给了我们一次生命，就值得我们去尊重和珍爱！放下你的枪吧，阿聪，我不希望你我之间的任何一个人，现在就这样孤零零地离开这个多彩的世界！

牛　聪（伤心地）那……那就一块去死吧。

蓝天亮　如果你认为这才是最好的结局，那……那你就开枪吧！但最后我想告诉你的是，你前些日子托我为你儿子斌斌联系学校的事，人家学校上午来电话，说斌斌可以到他们学校上学了。

牛　聪　（闻言为之一震）蓝天亮，你……你说什么？

蓝天亮　我说斌斌可以到城里上学了。

牛　聪　这是真的吗？

蓝天亮　当然是真的。

牛　聪　（不敢相信）不，你在骗我！你跟警察合起伙来在骗我！

蓝天亮　没有人在骗你，至少我不会骗你。为了孩子，放下枪吧阿聪，现在回头还来得及。

田孝军　（见机行事）牛聪，你应该相信蓝先生，他不但帮你儿子联系了学校，而且已经把他接到了城里来。

牛　聪　（骂）你们就继续编吧。

田孝军　你不相信？

牛　聪　我不相信！

田孝军　如果你还不相信的话，我可以叫他马上出现在你的眼前。

［田孝军的言语，不但牛聪不相信，蓝天亮也是如坠云雾中。

田孝军　（向门外打了一个手势）把孩子带上来——

［警察乙带着斌斌上。

斌　斌　（石破天惊般）爸爸——

［牛聪如被电击一般，一时竟呆在那里。

［蓝天亮也大感意外。

斌　斌　爸爸，我想你——

牛　聪　（喃喃自语）谁把我儿子带到这儿来的？（大声质问）是谁把我儿子带到这儿来的？！（伤心欲绝）我不要他看到我现在这个样子！我不要他看到我现在这个样子呀！！

［牛聪悲痛万分，拿枪的手几次摇摆不定。

［众特警几次欲上前，田孝军用手势示意众特警冷静。

牛　聪　（用枪指着众人）都走开，别过来！

斌　斌　（哭喊着）爸爸，我们回家吧——

牛　聪　（悲哀地）儿子，爸爸已经没家了，没有家了……

斌　斌　那我以后怎么办呀，爸爸？

牛　聪　（伤心地）爸爸也不知道……

蓝天亮 阿聪我答应你，我会替你照顾好斌斌的。

牛 聪 （有点不相信）蓝天亮，你说的是真的吗？

蓝天亮 （真诚地）相信我吧阿聪，只要放下你的枪，我会替你照顾好斌斌的。你牛聪的孩子，就是我蓝天亮的孩子。

牛 聪 （犹豫之中）儿子，爸爸对不起你……以后、以后你就跟着蓝叔叔，他……他就是你的爸爸！

斌 斌 （一时难以接受，扑到牛聪面前，抱着牛聪的双腿）不——不——你才是我的爸爸！

牛 聪 儿子，听爸爸的话，以后要好好做人，做个好人哪——

[牛聪一把推开斌斌。

牛 聪 把我儿子带下去，把我儿子带下去！（伤心欲绝）

[田孝军示意，两个特警把斌斌抱起。

斌 斌 （挣扎）爸爸——爸爸——我等你——回家——（下）

[牛聪泪流满面。

牛 聪 孩子，等爸爸办完这些事，就……回……家……

蓝天亮 （不失时机地）田队长，我数一二三，大家一起把枪放下。你说好吗？田队长——

田孝军 好！牛聪，只要你主动放下枪，就等于为自己留了一条生路。你明白我的意思吗？（强调地）你要为自己留一条生路呀牛聪！

[牛聪无语。

蓝天亮 阿聪，这是你最后的机会。

[牛聪还是无语。

蓝天亮 （慢慢地，试探地）一……二……三……

[田孝军慢慢地放下自己举枪的手，各呈持枪姿势的特警也慢慢地放下枪头。

[气氛刹那间似乎凝固。

[牛聪脸色凝重。明显地，他举枪的右手在不停颤抖，慢慢地，他举枪的手终于放了下来。

[猛然间，牛聪却又把枪顶住自己的太阳穴。

牛 聪 （深深自责，萌生死意）我不想活了，我是个无情无义、不忠不孝的东西！（忏悔）我对不起朋友，对不起父母，对不起孩子，我不活了！

（哀求）天亮，如果你还把我当兄弟，明天就替我回去看看我的父母，告诉他们，我牛聪未尽的孝道，留待下辈子吧……

[话音未落，“啪”的一声枪响，牛聪一个踉跄，轰然倒地。

[在牛聪倒下的一瞬间，大光收。两条追光打在蓝天亮、田孝军身上。

蓝天亮 （崩溃，哀号）聪哥——你傻、你傻呀——（两脚一软，“啪嗒”一声跪倒在地）

田孝军 （平淡地）放心，我开的枪。

蓝天亮 （爬起，用异样的眼神盯着田孝军）你说什么？你开的枪？

田孝军 （冷冷地）他死不了，最多也就少了一条腿！（边说边退膛验枪，吹了吹枪口，然后把手枪放入枪套）

蓝天亮 （冲过去，左手猛然纠住田孝军胸前的衣领，爆发）不是说好不开枪的吗？你他妈的开什么枪呀——（话还没说完，右手照着田孝军的脸面就是一记重重的勾拳）

[田孝军毫无防备，被蓝天亮这一记拳头打得晕头转向，倒退几步才算站稳。

[田孝军揉了揉被打痛的脸颊，怒火中烧，冲前几步，左手卡住蓝天亮的脖子，右拳举起，准备还手，最后还是忍住了，手指点到了蓝天亮的鼻子。

田孝军 （咆哮）我不开枪，他就自杀了！（说着，用力将蓝天亮一推）每一个生命都值得我们去尊重和珍爱，你明白吗？

蓝天亮 （失去理智）那你还不如直接就一枪打死他呢！（痛心疾首）他这样的鸟脾气，缺了条腿，你叫他以后还怎么活下去……（无力地）你叫他以后还怎么活下去……

[渐收光。

[黑暗中，幕后浑厚的男音无字歌群唱响起：“啊呵哟呵……啊呵哟呵……”

[歌声中渐弱去。

尾　声

[光渐起，牛聪上。

牛　聪　我曾经对前途感到迷茫，找不到人生的方向。

[阿贵上。

阿　贵　我曾经在这座城市四处飘荡，我的灵魂无处安放。

[田孝军上。

田孝军　我的职责就是维护正义、除暴安良！

[王大海、杨洁上。

王、杨　（合）生活留给我们的是沧桑，但我们对生活依然充满希望。

[杜月玲上。

杜月玲　我曾经对别人造成了伤害，我希望能够得到原谅。

[蓝天亮拉着小梅、涛涛、斌斌上。

蓝天亮　每一个生命都值得我们去尊重和珍爱，每一个人都有他内心的真诚与善良。无论穷孩子，还是富孩子，他们都是一轮喷薄初升的太阳。只要能够让他们健康成长，我们愿意付出所有的担当。

仨孩子　（合）我们的生活充满希望，我们的未来洒满阳光。

蓝天亮　路就在我们的脚下，梦想就在前方……

[众人聚拢在一起。

众　人　（齐诵）我们的生活充满了希望，我们的未来洒满了阳光。路就在我们的脚下，梦想就在我们的前方……

[在众人的反复吟诵中，声音渐弱，渐收光。

[剧终。

2017年9月28日

（本剧2017年由佛山南海大沥文化站排演，先后获得重庆市舞台艺术剧本活动三等奖、第十三届广东省艺术节剧目一等奖和编剧一等奖、广东省第十一届精神文明建设“五个一工程”奖，系国家艺术基金2017年度资助项目）

生与死

主要人物

杜咏梅 女，四十多岁，原南方某市东港新区实验中学班主任，后辞职。

严　述 男，五十出头，原南方某市东港新区副区长，杜咏梅丈夫。

严　妍 女，二十多岁，杜咏梅与严述的独生女儿。

严秉忠 男，年过八旬，严述的父亲，离休干部。

严小冬 男，年近五十，东方地产公司老板，严秉忠的小儿子。

吴涓涓 女，四十来岁，严小冬的妻子。

郭　萍 女，四十来岁，杜咏梅的同事、闺密。

赵律师 男，四十多岁，严述的辩护律师。

第一幕

[浓墨般的黑暗中，传来一个女人的哭求：“不！不！我不要……不要——”

[隐约中又传来几声婴儿痛苦的、挣扎的啼叫：“呜呀……呜呀……”稍一沉寂后，啼叫声变成了一种欢畅无比的生命宣示：“哗哗——哗哗——”

[女人的声音变得痛苦而无力：“不……我不要……”

[光渐起。一个十分闷热的下午，整座城市好像都变成了烤炉，窗外传来知了不知疲倦的叫声。

[这是一间两居室的出租屋，斑驳得已经看不出它的年份，逼仄、阴暗、潮湿，屋里摆设零乱，刚刚搬进来的样子。只有那张欧式真皮沙发十分突兀地摆放在小厅，仿佛在向人们讲述它昔日的奢华。

[严妍正在房间里用手机打电话。

严　妍　姓宋的，说这话你还是个人吗？

［杜咏梅从那张欧式真皮沙发上如触电般跳了起来。显然，她是在午睡时做了个噩梦，还没有从梦境中走出来。

杜咏梅　不！我不要——不要——

严　妍　（对着电话）我不要！……对！我们家现在是遇到大麻烦了，但你们宋家那几个臭钱，我不要！（哭出声来）

杜咏梅　（看了看四周，搓了搓脸，回到了现实之中）刚才，我做了一个梦，梦见了孩子……

严　妍　（继续打电话）孩子的事情，已经跟你没有一丁点关系……

杜咏梅　孩子一直在哭……

严　妍　（在打电话）我没哭！姓宋的我告诉你，这是我自己的事情，轮不着你来操心！

杜咏梅　（自我安慰）哦，这只是一个梦，一个梦……（向房间）妍妍，你出来一下好吗？妍妍，妈妈叫你呢——

［房间里的严妍还在打电话，没听见。

严　妍　（继续打电话）你妈说你妈说，你就是个一辈子长不大的"妈宝"……

杜咏梅　（烦躁地）妈妈叫你听见没有？你出来一下！

严　妍　（挂断了电话）妈，我在打电话。

杜咏梅　昨天我们已经约好了，一会儿你郭阿姨就到，别乱得让人家都下不了脚。

严　妍　（开门出来）这能怪我吗？

杜咏梅　好好！不怪你，都怪我行了吧？来帮妈妈把这沙发挪一挪，我刚才在这上面才躺一小会，就睡着了。你看，它摆的也不是地方。

严　妍　这屋那么窄，您就不该把它搬过来。

杜咏梅　这是去年我们家搬新房子的时候，我专门跑到红树湾买的，老贵了，扔了可惜。

［母女合力，终于把沙发推动，摆好。

［才推好沙发，严妍捂着小腹发出"呃——"的一声，欲呕吐。

杜咏梅　（关切地）你怎么啦？

严　妍　没事的妈妈，可能是刚才把肌肉拉了一下。

杜咏梅　你看你，娇生惯养。（看着女儿）妍妍，刚才妈妈梦见你了知道吗？

严　妍　梦见我？

杜咏梅　我梦见我正在生孩子……

严　妍　（惊愕）啊……生孩子？您不是梦见我了吗？

杜咏梅　那个孩子，就是你。

严　妍　可我已经不是个孩子了。

杜咏梅　在妈妈的眼里，你永远是刚生下来的那个样子，是那么弱小，那么无助，那么可怜巴巴。那时候，我都不知道能不能把你养大，我也不知道你能不能长大。

严　妍　你是不是得产后抑郁症了？

杜咏梅　是的。这种症状，整整缠绕了我三年。（回忆梦境）刚才在梦里，我就不愿意把你生下来，于是就拼命把你往我自己的肚子里塞。旁边的两个助产士，好像是跟你一伙似的，用一块又大又长的白床单，压在我的肚子上面，然后一边一个拼着命用力往下面拽。

严　妍　后来呢？

杜咏梅　后来就硬生生地把你给拽了出来。

严　妍　（伤心地）原来，您一直都不愿意把我生下来。

杜咏梅　（叹息）早知道会是今天这个样子，妈妈当初就不该把你生下来。

严　妍　（哭出来）妈……

杜咏梅　今天本来是你和小宋结婚的大喜日子，喜帖半年前就发出去了，没想到，却成了这个样子……

严　妍　这婚不结还好……

杜咏梅　妈妈知道你心里难受，是爸妈对不起你。其实小宋他人还是蛮不错的，要不是你爸出了这档子事，你们会幸福的。

严　妍　（哀求）妈，我们已经分手了，不提了，好吗？

杜咏梅　不提了不提了。今天本该是要去看你爸的，但走到法院大门前，我……我怎么也迈不开自己的两条腿……妍妍，妈妈是不是特别没用？

严　妍　我说我要去，您却又不让。

杜咏梅　我更加不愿意你去。（痛苦地）我不愿意让你看到他作为一个罪犯站在被告席上，我也不愿意让你看到他满头白发了还在痛哭流涕，我更加不愿意让你看到他低下曾经高贵的头颅向律师求助、向法官求情。我不愿意！不愿意……（落泪）

严　妍　我也不愿意……

杜咏梅　（回忆般）你的父亲，曾经是那么的英俊潇洒、那么的意气风发……

严　妍　（也哭了）妈妈，对不起……

杜咏梅　（搂着女儿）妍妍，是爸妈对不起你……

严　妍　（流着泪）妈，您可不能丢下我爸不管啊……

杜咏梅　（安慰）傻孩子，怎么会呢？虽然他现在站在了被告席上，但他依然是你的父亲，依然是我的丈夫。我爱他，甚于爱我自己。

［这时，门铃响。

杜咏梅　你郭阿姨来了。（擦擦眼泪，准备去开门）

严　妍　（半是哀求地）妈，都住到这破地方了，您就不要再把客人往家里请了，好吗？

杜咏梅　我两个月没回学校了，你郭阿姨说工会发了点福利，要给我带过来。

严　妍　难得人家还惦记着您。

杜咏梅　我倒是希望人家早点儿把我忘掉……

［门铃又一次响起。

杜咏梅　来了来了——（开门）

［门外站着一个男的，一套西服职业装，成熟稳重。

杜咏梅　（略惊讶）赵律师，是你？

赵律师　（略欠身）杜女士，我可以进来吗？

杜咏梅　快请进来。

赵律师　这地方实在是太难找了。

杜咏梅　不好意思赵律师，城中村都这么乱。

赵律师　这里每家每户都好像养了狗，看来治安也成问题。

杜咏梅　（苦笑）我们家已经没什么值得偷的了。

赵律师　七八年前就说这一片要改造，到现在还没动静。

杜咏梅　（岔开话题）赵律师，您不是说明天才过来的吗？

赵律师　明天恐怕就来不及了。

杜咏梅　（焦急）啊？今天开庭情况怎么样？

［赵律师看着严妍没开口。

杜咏梅　她是我女儿严妍。

赵律师　哦，那我就把话直说了吧。今天开庭，看来情况十分不好……

杜咏梅 （吃惊）啊？！十分不好？

赵律师 是的，十分不好！但希望还是有的，所谓物极必反嘛，失望的尽头往往就是希望……

杜咏梅 （焦急地打断）您就说还有什么希望吧。

赵律师 如果用两个字来描述，就是“退赃”！如果用四个字来描述，就是“赶紧退赃”！

杜咏梅 退赃？

赵律师 是的，想尽一切办法退赃！这是目前唯一能救您丈夫的办法。

杜咏梅 唯一的办法？

赵律师 今天是第一次开庭，案情已基本明了，现在剩下的，就是看被告能够退还多少赃款，这将是第二次庭审时，法官量刑的一个重要考虑因素。

杜咏梅 那我们需要退还多少呢？

赵律师 当然是退得越多越好。

杜咏梅 具体呢？

赵律师 今天开庭已经初步确认，您的丈夫、也就是我的委托人严述的涉案金额是1566万，这是控辩双方都已经认可的数字，换句话说，铁证如山啊。

［杜咏梅和严妍都感到惊讶。

杜咏梅 啊？那么多？真没想到……

［这回轮到赵律师惊讶。

赵律师 难道您都不知道吗？

杜咏梅 现在知道了……

赵律师 （感到不可思议）可你们是夫妻呀。

杜咏梅 他从来不往家里拿钱，除了那份工资。

赵律师 我明白了。

杜咏梅 你明白什么呢？

赵律师 严述先生是不是在外面有人了？

［杜咏梅不语。

严　妍 （恼）赵律师，我爸在外面有人没人，这是我们的家事，这好像不在那个案件的委托范围内吧？

赵律师 （道歉）对不起！严小姐。

杜咏梅 （咬着牙）如果他在外面养了“小三”、包了“二奶”，我一分钱也不会为他去退！

严　妍　妈，我爸不是那样的人。

赵律师　杜女士，这只是我的一个猜测而已，您千万别当真，更不能影响了接下来的计划。

杜咏梅　我想听听您的计划。

赵律师　我首先想知道的，是你们家现在还能拿出多少钱来？

杜咏梅　不会超过五千。

赵律师　（意外）五千？

杜咏梅　该查扣的已经查扣了，能拿出来的都已经拿出来了。

赵律师　能不能再想想别的办法？

杜咏梅　再想别的办法？

赵律师　一定得再想办法！这1566万已经是个“特别巨大”的数额了，如果法官往重处判，这恐怕……恐怕您也明白我的意思吧，杜女士？

杜咏梅　我明白的，赵律师。

赵律师　如果被告人能够积极退赃，对审判结果一定会有积极影响。话，我也只能说到这里了，您明白我的意思吧，杜女士？

杜咏梅　这我也是明白的。

赵律师　您明白了当然最好。如果能够全额退赔，这当然是最理想的结果。实在不行，哪怕是退三百万、五百万也是可以的，这起码也是个态度。

杜咏梅　态度？

赵律师　是的！态度很重要。只有这样，我才可以为我的委托人、也就是您的丈夫向法庭申请从轻处罚。

杜咏梅　申请从轻处罚？

赵律师　您的丈夫严述先生曾经是个领导干部，他认为在审判他的，是法律背后那种说不清道不明的力量，所以他一直拒绝聘请律师。其实，这是不对的。虽然我是受法庭的指派担任他的辩护律师，但我必须为我的委托人进行最大可能的辩护，在法律的框架下为我的委托人谋取利益的最大化，这是我的职业操守，同时也是我的职责所在。通过今天的庭审，看来严述先生已经开始接受我的工作。

杜咏梅　谢谢您，赵律师。请问，这退赃的钱什么时候要？

赵律师　当然是在下个月的第二次开庭之前了，而且是越快越好。对了，今天庭审结束的时候，我和我的委托人有个简短的交流，他在问你们为什么都没来。

杜咏梅 今天上午您也看到了，我实在迈不进法院的大门……

赵律师 他叫您去找他的弟弟，想办法帮他渡过这个难关。

严　妍（关切地）我爸他还说了些什么？

赵律师 就这些了。但今天你们亲属都没有到场，这显然对我的委托人情绪有很大的影响，我担心他会做出一些不好的事情来。

杜咏梅 您放心吧，他不会的，我了解他。

赵律师 不不！人在这个时候是十分脆弱的，我们都不愿意看见他做出一些不好的事情来。

杜咏梅 我也不愿意看见他站在被告席上……

赵律师 您的心情我完全理解，但我还是希望下一次开庭的时候，作为亲属，你们能够在下面为他给予精神上的支持！

杜咏梅 我知道了赵律师，谢谢您。

赵律师 我先回去了，有什么情况请及时联系我。（欲下）

杜咏梅 谢谢您赵律师，再见。

［目送赵律师出门，杜咏梅把门关上。

杜咏梅（懊恼极了）天哪！他贪污了一千五百多万，不知道都给了哪个小妖精，凭什么要我去为他退赔？凭什么要我给他“精神支持”？

严　妍 妈妈，我爸他不会把钱拿给别的女人的。

杜咏梅 那他都拿到哪儿去了？（一字一句地）1566万！我居然没见过半毛钱……

严　妍 也许他有他的难处……

杜咏梅 他有他的难处?!（惨笑）算了，法官爱怎么判就怎么判吧，我不管了。

严　妍（流着泪）不！妈妈。刚才您还答应了我，不会丢下我爸不管的。

杜咏梅 那是刚才！

严　妍 您不是还爱他的吗？

杜　咏 可他已经不再爱我了……

严　妍（激动地）但他现在还是您的丈夫，永远都是我的亲爸，您要是不管，我管！

［说到这里，严妍又捂着小腹“呃——”了一声跑进了卫生间，“砰”的

一声把门关上。杜咏梅望着女儿的身影，一脸疑虑。

[卫生间里传来严妍的阵阵呕吐声。

杜咏梅 她这是怎么啦？（无助地）她管？她连自己的事还没管好，怎么去管？老天爷，你叫我怎么办呀……

[这时，门铃响起。

杜咏梅 郭萍？来了来了，郭萍你等等——

[赵咏梅开门，发现门外站着的还是赵律师。

赵律师 （歉意地）忘记告诉您了，杜女士，下次开庭时间是下个月的15号，您可记好了。

杜咏梅 我记住了，赵律师。

赵律师 （再三叮嘱）一定要为您的丈夫筹款退赃。

杜咏梅 我知道了，赵律师……

[赵律师下，杜咏梅把门关上，无力地靠在门上。

杜咏梅 （孤独地）夫妻本是同林鸟，大难临头各自飞？不……不……看在二十多年的夫妻情分，看在他是你女儿的父亲……

[这时，门铃又响起，杜咏梅猛地拉开了门！

杜咏梅 （发飙）我知道为他去筹款退赃了！

[门外站着的却是郭萍，她手里提着一桶花生油和一个装礼品的纸袋。

郭　萍 （吓了一跳）你怎么了，咏梅姐？

杜咏梅 （愕然，然后苦笑了一下）对不起郭萍，把你吓着了吧？

郭　萍 （笑了笑）你这地方真不好找。怎么？不请我进屋？

杜咏梅 进屋里来——

郭　萍 这是学校工会这个季度的福利：一桶花生油，袋子里还有两包香菇。

杜咏梅 就这些了吗？

郭　萍 （快人快语）就这些已经把我累得半死。听工会的潘主席说，下个季度改发大米，那种据说是绿色无公害的有机大米，一包10公斤。我的天啊，他老潘把自己当善堂里的大善人了，但我们可不是他的扶贫帮困对象，你说对吧？

杜咏梅 （敏感地）我现在是……

郭　萍 （知道说错了话）对不起咏梅姐，我不是故意的。

杜咏梅 没关系。你都看到了，这就是我住的地方：城中村，握手楼，50平方米，每月租金800块钱。下了楼就是小市场，2块钱就可以买一把青菜，30块钱就可以买一只活蹦乱跳的、不知道从哪里运来的鸭子。这就是我的现状，也是我今后的生活。我感觉今天上午站在被告席的那个人不是我的丈夫严述，而是我杜咏梅，那个被剥夺生活尊严的人，也是我杜咏梅。

郭　萍　不要这样，咏梅姐，一切都会过去的。

杜咏梅　在你到来之前，律师来过了，说要请家属做好退赃的准备。（强调地）萍你知道吗？是1500多万！

郭　萍　（吃惊）啊？1500多万？

杜咏梅　问题是我从来都没见过那些钱，你叫我拿什么去给他退？

郭　萍　我们都是工薪阶层，谁能拿出这么多的钱呀？

杜咏梅　律师叫我去想办法。

郭　萍　（怯怯地）咏梅姐，这事……我也帮不了你……

［这时，严妍捂着肚子从卫生间出来。

严　妍　郭阿姨好！

郭　萍　妍妍你怎么啦？脸色这么差。

严　妍　谢谢郭阿姨，我回房间休息一下……（进了房间）

杜咏梅　别管她！都是给惯的。

郭　萍　咏梅姐，其实今天我过来，还有点别的事。

杜咏梅　什么事？

郭　萍　刘校长让我告诉你，你这样长期待在家里也不是个事……

杜咏梅　我明白的。我这已经请了两个月的假，等下个月妍妍她爸的事情有了个最后的定论，我就回去上课，毕竟我还带了个初三毕业班。

郭　萍　（欲言又止）刘校长他也不是急着要你回去上课……

杜咏梅　真的感谢学校领导的关心！你说我们家摊上这样的事，谁不是躲得远远的？好像我们全家都得了瘟疫，生怕传染给了他似的。（感慨地）学校毕竟是个教书育人的地方，校长他毕竟还是个明辨事理的人，他让我感到温暖。

郭　萍　（着急）咏梅姐，你误会了，刘校长他不是这个意思。

杜咏梅　（沉浸在自己的想象里）那个班我带着都快三年了，多好的孩子，就像是当初自己亲手播撒下去的种子，到今天他们已经开始迎风摇曳了，那份收获感、成就感一般人是体会不出来的。这两个月来，我不止一次梦见他们，在梦里回到他们的中间，听到他们琅琅的读书声，看着他们拼搏的身影，还有那一张张充满青春气息的笑脸，这是我职业生涯中最大的享受、最大幸福……

郭　萍　（旁白）看到她这副天真无邪的样子，我真的不忍唤醒她。

杜咏梅　（依然沉浸在自己的想象）其实对于女人来说，除了家庭、丈夫、孩子，还应该有自己的事业。课堂就是我的事业，讲台就是我的事业，一份我已经为之奋斗了半辈子的事业，也将是我这辈子终生的事业……

郭　萍　（旁白）现实总会有太多的痛苦和无奈，我必须唤醒她，虽然是那么的残忍，我还是要唤醒她。（有点小心地对杜咏梅）咏梅姐，周老师她、她已经接替你的岗位了。

杜咏梅　（一怔，回过神来）你说什么？

郭　萍　我说周莉老师已经接替你的岗位，她现在是九（五）班的班主任了。

杜咏梅　（惊讶）我怎么一点儿不知道？

郭　萍　昨天校长办公会议决定的。

杜咏梅　（顿感颓然）你今天过来，就是要说这事？！

郭　萍　是的。当然，还有别的事……

杜咏梅　（打断）你不要再说了！我知道，我是请了两个月的病假，我是两个月没回学校去上课，但学校至于这样对我吗？去年我老公还没倒霉的时候，刘校长他还说要提拔我当副校长呢，我说我不想搞夫荣妻贵那一套，我只想本本分分地教好我的书、带好我的学生。（悲凉地）我老公的最后判决还没下来呢，这一切，怎么就来得那么快？

郭　萍　（劝慰）咏梅姐，这事真不能怨刘校长。

杜咏梅　我怎么敢怨他呢？我怨我自己。

［严妍捂着嘴巴从房间出来，冲进了卫生间，并传来阵阵的干呕声，郭萍和杜咏梅不由自主地向那边望了望。

郭　萍　妍妍她没事吧？

杜咏梅　现在有事的那人是我。

郭　萍　你不在学校的这两个月里，你那个班确实发生了很多事情。

杜咏梅　都发生了些什么？

郭　萍　那两个男生打架的事，现在还没处理好，医药费还在医院挂着。还有一名同学的钱包在宿舍被人偷了，现在还没破案。更麻烦的是：全班成绩在这两个月里，已经从全年级的第二名降至倒数第三名。我们学校是市属重点中学，你应该知道成绩对学校的重要性。

杜咏梅 我当然知道……

郭　萍 其实这还不是最主要的。

杜咏梅 你是说还有比这更要命的？

郭　萍 你们家的这些事情，学生家长都知道了……

杜咏梅 （敏感地）他们是怎么知道的？

郭　萍 他们怎么会不知道呢？每次开家长会，刘校长都不忘向家长们介绍你，说你是“区长夫人”。那时候，你不也挺喜欢这个身份的吗？

杜咏梅 （感到羞惭）天哪……

郭　萍 现在已经有十多名家长向学校提出给孩子换班的要求。你知道我们学校所有的班级都是满员超负荷的，换给谁，谁也接收不了。

杜咏梅 所以就想到换班主任？

郭　萍 校长他也是没有办法，都挺为难的。

杜咏梅 那好吧，我就回过头去带初一的班。

郭　萍 刘校长他不是这个意思……

杜咏梅 那他的意思是……

郭　萍 他是想安排你去后勤岗位……

[这抽丝剥茧般的谈话，杜咏梅这时候才开始知道郭萍今天到来的真正目的。

杜咏梅 （推心置腹般）萍，咱俩认识多少年了？

郭　萍 师范同学，到现在都快三十年了吧。

杜咏梅 是呀，三十年的同学、同事加姐妹了，用现在小年轻的说法，这叫闺密。让你这个闺密来说这些话，我很难受，你知道吗萍？

郭　萍 我的心里也很难受……

[洗手间又传来严妍的两声干呕。

[杜咏梅和郭萍又向那边望了望。

杜咏梅 刘校长他为什么不自己来？

郭　萍 我想他是怕抹不开这个面子。

杜咏梅 （叹了一口气，轻轻地）那好吧，你就回去告诉刘校长，随他怎么安排，我都接受。反正过不了几年，我也该退休了。

郭　萍　（欲言又止）他还有一句话……

杜咏梅　（意外）他还有一句话？

郭　萍　是的，我必须带到。

杜咏梅　说吧——

郭　萍　他说：如果你还有什么别的途径，能够调到别的学校去就最好，他也是放人的。

［杜咏梅发现，这才是今天郭萍来找她的核心任务。

杜咏梅　这才是他最想对我说的话，对吧？

郭　萍　也许是吧。

杜咏梅　听这话的意思，是怕我赖着不走了，对吧？

郭　萍　换一换环境，对你也许是好的。

杜咏梅　（冷冷地一笑）我还能有什么别的途径呢？我还能换什么环境呢？连我的学生以及他们的家长都知道了，现在整个东港新区还有谁不知道我杜咏梅的丈夫是严述？还有谁不知道他这个前副区长已经被检察院提起公诉？（无力地）既然校长大人都把话说到这份上了，也请你帮我带一句话回去：等下个月我丈夫的事情有了最后的结局，我就回去递交辞呈！

郭　萍　（劝）咏梅姐，你不要意气用事。

杜咏梅　（惨笑，摇着头）老娘不侍候了……

郭　萍　对不起，咏梅姐……

杜咏梅　萍，姐不怪你。（故作振作）姐都两个月没回去上班了，你今天给姐带来的这些福利，受之有愧呀！就当再帮姐一回吧，把这些东西给我带回去。

郭　萍　咏梅姐，这……

杜咏梅　（决绝地）给我带回去——

［杜咏梅把那个装着干山货的纸袋往郭萍怀里一塞。

郭　萍　（接过袋子，也恼了）你对我发火有意义吗？这是校长安排的工作，我只是个传话人，你辞职一拍屁股就走人了，我还得在学校干下去呢。这些东西，你喜欢就留着，不喜欢就扔垃圾桶去，我郭萍也不侍候了！

［郭萍把纸袋子往地上一扔，摔门而去。

杜咏梅　萍——（俯身把纸袋子捡起来）我这是怎么啦……我这是怎么啦……

［吐得脸色发白的严妍从洗手间出来。

严　妍　妈，郭阿姨走了？

杜咏梅 （无力地）走了……

[严妍准备回房间。

杜咏梅 （严肃地）你给我站住！

[严妍停了下来。

杜咏梅 刚才在洗手间怎么回事？

严　妍 可能是刚才搬沙发的时候把肌肉拉伤了……

杜咏梅 你就别装了！肌肉拉伤了会呕吐？告诉我，是不是怀孕了？

[严妍点了点头。

杜咏梅 （铁青着脸）是不是小宋的？

严　妍 （低声）是……

杜咏梅 他知道吗？

严　妍 我打电话告诉他了……

杜咏梅 他怎么说？

严　妍 他说不管是不是他的，都做掉……

杜咏梅 （气结）提起裤子就不认账？咱们偏要把这孩子生下来！

严　妍 不！我不生！

杜咏梅 （恼火）他们宋家现在是想过桥抽板你知道吗？他们是在悔婚你知道吗？咱们严家就把这孩子生下来，看他怎么收场！

严　妍 妈！我都跟你说过了，我跟小宋已经分手！

杜咏梅 但如果不是你爸的事情，小宋他能跟你分手吗？今天不就是你们结婚的大喜日子吗？他们家的那个老宋头，还是你爸在位的时候给提拔当区教委主任的，就因为你跟他们家小宋是中学同学，就无数次厚着脸皮在我们面前说要做儿女亲家。（自责）我也真糊涂呀，当初怎么就把你们给撮合在一起？

严　妍 跟小宋谈朋友，是我自己愿意。

杜咏梅 （质问）难道现在分手也是你自己愿意？

严　妍 （言不由衷地）当然也是我自己愿意……

杜咏梅 既然都是你自己愿意，咱们就把这孩子给生下来，他们宋家不要是吧？我们严家要！他们宋家不养是吧？我这个外婆来养！等将来孩子要上户口了，咱们就堂堂正正地给他取一个名字，一个姓严的名字，别人要是问起，咱就说这孩子是个遗腹子，他爸在他还没生出来的时候就被狗咬死了，随母姓。

严　妍　（大哭）妈！我不愿意孩子一生下来就没有父亲……

杜咏梅　（被触动）孩子一生下来就没有父亲？

严　妍　我不愿意……

杜咏梅　（流着泪，搂着女儿）妍妍，其实妈妈也不愿意……但妈妈更加不愿意看到你受到委屈，不愿意看到你被人伤害。可咱家眼前遇到的这道坎必须过。这道坎，是你爸留给咱母女俩的，我们必须去面对这一切。你明天再去找小宋，两个人好好谈谈，先把你们之间的事情处理好，好吗？

[严妍流着眼泪点头。

杜咏梅　只要你们两人相爱、愿意在一起，是没有人可以阻挡的，知道吗？

严　妍　知道了妈妈。

杜咏梅　为了咱们这个家，再难的事情，妈妈都必须去做。妈妈答应你，先帮你爸他渡过眼前这个难关。等处理完了这些事情，我再去找他，他必须给我一个交代，一个明明白白、清清楚楚的交代……

[渐收光。

第二幕

[一个装修豪华的大客厅，高贵典雅，窗外是璀璨的夜景。

[严小冬举着一个高脚玻璃杯，晃着杯子里的红酒，心事重重地在客厅里踱来踱去。

[吴涓涓端着刚洗好的水果上，放在茶几上摆好。

严小冬　大嫂她要来。

吴涓涓　来就来呗。

严小冬　肯定有事。

吴涓涓　没事她来干吗？

严小冬　不正常。

吴涓涓　怎么不正常？这几个月来，咱们家发生的事还少吗？连续剧似的。

严小冬　这事闹的！前天在医院老爷子还问：你哥的事情怎么了？

吴涓涓　你怎么回答他？

严小冬 我说：爸，没事！我哥现在是在配合组织调查，等查清楚了就回来，官继续当，革命继续干！

吴涓涓 你爸他是个老革命，躺在医院里还每天看电视新闻，尤其是本地新闻，你蒙得了他？

严小冬 （玩世不恭般）我现在就盼他得个失忆症呀，老年痴呆呀这类的病，这样他就可以开开心心过好每一天！

吴涓涓 天气预报说明天有雷阵雨，你最好待在家里，别出门。

严小冬 为什么？

吴涓涓 （骂）小心老天爷劈死你！

严小冬 （盯着杯子里晃动的红酒）大嫂这个时候过来，肯定有什么重要的事情。

吴涓涓 （担心）是不是你也陷进去了？

严小冬 （信誓旦旦地）你一百个放心！我哥的那些烂事，跟我严小冬一点儿关系都没有。咱们可是亲兄弟明算账。

吴涓涓 这就好。

严小冬 （懊悔）好个屁！他被关进大牢里躲清静去了，甩给我一个烂摊子。待会儿大嫂来到，你看我眼色行事，别他妈一头扎进去了还找不到北！（猛地喝了一口红酒）

［门铃响。

严小冬 来了。开门——

［吴涓涓开门。门外站着的是杜咏梅。

吴涓涓 （笑迎）嫂子您来了？

杜咏梅 来了。

吴涓涓 快请进——

严小冬 嫂子吃了没有？没吃的话厨房里还有。

杜咏梅 谢谢小冬，我吃过了。琪琪呢？

吴涓涓 回学校了。

杜咏梅 这段时间忙，没空过来看她。她要准备高考了是吧？

严小冬 早呢，今年才高二。

杜咏梅 哦……高二是关键，你们得抓紧。

吴涓涓 我们正准备把她送到国外去……

［严小冬瞪了吴涓涓一眼，打断了她的话。

严小冬 说什么呢？嫂子大热天从城南跑到城北，就为听你扯孩子上学的事情啊？

杜咏梅 对不起小冬、涓涓，今天过来，确实是有些事情要和你们商量。

严小冬 什么事情？嫂子您说吧——

杜咏梅 关于你哥的事情。

严小冬 我说呢。以前的情况嫂子您就不用说了，大家都清楚，甭浪费时间。

杜咏梅 昨天上午是你哥的案件第一次开庭，现在法官已经初步认定涉案金额为1566万元……

吴涓涓 （吃惊）多少？

杜咏梅 人民币1566万……

吴涓涓 那么多啊？

严小冬 （不以为然地）大惊小怪！商品社会，这点儿钱，算个屁！

杜咏梅 可它现在是出现在法官的审判文书里。

严小冬 哦，这倒是个问题……

吴涓涓 （有点小心地问）不会判死刑吧？

严小冬 （骂）乌鸦嘴！有你这样说话的吗？！（对杜咏梅）嫂子，涓涓这人就这样，说话不经大脑，开口不知轻重，您别往心里去。

杜咏梅 第二次开庭时间是下个月的15号，赵律师的意见是，只要我们能够退还一部分赃款，他就可以为你哥争取从轻处理。

严小冬 那得退多少？

杜咏梅 赵律师说了，当然是越多越好，哪怕是三五百万也是可以的。

严小冬 那你们家——现在还能拿出多少钱来？

杜咏梅 已经没有了。

严小冬 没有了？

杜咏梅 前两年我们卖掉在老城区那套住了二十多年的老房子，换了新区那套新房子，没想到才住了两年，就被法院查封了，人家说这是以明显低于市场价格购入的物业，现在还没解封。

严小冬 估计解了封也要不回了。

杜咏梅 （流着泪）小冬，涓涓，我也实在是没有办法了，才向你们求助的。你们都是我的亲人，不找你们，叫我找谁去啊？

吴涓涓 嫂子，您别这样……

杜咏梅 （伤心地）你哥他被关的是大牢，那是大牢呀！他的身体不好，这几年老是失眠，胃也不好，被关进那地方，这叫他怎么活呀？我现在只想让他早点出来，哪怕是一年、半年、一个月……

严小冬 我哥拿的那些钱，您都藏哪儿去了？

杜咏梅 （愕然）我都藏哪儿去了？（反问）你是说我都藏起来了？

严小冬 （知道说错话，赔着笑）不不不！嫂子，我是说，您知道他都藏哪儿去了？

杜咏梅 （摇头）我连半毛钱也没看见过。

严小冬 不会吧？

杜咏梅 （咬着牙）我比任何人都想知道，这笔钱他都藏哪儿去了……

严小冬 （笑）这就对了嫂子，我想我哥这是在保护您，知道吧？要是您也见过这些钱，这会儿也该在里面待着了。

杜咏梅 你错了小冬！如果我见过那些钱，我根本就不会让他拿。

严小冬 行啊嫂子，没想到您还是个现代版的海瑞、女生版的包公，佩服！

杜咏梅 （严肃地）今天我不想讨论这个问题。

严小冬 那您今天过来到底想说些什么？

杜咏梅 （直截了当）我想向你的公司借点钱。

严、吴 （合）借钱？

杜咏梅 是的。

严小冬 借多少？

杜咏梅 500万。

[杜咏梅一开口就要借500万，似乎已经在严小冬的预料之中。

严小冬 嫂子，您打电话说今天要过来，我已经猜到您要借钱。但我还是要声明一下，今天什么都可以谈，借钱？免谈！

[见到严小冬一口回绝，杜咏梅拿起包就往大门走，吴涓涓连忙拦住。

吴涓涓 嫂子别急！您听我慢慢说。

杜咏梅 还有什么好说的呢？

严小冬 确实也没啥好说的了。

吴涓涓 （把严小冬拉一边）怎么说话了你？（对杜咏梅）嫂子，其实小冬他不是这个意思……

杜咏梅 那他是什么意思？

吴涓涓 他的意思是说我们手头也不宽裕，最近公司又……

杜咏梅 涓涓，我们都是嫁给了严家的人，这些年来，处得也跟姐妹差不多了，对吧？

[吴涓涓点了点头。

杜咏梅 你们摸着良心问一问自己，小冬他的那个东方公司发展到今天，这里面有没有他哥的一份功劳？

严小冬 嫂子，您这话我就不爱听。

杜咏梅 不爱听我也得说。

严小冬 东方地产这几年是发展得不错，但跟我哥一丁点关系也没有。

杜咏梅 真的就没有？

严小冬 没有，绝对没有！我哥刚被抓进去那会儿，纪委的、建委的、国土的、税务的、审计的、工商的、银行的，还有那些我叫不出名字的，轮番跑来我公司来查账，把我的公司翻了个底朝天。最后证明了：我是清白的！

杜咏梅 那我来问你，这些年你为什么都没向外发展？

严小冬 （故作崇高地）因为这是生我养我的地方，一座我不能离它而去的城市。

杜咏梅 没想到你还是个文艺青年。

严小冬 不不不！我只是一只飞不起来的老母鸡，恋窝！

杜咏梅 骗谁呢？

严小冬 没骗谁。

杜咏梅 既然你不愿意说，那就让我来说吧！是因为你的哥哥严述，他在这里当副区长，他的影响、他的人脉足以让你的公司在这座城市里生存和发展，而且发展得很好。

严小冬 （有点恼羞）您有证据吗？

杜咏梅 需要证据吗？在这座城市的政界，谁不知道你严小冬是严述的亲弟弟？谁会那么不识趣跑来跟你为难？当然，这也得有两个前提，第一是你必须守法经营，第二是你哥哥必须在位。

严小冬 （冷笑）哦，原来您也知道我是在守法经营？

杜咏梅 守法经营的公司多了去了，为什么就数你们活得最滋润？还不是因为你有一个当副区长的哥哥？无须你的哥哥亲自去打电话、批条子，那些国土、城建、规划、消防、人防、银行等有关部门，都会给你提供最大的便利，都为给你亮起一路的绿灯。这，就是有一个当副区长哥哥的最大好处。

严小冬 谁告诉您的？

杜咏梅 你的哥哥严述。刚才你说过，我没见过那些钱，是你哥在保护我。现在看来，你的哥哥何尝不也是在保护你呢？

严小冬 他也在保护我？

杜咏梅 两年前，我们在新区买的那套大房子，我还问他怎么那么便宜，他说人家是按成本价卖给朋友。我说小冬他不也是搞房地产的吗，怎么不买他的呢？他说你们女人不懂。那时候我真不懂啊……

严小冬 嫂子，依我看来，现在您还是不懂。

杜咏梅 请教——

严小冬 我哥在位的时候，我有没有得到过他的好处，我说没有，您偏说有，大家站在不同角度、不同层面理解问题，再扯半天也扯不清。但我哥他这一倒霉，我立马就跟着倒霉，这却是摆在眼前的、千真万确的事实。那些所谓的“有关部门”，现在跟躲瘟神似的躲着我，找谁都没空，见谁都见不着。其实这也不能怪人家，趋利避害，人之常情嘛，现在我也不找了，免得给人家添麻烦。最可恶的是那些供应商，还有那些所谓的“合作伙伴”，以前把我捧成皇上似的，现在立马就翻脸，撤资的撤资，讨债的讨债，就连这房子的产权，也让债主通过法院给冻结了。更他妈不是人的就是银行，去年还哭着喊着问我还需不需要贷款，现在好了，不但再也拿不到半笔贷款，就连我公司账户上的每一笔流动资金，哪怕只是一块钱，都被他们毫不手软地扣下，用作偿还以前贷款的本息。我的资金链断了，全断了你们知道吗？！（沮丧）现在我是焦头烂额、东躲西藏，东方公司已经进入了清盘阶段，这就是我目前的状况。（无奈地）今天要不是嫂子您提借钱的事，我也不想说这些糟心事。

吴涓涓 所以说我们的手头也不宽裕。

严小冬 何止是不宽裕，马上就破产了！（推心置腹地）嫂子，今天您拉下脸皮来向我借钱，可见您也是被赶到了绝路。这事要搁以前，甭说500万，就是5000万我都可以拿给您。但现在不行呀嫂子，不是我严小冬不顾兄弟情分，我真的无能为力了……

吴涓涓 对不起了，嫂子……

杜咏梅 （静静地听着小冬夫妇的一轮唱和，叹了口气，然后不动声色地）涓涓刚才不是还说，要把琪琪送出去吗？

［闻言，严小冬狠狠地瞪了吴涓涓一眼。

杜咏梅 出去不得花钱呀?

严小冬 (拿起桌子上的酒杯,抿了一口)这么说吧嫂子,我们是准备把琪琪送出去,涓涓和我也打算一起出去。我们确实还藏了一笔钱,是用涓涓母亲名义存的,不多,也就三百来万,但这已经是我们一家三口仅剩的一点儿活命钱了。

杜咏梅 能不能先借给我?

严小冬 (声音不大,但准确无误)不能。

杜咏梅 为什么?

严小冬 (颓然)再不走,我严小冬就会死在这里。

[这个"死"字,触动了杜咏梅敏感的神经。

杜咏梅 (歇斯底里般)但第一个死掉的,将会是你哥!你可以见死不救吗?

严小冬 (冷静地)我哥他是不会死的,但不管退还多少赃款,这牢他一定得坐!用我们一家三口的活命钱,去换取他三两年的减刑,您认为这合算吗?再说了,凭什么他一个人犯下的过错,让我们一家三口来为他买单?

杜咏梅 (冷冷地)你还真是个商人……

严小冬 (尊严被冒犯,情绪失控)对!我严小冬就他妈一商人,一个只会算账赚钱的奸商!我的眼里只有金钱,我的人生只会算账!如果您觉得这里的铜臭玷污了您高贵的灵魂,(猛地指着大门口)大门就在那边,滚——

杜咏梅 好!我滚!我马上滚——我杜咏梅这辈子就算是沿街乞讨,也不会再迈进你的家门!

[说完,杜咏梅转身摔门而去。

吴涓涓 嫂子——

[就在这时,光全暗,只有一束强光从顶头位置打在杜咏梅身上。

杜咏梅 (痛苦地)此时此刻,我无地自容!我什么时候变成了一个泼妇,一个疯婆子,一个不可理喻的人?!我四十多年的教养,以及将近三十年的为人师表,都变成了此时此刻的歇斯底里和穷凶极恶?!我厌恶我自己,以及把我变成这个样子的生活。小冬他们或许是对的,他确实没有为他哥的过错来买单的义务。我也开始怀疑自己:现在所做的一切,还有什么价值和意义?还有什么效果和作用?或许在不久的将来,当我知道了严述他所做的、那些令我感到羞辱的事情,我会为今天的努力感到悲哀?感到可笑?还是会感到可怜?我——不知道……

[光渐收。

第三幕

[傍晚。医院里的独立病房，中间一张病床和一个床头柜，两边放了些监测心跳、呼吸、血压、血氧之类的器械，旁边还摆放了一套白色的布沙发。

[电视里播放的本地新闻已经结束，开始放《天气预报》的音乐。严秉忠端坐在沙发上“听电视”，手中拿着那条跟随他多年的藤木拐杖，更像是战士手中拿着的一杆枪。

[严小冬和吴涓涓站在两边陪着。

严秉忠 把电视关了！

严小冬 关了关了——

[吴涓涓拿起遥控器，把电视关了。

严秉忠 小梅她怎么还没来？

严小冬 涓涓去打电话问问——

吴涓涓 好的。（拿出手机，到外面打电话）

严秉忠 琪琪为什么没来？

严小冬 爸，琪琪正在复习功课。

严秉忠 考大学了吗？

严小冬 不是。我们准备叫她去考外面的学校。

严秉忠 （不解）外面的学校？

严小冬 也就是出国去，留学。

严秉忠 你是说，要把琪琪送到国外去上大学？

严小冬 是的，她姑姑不是在加拿大吗，出去了也有人照顾。

严秉忠 那得花多少钱？

严小冬 （赔着笑）这花多少钱都值得。政府不是都说了吗：再穷不能穷教育，再苦不能苦孩子。

严秉忠 那是说贫困地区的孩子。

严小冬 爸，咱这一到国外，不就是贫困地区来的孩子吗？

严秉忠 （拐杖杵地板，骂）你闭嘴！

严小冬 （嬉皮笑脸地）好，我闭嘴！（右手掌打开，顺手给自己来了个大嘴巴）

严秉忠 你以为我眼睛瞎了？耳朵聋了？现在全世界发展得最好的就是咱们中国，大飞机上天了，航母下水了，高铁出国了，特朗普在他们家的那个什么庄园还请领导人吃饭了！你说这特朗普都美国总统了，怎么还那么抠门？在他们家那个破庄园，能有什么好吃的？

严小冬 爸，这您就不懂了，在自己的家里请客，那才是最高礼遇。

严秉忠 （又用拐杖杵地板）就你懂！我可警告你严小冬，你哥的事情你可千万别给我搅和进去了，不然的话，咱们严家可算是被一锅端了。

严小冬 我搅和进去干吗？他当他的官，我做我的生意。

严秉忠 （悲哀地）我严秉忠干了一辈子革命，怎么到头来培养了这么个儿子？

严小冬 我知道您是在说我哥，对吧？

严秉忠 （怒）说你呢！你看你——油头粉脸、吊儿郎当，哪儿还有半点革命后代的影子？

严小冬 （满不在乎地）就我这油头粉脸、吊儿郎当，不还是一守法公民吗？您那位培养多年的革命接班人，现如今却被关进了大牢，正在接受人民的审判呢！

严秉忠 （气结）我、我打死你这个不成器的东西！（举起拐杖追着严小冬要打）

［严小冬跑向大门躲避，与正在进门的杜咏梅几乎撞个满怀。

［杜咏梅的后面还跟着吴涓涓和严妍。

杜咏梅 （大惊）这是怎么啦——

严秉忠 （喘着大气）我打死这个不成器的东西——

［杜咏梅和吴涓涓连忙把严秉忠扶回沙发。

杜咏梅 爸，有话好好说，您打他干吗？

［严秉忠被气得满脸通红，坐在沙发上大口喘气。

吴涓涓 （端了杯水）爸您喝口水。

杜咏梅 （对严小冬）是你又在惹老爷子生气了？

严小冬 谁敢惹他生气呀？说着说着，他自个儿就跳了起来。

杜咏梅 他都八十好几快九十的人了，医生说了千万不能惹他生气，一口气喘不过来就会出大事。

严　妍 （俯下身子对着严秉忠喊）爷爷您好些了吗？

严秉忠 （缓过一口气来）还死不了……

严小冬 （对杜咏梅）嫂子，我还以为你今天不来。

杜咏梅 这是医院。

严秉忠 好了，人都齐了，今天的家庭会议，就开始吧。

严小冬 爸，有什么事情，您就说，我们听着。

严秉忠 小梅先说说妍妍她爸那边的情况，你们得老老实实给我说，不许隐瞒。

杜咏梅 前天已经进行了第一次开庭，总共的涉案金额是1566万……

严秉忠 （没听清）总共多少？

杜咏梅 是1566万，人民币……

严秉忠 （脸色铁青）1566万……人民币……

严小冬 （劝慰）爸，您别生那么大的气，其实我哥拿的这点钱真不算多，去年上亿的都已经抓了好几个。大老虎他肯定算不上，勉勉强强算是个不大不小的老鼠吧。

严秉忠 （怒）你给我闭嘴！

严小冬 行！我又闭嘴。（又给自己来了个大嘴巴）

严秉忠 （苦口婆心般）不是你自己的钱，拿一分钱都是罪，连三岁小孩都懂的道理，难道你们就不懂？！

［众人不敢吱声，一小会儿的沉默。

严秉忠 （回忆往事）小冬你还记得吗？那年我和你妈刚从牛棚放出来，回到家一看，你哥和邻居的两个大小子正在打架。我一问，原来是你哥拿了人家的两个地瓜，他也没吃着，就分给了你和你姐。看见你手里拿着的地瓜，我的眼泪哗地就下来了。我和你妈住牛棚的那几年，把你们兄妹三人饿得，那叫一个瘦啊！我没骂你哥，掏出了身上仅有的两块钱，叫他到副食品公司买十斤地瓜赔给邻居。你哥拿着那两块钱，“啪”的一声跪在我的面前，哭着说：“爸，我错了。”

严小冬 （抹眼泪）爸，这都是陈年旧事了，还提它干吗？

严秉忠 （伤心）是啊！我还提它干吗？提它还有什么用……

杜咏梅 爸，您就不用担心了，妍妍她爸的事情，我会去处理好的。

严秉忠 你去处理？你怎么处理？

杜咏梅 律师说如果能够退还部分赃款，可以为他争取轻判。

严秉忠 你在为他争取轻判？

杜咏梅 这两天到处找人借钱。

严秉忠 借到了吗？

杜咏梅 愿意借的人没钱，有钱的人又不愿意借。

严小冬 嫂子，您现在还说这话就没意思了，你是想通过老爷子向我施加压力对吧？告诉你，没用。

严秉忠 小梅你向小冬借钱了？

[杜咏梅不作声。

严小冬 爸，我是还有一点钱，但我不能拿去为我哥退赃。

严秉忠 为什么？

严小冬 （极沮丧）这地方我真待不下去了。昨天晚上我又翻了翻账本，才发现公司还欠了那么多的外债，以及那些根本就不可能收回来的烂账……除了跑到国外去，我别无选择……

严秉忠 （生气）这事你能跑得了吗？

严小冬 不跑？不跑我就会被那些债主逼死！你们愿意看着我从五十层高的大楼上跳下来吗……

吴涓涓 （惊恐）不不……

杜咏梅 （流泪）那就让你哥他坐一辈子大牢吧……

[一直没有出声的严妍走到众人面前。

严　妍 我有一个办法。

杜咏梅 你瞎起什么哄？一边去！

严　妍 不！我爸的事情，我必须管！

严小冬 妍妍你说——

严　妍 如果能把爷爷住的那套老房子卖出去，一定可以凑上三五百万，甚至还会更多。

[严妍的这个建议，犹如一股电流，刺激着在场的每一个人。

杜咏梅 （走到严秉忠面前，试探般）爸，妍妍的这个建议，您看……

[严秉忠扶着拐杖，一言不发。

严小冬 我觉得这主意不错。爸爸住的那套老房子地段好、朝向好、环境好，在省一级学校学区，还是当年的房改房，实用面积大，公摊面积小，放到市场上绝对是个抢手货，低于五百万，门都不要开门给他看！

严秉忠 （冷冷地）听你们的意思，是要把我赶出去睡大街了。

严小冬 （赔着笑）爸，我们哪敢呀？我妈去世这么多年了，您现在是房屋的唯一产权所有人，同不同意，最后还不是您拿主意吗？

严秉忠 （声不大，但威严）我不同意！

［杜咏梅“啪——”的一声，跪在了严秉忠面前。

杜咏梅 （流着泪哀求）爸，眼下只有这个办法可以救妍妍她爸了，您就答应吧！我们不会让您睡到大街上去的，我把您接过来，和我们住一起，我和妍妍侍候您老人家，您说好吗？

严秉忠 你要我答应？

严　妍 （也跪在严秉忠跟前）爷爷您就答应吧！您搬过来和我们住一起，您就每天都可以给我讲打仗的故事了。

严秉忠 你们都给我起来。

［杜咏梅、严妍站了起来。

严秉忠 妍妍，我的乖孙女，不是爷爷不想答应你们，而是不能答应呀……

杜咏梅 爸，您就、就当掏钱为他再买一次地瓜吧！只有这样，才可以为他减轻一点处罚……

严秉忠 （痛心疾首地）可他这次拿的，已经不再是俩地瓜了，你们知道吗？（情不自禁地举起手中的拐杖）如果我手上还有把枪，如果他现在站在我的面前，我、我一枪就把他毙咯！还要我为他去退赃、为他减轻处罚？！他必须去赎罪，用刑罚为他已经变得肮脏的灵魂赎罪……

杜咏梅 可他毕竟还是您的儿子。

严秉忠 （仿佛回到了从前）是呀，他是我严秉忠的儿子，是我曾经为之骄傲的长子。他延续了我的血脉，遗传了我的品性，继承了我的精神。前些年我的那些老战友都说：这不就是一个年轻时候的严秉忠吗？那时候，我的心里别提有多美了、多甜了……（回到现实）可是，自从他被“双规”的那天起，他就不再是我的儿子了！（落泪）他不再是我的儿子了……

严小冬 爸，不管您承不承认，我和我哥，都是您的儿子，将来为您养老送终的，一定还是我们……

严秉忠 今天把你们叫过来开这个家庭会议，就是为了这事。妍妍，帮爷爷把床头柜里的眼镜拿过来，还有眼镜下面的那份遗嘱。

众　人 （意外）遗嘱？

［严妍把眼镜和遗嘱拿出来递给严秉忠。

严秉忠 这些天来，我一直在琢磨这个事情，改了好几遍，今天总算把它定了下来。你们都听着——

[严秉忠清了清嗓子，众人神情肃穆。

严秉忠 遗嘱：本人严秉忠，生于乱世，颠沛流离。十四岁参加革命，十六岁加入党组织。南征北战，随军南下，长驻于此，至今已六十余年矣！六十余年来，本人为党为国，无私奉献，不曾为自己图一分便宜，不敢替儿女谋半点私利。所养两男一女，皆是自谋发展、自食其力。唯独长子严述，本该继承家风，恪尽职守，牢记宗旨，却在金钱面前缴械投降、迷失自己，令为父痛心，蒙羞不已。如今锒铛入狱，实乃罪有应得、咎由自取！本人年事已高，唯恐来日无多，现将身后之事，安排如许：第一，现居房产一处，是当年房改分房所得，是党和人民所赐，本该退还政府，但组织上不予接纳，权作个人遗产，平均分配于两男一女。

[读到这时，严秉忠想了想，停了下来。

严秉忠 妍妍，在床头柜帮爷爷拿支笔来，这里有补充。

严　妍 哎！（从床头柜找到一支笔，递给严秉忠）

严秉忠 补充内容为：不得用于罪儿严述退赃赎罪！（用笔写上，写完接着念）第二，银行存款，本来不多，全部用于身后之事，不足部分，儿女补齐。现存家具书籍，不值几钱，用者自取，所余丢弃。

[听到这里，众人神情哀伤。

严秉忠 （接念）第三，死后骨灰，不进革命公墓，全部撒进家乡门前小河，以寄当年哺育之恩，以怀当初背离之桑梓。

[听到这里，严小冬几乎崩溃！

严小冬 （大声地）不！不！这第三条不能写进去，我不同意！

严秉忠 （冷峻地继续念）以上三点，冀我子孙遵照执行，不得违我本意！签名：严秉忠。2017年5月16日。你们都听明白了吗？

严小冬 （流着泪）爸，不能这样写，尤其是第三点，不能写进去！

杜咏梅 （哀求）爸，将来进革命公墓，这是您老人家至高无上的荣耀。这第三条，就不写进去了，好吗？

严秉忠 你们都不要说了——

严小冬 不，我一定要说！您是老革命，您是有级别的，进革命公墓，这是组织上对您一生的肯定。去年，上级部门还跟我哥还有我专门谈起这事。

严秉忠 （终于爆发，站起来用拐杖用力地敲击地板，质问般）你们认为，我还有脸进革命公墓吗？你们认为，我还敢去见那些为了解放这座城市而牺牲的老战友吗？（痛心）到了今天这个境地，我严秉忠，是死也不敢去死啊……

[众人被严秉忠的盛怒震住了。

严秉忠 （沉浸在回忆中）那年，我随大军南下，还是一名只有十五岁的勤务兵，我们连长是山东人，长得那叫一个高大威武。解放这座城市的时候，在东边那个叫瘦马岗的地方遇到了敌人的顽强阻击。（转头问严小冬）瘦马岗你们去过吗？

严小冬 去年清明节，您还叫我开车带您去过呢。

严秉忠 我还清楚地记得，那是一个海拔141米的高地，我们冲过那条小河，向高地发起了冲锋。正在这个时候，敌人的一发炮弹落在我旁边，连长他那高大的身躯几乎是和炮弹一起落下的，所不同的是，他把我压在了下面。我毫发无损，连长却牺牲了……

严小冬 他是一名英雄……

严秉忠 这是解放这座城市的最后一场战斗，光我们一个连队，就牺牲了五十多个弟兄，包括我的连长，他们都埋葬在瘦马岗脚下。后来那儿要修大马路，又全部把他们迁移到了现在的革命公墓。这段时间以来，我一直在思考一个问题：为什么我没有牺牲在那场战斗中呢？为什么那发炮弹炸死的是连长而不是我呢？要是那时候我也牺牲了，那该多好啊……

杜咏梅 爸，要是您那时候也牺牲了，就看不到今天的建设成果了。

严秉忠 是啊！今天的建设成果，足以告慰那些为这座红色江山做出牺牲的革命先烈了。（缓了一口气）可将来我见到了那些牺牲在这场战斗中的老战友，还有我的老连长，我怎么跟他们说呢？难道我说：报告连长——我培养了一个儿子，他是革命的接班人，但他没有经受住糖衣炮弹的考验，成一名贪官了……（哽咽，说不下去）

杜咏梅 （劝慰）爸，妍妍她爸的事情，跟您一点儿关系都没有。

严秉忠 跟我一点儿关系都没有？（大声地）可他是我严秉忠的儿子，是我把他养大、把他培养成人的亲生儿子！怎么能说没关系就没关系了呢？（捶胸顿足地）可他、可他怎么就成了一名贪官、成了一名贪官呀……

[严秉忠一口气没有喘过来，脸色涨红、手脚抽搐。

严　妍　（急）爷爷、爷爷，您怎么啦……

众　人　（一阵慌乱）爸——爸——您怎么啦？医生——医生——

［在众人的忙乱中渐收光。

［黑暗中传来阵阵心电监护仪的嘀嘀声。很快，声音由起伏变成了平直，直至微弱，消失。

第四幕

［黑暗中，隐约传来严妍撕心裂肺般的叫喊："妈妈——我痛！我痛！"

［追光骤起，光柱中的严妍在苦苦挣扎。

严　妍　妈妈——我痛、我痛呀！那一把把锋利的、冰冷的、泛着寒光的钳子、镊子、刀子伸进了我的身体，像是在挖我的心肝、在掏我的脾肺……哦不，它们是在掏我身体里的一个小生命，一个我已经孕育了五个月的小生命！我愿意做一个妈妈，我愿意迎接他的到来，我已经为他的到来准备好了一切。然而，就在这个时候，他，没有了爸爸……

［在另一束追光里，站着左袖戴了个黑袖箍的杜咏梅。

杜咏梅　孩子，别怕，无论你做出怎样的选择，妈妈都始终站在你的背后，支持你、鼓励你……

严　妍　我找小宋谈过，但我们根本谈不拢，或者说根本就没法谈。恋爱是自由的，但婚姻总被附加了太多太多的东西。当你用尽了全力也无法挽留的时候，放弃就是你最好的选择。对不起了，我的妈妈，我想彻底结束这段我不想回忆的记忆。对不起了，我那个还没来得及来到这个世界的孩子，我不愿意你一生下来就没有了爸爸，我更加不愿意你一辈子都没有爸爸……

［严妍的追光收。

杜咏梅　（伤心地）就这样，我那个还没来得及看一眼这个世界的小外孙，他走了……

［另一条追光起，严秉忠出现在追光中。

严秉忠　我也走了，带着那永远的伤痛和无尽的遗憾，走了。我突然觉得很孤单、很凄凉……

杜咏梅 人生本来就是一次孤单的旅行，孤单一人来到这个世界，最后还是孤单一人离开这个世界。七十年前，妍妍她的爷爷就是在家乡门前的那条小河，追上了南下的队伍。他在临终时告诉我们：他离开家乡的那一天，河边的那棵玉兰树正开着洁白幽香的花儿。这次我们回到家乡，那棵玉兰树还在，依然开着洁白幽香的花儿……

严秉忠 我曾经以为，故乡只是我走出来的地方，是我梦境中最遥远最遥远的记忆。没想到，当我伤痕累累地走完人生旅程的时候，是它，敞开了广袤的胸怀接纳了我、包容了我，只有回到这里，我的灵魂才得以安放。对不起了，我的老连长，我亲爱的战友们，我严秉忠无颜站在你们的面前，我有愧于革命军人这个称号……

杜咏梅 玉兰花的瓣儿，洒落在河里，随着浪花飘走了……

严秉忠 从这儿出发，一直到大江大海……

[严秉忠的追光收。另两条追光起，严小冬、吴涓涓在追光中。

严小冬 我们也随着浪花飘走了。我把所有的债权债务打包委托给了一家财务公司，走了……

吴涓涓 到了国外，我们在餐馆洗盆子、送外卖，现在租住的房子还不足十二平方米，还是个地下室……

严小冬 到了国外，我们才知道老爷子说得一点都没错，现在全世界发展得最好的就是中国。（自嘲般）我严小冬当了二十多年的地产公司老板，赚了无数房奴的钱，最后才发现，自己连个房奴都不如，报应！

[严小冬、吴涓涓的追光收。

杜咏梅 我也从那个工作了二十多年的学校辞职出来了，用妍妍爷爷留下来的那笔钱，开了一家自己的小面馆。以前每个早上我都给妍妍和她爸做早餐面，他们都说这是世界上最好吃的面条。现在我每天亲自选材、亲自调料，生意一天一天好起来了，正在准备开下一家分店，我挺满足的。

[另一条追光起，郭萍在追光中。

郭　萍 她的这份满足是虚假的！只有我才知道她内心深处的痛苦与无奈。她热爱教学，她喜欢孩子，只有在讲台上的那份自信心与成就感，才是她最大的满足。然而，这一切已经不复存在，我现在能帮她的，就是每天大老远跑到她的面馆去吃早餐。说实在的，那味道还真不错，我祝福她……

[郭萍的追光收。

杜咏梅 我把小面馆开在了老城区，这里没有人知道我是“原东港新区副区长严述”的老婆。其实，知道了又怎么样呢？只要我卖的面条美味可口、价钱实惠，这就足够了。

[另一条追光起，赵律师在追光中。

赵律师 这可能是我这些年来打得最轻松的一场官司，委托人家属始终没有进行退赃，也没有旁听第二次庭审，更没有向律师、向法庭提出什么申请和要求，一切听从法律的裁决。我的委托人严述的涉案金额为1566万，判处刑期十八年。轻吗？不轻。重吗？也不重。他，没有上诉。

杜咏梅 回头看十八年是短暂的，向前看十八年却是漫长的。

赵律师 他进了监狱，我也该走了。

[赵律师的追光收。

杜咏梅 他在江北监狱服刑，我要去见他，告诉他这大半年来发生的所有事情，我还要当面问他一个问题，一个可能会让我感到羞辱的问题……但这笔账，必须当面跟他算！这是他出事后的大半年时间里，我第一次去见他。

[光全起，江北监狱接见室，中间是接见室常见的玻璃隔离栏。严述身穿囚服，周围戒备森严，看不到一名警察，却让人感觉处处都是监控的眼睛。

严　述 （看也没看杜咏梅一眼，突地站起来，向狱警报告）报告警官，这人我不想见。

杜咏梅 你给我坐下！作为你的妻子，我有探视的权利。

严　述 （看了杜咏梅一眼，有点疑惑）看样子，你是来报丧的？

杜咏梅 是的。

严　述 谁死了？

杜咏梅 你应该问：是哪几个人死了？

严　述 肯定不会是你。

杜咏梅 你错了严述，第一个死的人，就是我！

严　述 是你？（笑了起来）是你？！哈哈——

杜咏梅 我的心死了……

严　述 （戏谑般）理解，理解！那我来问你，你的心是什么时候死的呢？

杜咏梅 是一点一点地死掉的。

严　述 一点一点地死掉的那颗心，应该是我！

杜咏梅 是你?

严　述 没错，是我！当我从人生的巅峰跌入谷底的时候，你在哪儿？当我像一条落水狗一样站在被告席的时候，你在哪儿？当我来到这座监狱，与那些抢劫犯、强奸犯、杀人犯关在一起的时候，你在哪儿？你告诉我——你在哪儿——

杜咏梅 （叹息）是的，当你从人生的巅峰跌入谷底的时候，当你像一条落水狗一样站在被告席的时候，当你来到这座监狱，与那些抢劫犯、强奸犯、杀人犯关在一起的时候，我都不在你的身边，不在你的眼前。

严　述 那你今天过来干什么呢？是希望得到我的原谅吗?

杜咏梅 不！我并不希望能够得到你的原谅。

严　述 （略意外）哦？为什么?

杜咏梅 因为当你从人生的巅峰跌入谷底的时候，我的人生也从天堂掉进了地狱。当你像一头落水狗一样站在被告席的时候，我也被那个服务了二十多年的学校扫地出门。当你来到这座监狱，与那些抢劫犯、强奸犯、杀人犯关在一起的时候，我正在那个自己开的面馆里和你的女儿在卖面条。（笑了笑）只有最后的这一点，好像我比你强了一些。

严　述 （惊愕）你不在学校了?

杜咏梅 （轻描淡写般）我辞职出来了。

严　述 为什么?

杜咏梅 （笑了笑）为什么？难道还需要解释吗?

严　述 （突然明白）哦，我明白了……

杜咏梅 其实，你又明白什么呢?

严　述 妍妍为什么没来?

杜咏梅 她最近大病了一场。

严　述 （关切地）那她现在怎么样?

杜咏梅 托你的福，已经基本恢复了。她现在是我们家面馆的前台收银，每天的工作还算轻松，就是记账收钱收钱记账，这跟她原来学的国际金融专业还算对口。

严　述 她在恨我这个父亲。

杜咏梅　如果说恨，我比任何人都恨你。

严　述　我知道……

杜咏梅　但我还是不知道，你为什么拿了人家那么多的钱？

严　述　人是不知道满足的，尤其是在金钱方面。

杜咏梅　但脏你总知道吧？

严　述　现在知道了……

杜咏梅　（冷冷地）告诉我，这1566万的赃款，你都拿到哪儿去了？

严　述　这对于你来说，并不重要。

杜咏梅　不！作为你的妻子，我有权利知道这些钱都到哪里去了。

严　述　或许，不知道对你来说，会更好一些。

杜咏梅　（坚决地）不！我必须知道！

[严述沉默以对。

杜咏梅　（逼问）是不是拿给别的女人了？

严　述　难道在你的心目中，我严述就那么的不堪吗？

杜咏梅　回答我！到底有还是没有？

严　述　（狠狠地）没有！

杜咏梅　没有？

严　述　（慷慨激昂般）我再说一遍：没有就是没有！别人不了解我，难道你杜咏梅也不了解我？我严述是那种下三滥的人吗？我严述是那种追求低级趣味的人吗？不是！从一开始就不是，现在不是，将来不是，永远也不是！我们都是二十世纪八十年代走过来的人，我们曾经有激昂的青春，有放飞的梦想，有博大的情怀，有崇高的信仰，我们对国家、对民族的责任感比任何人都强……

杜咏梅　（打断）只可惜的是，所有的这一切，都没能阻止你成为一名腐败官员！

严　述　（底气不足）是啊！我成了一名腐败官员，成了一名阶下囚。（狡辩）但是，这并不代表我道德败坏，更不代表我的品格低下！

杜咏梅　那好，我还是要问一问你这位品格高尚的人：那些钱，都藏起来了吗？

严　述　藏得了吗？

杜咏梅　都输了吗？

严　述　你又错了！我可以输掉的是我的人生、我的仕途，甚至包括自由的空气和健康的身体，以及很多很多本该属于我的东西，但绝不会是金钱。

杜咏梅 （冷笑）这么说来，那1566万都人间蒸发了吗？

严　述 一组数字而已！

杜咏梅 关于这组数字，判决书上说：用于不正当用途。作为你的妻子，我很想知道，这组数字是怎么消失的。

严　述 那我就告诉你吧：这些钱，都送出去了。

杜咏梅 都送出去了？

严　述 是的。

杜咏梅 都送给了谁？你告诉我——

严　述 放心！不会是那些所谓“小三”“小四”的女人。

杜咏梅 （逼问）告诉我，到底送给了谁？

严　述 那个我认为对我仕途有关键作用的人。

杜咏梅 关键作用的人？

严　述 也就是我的上司。

杜咏梅 买官？

严　述 这只是老百姓的说法。

杜咏梅 （摇头）真没想到啊……

严　述 （自嘲地）我也没想到啊，官还没买来，倒是“买进”高墙里头来了！

杜咏梅 只是便宜了那些卖官的人。

严　述 （笑了笑）便宜不了，他也进来了。

杜咏梅 （略意外）他也进来了？

严　述 是啊，同一监区，有时候还能见个面、谈上几句话什么的。

杜咏梅 （略讥讽）同是天涯沦落人啊！是你“出卖”他的吧？

严　述 （恼怒）请你不要用这样的词语好不好？

杜咏梅 检举！是你检举他的？

严　述 谈不上。也许是相互检举吧……

杜咏梅 （责备）你都已经是个副区长、一个厅级干部了，还有什么不满足的呢？

严　述 我满足？那些能力不如我、资历不如我的人，都爬到我的前面去了，我能满足吗？那些不学无术、无德无能的人，也爬到我的前面去了，我能满足吗？还有那些整天只知道活蹦乱跳、拍马奉承的人，统统都他妈爬到我的前面去了，你说我还能满足吗？！而我那个亲手打下这座江山的老父亲，从来不肯为我的进步做任何铺垫。

杜咏梅 所以你心里不平衡。

严　述 我无法平衡。

杜咏梅 于是你就想通过金钱，去实现这种平衡。

严　述 （滔滔不绝地）没有人一生下来就准备去当婊子，同样也没有人从一开始就想去做贪官。在走出大学校门的那一天，我就暗暗发誓：要用我的聪明和才智，建设好我们的国家，要用我的勤劳和汗水，管理好我们这座城市，要清清白白做人，干干净净当官。可是，当你所有的梦想、情怀以及信仰在金钱面前黯然失色的时候，当你一直坚持的操守、道德甚至底线在现实面前土崩瓦解的时候，当你曾经有过的挣扎、徘徊包括抗争在权力面前缴械投降的时候，你就会发现：一只乌鸦在奢谈改变世界是可笑的，一只蚂蚁在试图改变森林也是可悲的。我必须有更高的平台，才能施展我更大的抱负；我也必须拥有更大的权力，才能实现我更高的理想。

杜咏梅 原来，在你同流合污的背后，还有这么一套理论在支撑着。

严　述 你说对了。

杜咏梅 不肯同流合污的，却是大有人在。

严　述 当然是大有人在，但你会活得更苦、走得更累、伤得更重。没有人比我更加敬仰那些为官清廉的人，也没有人比我更加痛恨那些腐败官员，因为我也是个牺牲品。

杜咏梅 矫情！

严　述 你当然可以这么理解。

杜咏梅 落到今天这个境地，怨谁呢？

严　述 除了我自己，当然还有你。

杜咏梅 还有我？

严　述 赵律师没有跟你说吗？

杜咏梅 说什么呢？

严　述 （恼，咬着牙）退赃！

杜咏梅 说了。

严　述 但你没有退。

杜咏梅 我无能为力。

严　述 我叫你去找小冬！

杜咏梅 找他？你前脚被抓，他的公司后脚就破产了。

严　述 （惊愕）他破产了？

杜咏梅 他那个公司资金链全断了，已经进行破产清算……

［听到这里，严述深感自责，举起自己的右巴掌，犹豫了一下，还是给自己来了一记耳光。

杜咏梅 他和涓涓都已经躲到了国外。

严　述 是我害了他……

杜咏梅 你害的何止是他？！（连珠炮般）作为你的妻子，你出了这摊子事后，我从那个才住了两年的新家搬出来，搬进了那个又脏又破又乱又小的出租屋；我从那个站了二十多年的讲台辞职出来，站在面馆的那个灶台卖面条。（悲哀地）现在的人都管我叫老板娘，已经没有人叫我杜老师了……

严　述 对不起，是我……让你告别了那种养尊处优的生活。

杜咏梅 我明白你的潜台词，你是想说：这养尊处优的生活是你带给我的。没错！自打与你结婚的这二十多年来，我一直在过的，就是这种养尊处优的生活，我还曾经天真地以为这种生活是必然的、是永久的，是上天对于我的赏赐。当我从天上掉下了地上，甚至是从地上掉进了坑里的时候，我才明白，一切都是偶然的、暂时的。当我在小冬家拉下脸皮向他借钱，而我们的唾沫星子互相喷到对方脸庞的时候，我才明白，这个世界上最后一个能救你的人，只能是你自己。当我到了银行才知道要刷卡取号、到了医院才知道要预约挂号的时候，我才明白，原来普通人的生活是那么的烦琐、那么的艰辛，但又是那么的真实。

严　述 对不起，让你受委屈了……

杜咏梅 （冷笑）最受委屈的人，还不是我。

严　述 是谁？

杜咏梅 妍妍！

严　述 我知道，她现在成了面馆里的收银员，她的心里一定感到十分委屈。

杜咏梅 不不！我是想说，她和那个小宋分手了。

严　述 （吃惊）她和小宋分手了？

杜咏梅 （伤心地）你说分手就分手吧，可是，我的小外孙……

严　述 （大惊）小外孙？什么小外孙？

杜咏梅 分手的时候，妍妍肚子里已经有了宝宝，那个宝宝就是我的小外孙！

严　述 那、那现在怎么办？

杜咏梅 你说还能怎么办？宋家坚决不同意这门婚事，妍妍坚决不同意把孩子生下来。就这样，我的小外孙，没了……听医生说，还是个男孩……

［严述如闻霹雳，“啪！”的一声，重重地又给自己来了一记耳光。

杜咏梅 我可怜的孩子，他还没来得及看一眼这个世界……

严　述 （伤心地）出了这样的事情，千万不能让我爸他知道，算我求你了！

杜咏梅 放心吧，他老人家永远也不会知道了。

严　述 （不解）永远？

杜咏梅 （指着自己左臂上的黑袖箍）永远……

严　述 （悲恸）原来……原来你是在为他戴的孝？

杜咏梅 还有我的小外孙……

严　述 （急问）我爸是什么时候走的？

杜咏梅 上月初，昨天已经“满七”。

［听到父亲迟来的死讯，严述感到十分恼怒。

严　述 为什么现在才告诉我？为什么?!

杜咏梅 （也怒了起来）早告诉你有用吗？你能在床前为他端水端药吗？你能在灵前为他披麻戴孝吗？严述你别忘了，你现在是个囚犯！囚犯你明白吗？！

严　述 （受到震动，无力地）是的，我现在是个囚犯！一个囚犯……

杜咏梅 关于你父亲的后事，我们已经按照他的遗嘱安排好了，这点请你放心。

严　述 谢谢……

杜咏梅 他的骨灰已经撒进了家乡门前的那条小河，河边还有一棵玉兰树，是老人家当年离乡别井的见证。我们回去的那天，玉兰树正开着洁白幽香的花儿……

严　述 （大感意外）你说什么？

杜咏梅 我说你父亲的骨灰撒进了家乡门前的小河，那天河边的玉兰树正开着洁白幽香的花儿……

严　述 你们把我父亲的骨灰撒进了家乡的小河？

杜咏梅 是的。

严　述 （大声地）我爸是老革命，他是有级别的，他必须进革命公墓！难道你不知道吗？

杜咏梅 我当然知道！你的父亲是老革命，是有级别的，但他已经不愿意进革命公墓了，这是他的临终选择。

严　述 为什么？

杜咏梅 为什么？难道你还不清楚吗？

[严述闻言如遭电击，良久，才抬起自己的巴掌，左右开弓，一掌一掌地扇自己耳光，越扇越急，越搧越重。

杜咏梅 因为你成了一名贪官，你的父亲严秉忠，他已经不愿意进革命公墓了，也没脸进革命公墓了。

严　述 不……不……不！我爸他必须进革命公墓，这是他最后的归宿，也是他最大的荣光！

杜咏梅 他已经没有了这份最后的荣光……

严　述 不……不！我要见律师……（情绪开始失控，大声地喊叫）我要见律师！赵律师——赵律师——

杜咏梅 在这个问题上，谁也帮不了你，包括律师。

严　述 （痛苦万分）我要发表一份声明，一份关于严述与严秉忠脱离父子关系的声明！

杜　咏 你要和你的父亲脱离父子关系？

严　述 只要我们脱离了父子关系，我就不再是严秉忠的儿子，他就可以进革命公墓，他的灵魂就会得到安息。我要见律师——

杜咏梅 （呵斥）你醒醒吧严述！你身上流淌的，永远是你父亲的血脉，这是你的一纸声明就能够脱离的吗？你犯下的那些罪行，永远是你父亲灵魂的伤痛，这是你的一句安息就能够安息的吗？！生的生不下来，死的死不安息，这就是你给一家人带来永久的伤害！

严　述 （惊呆）生的生不下来，死的死不安息？生的生不下来，死的死不安息？！

杜咏梅 （痛哭）你毁了一家三代……哦不！是四代……

严　述 （情绪失控）不！不！我不姓严，我不是严秉忠的儿子——我不是严秉忠的儿子——我不姓严——

[严述蜷缩在墙角，两眼里充满了对世界的恐惧。

严　述 （喃喃自语般）我不姓严，我不是严秉忠的儿子……我不是严秉忠的儿子，我不姓严……

杜咏梅　不！你还姓严，你永远都是你父亲严秉忠的儿子！只要你愿意，你依然还是我杜咏梅的丈夫，还是妍妍的爸爸。我和妍妍在家里，静静地等待着你的归来。

严　述　等我回来？

杜咏梅　等你回来！当然，我和妍妍更加希望，你用自己的辛勤劳动，缩短这十八年漫长而又痛苦的刑期。到了那时候，我们家的面馆，或许已经有了自己的分店，我们一起努力，自食其力。

严　述　（情绪逐渐平复，从墙角慢慢站起）一起努力、自食其力？我可以吗？

杜咏梅　可以的。

严　述　你真的愿意等我吗？

杜咏梅　真的！我愿意——

[一阵舒缓的音乐响起，严述把手伸向杜咏梅。

[杜咏梅也把手伸向杜咏梅。尽管中间隔着玻璃，但两人的心灵是相通的。

[音乐渐弱，光渐收。

[全剧终。

2017年6月28日第三稿

抢花炮

人物表

陆上飞 26岁，粤北云岭镇壮族青年，飞豹花炮队队长，自称“云岭一飞豹”。

阿 莲 23岁，瑶族姑娘，陆上飞女朋友，经营阿莲山货店。

猴 子 25岁，镇上爱赌钱的小混混，因常常被人追杀，练就了“飞腿不见毛”功夫。

阿 全 25岁，摩托拉客司机兼“撞车党”，练就一身“铁头金钟罩”功夫。

四 海 26岁，镇上四海大排档老板兼大厨，身材肥硕，被称“无敌大草包”。

唐龙、唐虎兄弟 28岁左右，镇木材站装卸工，力大无比，可以“水牛隔山抛”。

大富贵 30岁，破烂王，视全镇垃圾为己物，抢垃圾而抢成一双“破烂金龙爪”。

十三郎 24岁，山歌歌王，戴着墨镜在镇上装盲卖唱，擅唱“励志山歌调”。

长 毛 26岁，镇上新南洋发廊老板，娘娘腔，“最怕老婆叫”。

韦站长 48岁，云岭镇文化站站长。

阿 公 76岁，陆上飞的爷爷。

覃美君 26岁，导游，阿莲的表姐。

黄 涛 30岁，市体育局教练，覃美君男友。

阿 彪 28岁，水头镇猛虎花炮队队长。

李伟峰 75岁，阿彪阿公。

长毛妻、四海老婆、阿莲父亲、阿慧、众姐妹、花炮队队员、警察老莫、联防队队员、旅游巴司机、游客等人。

1：陆上飞家 晨 内、外

电视机里正在播放美国橄榄球比赛的画面。各种争抢碰撞的动作、异常激烈甚至具有危险性的动作不断出现在画面里。

透过窗户能看到院子里的陆上飞在奋力击打吊在树上的沙袋。这时陆上飞的

拍摄现场

阿公走到窗前看着外面的陆上飞。

电视里的声音：“在我们粤北，也有一种类似美国的橄榄球运动，那就是古老的抢花炮，这种运动已经有几百年的历史了。”

阿公回头看向电视，此时电视里是一场传统的抢花炮比赛，两队穿着不同颜色壮族服装的队员们正在激烈地争夺花炮。花炮在队员手里飞来飞去传递着……飞速奔跑抢夺花炮的队员不时被撞倒……花炮最终被投进了对方的花篮里。胜方队员欢呼，败方队员黯然神伤。

电视里的声音继续：“每年农历三月三的这一天，抢花炮是壮家最重大的民间喜庆活动，抢到花炮者预示着来年添丁发财、六畜兴旺、大吉大利……”

阿公穿着壮族服装，默默地看着电视。

2：山路 日 外

航拍——远山如黛，连绵氤氲。白色的盘山公路，有如一条白练，缠绕在青山的腰际。陆上飞驾驶着他那辆老旧的绿色小嘉陵摩托车，伴随着阵阵马达的轰鸣和车尾巴冒出的阵阵黑烟，在山间公路狂奔。

车子后座，扎了个大的蛇皮袋，车把上，挂了一只大公鸡。山路上没有什么行人和车辆，陆上飞开得甚是惬意，不时做出高难度的侧身转弯、俯身加速、类似职业赛车手起身的动作，惊险、刺激又不失“优雅”。

3：阿莲山货店　日　外、内

一个古老的小镇，一条光滑的石板路，路两边多是些二层的小商铺，底层营业，楼上住人。陆上飞把摩托车停在阿莲山货店门口，从车后架解下那包货和那只大公鸡进去屋内。正在给货架上货的阿莲见到陆上飞笑了笑。

陆上飞：“这是昨天收的货，五斤野灵芝，两斤干菇，还有二十斤黑米。青架村火叔今年的竹笋刚收，他叫我过半个月再去，等都晒干了再收。”

阿莲：“鸡哪儿来的？”

陆上飞：“阿公给我带来的，他说不养了，整天去跟别人家的母鸡打种，浪费饲料。”

阿莲笑了笑。

陆上飞放下东西，四下看看没人，凑上去快速亲了一下阿莲的脸颊。阿莲吓了一跳，但还是羞怯地笑了，转又嗔怪地瞪了陆上飞一眼。陆上飞憨憨地笑了。

陆上飞：“早上阿公又问我们什么时候办婚事呢。”

阿莲：“等攒够了钱，把县城那套房子买下了就办。”

陆上飞叫苦：“你也那么俗气？”

阿莲：“不俗也行呀，跟我回寨子去，当个倒插门的上门女婿，我爸妈一定把你当神主那么供着。”

陆上飞：“你们那个寨子，在半山腰上，看一眼我头都晕。”

阿莲：“也比你们这里强！要不是读书的时候被你骗了，我一瑶族姑娘，会跟你这个壮家人？这要是放在古时候，叫‘和亲’知道吗？”

陆上飞：“王昭君和亲要带多少嫁妆？”

阿莲：“人家王昭君嫁的是匈奴皇帝，我没那命。”

陆上飞：“匈奴皇帝都七老八十了，你也愿意？”

阿莲边上货边说：“行了行了，别在这里跟我耍贫嘴了，有时间你赶紧去找找老韦头，店铺还有两个月就到期，问他续签的合同到底签还是不签？”

陆上飞答应着帮阿莲往货架上摆货：“买房子还差多少钱？”

拍摄现场

阿莲去整理陆上飞刚拿来的那些货："差不太多了。按照咱现在每天的营业额，再有一年半载就能够了。你去找老韦头的时候，给他带点东西，能下酒就好。他要不答应，你就不走。"

陆上飞："放心，这点小事都搞不定，我还怎么做人？"

阿莲："店要开不成，我还得出去打工……"

陆上飞手上一个酒瓶子"啪——"地掉地上。

4：镇文化站　日　外、内

文化站门边的一面墙上，挂满了各种各样的新旧牌子："云岭镇文化体育站""云岭镇广播站""云岭镇精神文明建设办公室""云岭镇'扫黄打非'领导小组办公室""云岭镇图书阅览室""云岭镇'非遗'保护中心""云岭镇文化市场管理办公室""云岭镇民间文艺家协会"等，有的已经旧得掉字，有的却还缀着红绸布。

陆上飞蹲在那些牌子下，身旁躺着那只大公鸡。楼梯上传来说话的声音，陆上飞站了起来。

文化站韦站长腋下夹着个破旧过时的公文包，边上楼梯边打着电话。

韦站长：“抢花炮？我说梁局长，都多少年没玩这东西了，现在村里的年轻人不是到外面打工，就是忙着挣钱……我，我什么时候撂过挑子……梁局您知道，人家顶多也就是一套人马，两块牌子，我老韦是一个人马，八块牌子，我忙不过来啊我？梁局长，有钱我都抢不过来，还抢花炮……有奖金？不要不要！你还是给别人吧——”

到了文化站办公室门口，韦站长扫了一眼一脸谄笑站在门口的陆上飞，掏钥匙开门。

镜头跳切，大公鸡两脚被绳子捆着，躺在地上，不停地叫唤、挣扎。

韦站长看了看地上的鸡，用杯盖拨弄杯子里漂在上面的茶叶，慢条斯理对站在一旁的陆上飞说：“阿飞呀，那个门店，多少人都盯着，前天镇长老婆的表妹还给我打电话，问能不能租给她。”

陆上飞有点急：“您答应了？”

韦站长：“这不还在研究嘛……”

陆上飞：“韦站长，我娶老婆就靠它呢！要是开不成了，她就要出去打工，

拍摄现场

拍摄现场

那我们……"

韦站长："急什么？出去打工人就跑了？我这段时间太忙，门店的事，以后再说……"

韦站长边说边铺纸倒墨洗笔准备写东西。

韦站长："这不刚县文体局梁局长给布置了新任务，要我组织个花炮队……抢花炮，有钱我都抢不过来，还抢花炮？"

韦站长稍加琢磨，然后在纸上写下"花炮队招募启示"。

陆上飞在一旁看着，想了想凑了过去。

陆上飞："韦站长，要不我来试试？"

韦站长把毛笔递给陆上飞："没想到你小子还会书法？"

陆上飞："不是不是！我是说抢花炮。"

韦站长怀疑地看着陆上飞。

陆上飞："我阿公年轻的时候抢过花炮……"

韦站长："你阿公叫什么？"

陆上飞："陆国柱。"

韦站长眼睛一亮："陆国柱是你阿公？"

陆上飞点头。

韦站长大喜："你小子给我听着，你要真拉起花炮队并且赢了比赛，门店还租给你。要是在市里拿了奖牌，县里还会有奖金。"

陆上飞："奖金我不要，我只要租门店。"

韦站长："租门店一点问题都没有！我还可以免你半年租金，给你披红戴花，车队全镇巡游！"

陆上飞："当真？"

韦站长："真过珍珠！阿飞我跟你讲，女孩子出去打工很容易，要想她回来就难了……哎！哎！"

陆上飞已经飞奔出了门。

5：路边的一个高高的小山冈　日　外

阿全趴在山冈，拿着一个望远镜在张望。一辆旅游巴士颤巍巍地爬过一个山坡。阿全放下望远镜坏笑。

6：山路上　车内日　外、内

旅游巴士颤巍巍地在山路上行驶着。在摇摇晃晃的车内，导游覃美君正拿着话筒在向游客介绍壮族的情况。

覃美君："各位远道而来的团友，粤北连山县是广东唯一的壮族瑶族自治县。千百年来，壮、瑶、汉各族同胞在这里和睦相处，结下了兄弟般的情谊。现在我们的车子已经进入了壮乡云岭镇，祖祖辈辈生活在这里的壮族同胞，个个都勤劳勇敢、能歌善舞。相传很久很久以前，歌仙刘三姐曾经来到这里传歌……"

游客们昏昏欲睡。突然，司机惨叫一声，一个急刹车，强大的惯性使得全车人向前撞，惨叫声连成一片。还好，车子在路边停了下来。司机脸色惨白，与一脸惊惶的覃美君面面相觑。

覃美君小心翼翼地打开车门走了下来。

车下，阿全的摩托车已经被甩到了一边，他面向着天，四仰八叉地躺在地

拍摄现场（左一编剧李新华，右一导演吴卫东）

上，两只脚很“恰当”地塞进车子的后轮下。

阿全哼哟哼哟地叫唤：“哎哟——哎哟——我动不了了，动不了了——”

司机哆哆嗦嗦地从车子的那一边绕了过来，有的游客也从车上走了下来，将阿全围成一圈。

阿全叫得更响：“哎哟——哎哟——我的腰，折了、折了——”

覃美君：“快打电话，报警、报警……”

阿全躺在地上大叫：“别！别！别、别报警！我们、我们可以私了。”

司机：“你要多少钱？”

阿全：“五千！”

司机：“那还是报警吧。”

阿全：“两千五！”

7：四海大排档　日　内

“啪——”的一声，苍蝇拍狠狠地拍死一只苍蝇。

大排档生意清淡，老板兼大厨四海正在拍苍蝇。四海的老婆又高又瘦，正在数落他。

四海老婆：“你就不会想点法子呀？”

“啪——”的一声，四海又拍着了一只苍蝇：“我有什么法子，大不了关门回乡下种田呗。”

四海老婆：“男子汉大丈夫，你就这点出息？”

8：镇上新南洋发廊　日　内

长毛一头五颜六色的长发，正在为一个刚洗完头的少妇做脸部按摩，一副娘娘腔的样子。

长毛：“哎哟梅姐，你看你看，做了脸部护理就是不同耶，上次来看着像妈妈，这次来看着才十八，下次你来呀，就是一朵还没开的花！”

少妇本来在闭目养神，听了长毛的话，扯了扯嘴角要笑。

长毛妻，一个壮实女人，此时正抱着一个大大的发廊灯箱进门就大叫。

长毛妻：“长毛，你过来帮帮忙。”

长毛只好过去帮忙搬灯箱。

长毛妻一脚踩在长毛的脚面上，又用力一踩，长毛痛得龇牙咧嘴。

放好灯箱，长毛妻把脏手在屁股后面擦了擦，满脸堆笑地过去招呼少妇。

长毛妻：“梅姐，长毛手脏，我来帮您做。”

9：镇上某出租屋　日　内

屋子的门窗被封得严严实实，一个大灯泡亮着，烟雾弥漫，灯下一伙人围着一张桌子在玩一种“买大小”的赌博游戏。

猴子坐庄，嘴里叼着一根烟，在使劲摇着色盅，吆喝：“买定离手咯喂——”

赌客们纷纷把钱押在“小”上：“小！小！小！”

猴子心神不定，迟迟不敢开盅。

赌客：“开呀猴子，怎么就不敢开了？”

众赌客：“小！小！小！”

猴子的手颤抖，一狠心，开盅，是大点，猴子兴奋极了：“大！是大！”

猴子赢了，他兴奋地把桌子上的钱全搂到自己的面前：“呜——发了，发了，赚发了——”

众赌客骂道：“德性——”

正在这时，老莫带着联防队队员破门而入，大喊：“都别动，警察！”

众赌客惊呆，一时间全把两只手高高地举了起来。猴子趁乱拉了一下灯开关绳，“吧嗒”一声，房间顿时一片昏暗，屋内大乱。黑暗中却又传来猴子的叫骂：“别抢我的钱——”

老莫大叫：“都别动，再动我开枪了！”

没有人理会老莫的警告。“哧——”的一声，有人扯开窗布，跳窗跑了。“砰——”的一声，有人撞开后门，夺门而逃。

10：出租屋外　日　外

猴子身材精瘦，身手敏捷，整一个豕突狼奔的样子从屋里窜出，飞快跑了。

赌徒冲出屋外四处逃散，老莫他们冲出分头去追。

11：镇街上　日　外

十三郎戴着一副墨镜拉着二胡在卖唱。他的面前摆了一个用来装钱的硕大无比的铁皮桶，桶上用红油漆写着“接收：钱和各类金属”。桶里面有几枚硬币和一两张纸币，在他的身后，有一块破旧白布做成的宣传牌，用毛笔歪歪扭扭地写着：“云岭少年十三郎，九岁没了爹和娘。十二岁上山学艺，十五岁出街卖唱。路过的阿哥阿姐，请赏一点钞票和大洋。”

不远处，提着大号蛇皮袋的破烂王大富贵正虎视眈眈地望着这边。

十三郎扯着嗓子说：“天上的鸟是飞的，河里的是龟爬的，云岭原生态歌手不是吹的！壮家山歌第七十六代传人十三郎，新创作品在为大家倾情演唱——哎——唱山歌——有歌冇唱烂在肚，有船冇搭跌落河。阿妹哎——搭船过水日日有，花儿虽红日无多……”

“咣当——”一声响，一个易拉罐丢进了铁皮桶。十三郎头也不抬，嘴里飙出一句英文：“Thank you very much！（非常感谢！）”然后继续唱：“有花可摘尽管摘，莫待无花叹奈何！”

与此同时，大富贵快步上前，“嗖——”的一下，把手探进铁皮桶，拿起了易拉罐。

拍摄现场

十三郎“啪——”的一下，抓住大富贵已伸进桶里的手：“大富贵，你住手！”

十三郎拉下墨镜，原来他没有瞎。

大富贵：“钱是你的，破烂是我的！”

十三郎：“做梦吧你——”

两人为了易拉罐开打。

十三郎和大富贵围着易拉罐在拼抢，被踢来踢去、滚来滚去的易拉罐几成“柿饼”。

大富贵一个前仆，眼看着就要抓到易拉罐，不料十三郎飞起一脚，把易拉罐踢起。“嗖——”的一声长啸，易拉罐飞上云霄。

12：木材站　日　外

一个具有粤北山区特色的木材站，杉、松原木堆积如山。唐龙、唐虎兄弟正在装车。唐氏兄弟体格健壮，因为整天干体力活，人显得十分黑实。他们有一台老得掉牙的手扶拖拉机。

唐氏兄弟正在往车上装货，只见他们装货的手法独特。兄弟两人各抬木头的

拍摄现场

一端，齐叫“一二三”，一根一两百斤重的原木就被他们抡上了车厢。

陆上飞骑着摩托车出现。

唐虎、唐龙兄弟俩坐在一根圆木上看着站在他们面前的陆上飞。

陆上飞：“你们哥俩有驾驶证吗？没有！这属于违法驾驶，知道吗？这破车早就到了报废的年限了，出了事你俩负担得起吗？撞死了人赔得你倾家荡产，还要去坐牢；撞残了嘛，要养人家一辈子了。你俩自己掂量掂量吧！”

唐氏兄弟呆呆地看着陆上飞没有吭声。

陆上飞：“跟我抢花炮是你们最好的选择，只要拿了冠军，我相信买辆二手皮卡……甚至新皮卡，也是有可能的。”

唐虎：“钱你出吗飞哥？”

陆上飞：“这……这……镇里、县里会有奖励！”

唐虎：“你说话算数？”

陆上飞有点气恼：“一台二手皮卡才多少钱？等我那片山林卖了，可以买十台奔驰！”

唐龙：“阿飞，你那片山林，不是去年才种的吗？”

陆上飞气恼得翻白眼。

唐虎："飞哥，你……为啥要搞这个？你又不是干部。"

唐龙在一旁使劲点头。

陆上飞："我……镇里边文化站韦站长韦老头求我阿公来办，于是我就被政府征召了，知道吗？行了，就这么定了！抢花炮，开皮卡。"

唐氏兄弟又是对视了一眼后，冲陆上飞点了点头。

13：镇街路上　日　外

陆上飞正开着摩托车在路上飞驰，那个已经被踩成"柿饼"的易拉罐"啪——"的一声从天而降，把车子的后视镜砸裂了。

陆上飞急刹车，大骂："谁——"

正抢得起兴的大富贵和十三郎两人几乎收不住脚步，"唰——"的一声，停在了陆上飞的车轮前。两人对望一眼，知道闯祸了："飞哥……"

陆上飞："赔钱吧，两百。"

十三郎："飞哥，要不我唱首新创作的山歌给你听吧？"

大富贵颇有节奏地甩动着两只"破烂金龙爪"："我可以伴舞。"

陆上飞："都不愿意赔是吧？"

两人："没钱！"

陆上飞："那你俩给我等着！"

陆上飞跨上摩托车，一呼油门而去。

两人以为陆上飞要找人来报复，对望一眼，分开撒腿就跑。

14：游戏厅　昏　外

游戏厅门口一角，陆上飞和阿全相对而站。

阿全："不行呀飞哥，我忙着呢……"

陆上飞："忙撞车是吧？"

阿全："我、我是个正经的摩的司机。"

陆上飞气不打一处来："行了行了，全镇谁不知道你是个'撞车党'？这么玩下去，早晚把自己小命给搭进去。"

阿全："我技术好。"

陆上飞："你小子技术是不错，练得那么好的'铁头金钟罩'不抢花炮可惜了！你小子要洗心革面、改邪归正、将功赎罪、重新做人、发扬光大……活路死路，你选一条吧。”

阿全疑惑：“就咱俩？”

陆上飞：“你孙悟空啊？我这不还在找人吗？”

阿全苦着脸：“飞哥，这花炮队得训练吧？一训练就耽误挣钱了……”

陆上飞：“无利不早起，有利不睡觉！都掉钱眼儿里了。”

阿全：“你和阿莲开山货店不也是为了挣钱吗？”

陆上飞被捽得答不上来。

阿全：“飞哥，你……为啥要搞这个？你又不是干部？”

陆上飞：“镇里边文化站韦站长韦老头求我阿公来办，于是我就被政府征召了，知道吗？”

覃美君远远上来，喊：“陆上飞。”

陆上飞和阿全回头看去，见是覃美君举着小旗带着旅游团经过。

阿全惊恐地迅速背过身去。

陆上飞微笑着迎上一步：“君姐，好久不见。”

覃美君压低声音：“组不上团，你们这儿越来越没有吸引力了。刚才在山路上还被个‘撞车党’给讹了一千块钱。阿莲在店里吧？”

陆上飞：“在呢，你去吧。”

覃美君：“拜拜。”

覃美君快步追赶她的团队去了。陆上飞回身看阿全正偷偷看着覃美君远去的背影。

陆上飞：“是你小子干的吧？”

阿全：“飞哥，怎么可能……我今天……飞哥，你什么时候有了这么个姐啊？”

陆上飞：“阿莲城里的表姐。”

阿全“啊”了一声。

陆上飞像是明白了什么。

阿全：“飞哥，我还有事，我先走……”

陆上飞：“站住！”

阿全站在原地不敢正眼看陆上飞。

陆上飞：“你觉得一天给你多少钱合适？”

阿全松了口气，眼睛翻了翻，开始讨价还价：“一百！”

陆上飞："最多五十！"

阿全："飞哥，我今天约了朋友……"

陆上飞："管饭！"

15：阿莲山货店　日　外、内

覃美君带着游客到来，阿莲热情迎接给大家介绍山货。

游客们挑选山货。

阿莲用微信收款并让大家关注她的微信号和抖音号。

阿莲："以后你们要是还想要我的货，微信告诉我，地址发过来，我把货给您发过去。货到付款哦。"

16：正宗山货店　日　内

正宗山货店在阿莲山货店对面，老板是一个叫阿慧的中年妇女（阿彪的姐姐）。店里基本没有顾客，阿慧用充满羡慕和嫉妒的神情看着阿莲和她的客人们。

17：陆上飞家　夜　内、外

陆上飞在一张写着一些人名的纸上琢磨着，阿全和唐虎、唐龙兄弟的名字上已经画了圈。后窗被敲响，他起身过去打开窗户，猴子一跃而入。陆上飞关上窗户看着紧张的猴子。

陆上飞："吃饭没？"

猴子摇头。

陆上飞起身出门。

院内，阿公正在院子躺椅上纳凉，手里摇着大葵扇，旁边有个收音机，机子里正放着刘三姐的山歌。

猴子使劲咽下嘴里的饼又喝了一口水。

猴子疑惑："就咱俩？"

陆上飞："你孙悟空啊？我这不还在找人吗？"

猴子苦着脸："飞哥，我入了花炮队能有什么好处？"

陆上飞："好处多了去了。首先你可以光明正大地做人了；只要一比赛，十里八乡的大姑娘、小姐姐都会来看，找回你当年在学校'飞腿不见毛'的感觉，让姑娘们为你欢呼雀跃。没准……"

猴子：“给钱吗？”

陆上飞：“你们……都掉钱眼儿里了。”

猴子低头不语只顾吃饼。

陆上飞：“一天五十，管饭。”

猴子抬眼看着陆上飞眼珠子转了转：“行吧飞哥，听你的。”

院内，陆上飞走到阿公身旁的椅子上坐下。

阿公睁眼瞟了一眼陆上飞后又合上眼睛。

阿公：“你啊，想得太简单了。现在不比从前，办花炮队要花费了。我存折上还有点钱，你明天取出来先用着。”

陆上飞：“阿公，不用您的养老钱。文化站有经费的。”

阿公睁眼盯着陆上飞：“那就好。”

陆上飞点头，笑得有些尴尬。

18：路边大树下　日　外

大树下围着一些老头老太太，分工明确，有拉琴吹笛打鼓的，有唱的，有跳的。

韦站长在一旁的围墙上写标语：“不忘初心　牢记使命”。

陆上飞站在韦站长身旁。

韦站长：“正在审批，你先把花炮队组建起来进入训练状态。这样的话经费审批会快一点。前期的花费你先垫资。等拿了冠军，一切好说，不但报销误工费和饭钱，还有奖金！知道吧？还有奖金！”

陆上飞：“奖多少？”

韦站长有点不耐烦了：“你拿回多大的奖，我就奖多大的金！”

陆上飞被戗，不语。韦站长语重心长地说：“目标明确了，队伍是关键！有了一支能打胜仗的队伍，才能成就一番事业！”

陆上飞无奈离开。

19：阿莲山货店　日　内

陆上飞跟阿莲说经费的事。阿莲不同意垫资，阿莲算账。

阿莲：“怪不得我阿爸总说你不是个做生意的料，以后有我受累的呢，你还不服气？来来来我给你算算账。”

陆上飞依旧不重视，嘟嘟囔囔。

阿莲（微嗔）：“给我认真点啊。”

陆上飞马上一副嘻嘻哈哈讨好的样子，像小学生上课一样双手交叠放在柜台上。

陆上飞：“阿莲老师，还请您赐教。”

阿莲：“一个人每天给50元，加上吃饭20元，一天70元。15个人每天开销是1050元，一个月按30天算，总共是31500元……”

陆上飞一听，头都有点大了：“要那么多？”

阿莲拍了拍计算器：“错不了！山货店的房租一年才一万二，你们花炮队一个月就花了差不多三年的房租，这还了得？万一老韦头赖账，那我们不亏死了？”

陆上飞咬着牙琢磨着。

阿莲：“老韦头要是实在不给续租。我就让美君姐帮我在城里找个工作……”

陆上飞：“别别别！阿莲，大不了咱换个地儿再开张不就行了吗？”

阿莲：“我不。这档口是最好的……”

陆上飞：“文化站是政府的，咱们要相信政府。再说了，他真要赖账不给钱，就算我们预缴了三年的房租呗。”

阿莲：“他要是给你这样算就好咯！他要赖，是赖你的账。我要是不交租，是我的问题。现在我跟你陆上飞同学，一点儿关系都没有。”

陆上飞急了：“怎么没有？全镇谁不知道我陆上飞在跟你谈恋爱？”

阿莲：“领证（结婚证）了吗？”

陆上飞一时气结。

阿莲心软：“行了行了！不就垫个三两万块钱吗？当我支持你就是了。”

陆上飞兴高采烈：“谢谢老婆！”

阿莲：“谢我没用。赢了比赛，把钱拿到手才是正事！”

陆上飞：“你就二叔婆酿豆腐——放心吧！我都听说了，县里为了开发旅游资源，正琢磨把抢花炮打造成为一个体验式表演项目。到那时候，每年来咱们这旅游的国内外游客，每年最少也是十万计。”

阿莲：“有那么夸张吗？”

陆上飞：“当然有啦！你想象一下，人流量那么大，到时候我们店的生意能不好吗？政府不是说了吗，文化搭台经济唱戏！”

阿莲：“又不是你唱戏。”

陆上飞豪情满怀地：“我现在是参加搭台！”

阿莲被陆上飞忽悠得也来了精神："那这事你必须给办好了，一定要赢了比赛。不然的话就是赔了夫人又折兵。"

陆上飞信誓旦旦："怎么会？最多也就是赔个夫人，不折兵……"

阿莲拿起账本，当头就给陆上飞来了一下："你敢——"

20：四海大排档　夜　内

四海和媳妇忙着上菜。在座的有唐龙唐虎兄弟、阿全、猴子、十三郎、大富贵。

陆上飞脸上带着微笑环视众人，然后站起来慷慨激昂发言。

陆上飞："弟兄们，从现在开始，你们就是云岭镇飞豹花炮队队员了！虽然目前只有你们七个人，但是我相信我们的队伍会越来越壮大的。我们的目标是赢了水头镇，争夺全市民运会的金牌。"

阿全帮腔："还有奖金！"

陆上飞："对，还有奖金。"

四海："要是输了呢？"

陆上飞："我们怎么会输呢？你看看我们的队员——猴子跑得比刘翔还快，号称'飞腿不见毛'；唐龙唐虎力大无比，可以'水牛隔山抛'；阿全什么车都撞不死，一身'铁头金钟罩'；还有大富贵，这么多年都在镇上抢垃圾，抢成了'破烂金龙爪'……"

十三郎得意地："还有我的'励志山歌调'！养老院的周院长，都请我去给孤寡老人登台演唱了哩。"

猴子试探地："飞哥，我们都有了'封号'，那你呢——"

陆上飞："我？我就是、就是'云岭一飞豹'！"

大伙儿鼓掌。

四海却底气不足："飞哥，我只会炒菜。"

陆上飞拍了拍四海的肩膀。

陆上飞："知道你是个'无敌大草包'，但在我手里，你也要变成抢花炮好手！另外，以后的工作餐，由四海大排档提供。"

四海和媳妇一惊。

陆上飞："给你钱！每人餐标十元，要有荤有素，午餐晚餐共二十元。"

四海和媳妇一听立马眉开眼笑。

唐龙唐虎：“那早餐呢？”

陆上飞：“自己家解决。”

大家还要说什么，陆上飞大声宣布：“明天上午八点准时集合开始。地点河边大草坪。”

陆上飞拿起酒杯站起：“来，预祝我们飞豹花炮队勇得冠军！干杯！”

众人起立，拿起酒杯和陆上飞的酒杯撞在一起。

21：新南洋发廊　夜　内

长毛趴在发廊的门边，羡慕地望着四海大排档里的大伙儿。

长毛妻从后面拎着长毛的耳朵：“看什么看？人家抢花炮有什么好看？”

长毛可怜巴巴地：“老婆，我也想去抢花炮。”

长毛妻：“哟！长志气了是吧？长卵泡了是吧？看你这半公乸(母)的也想抢花炮？”

长毛妻边说把长毛往里拖。

长毛惨叫：“妈——”

长毛妻边拖边数落：“叫奶奶都没用！我容易吗我？帮你撑起这个家，撑起这盘生意，里里外外就我一双手，不知道的还以为我是你姐、是你妈，我都成什么人了我？你妈怎么就生了你这个不男不女的儿子，我怎么就嫁了你这个不阴不阳的老公……”

22：陆上飞屋内　夜　内

陆上飞在手机上看着国外橄榄球运动员的训练视频，不时拿笔在笔记本上做着记录，然后自己学着做动作。

23：古村寨　晨　外

清晨，晨雾中的古村寨，炊烟袅袅。

24：陆上飞家　晨　内

阿公在穿他的壮族民族服装，表情很是庄严。

闹钟响起，陆上飞醒来坐起。

25：河边大草坪　日　外

航拍——青青的河边，岸上绿草如毯，河面如画，倒映着如黛远山。

陆上飞一身运动装和阿公站在河边的那片空地上等待着。

飞豹花炮队员们陆续来到。大家各自穿着自己的短裤背心和运动鞋。各式各样，花里胡哨的。

陆上飞："阿公是我们花炮队的总教练，下面先请总教练训话！"

阿公微笑着摆摆手，走到众人面前："我来问你们，为什么要抢花炮？"

众人面面相觑。

猴子："不是飞哥让我们来的吗？"

大家哄笑。

猴子看大家："你们不是吗？"

阿全试着回答："我们要赢。"

大富贵："对，我们赢了就能有钱了……"

唐虎、唐龙："有钱了，我们就能买皮卡了……"

十三郎："我就能买得起最好的胡琴了……"

四海："有了钱我就能把大排档改造成烧烤店了，我要把我的烧烤店做成网红店……"

陆上飞干咳一声，瞪着大家。

陆上飞："大家说得都没错，只要我们赢了，拿到了冠军，我们的理想就都能实现。更重要的一点是，我们要跟过去告别。俗话说，人活一张皮，这张皮是什么？我认为就是做人的尊严！我们只有赢了比赛，才能赢得别人对我们的尊重。大家同意不同意？"

所有人异口同声："同意！"

阿公娓娓说来："抢花炮是我们壮家流传了千百年的民间活动，是每年三月三的重头戏。祈求来年风调雨顺，五谷丰登。参加抢花炮的都是来自四乡八寨的男丁。那时的抢花炮不限人数，也不分队，各自为战，如果入场的有三百人，那么，你的对手就有两百九十九个。"

四海吃惊地喊："啊？这样抢，不小心就人踩人了。"

阿公："那时的抢花炮，三炮为限，谁把花炮抢到手，放进祠堂前的花篮，谁就为得胜者。抢得头炮的人，代表的可是全村寨、全族姓的荣耀。如果这个抢得头炮的是个未婚小伙，那他就成为四乡八寨姑娘争相求婚的对象，那媒人哪，会把他家的门槛儿给踏扁咯。我们这个民族呀，就是在这种生生不息、顽强拼抢的精神中走过来的。”

猴子叹气：“那样的话，娶媳妇就简单了，不用送彩礼……”

陆上飞：“猴子，咱们只要拿了奖杯，你们家的门槛也会被踩扁了的。阿公，我明白了，我们所要传承的，就是这种生生不息、顽强拼抢的精神。”

阿公点头。

陆上飞指着远处小山冈的红旗对大家说：“大家都看见了吧？那就是我们飞豹花炮队的信号旗，也就是我们的队旗，以后不管你在哪里，正在干什么，只要看到队旗升了起来，只要你还是个有血性的壮家汉子，你就要第一时间跑到这里来！都听明白了吗？”

众人：“明白了！”

陆上飞：“我们的口号是——云岭飞豹，敢抢花炮！壮家儿郎，爱逞英豪！”

众人齐声：“云岭飞豹，敢抢花炮！壮家儿郎，爱逞英豪！”

这时，长毛跑了上来，脸上还带着伤痕：“我、我也要抢花炮——”

大家看到长毛都哈哈大笑，阿全戏谑地对长毛说：“长毛你‘最怕老婆叫’，你就别来凑热闹了。”

长毛：“我、我要抢花炮，要做个真正的男人！”

陆上飞对众人说：“听到没有？我们要抢花炮，做真正的男人！今天的训练正式开始。第一项，耐力跑，十圈。开始——”

陆上飞带头跑了起来，队员们跟在他的后面开跑。

阿公坐在一旁的石头上抽起烟袋看着。

这时陆续有村民出现在大草坪四周看热闹。有几个小孩子也学着排队跑步。有个叫小花的姑娘盯着猴子看着，猴子也发现了，猴子看她时，小花赶紧低头。猴子似乎有了一些存在感，跑得很是起劲。

陆上飞他们注意到了猴子和小花的对视，都偷着乐。

26：河对岸路边　日　外

阿彪带着两个他的队员骑着摩托车过来，看到陆上飞他们的训练后，停下车冷眼看着。

队员甲：“彪哥，他们云岭镇还真的玩起来哩。”

拍摄现场

阿彪嘴角带着冷笑，良久才从嘴里蹦了一句：“乌合之众，一群废柴而已！想当年，陆上飞的阿公就是我阿公的手下败将。如今轮到他，照样也还是我的手下败将！走——”

阿彪他们骑车离去。

27：河边大草坪　日　外

陆上飞在给大家示范蛙跳。

大伙儿排成一队跳了起来。

大草坪四周聚来看热闹的村民越来越多，一片欢声笑语。

文化站韦站长坐着摩的来到现场，他站在人群外看了一会儿后走向阿公。

韦站长：“阿公，谢谢您啊，让您老人家出马。”

阿公：“你是？”

韦站长：“我是咱们镇文化站的小韦，早年间听您讲过好多民间故事……”

陆上飞跑了过来：“韦站长，怎么样？咱云岭镇的民间精英，全都被我招募过来了。”

不远处，飞豹队队员正练得热火朝天。

韦站长仔细地看了看那些队员："精英？……这些人靠谱吗？"

陆上飞："非常靠谱。咱云岭镇，也是个卧虎藏龙之地哪。"

韦站长："噢。不过这人数……"

陆上飞："一个礼拜之内，我保证能把队伍扩大到十五人，您放心吧。"

韦站长："我们什么时候可以跟水头镇的猛虎队来一场热身赛，知己知彼，百战不殆嘛。"

陆上飞："直接比赛不就完了吗？保证打得他们满地找牙，还热什么身呀？"

韦站长："臭小子，你就有这么大把握，你们一定能赢？"

陆上飞："必须的！赢他们，只不过是个小目标。"

韦站长："还小目标？先挣他一个亿？"

陆上飞："心有多大舞台就有多大，志向大小决定了你将来的平台有多高。"

韦站长："嗬！你小子一套一套的。我跟你讲，这抢花炮可不是耍嘴皮子的事儿。这，你阿公比我更清楚。"

阿公和陆上飞都点头称是。

韦站长看着正在训练的花炮队，发现了一个问题："哎，穿得五花八门像叫花子队伍，该给他们配上整齐划一的队服。"

陆上飞为难："这、又要花钱啊……您那儿的经费……"

韦站长拍着路上飞的肩膀："快了快了，你先给垫上。放心吧，要相信政府。"

陆上飞擦了一把汗："好吧。"

他们的这段对话，被正好跑过的阿全听到了。

韦站长："给你半个月时间够吗？"

陆上飞："半个月怎么啦？"

韦站长："和水头镇猛虎队的热身赛啊。"

陆上飞咬咬牙："行。"

阿公在一旁眉头紧锁。

四海老婆骑着三轮车送来了午饭。

陆上飞宣布开饭。

大家都围拢过去拿饭吃。

28：阿莲山货店　日　内

阿莲在拍抖音短视频介绍她的山货。

阿莲给快递员发货。

29：正宗山货店　日　外、内

阿彪骑着摩托车来到，他停下车走进店，看了一眼对面门正在给快递员发快递的阿莲。

阿彪："姐。"

阿慧："看见他们了？"

阿彪："看见了。"

阿慧："都是些什么人呀？"

阿彪："还能是什么人？不是在镇上抢垃圾的大富贵，就是卖唱的那个十三郎，还有那个胖成猪头的四海，就一群废柴。"

阿慧笑了："就他们呀？我看她男朋友一天嘚嘚瑟瑟那劲儿，还以为组了帮天兵天将呢。"

阿彪哈哈笑了："都是天蓬元帅！"

阿慧也跟着呵呵笑了。

30：四海大排档　昏　内

晚饭大家吃得差不多，飞豹队员们疲惫不堪、东倒西歪地躺了一地，陆上飞给大家每人发钱。发到阿全，阿全没有接。

陆上飞："怎么啦？嫌少？咱们可是说好的，一天五十再管两顿饭。"

阿全："飞哥，我的……你先记着吧。"

陆上飞："不怕我赖账啊？拿着吧。"

阿全接过："谢谢飞哥！"

陆上飞："说什么呢？我要谢谢你们大家。"

31：新南洋发廊　夜　内

长毛媳妇在看电视。长毛浑身肌肉酸痛，一副行动不便的样子慢慢进到屋内。

长毛媳妇："你个死鬼，你还知道回家来？你胆子练肥了？！"

长毛费力在椅子上坐下，由于肌肉酸疼导致动作很是夸张。他坐下后没有说话，自己在胳膊、腿、腰等部位揉搓着。

长毛媳妇：“就你这德行还跟人家抢花炮，丢死人了！我真不明白当初看上你什么了？我这一朵鲜花插在你这堆牛粪上！明天你要是敢迈出门槛一步，我就打断你的腿！”

长毛终于爆发了：“我受够了！从今天起，我要做回一个男人，一个真正的男人！”

长毛媳妇被长毛的咆哮给镇住了，憋了几秒钟后站起身：“好，你做你的真正男人！我回娘家，我现在就回娘家！”

长毛慌了一下后迅速镇静：“不送！有本事就别回来。”

长毛媳妇怒气冲天，冲过去对着长毛就是噼里啪啦一通拍打。长毛双手护头任由媳妇拍打自己。突然，长毛一翻身，双手抓住了媳妇的双手，就这样两人四目相对僵持。

长毛：“难道你不知道我是多么爱你吗？”

长毛媳妇没想到长毛突然会这么说，愣了一下。

长毛：“难道我做回一个真正的男人，你不乐意吗？”

长毛媳妇：“我……乐意……”

长毛一把把媳妇拉进怀里亲吻起来，长毛媳妇瞬间酥软了。

32：台球厅　夜　内、外

猴子和阿全、十三郎三人一桌打台球。

猴子：“你们觉得跟着飞哥抢花炮有意思吗？”

阿全和十三郎互相看了一眼又看向猴子，没有吭声。

猴子：“我总觉得飞哥这么来劲地搞这个抢花炮，一定有他的个人目的。”

阿全：“我说猴子，你就别瞎琢磨了，我们现在每天的饭钱和那五十块钱补贴，都是飞哥垫着的。今天飞哥跟韦站长要经费，他说还没批下来呢。接下来我们还要做队服，那钱也让飞哥先垫着。”

猴子琢磨了一下后没再吭声，这时有人要跟猴子赌球：“猴子，咱们赌一局，怎么样？”

猴子：“怎么赌？”

那人：“老规矩呗。”

猴子犹豫了一下，拿起球棍正要应战，被阿全拉走了。十三郎赶忙跟在后面离开，身后传来那伙人的叫喊：“喂，抢了个破花炮就了不起了？真把自己当成英雄了？乡下仔永远是乡下仔！”

猴子他们三人走在街上谁也没有说话。猴子突然站住，回身看着阿全和十三郎。

猴子：“我们是乡下仔吗？”

阿全和十三郎互相看了一眼又看向猴子。

猴子举起拳头：“我们虽然是乡下仔，但乡下仔也要做英雄！”

阿全和十三郎也举起拳头：“对！我们要做英雄！”

33：陆上飞家卧室　夜　内

陆上飞在写着训练计划。

34：河边大草坪　日　外

掌声响起，陆上飞领头鼓掌欢迎新来的三个男青年。三个男青年进入队列，队列里少了长毛、大富贵、唐龙唐虎兄弟。

陆上飞掏出手机看了一眼时间：“不等了，我们开始。”

陆上飞把手机交给一旁的阿公，正准备发口令。

这时传来了拖拉机突突突的声音，不一会儿，唐龙、唐虎兄弟的拖拉机开来了，唐龙和大富贵坐在后厢里。唐虎把拖拉机停到场地的一个角落。

陆上飞他们都看着唐氏兄弟和大富贵。

唐虎停好车，和唐龙一起把大富贵从后厢里架了下来，然后两人架着他一步一步朝大家走来。陆上飞见此情景，忙迎了上去。

陆上飞：“大富贵，你这是怎么啦？”

大富贵他们没有停下脚步：“肌肉实在太疼了，两条腿不听使唤，但是我就是想来，我就给他们哥俩儿打了电话，让他们来接我。”

唐虎骂骂咧咧：“要我专车接送，脾气不小！”

陆上飞看着他们的背影有些感动。

这时长毛媳妇开着摩托车送长毛来到。长毛在众目睽睽之下下了车，替媳妇捋了捋头发，然后很男子气概地挥手示意：“你回去吧——”

长毛媳妇声音有点嗲：“今天晚上，早点回来……”

长毛：“行了，别婆婆妈妈的，耽误了我的大事！”

看到两人那份酸劲儿，所有人都笑得前仰后合的。最后长毛在媳妇和众队员的注视下来到陆上飞面前。

长毛很夸张地对陆上飞和队员们来了个立正敬礼。

长毛：“报告队长——我今天迟到了。原因是我媳妇心疼我，叫我起床晚了。这是我们结婚两年来，我从她那里受到的最大的关爱。”

听到这里，所有人都笑弯了腰。

长毛全然不顾大家的嬉笑，回过身去向正在看着他的媳妇做了个飞吻。

35：山路　日　外

覃美君带的旅游团巴士车速极慢地开着。司机和覃美君眼睛瞪得大大地看着车头前方。

汽车过了一个弯道后，两人终于松了一口气，汽车加速。覃美君回身拿起话筒给游客们介绍。

覃美君：“各位远道而来的团友，粤北连山县是广东唯一的壮族、瑶族自治县。千百年来，壮、瑶、汉各族同胞在这里和睦相处，结下了兄弟般的情谊。现在我们的车子已经进入了壮乡云岭镇……”

36：河边大草坪　日　外

陆上飞带领大家继续训练。此时的项目是一对一的对抗撞击训练。

河对岸的公路上，覃美君他们的旅游巴士正好经过这里。

37：公路上旅游车内　日　外

游客们看到了陆上飞他们的训练。大家好奇地张望着。

游客甲：“这么彪悍！这是什么表演啊？”

有游客拿起相机、手机拍摄。

覃美君发现是陆上飞他们。

游客中有一对外国中年夫妇，男的看到后问覃美君。

外国男：“这是什么运动？（英语）”

覃美君：“中国式橄榄球。（英语）”

外国男女惊呼：“可以停车看一下吗？（英语）”

覃美君：“OK。王师傅，停车。”

车停下开门，游客们下车观看、拍摄。

38：河边空场　日　外

训练继续，猴子在小花姑娘的视线关注下，奋力拼搏着。

小花不住捂嘴笑着。

陆上飞宣布休息。大家都原地瘫坐或者干脆躺下。

河对岸，覃美君招呼游客上车后，车子离去。

猴子走向水桶去喝水。大家叫着要水喝，猴子一个人抱不动那个水桶，正在这时，小花跑了过来。

小花：“我帮你抬过去。”

猴子一看，喜上心头，就和小花一起把水桶抬了过去。

大家开始喝水。

猴子拉小花到一边说话，大家喝着水起哄。猴子和小花根本不理睬。

39：四海大排档　傍晚　内

厨房内，四海忍着肌肉酸痛在炒菜。

外边，花炮队队员累得肌肉酸疼，出现各种状况，东倒西歪地坐着躺着。

陆上飞鼓劲：“半个月后，不，准确地说还有十天，和猛虎队的热身赛将是一次严峻的考验，我们必须拿下这场比赛。”

十三郎和大富贵在帮着四海媳妇摆碗筷。十三郎看着大家一起说笑打闹的气氛，突然坐在一边哭了起来。大家一下子安静，都不知所措地看着十三郎。

陆上飞走过去在十三郎身边坐下：“怎么啦？谁欺负你了？”

大家也都慢慢聚拢过来看着十三郎。

十三郎哭着：“我想我妈了……”

陆上飞：“你妈不是死了好多年了吗？”

十三郎慢慢转过身抬起头来看着大家：“八岁那年我就成了孤儿，现在，我又有了家的感觉。飞哥，谢谢你。”

陆上飞微笑拍了拍十三郎看向大家。大家也都有同感地点头。

陆上飞：“借这个机会，正好我跟大家说两句。首先要感谢兄弟们给我的面子、对我的信任。虽然我们的花炮队成立才几天，但是，真真切切地让我感受到兄弟之间的亲情，感受到兄弟团结一致的力量！十三郎说得好啊，我们就应该像个大家庭一样，希望大家把花炮队当成另一个家，把眼前的每一个队员当成兄弟，实现我们的目标，活出我们的精彩，大家说好不好？”

在场的所有人都被陆上飞的话鼓舞了，异口同声：“好！”

40：阿莲山货店阁楼　夜　内

月夜，静谧的小镇上，石板街两边亮着几盏黄灯，阿莲的山货店早就打了烊，暖暖的灯光从临街的小窗透了出来。

阁楼里，阿莲穿着睡衣，正在一台旧织机上织壮锦。

楼下开门声响，陆上飞边叫着“阿莲”边上楼。

阿莲答应着起身给陆上飞倒水。

阿莲：“你们的经费什么时候能批下来？”

陆上飞：“快了。”

阿莲：“每次都说快了快了，队服我都给你们订回来了，就是没见到钱。”

陆上飞：“放心吧，老韦头不敢赖我的账。”

阿莲：“我把货款都腾出来给你们买队服，这些账你都给我记着。”

陆上飞：“记住了，老婆大人——”

阿莲：“别在我的面前卖嘴乖，赢了比赛把我的钱拿回来才是正事。”

陆上飞点头。

41：河边大草坪、四海大排档、老乡家　日、夜　外、内

一组阳光下训练的镜头。

队员们穿上了统一的队服，人数越来越多，最后固定在十五人。

一组大家东倒西歪地休息的镜头。

一组大家席地而坐吃饭的镜头。

一组雨中训练的镜头。

一组发钱的镜头。

一组陆上飞夜里去收山货的镜头。

以上所有镜头叠日历变化。

42：河边大草坪后背山坡上　日　外

阿彪那边的一个兄弟躲在草丛间用手机拍摄陆上飞他们的训练。

43：水头镇训练场　日　外

水头镇猛虎队的抢花炮训练场。

队员们分成两队激烈地抢着花炮，有一个老头（李伟峰）在一旁指挥着。

躲在不远处一棵树上的陆上飞拿手机录着像。

44：陆上飞家院内　夜　外

陆上飞和阿公在看手机里猛虎队的录像。

阿公：“当年我和阿彪的阿公是对手，现如今到了你们，还是对手。”

陆上飞：“当年你们……”

阿公说起他尘封已久的故事，那是阿公一个几十年的心结。

阿公：“阿彪的阿公叫李伟峰。我和他各自是村里抢花炮队的强手。那年，我们同时喜欢上了一个叫水英的姑娘……李伟峰就来找我，要我放弃追求水英。我怎么能答应他呢？他就说以花炮胜负来决定，谁输了谁就退出。他那水平，我知道，赢不了我！于是我就答应了，跟他击掌为誓。那次比赛，三盘两胜定输赢。第一场我们很快就赢了，第二场抢了一半，我的肚子突然揪心地疼，还有好几个队员都一样。我们退出了比赛去蹲厕所，等我回来他们已赢了第二场。第三场我们一小半队员都两脚发软，根本跑不动，他们又赢了。愿赌服输，我退出。后来他真就和水英姑娘结了婚……”

陆上飞：“一定是李伟峰他们做了什么手脚。”

阿公：“是啊，但当时没有证据啊。等过了好多年，李伟峰一次喝多了说出了实情，是他偷偷在我们喝的水桶里放了甘味子粉。”

陆上飞：“啊？甘味子粉是治便秘的，平时吃多一点就会腹泻。”

阿公：“人家是用了谋略的呀！”

陆上飞生气：“阴谋！流氓！”

阿公呵呵一笑：“唉！都是过去的事了。后来我跟你奶奶结了婚，很幸福。可惜，她走得有点早……”

陆上飞：“阿公您放心，这口气我一定帮您争回来。”

45：阿彪家院内　夜　外

阿彪和几个队员在喝酒，他阿公李伟峰也在。

阿彪："没想到啊，那群废柴还真弄出点动静来了。"

队员甲（偷拍飞豹队录像的那个）："彪哥，根据我的观察，他们那些废柴，单个看真的很废，但是聚在一起，还真有点危险性……"

队员乙："哎，你怎么长上别人的志气了呢？"

队员甲："我这是理性分析……"

队员丙："这好比现在的中美贸易战，别看特朗普叫得那么狂，他是心虚，那句话叫什么来着？"

队员乙："咬人的狗不叫！"

队员丙："对对对，咬狗的人不叫！"

队员乙："你才咬狗！"

阿彪："行了你们！我们千万不能轻敌，针对飞豹队，我们要研究出它的弱点，打蛇就要打它的七寸。"

李伟峰清了一下嗓子，众人望向李伟峰。

李伟峰："你们都认得他们吗？都是些什么人？"

队员乙："都是他们云岭镇的阿猫阿狗，什么捡破烂的、唱山歌的、开摩的的、剪头发的、开大排档炒菜的。哦对了，他们的队长陆上飞，跟女朋友在镇上开了个店卖山货。"

李伟峰皱起眉头："这到底是群什么人？"

46：河边　日　外

航拍——远处小山冈飞豹队的信号旗迎风招展。飞豹队全体队员在阿公的有序指挥下，有章有法地进行训练。

阿公："阿飞、阿全、猴子当前锋，要的是力量和速度。唐龙、唐虎、四海当后卫，要稳住自己的阵脚。长毛、大富贵、十三郎你们负责边场，要灵活，要跑起来——"

场上的花炮不时在空中划过一道道弧线，从这人手里传递到那人手里。

阿公声嘶力竭："花炮在自己手里，要尽快传递！花炮在对方手里，要把他围死、困住、压倒——"

场上不时出现叠罗汉，被压的人又是笑又是骂，鬼哭狼嚎。

阿公手上拿着一面小京锣，权当裁判的哨子，不时敲起。

阿全这时花炮在手，被对方团团围住，唐龙唐虎见状，一左一右，抓起阿全。

唐龙喊了声："水牛隔山——抛——"就把阿全扔出包围圈外。

阿全落地后滚了几滚，爬起来就把花炮投进对方的花篮。

阿公"当——"地敲了一下小京锣："得分——"

训练继续，花炮被扔上了半空。

大富贵一声："破烂金龙爪——"人就拔地而起，在半空中就把花炮抓到手。落地后，大富贵把花炮传递给猴子。

猴子喊了声："飞腿不见毛——"，然后突破对方的包围，将花炮投入了对方的花篮。

阿公又"当——"地敲了一下小京锣："得分——"

大家继续训练。

猴子和阿全面对面，半弯着腰，怒目而视。

陆上飞下达口令："预备——撞——"

听到口令，猴子和阿全奋力撞向两米开外的对方，猴子不敌，倒地。

陆上飞又下达口令："预备——撞——"

四海和唐虎又撞到一块。四海虽然人胖，但不敌唐虎，躺在地上一时起不来。

陆上飞："起来，继续撞！你撞不倒别人，别人就会撞倒你！"

一个个队员犹如困兽，半弯着腰，两只眼睛鼓得有铜铃大，死死盯着对方，仿佛要把对方吃掉。

陆上飞一下达撞的口令，就会有一组队员猛然撞向对方，要么一下子就把对方撞倒，没能将对方撞倒的，就紧紧抱着对方，想把对方摔倒。队员们又撞又摔，一时间地上躺下了不少人。

陆上飞："起来，给我起来！明天和水头镇猛虎队的热身赛。我们一定要把他们挫败，把他们身上所谓的自信统统打掉，热身赛就是决赛！"

正说话间，唐龙冷不防地从一边撞向陆上飞，把陆上飞撞趴在地上。

陆上飞一声不吭，爬了起来，摆开架势，与唐龙对撞起来。

整个训练场面越看越严酷。

47：山货店小阁楼　夜　内

陆上飞裸着上身趴在床上，只见他身上被摔得青一块紫一块，阿莲正在使劲地帮他搓药酒。

陆上飞疼得大呼小叫：“哎哟——哎哟——我的姑奶奶，轻点行不行？谋杀亲夫呀你？”

阿莲：“你以为挠痒痒？阿飞，明天的比赛你们能赢吗？”

陆上飞：“放心啦，水头镇那个什么猛虎队，都是些银样镴枪头，赢他们跟吃生菜似的。”

阿莲：“我听镇上的人都说了，你陆上飞抢花好手，抢炮软手！”

陆上飞转过身来：“我抢花抢炮都是好手！”

陆上飞说完，就对阿莲来了个“全抱”。

阿莲猛地用力一推，推到了陆上飞的痛处，痛得他杀猪似的大叫：“妈呀——”

48：田间路边的一个水泵房　夜　外、内

门口停了一台摩托车。屋里两个黑影都抽着烟，烟头两个小红点一闪一闪的。

阿彪的声音：“天知地知你知我知，就这么定了！”

猴子的声音：“我怕……”

阿彪：“没有人会嫌钱腥的！拿着，这是一千块订金，等决赛完了再给你另一半。明天赛场上见。”

阿彪说完，出门来四下看了看，扔掉烟头，骑上摩托车发动离去。

等了一会儿，猴子从屋里出来，往阿彪相反的方向走去。

49：河边大草坪　日　外

航拍——河边的绿草地上，热闹非凡，锣鼓喧天，一条横幅歪歪斜斜地写着“抢花炮大赛——云岭飞豹 VS 水头猛虎”。

阿莲和她们一班小姐妹举着彩花，做啦啦队，四海老婆、长毛妻、小花等也在人群中喊着口号：“云岭飞豹，敢抢花炮；壮家儿郎，爱逞英豪！耶——”

老莫带个几个联防队队员，在一边维持秩序。

陆上飞的爷爷衔着烟斗在一旁冷眼观看。李伟峰也在一旁得意扬扬地看着。

韦站长拿着大喇叭，一副官腔：“乡亲们，朋友们，来宾们：云岭镇与水头镇抢花炮热身赛马上就要开始了。首先，我们要感谢自治县人民政府，感谢县文化

体育局，把本届市民运会抢花炮组队权交给我们两个镇，这是领导对我们的信任，也是对我们提出的新任务、新要求、新标准！这是我们第一次走出大山，第一次参加市里的民族运动会。因此我们必须选拔最好的队员，打造最好的队伍。下面，请运动员、裁判员进场——”

场上响起《运动员进行曲》。

每队队员各八人，只见陆上飞、穿着橘红色的运动服，带领着飞豹队精神抖擞地上场。而阿彪带着的猛虎队身穿统一的蓝白色运动服，杀气腾腾地上场。

裁判出场，宣布：“飞豹队主攻我的左边！”

人们望去，裁判的左边远远地放着一个篮子。

裁判：“猛虎队主攻我的右边！”

裁判的右边远处也有一个篮子。

裁判：“本次比赛，采取传统计分方法，三炮定输赢！预备——放炮——”

“轰”的一声炮响，发炮器把花炮冲上了半天。硝烟还没散去，两队人马就开始了激烈的拼抢。

猴子身手敏捷，第一个抢到花炮，但他抓着花炮不肯放手，被对方的队员团团围住，被压在人堆底下。

猴子被压得大喊大叫，花炮被对方队员抢去。

猛虎队开始反攻，几个漂亮的传递、配合，突破了飞豹队的防线，将花炮投入了对方的花篮，得分！

飞豹队一时傻了眼，没见过对方这么漂亮的攻防，第一局轻易就被对方赢了。

第二炮，唐龙、唐虎死命拼抢，几个冲撞，把对方队员撞得人仰马翻。阿全抢到花炮后奋力奔跑。

陆上飞大叫：“打配合！配合！”

阿全扔给了四海，四海又择机扔给了陆上飞。陆上飞择机快速向对方花篮突破，边跑边喊：“助攻！”

阿彪见势不好，大叫：“围死他！”

经过一场混战，陆上飞终于把花炮投进了对方的花篮里。

比分1：1，飞豹队兴高采烈，猛虎队一副无所谓的样子。

场间休息。阿彪用目光寻找猴子，盯着他看。

猴子发现阿彪的犀利眼神后低头躲闪。

阿公和陆上飞分别跟大家讲解着比赛的得失。

拍摄现场

猴子在一旁不吭声，有点纠结。他偷偷看向猛虎队那边。

李伟峰和阿彪也分别给队员们分析着比赛的得失。

阿莲接到电话，然后神情紧张地离去。

第三局开始。“轰——”的一声，发炮器又将花炮冲上半天，两队人马又开始拼抢。两边队员都知道这是关键局，大家都拼尽所有奔跑拼抢。

花炮落在阿彪手上。陆上飞围着阿彪，一步不让。几个拼抢后，两人的火药味越发浓烈。陆上飞一个碰撞，阿彪倒地。唐龙上前在阿彪手里夺下花炮后迅速扔给了阿全，阿全边奔跑边寻找自己的队友，找准机会向大富贵扔出花炮。大富贵接到花炮后迅速扔给了陆上飞。这一番奔跑扔接一气呵成，把猛虎队压得乱了阵脚。

阿彪大喊：“围死他——”

猛虎队迅速形成阻击队形把陆上飞围死，陆上飞眼疾手快把花炮扔给了猴子。

接到花炮的猴子稍稍迟疑。

阿彪看到花炮到了猴子手里，迅速转身向猴子扑去。猴子刚想闪躲起步，阿彪已经逼近，猴子被阿彪就着惯性撞了个趔趄。但是花炮还是在猴子手中，猴子迅速调整好身体重心后开始奔跑突围。

猛虎队员们飞速集结围向猴子。

小花紧张地盯着猴子并大喊着：“猴子——猴子——传手——传手——”

飞豹队队员们穿插并叫着猴子扔转花炮，但是猴子像是没听见一样突围奔跑着。突然，阿彪再次冲向猴子。猛烈撞击后，猴子摔倒在地，但花炮仍然在猴子的手里。阿彪迅速上前扑压在猴子身上，并同时伸手抓住了猴子手里的花炮一角。

猴子还想挣扎。

阿彪低声：“给我！”

在陆上飞他们拥上来的一瞬间，猴子松了手。

花炮被阿彪抓在手里后一翻身，扔给了他自己的队员。那队员极速转身与队员们打配合，把花炮扔进了飞豹队的花篮里。

猛虎队2∶1险胜。队员们相拥欢呼。

观众也跟着欢呼。

飞豹队木然以对。仍然趴在地上的猴子仰面看天，眼神迷离。

小花失望地看着猴子。

陆上飞的阿公无奈。

李伟峰趾高气扬。

韦站长有些失落。

50：阿莲山货店　日　内

市场监督部门接到阿莲山货店出售国家保护动植物的举报，前来检查，门口围了好多的人。阿莲看在眼里气在心里，但又只能配合检查。

检查人员折腾了好久，把店里翻得乱七八糟，但是最后发现没有国家保护动植物。

检查人员甲拿着两大袋中草药、树头树根之类的东西，说：“对不起，我们接到有关举报，这些东西我们还要拿回去检验，先停业几天吧。”

阿莲急了：“那什么时候才能开呀？”

检查人员甲：“半个月之内，会给你一个明确的答复。”

阿莲送走检查人员后欲哭无泪。

对面的正宗山货店内，阿慧站在门口看着，一副幸灾乐祸的样子。

51：四海大排档　日　内

大家都垂头丧气，没心思吃饭，情绪低落。

大家七嘴八舌质问猴子为什么不传花炮。

猴子躺在一旁的长凳上一言不发。

陆上飞虽然也非常失望，但还是强装笑容宽慰大家，招呼大家吃饭：“吃饭大过当官！别跟自己的肚子过不去，吃——”

大家慢慢开始吃饭喝酒。猴子拿起一瓶酒一饮而尽。

阿全把猴子手中的酒瓶抢了过来，指桑骂槐：“抱着个酒瓶就不放，喝死你——”

阿全一扔，酒瓶在窗外“啪——”的一声响，碎了。

52：阿莲山货店　夜　内

陆上飞过来看阿莲，他因为喝了酒脸色通红。阿莲正在收拾被翻得乱七八糟的货架，心情郁闷。

陆上飞指着屋里乱七八糟的样子：“这、这是怎么了？”

阿莲忍着气看了阿飞一眼，边收拾边淡淡地说：“你还有心思管店里的事呢，打完了比赛是输是赢也不说一声！一点信儿都没有！”

陆上飞看出阿莲有些不高兴，赔笑道：“嘿，这不是一直在忙么，刚跟队员吃了饭。别生气，笑一个嘛。”

阿莲盯着陆上飞：“别嬉皮笑脸的，比得怎么样？快说。”

陆上飞支支吾吾：“败了……”

阿莲扔了手里的货物，带着哭腔说：“什么？败了？！那、那咱垫付出去的那些钱怎么办？”

陆上飞：“我、我不知道……”

阿莲：“你不知道？当初我说不许垫资你就是不听！我们拿什么买房子？拿什么结婚？你让我怎么跟我阿爸阿妈交代？”

陆上飞：“哎呀，你先别哭么！这不过是一次热身赛而已，我们还有机会的……”

阿莲：“还有机会？！你这是在赌博！当初我就不同意你干……”

陆上飞：“我这么做还不是为了我们……”

阿莲：“为了我们？我看你是为了你自己，满足你当大哥的虚荣心……”

陆上飞：“你！妇人之见！”

阿莲：“对！我就是妇人之见怎么啦？！反正那钱你必须想办法给我拿回来。山货店今天这么一闹，谁知道还开不开得下去！我跟美君姐说了，要她在城里给我找一份工作！”

陆上飞一听阿莲要进城，彻底绷不住了。

陆上飞：“没想到，原来你把金钱看得这么重！不买房子就不结婚了吗？好啊，那你就跟房子结婚吧！最好让你姐给你介绍个城里男朋友！”

说完陆上飞摔门而去。

阿莲失声痛哭。

53：陆上飞家　日、夜　内、外

阿公拿着一碗饭菜，拍陆上飞的房门：“阿飞，开门吃饭了。”

房里的陆上飞躺在床上，用被单蒙头。

陆上飞：“不饿——”

阿公心痛：“饭我热锅里了，傻瓜才给自己饿饭。”

一组陆上飞忧郁颓废的状态。

54：阿莲山货店、车站、市区　日、夜　内、外

A：山货店里没有客人，阿莲独自一人发呆。

B：阿莲半夜哭醒。

C：阿莲跟覃美君哭诉。

D：阿莲背着包上了覃美君的车。车慢慢离开了云岭镇，阿莲透过车窗玻璃看着。

E：覃美君带着阿莲在市区热闹的旧城南门街、北门街逛街，夜里的街景流光溢彩，阿莲却无精打采。

F：在北江边的一个咖啡馆，窗外是美丽的北江夜景，覃美君买了两杯咖啡兴高采烈跑来，看到阿莲默默坐在一旁看着手机里陆上飞的电话号码发呆。

G：商场里，覃美君拿了衣服要阿莲试穿，阿莲没有兴趣。

55：山路　日　外

阿全又开始准备碰瓷撞车。他勘察好地形后，把摩托车打着火，呼起油门。但等旅游车来到，阿全却迟疑了，最终放弃。他翻身躺在地上看着天空。

闪回——他训练时的各种状态，以及和花炮队兄弟们的追跑打闹、吃饭喝酒的温情画面。

56：木材站　日　外

唐虎唐龙兄弟在往拖拉机里装木头，扔了几根后停手，站在原地发呆。

闪回——他们训练时的各种状态，以及和花炮队兄弟们的追跑打闹、吃饭喝酒的温情画面。

57：四海大排档　日　内

四海又开始拍苍蝇，拍着拍着比画起抢花炮的动作，吓了他媳妇一跳。四海坐在门口的凳子上发呆。

闪回——他训练时的各种状态，以及和花炮队兄弟们的追跑打闹、吃饭喝酒的温情画面。

58：新南洋发廊　日　内

长毛在给一个小伙子用电推子推头，由于有心事，一下把人家推成了半边光头。

闪回——他训练时的各种状态，以及和花炮队兄弟们的追跑打闹、吃饭喝酒的温情画面。

59：大街　日　外

大富贵在捡垃圾，捡着捡着看着远处发呆。

闪回——他训练时的各种状态，以及和花炮队兄弟们的追跑打闹、吃饭喝酒的温情画面。

60：街道　日　外

十三郎在卖唱，唱着唱着停了。

闪回——他训练时的各种状态，以及和花炮队兄弟们的追跑打闹、吃饭喝酒的温情画面。

61：猴子家　日、夜　内

A：桌上放着那一千块钱，猴子盯着它，突然伸手使劲把钱全撒到地上。

B：猴子一人喝酒。

闪回——他训练时的各种状态，以及和花炮队兄弟们的追跑打闹、吃饭喝酒的温情画面。

C：猴子在门口趴着门缝往外看，开门想出去，犹豫一番后关上门。

62：村口桥头　日　外

猴子在桥头等待，小花路过，看到了猴子，没有说话，转身离开。

猴子失落呆立。

63：镇上小饭馆　夜　内

阿彪正和队员们一起喝酒吃饭，猴子走到阿彪面前。

猴子把钱放在阿彪面前，一桌子的人疑惑地盯着猴子。

队员甲：“猴子，这一把赌得有点大了吧？”

队员乙：“别又输个精光哦！”

众人哄笑。

猴子对阿彪：“彪哥，这钱，还你……”

说完，猴子头也不回地走了。

64：陆上飞家　日　内

陆上飞打电话给阿莲，一直没有人接。

65：阿莲山货店　日　内

陆上飞来到，见门紧锁着。

陆上飞开门进去，独自一人呆坐着。

66：镇上街道　日　外

陆上飞独自一人走着。

覃美君带队经过。陆上飞追上覃美君。

陆上飞：“君姐，阿莲是不是去你那儿了？”

覃美君点头。

陆上飞跟覃美君说了自己的成长历史。

陆上飞：“还在我上小学时，爸妈就出去打工，在建筑工地打工。我爸在一次事故中去世了，没多久，妈妈就跟别人跑了。就剩下阿公和我相依为命，那年我才七岁。长大后我变得特别敏感、特别要强，看到同学朋友都出去打工闯世界，心里其实也想出去闯闯，但是为了照看阿公，我没有出去。妈妈的事儿，对我是个特别大的打击。我特别不愿意阿莲出去打工，外面的世界是很大、很精彩，但那是别人的世界。我们是属于这里的，因为有了我们，这里一定会变得更加精彩……”

覃美君听完很有感触。

67：覃美君家　夜　内

阿莲含着泪：“他从来没有跟我说过这些……他是不是瘦了？”

覃美君：“还那样吧。但我告诉你，这回必须给他点教训，否则不长记性。”

阿莲：“姐，其实我也有不对的地方，我没有为他考虑，我只想着自己……我是不是太自私了？”

覃美君笑了。

阿莲：“你笑什么？”

覃美君：“你脸上的表情，像极了爱情。”

阿莲脸上泛起羞涩的红晕，但她又想起那天的事，说：“可……你都没看见他那天冲我吼的样子，就像要把我吃了似的……不行，我得让他跟我道歉！特别诚恳的那种。”

覃美君：“哪种？”

阿莲：“他跪在地上让我当马骑！”

覃美君真诚地：“阿莲，你愿意你的男人跪在地上，让你当马骑吗？”

阿莲一时语塞。

覃美君：“如果这样的男人来做你的老公，我劝你还是赶紧离开。”

阿莲：“姐……”

覃美君：“真正的男人，就是一匹奔腾的骏马。而我们，可以做一个优秀的驯马师，但不能做一个骑在他们头上的贵妇人。明白了吗？”

阿莲：“姐，我明白了，我明天就回去……”

覃美君：“回哪儿？”

阿莲：“云岭呀！”

覃美君：“急什么？先吊他几天胃口，没有失去过，就会不懂得珍惜。”

阿莲：“怎么吊？”

覃美君："昨天你阿妈给我打电话，说你堂哥后天结婚，让我们回去喝喜酒。"

阿莲："我都大半年没回过家了，是得回去住几天了。"

覃美君："我给他陆上飞发个微信，他要是真爱你的话，一定会来。"

阿莲佩服得不行："姐，你是个'老司机'呀！"

覃美君："姐是过来人！"

68：公路上、瑶寨前　日　外

覃美君开着自家的小车，副驾驶上坐着阿莲。车子在盘山公路上蜿蜒前行。

前面就是阿莲的老家上坪寨，一个建在半山腰上的饱经沧桑的千年瑶寨。

寨子里跑出一群瑶族孩子，嘴里喊着"阿姐——阿姐——"围了上来。

69：河边大草坪　日　外

雨中，陆上飞一个人静静地坐在大草坪边的石头上。

猴子出现，他看着雨中的陆上飞。

陆上飞也看到了猴子。

猴子慢慢走过去在陆上飞面前扑通跪下了。陆上飞惊讶地看着猴子。

70：上坪寨阿莲家　日　内

堂哥结婚，阿莲家几乎全家动员在帮忙，阿莲爸正在厨房烧火蒸鸡、蒸肉，厨房里热气腾腾。

阿莲爸年过半百，咬着个竹根烟斗，穿着瑶族服装，阿莲回到家也穿起了瑶族服装，与在镇上的样子有点判若两人。

阿莲爸："你堂哥跟你同年，都结婚了，你什么时候才嫁人呀？"

阿莲："阿爸，你赶我啊？"

阿莲爸："阿爸不赶你，我还巴不得你招个郎（招上门女婿）回来呢！我这苦命的人哟，一连生了三个，都是闺女……"

阿莲："看您都说哪儿去了……"

阿莲爸："那个陆上飞是个壮家人，阿爸明白事理，不反对，壮瑶一家亲嘛。他要是娶你，叫他赶紧把事情办了。他要是不娶，我就去张罗，给你招个郎回来。谁不知道我们家阿莲，是上坪寨的一枝花？"

阿莲：“阿飞都准备在县城买房子了。”

阿莲爸：“是才好呢！你告诉他：咱家在山下的小楼已经盖好，就是给你招郎用的，看他急不急！”

阿莲急了：“我不招郎！小楼你留给妹妹。”

有个瑶族小姑娘进来：“阿莲姐姐，有个阿哥来找你。”

71：寨子晒场边　日　外

阿莲：“你来干什么？”

陆上飞：“我想你了……”

阿莲：“这个时候，你应该跟你的弟兄在一起。”

陆上飞伤心地：“他们都散了……”

阿莲意外：“都散了？”

陆上飞：“散了……”

阿莲骂：“你是个缩头乌龟！”

陆上飞：“我不是！”

阿莲：“你是！你既然选择了你的弟兄，你就要为他们负责。”

陆上飞：“我要为他们负责？”

阿莲：“说实话，我是心疼那些钱，也担心店铺不能续租了。但在那些训练的日子里，我看到了一个积极向上、想干一番事业的陆上飞。”

陆上飞静静地听着。

阿莲：“但你们还没有走出云岭一步，就因为输了一场热身赛，你和你的那班弟兄就统统被打回了原形。”

陆上飞心有触动：“被打回了原形？”

阿莲：“作为队长，连你自己都先趴下了，你还怎么继续改变他们、带领他们？如果你自己亲手把胸中的豪情浇灭了，亲手把自己的理想埋葬了，那你就是一个缩头乌龟！”

陆上飞静静地在听。

阿莲：“一个不敢面对失败的缩头乌龟！阿飞，我很感谢你为我的付出，其实那个门店，对我来说，并不是最重要的，最最重要的，是你我彼此间的爱和牵挂。阿飞，你不可以放弃！一次失败，真的不算什么，但如果你就此放弃了的话，可能会成为你终生的遗憾、一辈子的伤痛！”

拍摄现场

陆上飞：“一辈子的伤痛？”

阿莲：“是的，如果你现在放弃的话，这就是一辈子的伤痛！因为你输掉的，不只是花炮，还有你自己。”

陆上飞沉重地点头，过了一会儿他慢慢抬起头盯着阿莲。

陆上飞：“对，我不能放弃！”

阿莲：“我也不想放弃。”

陆上飞：“抢花炮？”

阿莲：“你！”

陆上飞顿时感动，他向阿莲伸出手，阿莲抓住陆上飞的手。陆上飞就势把阿莲搂进怀里。在群山环抱的天地之中，两人忘情相吻。

72：寨子路口、进山寨的百步梯　日　外

迎亲的、送亲的瑶族同胞穿着民族盛装，挑着具有民族特色的物品、嫁妆，热闹非凡。

三个瑶族青年举起火药枪向天鸣枪。三声枪响后，唢呐、锣鼓齐鸣，新郎带头接过新娘，顺着进山寨的百步梯拾级而上。

远镜头：色彩缤纷的队伍，绵延得好长。

73：寨子晒场　夜　外

晒场上堆起一堆篝火，青年男女们穿着民族盛装，手拉着手，围着篝火载歌载舞。

众姑娘合唱：“十月是个美好季节，美妙的歌声唱不停！你看清风陪伴明月，你看明月陪伴星星。你看青山陪伴白云，白云在陪伴着雄鹰。”

阿莲领唱：“谁是大山的雄鹰啊——谁是大山的精灵——”

众姑娘合唱：“谁是大山的雄鹰啊——谁是大山的精灵——”

陆上飞被众男青年推了出来，大胆地站了出来，唱：“我就是大山的雄鹰，我就是大山的精灵！”

众姑娘合唱：“他是大山的雄鹰啊——他就是大山的精灵——”

众小伙合唱：“我在追逐猛兽的踪迹，我在追逐下一座山岭。”

众姑娘合唱：“我在追逐生命的火种，我在追逐温暖的黎明。”

全体大合唱：“我们身上流淌大山千年的血脉，我们在守护亘古不变的魂灵。我爱我心中的阿哥（阿妹），愿为他（她）付出一生的真情！”

篝火熊熊燃烧，映照着青年男女们一张张热情奔放的脸。

74：文化站办公室　日　内

韦站长拿出一张纸让陆上飞签字。

陆上飞还没看仔细，问：“店面租赁合同吗？”

韦站长：“早着呢！是花炮队的经费，镇里领导批了，先给一万元。”

陆上飞欣喜万分。

韦站长鼓励陆上飞：“热身赛虽然输了，我还以为你跑了！但我老韦说话算话，该给的经费一定给。”

陆上飞：“谢谢站长！我是不会跑的。”

韦站长：“现在离决赛还有些日子，我希望你们下一次能赢。有信心吗？”

陆上飞想了想：“有！”

韦站长：“那就好。”

陆上飞：“我想去市里面请个教练来给我们做强化训练。”

韦站长：“请教练？”

陆上飞：“阿莲表姐的男朋友是市体育局的教练，他清楚将来在市里比赛的

拍摄现场

规则，我想请他来做指导。”

韦站长像不认识似的盯着陆上飞。

陆上飞：“我们现在都是瞎抢，将来的比赛是有规则的，那叫……叫竞技体育。”

韦站长：“士别三日呀！这一次败仗，让你小子成熟了，值！”

陆上飞：“我们不能再败了……”

韦站长拍了拍陆上飞的肩膀，给他竖起大拇指。

75：市区长途汽车站　日　外

陆上飞一个人背着个双肩包，走出长途车站。

一辆越野车停在他们面前，覃美君摇下车窗探出头来招呼他上车。

覃美君：“才送走阿莲两天，你又来市里了。干脆，我不带团了，带你们两个就行。”

陆上飞上车：“辛苦美君姐。”

76：市区街道　日　外

航拍——越野车在市区穿梭，最后来到体育场。

77：市区体育场足球场　日　外

里面正有足球队在训练。教练是覃美君的男朋友黄涛。

黄涛见他们来了，就让助教继续执教训练，过来和陆上飞他们打招呼。

78：市区某高档餐厅　夜　内

覃美君和黄涛请陆上飞吃饭。

黄涛："美君已经跟我说了你的想法，我特地看了一些她发过来的你们训练的视频短片，我觉得你们其实也有自己的一套技法，但基本上还是在各自为战，团队没有形成一个整体，这是最要命的。抢花炮虽然来源于民间运动，但现在的比赛已经竞技化了，也就是说有了自己的比赛规则，不再是原来民间的瞎抢了。你们想取得比赛的胜利，必须熟悉规则，然后加入现代的技法和战法。只有这样，才能把这个传统项目发扬光大。"

听完黄涛的话，陆上飞很是激动："你说得太对了！我也是这么想的。"

黄涛："那我就请两天假，去给你们训练试试看吧。"

陆上飞欣喜万分。

覃美君："陆上飞我可警告你：花炮要抢，女朋友也要疼。别到头来炮抢了回来，花没了。"

陆上飞："放心吧，美君姐。"

79、路上、长途汽车　日　内、外

陆上飞坐大巴车回云岭，车子已进入山区，车内众人昏昏欲睡。

一个瘦高个的旅客拿着三张扑克牌，叫嚷着："各位旅客、各位朋友，为了让大家有个愉快的旅途，我们来玩一个游戏，这个游戏叫'买公仔'。"

车上的旅客出现了小骚动，都转过头来看瘦高个在玩什么把戏。

瘦高个展示手中的扑克牌："大家看清楚了：我手上现在有三张扑克牌，一张是红桃K，也就是我说的'公仔'，一张是梅花三，另一张是方块五。就这三张牌，随便大家来买，只要买中了红桃K，就是买中了'公仔'，十块钱起步，买中了我双倍偿还！”

瘦高个把三张牌洗了又洗，把牌背向旅客呈扇形展开。一个小胖子过来，掏出一百元：“我买中间这张！”

一个光头又递过五百元：“我买下面那张。”

瘦高个手中还剩下一张牌：“最后一张，还有没有人买？”

小胖子把手中的牌悄悄看了一下，苦叫了一声，没买中的样子。

光头也把手中的牌迅速看了一下，骂了一句：“倒霉！”

瘦高个再次高声：“搏一搏，单车变摩托；试一试，摩托变奔驰！要买的赶紧出手了，赶紧出手了，大奖就在你的眼前！”

陆上飞身边的一个中年旅客看在眼里，心动了，掏出一沓钱，准备买最后一牌。一直在旁边冷眼旁观的陆上飞把这个中年旅客按下。

陆上飞站起来，对瘦高个说：“大哥，魔术不是在这玩的吧？”

瘦高个见有人要来拆台，狠狠地盯了陆上飞一眼。

陆上飞：“我敢保证，你手上剩下的那张牌，你要它是‘公仔’，它就是‘公仔’，要它不是‘公仔’，它就不是‘公仔’。”

瘦高个把手中的牌一扔，骂：“你小子是活腻了？！弟兄们，揍他——”

小胖子和光头也把手中的扑克牌一扔，撸起袖子就要来打陆上飞。

陆上飞毫不胆怯，指了指车子天窗的位置：“摄像头、摄像头——”

三个人一听，像中了邪一样，用手捂脸的捂脸，用帽子盖脸的盖脸，洋相百出。

瘦高个大喊：“到了到了，下车——下车——”

司机赶紧刹车让他们下去。

车子重新启动，车厢里马上洋溢起欢声笑语。中年旅客感谢陆上飞：“好险哪！要不是你，我的钱就输光了。”

陆上飞：“一上车我就发现他们三个不对劲。”

中年旅客：“你好厉害呀大哥！”

陆上飞笑了笑：“我不厉害，是摄像头厉害！（转头对司机）感谢你啊师傅——”

司机：“是你的运气不错！摄像头上个月就坏了，还没来得及修。”

陆上飞和全车人大惊：“啊——”

80：云岭镇路口　日　外

阿全在路边停着摩托车等活儿。

突然，一个小孩子过马路，一辆小车开来直奔着小孩子而去，眼看就要撞上小孩子，阿全飞奔冲去救下小孩子。

81：街道　日　外

航拍——猴子低头猫腰走来，走进一个小巷。他闷头走着，突然听到巷子尽头传来“抓小偷”的叫声。他判断了一下后快步跑去。

他跑到巷子尽头，看到一群人正在追赶一个骑自行车的小偷。猴子纠结了一下之后，突然发力向着骑自行车的小偷追去。猴子的速度太快了，很快超过了那群人，迅速逼近那个骑自行车的小偷。

猴子越过了高墙，跳过深坎，终于追上了小偷，并把小偷摁在了地上。等了一会儿老莫骑着摩托车追上来了，刚才那些群众也赶到了。

老莫和群众感谢猴子，猴子笑着悄悄离开了。走在路上，猴子本来低头猫腰的姿态变成了昂首挺胸的样子。他路过一个橱窗，看着里面的自己，开心地笑了。

82：养老院　日　内、外

十三郎在给老人们唱山歌：“哎——山上的杜鹃年年红，山下的画眉盼春风。阿哥想妹想到心都痛，阿妹你几时与我笑相逢？阿妹你是芙蓉顶上金彩凤，阿哥我是清水河里小金龙……”

老人们都很开心。

83：陆上飞家院　夜　内、外

陆上飞、阿莲和阿公在吃饭。

阿莲给阿公看手机里前几天到上坪寨参加堂哥婚礼的照片。

阿公很开心。

阿公：“我以为你要放弃了。”

陆上飞：“阿公，我是不会放弃的。再说了，还得给您报仇呢！”

阿公：“你能正经把抢花炮这事坚持干下去，我已经挺满足了。如果能赢了他们，那就更了不起！其实我们当年的那些事，早就过去了，没有什么仇不仇的。”

陆上飞：“我相信有了黄涛教练的帮助，我们飞豹队一定能赢。”

阿公频频点头。

84：小山冈　晨　外

陆上飞爬上小山冈，信号旗升上半空，迎风招展。

红旗升了起来。远远望去，在黛色的远山中尤为抢眼、夺目。

85：路边　晨　外

阿全开着摩托车载着一个小伙子，他看到信号旗后突然停下车。

阿全：“兄弟，我有急事，你换个车吧。”

小伙子下车，叫苦：“这前不靠店、后不着村的，你叫我怎么换呀？”

阿全掏出十元，塞到小伙子手里：“我赔你十块钱！”

阿全掉转车头急速离去。

86：木材站　晨　外

唐龙唐虎兄弟正在卸货，唐虎首先看见了升起的信号旗，大叫：“哥，你看，旗——”

唐龙一抬头，望见了远处山头招展的信号旗，二话没说，拿起一根撬棍，用力一撬，拖拉机车厢上的木材全部稀里哗啦地滚落地上。

唐虎也不去收拾，拿起摇把，三几下就把拖拉机摇着了火，“突突突——”，拖拉机头冒出一团黑黑的烟雾。

唐龙站在车厢上，像是在指挥千军万马的样子，命令似的：“走——”

87：四海大排档　晨　外

四海正在院子里劈柴，一个小男孩跑了进来：“肥叔叔，山上的旗子挂起来了。”

四海赶紧跑出去一看，信号旗果然在迎风招展，于是把斧头往柴火堆里一扔去，转眼就没了影。

老婆：“哎哎哎……”

小男孩眼巴巴地对着四海老婆：“糖——”

四海老婆没好气地：“谁答应你问谁要去！”

88：发廊　晨　内、外

长毛正给一个老头理发，才理了一半，听到四海的喊声。

四海在门外大喊大叫："长毛，旗升了哩！"

长毛转头望向门口，看了四海骑着他那辆买菜的人力三轮车。

长毛放下推子大叫："老婆，我要出去一下！"

长毛妻从里间伸了个缀满发卷的脑袋出来，嘴里还满是牙膏泡："大清早的，喊救命呀？"

长毛并不搭理，跑出门跳上了四海的三轮。

老头："嘿——头——我的头——"

三轮车一下没了影。

89：街道、路口、村路　晨　外

一组十三郎、大富贵、猴子等花炮队员们各自奔跑在路上的镜头。

90：河边大草坪　日　外

远山，青草地。迎风飘扬的红旗下，是排好队的花炮队员们。

陆上飞："谢谢大家对我的支持、对飞豹花炮队的支持！热身赛，我们输了，败了……你们服气吗？"

队员们齐声："不——服——"

陆上飞："作为队长，我更加不服！在场的你们，每一个都是身怀绝技的人才，都有超乎常人的才能。我没有让你们的才能发挥出来，这是我的责任。我给大家请来了市体育局的黄涛教练，他将为我们做指导训练。"

队员们的脸上都充满希望。

91：大草坪对面的马路　日　外

黄涛把车子停下，开门下车，望了望四周的景色。

覃美君背着相机，也从车上下来。

92：河边大草坪　日　外

所有花炮队队员排好队，陆上飞带头鼓掌并迎上黄涛，带着黄涛来到队员面前。覃美君跟在他们后面。

阿全看到了覃美君，尴尬得不知怎么办好，只能低下头去用一只手捂着脸。

陆上飞的注意力在黄涛那里。他向大家介绍黄涛。

陆上飞：“这位就是市里体育局的黄涛教练，他最了解抢花炮的规则和技法。下面请黄教练给大家训话。”

黄涛连连摆手：“不敢不敢！言重了，言重了。”

陆上飞发现了阿全用手捂脸的状态，走上去在他的手上拍了一下。阿全放下手，他的脸彻底露了出来。

陆上飞：“阿全，你干吗呢？”

陆上飞这么一说，大家的视线都集中到了阿全那里。覃美君自然也看到了阿全。她的眼睛瞪得大大的，快步上前仔细辨认。

覃美君：“他……我见过他……”

陆上飞赶紧打断覃美君。

陆上飞：“姐，搞错了，搞错了！你说的那个人我知道，是他的双胞胎哥哥，不是他。”

覃美君：“噢，我说呢！”

所有的人用疑惑的眼光看看陆上飞，又看看阿全。阿全的脸憋得通红通红。

陆上飞转向黄涛：“不好意思黄教练，您继续！”

黄涛微微一笑：“很高兴有机会认识大家……”

93：阿莲山货店　日　内

阿莲收拾干净重新开门营业。

正宗山货店的阿慧看到阿莲重又开张了，眉头一皱，心生不爽。这时正在她家挑选货的几个人一看阿莲的店开门了，赶紧放下已经装了一些东西的塑料袋，跑去了阿莲店里。阿慧眼看着到手的生意跑了，气得咬牙切齿，走过门去。

阿慧：“哟，阿莲，好几天不见啊。你没事吧，店又能开了？”

阿莲：“我阿莲山货店，一直都是守法经营，能有什么事了？”

群众甲：“前些日子工商不是来查封你的店了吗？我看你一直关着门，以为……”

阿莲笑了：“前几天我到市里考察市场去了。我阿莲山货店不光要在云岭镇一直开下去，接下来还要到市里去开连锁，没准将来啊，还要开到北京，把我们山里人种的、养的所有土特产，卖到全国去！”

阿莲说话间，围上来几个群众。听到阿莲这么大的雄心计划，大家不由得为她叫好鼓掌。

阿莲：“谢谢你的关心，阿慧姐，我先忙去了，有空再聊。”

阿莲回去店里了，留下阿慧一人在生气。

94：河边大草坪　日　外

A：一组黄涛训练花炮队员的镜头。

B：四海媳妇骑着三轮把饭送来了，大家排队领饭、吃饭。

阿全主动走到覃美君跟前。

阿全：“姐。”

覃美君一愣，看着阿全。

阿全：“我、我没有双胞胎哥哥……”

覃美君明白了。

阿全：“对不起！我不知道你是阿莲的表姐，我要是知道的话……”

覃美君：“不知道就可以干那伤天害理的事儿了？要是碰上个新司机，你的命就玩没了！”

阿全：“飞哥也是这么说的。所以……所以我不就来抢花炮了么。我向您保证，我再也不干那伤天害理的事儿了！姐，我向您真诚地道歉！对不起！”

阿全说完给覃美君鞠躬。

覃美君侧过身：“行吧，赶紧吃饭去吧。”

阿全、覃美君这时发现黄涛、陆上飞以及大伙儿都在看着他俩。

C：一组大家以各种姿势休息的镜头。

D：黄涛在教授新的动作，大家学得很认真。

覃美君在一旁拍照片。

阿公坐在一旁观看。

小花等男女老少也都在观看。

韦站长在一旁溜达着打电话。

韦站长：“梁局长，您放心……对于我们云岭镇来说，非常非常重要……这个我太懂了！我想在我退休之前，就干抢花炮这件大事了……开玩笑，开玩笑。我八块牌子呢，我要干的事情太多了……你说什么？啊……哦……啊！哦……啊！”

韦站长带着极其兴奋的表情惊叫着跑了过来，大家都原地停下不动看着他。

韦站长宣布："好消息！好消息！梁局长刚才电话里给我说了，明年全国少数民族运动会广东抢花炮代表队，将在本市民运会产生的冠军队中产生！"

陆上飞没听明白："那就是说……"

韦站长："那就是说，只要我们打败了水头镇，夺得了市里的冠军，那明年，我们就是省代表队，参加全国大赛！"

陆上飞一众人还是没明白过来的样子。

覃美君着急："到时候拿的就是全国金牌了，笨！"

在场所有人像是炸开了锅地兴奋欢呼。

陆上飞皱着眉头，大喊："冷静！冷静！！"

大家静下来，不明就里地看着陆上飞。

陆上飞一改过去自信心爆棚的姿态，大声地训斥众人："万一又输给水头镇呢？万一没拿到市里的冠军呢？凭什么你就是省代表队？！凭什么全国金牌就是你的？！"

众人一听，说得还真在理！

黄涛拿起花炮，走到人群中间，大声地："就凭我们今天的努力——"

全体队员齐声呐喊："对！就凭我们今天的努力——"

黄涛说完，把花炮抛向天空，众队员飞奔去抢……

韦站长和阿公相视点头而笑。

训练场上展开激烈的拼抢。

95：镇街上　昏　外

猴子、阿全和十三郎等几个队员拖着疲惫的身体回来，走到镇里的街口，一群群众停下来看着他们。

猴子他们不知什么情况，不知道该进还是退，有点手足无措。正在这时有人鼓掌，其他人也都跟着鼓起掌来并齐声喊着："飞豹队，加油！飞豹队，必胜！"

猴子他们的脸上露出了自豪的笑容！

96：阿莲山货店阁楼　夜　内

阿莲边织壮锦边与和衣躺在床上的陆上飞说话。

阿莲："你们真能拿个冠军回来吗？"

陆上飞：“能不能拿是一回事，想不想拿又是一回事。”

阿莲：“如果我们云岭的飞豹队能代表省里参赛，那真的太好了。”

陆上飞很是自豪：“是啊，开始只是为了完成咱们店面续租的小目标……”

阿莲：“这是我的大目标。”

陆上飞：“接着是想为报阿公当年的一箭之仇，没想到现在是越弄越大……”

阿莲：“是不是有种飘在云端下不来的感觉？”

陆上飞：“对对对！就是这种感觉。”

阿莲：“你的这种感觉，来得早了点！”

陆上飞：“不！我相信我的那班弟兄。”

阿莲：“这么说，咱们续租和垫资的事，就没问题了？”

陆上飞：“你们女人的格局就是小。”

阿莲：“那你的格局是？”

陆上飞：“把你娶进门，生一窝孩子，我俩相亲相爱、白头到老、永不分开！”

阿莲哈哈哈哈地笑出了声：“就你这格局，也叫大？”

陆上飞也笑了：“古时候的皇帝格局够大了吧？不也一样是娶老婆生孩子？一个连自己老婆孩子都不爱的人，你还指望他爱这个世界？”

阿莲冲陆上飞竖起大拇指：“嗯！飞哥有高度！飞哥我爱你！”

陆上飞：“等拿下全国金牌，我就娶你。”

阿莲：“不！”

陆上飞：“为什么？”

阿莲：“因为在我的心中，你已经是冠军……”

两人相拥。

97：县城某出租屋　夜　内

瘦高个和光头等人在昏暗的灯下打麻将，烟雾腾腾。

小胖子推门进来：“老大——”

小胖子附在瘦高个的耳边一阵耳语，瘦高个嘴角咧出一丝冷笑。

98：会议室　日　内

韦站长、老莫等人在一个不是很大的会议室开会。

韦站长：“老莫你放心，别的我不敢包，我们云岭飞豹队保证不会闹事！”

水头镇的文化站长：“只要他们云岭的不闹事，我们水头的也不闹事。”

韦站长一听，恼火了：“诶，我说黎站长，听你这话，是我们云岭的带头闹事了？”

水头镇的文化站长：“我没说，是你自己说的。”

韦站长：“你——”

老莫把手上资料本又翻了翻：“好了好了，都别争了。据资料记载，民国二十六年（1937），东浦村和韦屋村抢花炮，引起群众械斗，死三人，伤十六人。1951年，韦屋村又和寨南村抢花炮，死两人，伤十二人。（合上资料本，继续说）都是血淋淋的教训啊，现在国外踢个足球还打成一锅粥呢，预防工作我们必须做在前面，所以把两位站长都请过来，把这份责任书签了吧。”

韦站长：“什么责任书？”

老莫“啪”的一声把责任书拍在桌子上：“不打架斗殴责任书！”

99、云岭文化站　日　内

韦站长把责任书“啪”的一声拍在桌子上，对陆上飞说：“签个名吧。”

陆上飞一喜：“店铺租赁合同吗？”

韦站长：“早着呢！责任书。”

陆上飞：“什么责任书？”

韦站长：“不打架斗殴责任书！”

100：河边大草坪、家里、四海大排档、阿莲山货店、花前月下　日、夜　外、内

航拍——飞豹花炮队队员们训练的画面，画面里有黄涛和覃美君。

一组飞豹队员们吃饭、休息、睡觉的画面。

一组陆上飞和阿莲的画面。

一组猴子和小花的画面。

每组画面都叠印变化的日历日期。

101：四海大排档　夜　内

花炮队员在四海大排档吃晚饭，大家的情绪很是高涨。

大家一起举杯高歌：

在我心中曾经有一个梦，

要用歌声让你忘了所有的痛。

灿烂星空谁是真的英雄？

平凡的人们给我最多感动。

……

不经历风雨怎么见彩虹，

没有人能随随便便成功……

歌声继续。所有的人跳起了壮族舞蹈。

歌声继续，大家的手叠在一起齐声高喊：飞豹队，必胜！

102：覃美君家　夜　内

黄涛在看电视里转播的足球赛。

覃美君坐在一旁，脸上敷着面膜。

覃美君：“你觉得陆上飞他们明天的比赛，胜算有几分？”

黄涛：“从我对他们训练的情况来看，如果整体发挥好了，尤其陆上飞要能正确带领大家组织进攻和防守的话，胜算在八成以上。”

覃美君揭掉脸上的面膜：“你明天跟我一起去多好，你要在现场，对他们来说绝对是一颗定心丸。”

黄涛：“明天局里安排我出差，赛场我去不了了。再说了，你老公没有那么大威力！”

覃美君靠在黄涛的肩头：“在我心里你就有。”

103：河边大草坪　夜　外

静静的大草坪在月光下显得很空旷，场地中央站着陆上飞，身旁立着他那辆摩托车。

陆上飞闭着眼冥想着，然后慢慢睁开眼，在场地里慢慢走着，边走边用双手比画，像是在调兵遣将指点江山。

手机铃声响起，在这空旷静谧的夜晚，特别大声，把陆上飞惊了一下。他掏出手机，见是阿莲要跟他视频，他按下了确定键。

阿莲：“你在哪儿呢，怎么这么黑？”

陆上飞：“我在河边场地呢。”

阿莲：“噢。今晚不过来了？”

陆上飞：“嗯。”

阿莲：“紧张吗？”

陆上飞：“有点。”

阿莲：“你是最棒的，明天你们必胜！”

陆上飞：“谢谢你，亲爱的！”

阿莲：“早点回去吧，好好睡一觉！”

陆上飞：“嗯。爱你，拜拜！”

阿莲给了陆上飞一个飞吻后挂断视频电话。

陆上飞收起手机，跨上摩托车发动离开。

104：山路上　夜　外

路中间躺着一个人。

陆上飞开着摩托车出现，在车灯的照射下，他看到了路上躺着的人，他把车子停好后，迅速跑上前查看。

陆上飞拍了拍躺在地上的那个人：“喂喂，你醒醒，醒醒！”

那人一动不动。陆上飞掏出手机正要拨打电话，听到身后有动静，回头看去。一束强光照着他的脸，紧接着两个黑影挥起棍子向他的头部打去，他急忙躲闪，棍子打在了他的肩膀。陆上飞想做出反击，无奈强光太刺眼。与此同时，刚才躺在地上的那人迅速起身，用手里的绳子勒住了陆上飞的脖子。陆上飞再怎么挣扎也无济于事，渐渐失去知觉。两人开始搜罗陆上飞的口袋，把手机等所有东西掏出装进他们的口袋，然后把陆上飞装进早就准备好的一个麻袋里，捆好袋口，把麻袋搬到路边，然后抛下路基。

三个人骑上自己早已停在不远处的摩托车迅速离开。

105：河边大草坪赛场　日　外

远处山冈上，红色的信号旗迎风招展。

一条巨大的横幅上写着：“决战时刻——云岭飞豹 VS 水头猛虎”。

河边，彩旗招展，锣鼓喧天。十里八乡的乡亲们陆续赶到，寻找位置坐下。

绿草地上，已经用石灰画出一个规整的花炮场地，两头分别摆放着两个花篮。

县电视台的记者正在架摄像机。

老莫正在给民警和联防队队员布置任务。

场地两头各有一个帐篷，红色的是飞豹队的，黄色的是猛虎队的。

106：红色帐篷内　日　内

除了陆上飞，其他人都到了。

阿全在一旁打电话，大家都眼巴巴地看着阿全。阿全放下手机摇摇头。

阿全：“还是关机。”

大家叹气。

猴子：“阿公也没来，是不是他们两人在一起呢？”

就在这时，阿公进到帐篷内。

阿公：“阿飞来了吗？”

大家听到阿公这么说，就更加紧张起来。

四海：“阿公，你不是和飞哥一起来的？”

拍摄现场

阿公："早上起来，就一直没看到阿飞，我以为他没起呢，去他房间叫他，结果房间里没人，像是昨晚上没回家住。我就赶紧吃了早饭叫村里的人开车送我过来的。他还没到吗？"

众人："没有啊……"

长毛："那谁有阿莲的电话，会不会昨晚他睡在阿莲店里了？那也该来了啊！"

就在此时，阿莲和小花穿戴着民族服饰，一脸喜气地来到帐篷内。

阿莲："大家好！飞豹啦啦队已经到位，今天就看你们的了！"

阿莲突然发现大家的神情不对劲，再仔细一看，没有看到陆上飞。

阿莲："阿飞呢？"

阿全："飞哥昨晚没跟你在一起？"

阿莲："没有啊！他人还没到吗？"

大家点头。

阿莲赶紧掏出手机要拨打。

拍摄现场

阿全：“打了一早上了，关机状态。”

阿莲紧张起来，抓住阿公问。

阿莲：“阿公，阿飞昨晚回家没？”

阿公摇头。

阿莲和大家一样，人都僵住了。帐篷内的气氛像是凝固了似的。

107：庄稼地里　日　外

一个老农来到庄稼地里干活，庄稼地的上面是一条公路。

老农看到庄稼地里有动静，就举着锄头慢慢向那边靠拢。看到一个麻袋在滚动，里面在挣扎着，还发出人的叫声，老农很是紧张害怕。

老农：“你是人是鬼？”

麻袋里的陆上飞：“我是人，我是人，帮我解开，快帮我解开。”

老农稍加犹豫后上前解开麻袋，陆上飞从麻袋里钻了出来。他定眼看了看眼前惊慌的老农，又看了看四周，再看了看太阳。

陆上飞惊叫一声：“阿叔，现在几点了？”

老农：“差不多九点了。”

陆上飞：“不好！”

陆上飞迈开步子要跑，结果腿一软摔倒在地。

108：河边大草坪赛场　日　外

四海老婆、长毛妻和一群小姐妹穿戴着统一的民族服饰在喊着：“云岭飞豹，敢抢花炮；壮家儿郎，爱逞英豪！耶——”

水头镇猛虎队也组织了啦啦队，也是一群穿戴着民族服饰的女性（有阿慧）：“猛虎出山，一个顶仨；猛虎出手，地覆天翻！耶——”

领导们陆续来到主席台就座。

109：红色帐篷内　日　内

阿莲急得哭了，大家围着安慰。

阿公：“阿飞肯定是遇到什么意外的事情了，在今天这个节骨眼儿上，怎么办呀？我看，我们还是先把这场比赛拿下了再找阿飞吧。”

拍摄现场

阿莲哭着说："他会不会出什么意外了……"

十三郎："我刚才看见老莫，我已经向他报案了。"

阿公看着大家："今天这场大赛已经是非打不可的了，而且我们还必须得赢。现在阿飞不在，你们谁来做这个队长？"

大家沉默着。

猴子突然举起手："我！"

大家看向猴子。

猴子："今天就算是死在这赛场上，我也要把他们狗屁猛虎队打趴下。我们必须赢！你们愿不愿意跟我一起拼了？"

阿全："我同意，让猴子来当队长！"

大家就跟着都喊着："同意！"

猴子向大家拱手。

大家异口同声："云岭飞豹，敢抢花炮；壮家儿郎，爱逞英豪！"

110：路边停车场　日　外

老莫在跟两个联防队队员说话："你们顺着山路找，路边的沟渠、山崖、草丛，翻看得越仔细越好，有情况随时向我报告。"

两个联防队队员答应后跑向摩托车，发动后快速离去。

一辆旅游大巴开了过来，待车辆停定后，车门打开，游客们"哗——"的一下，迫不及待地冲下车。

覃美君微笑着走下车来。

111：庄稼地　日　外

陆上飞靠坐在田垄上，端着老农的饭盒狂吃着。

老农拿着水壶在一旁看着："你把我的午饭吃了，我吃啥呢？"

陆上飞边吃边说："阿叔，我、我明天、赔、赔你一袋大米……"

112：河边大草坪赛场　日　外

航拍——裁判一声哨响，猴子、阿彪带着双方队员进场。到了中场，阿彪没有看到陆上飞，觉得有些奇怪。双方一握手，阿彪笑着说："哎哟，你们今天是玩大招啊？陆上飞竟然不在首发，手下留情——"

猴子也笑了一下："两军对垒，有情可讲吗？"

阿彪："好，有种！"

"轰——"的一声巨响，一枚花炮被冲上了半空，两支花炮队拼抢了起来。一枚环形的花炮在各个队员间飞转传递。现场气氛热烈，比赛渐入佳境。

场上的猴子就如一头飞豹，左冲右突，不断突破对方的防线。而对方的阿彪也像一头下山猛虎，毫不相让。比赛进入白热化阶段。

花炮传到阿全的手上，他几个冲突后，传给猴子，叫："猴子，飞腿——毛——"

猴子接到花炮，正要冲杀，不料对方的人墙汹涌而至，叠成一个高高的罗汉堆，把他重重地压在里边。猴子个小人瘦，动弹不得。

四海见状，一阵助跑，然后四肢舒展，口中大叫"无敌大草包——"，把自己砸向罗汉堆。

罗汉堆被撞散，大富贵手快，从人堆外抢过猴子手上的花炮，传给了阿全。

拍摄现场

阿全接到花炮，叫“水牛——水牛——”，唐龙、唐虎会意，一左一右抓住阿全，喊了声：“水牛隔山——抛——”就把阿全扔出包围圈外。

场外主裁判播音介绍：“这种己方队员间身体大幅度碰撞，在抢花炮比赛中是允许的。”

阿全落地后滚了几滚，就把花炮投入对方的花篮。

裁判一声哨声：“飞豹队得分——”

猛虎队员看得目瞪口呆，阿彪更是两眼冒火。李伟峰气急败坏。

飞豹队先胜一局，比分1：0。

113：山路　日　外

航拍——垫饱了肚子的陆上飞跌跌撞撞，连滚带爬，从半山的梯田直奔山脚下的山路。

114：河边大草坪赛场　日　外

比赛继续，猛虎队调整战术，经过一番搏斗，猛虎队得分，两队比分交替上升。

与飞豹队有关的所有人紧张万分。

115：山路　日　外

两个联防队队员骑着摩托车在山路两边巡看，突然，坐在后座的联防队队员甲看到了连滚带爬往下冲的陆上飞。

联防队队员甲：“停车停车，你看那人会不会是陆上飞？”

联防队队员乙停下车，向那边看去并叫道：“陆上飞！”

陆上飞听到有人叫他的名字后愣了一下，他看到是穿着特勤制服的联防队员后，脸上顿时露出惊喜，飞奔过来。

联防队队员甲赶忙下车迎了上去：“你没事吧？”

陆上飞：“比赛开始了没？”

联防队队员甲：“老莫让我们出来找你，现在怕是已经开始了。”

陆上飞：“把摩托车给我——”

联防队队员乙下车。陆上飞骑上摩托车快速掉头后飞驰离去。

116：河边大草坪赛场　日　外

第三场正在进行中。

猴子受伤，担架队上，将猴子抬下场。

猛虎队员加强了防守，遏制了飞豹队的进攻，记分牌上的分数交替上升。比赛进入相持阶段，双方队员各有折损。阿全又被唐龙、唐虎来了个“水牛隔山抛”，重重地摔在了地面，爬了几下都没爬起来，又被担架抬了下场。

场外的阿公急得大叫：“注意保存实力，保存实力，不能打消耗战！”

场外主裁判席传来播音：“比赛最后还剩五分钟——”

记分牌上，双方比分为14∶16，飞豹队还落后两分。

正在这时，陆上飞骑着摩托车飞驰而到，他在车上呼喊着：“我来了——”

在场的所有人都望向陆上飞。

陆上飞一个急刹车，摩托车的轮子在地上划了半个圆弧，扬起了一阵轻尘。

车子还没有停好，陆上飞就飞身加入队伍，并迅速进入比赛。

117：观众席　日　外

阿莲看到陆上飞后喜极而泣！但她很快镇静下来，领头放声唱起了《励志山歌调》，一群啦啦队小姐妹齐声高歌：“哎——上山莫怕山岭高，过河莫怕浪滔滔。云岭少年有壮志，不畏强手赢花炮！”

拍摄现场

118：河边大草坪赛场　日　外

飞豹队听到《励志山歌调》，斗志更加昂扬，一场拼杀，飞豹队又扳回两分，双方16：16打平。场外主裁判席传来播音：“还有最后一分钟——”

双方队员都显得更为急躁，一个冲撞，陆上飞被阿彪撞出三米开外。陆上飞一个翻滚化解了伤害。

场外的阿公大叫：“不要急躁，稳住阵脚！”

场外的韦站长也在大叫：“给我顶住这最后一分钟！”

一组镜头，有双方拼抢驰骋，有阿莲她们《励志山歌调》的鼓励助威，有韦站长挥舞着拳头的激动状……

特写比分牌：“飞豹队的得分为十七分，猛虎队的又追上了一分，两队又是平手！”

韦站长看见形势严峻，大声地喊：“飞豹队申请暂停！”

119：赛场外　日　外

飞豹队员围成一圈，阿公、韦站长向大家面授机宜。

陆上飞对唐龙唐虎兄弟说：“你们两个，抛我！知道吗？抛我！”

唐虎：“飞哥，你没有‘铁头金钟罩’。”

陆上飞坚定地：“我是‘云岭一飞豹’，抛我！知道吗？”

那边裁判的哨音响起，飞豹队全体队员的手放在一起，齐喊：“云岭飞豹，敢抢花炮；壮家儿郎，爱逞英豪！”

120：河边大草坪赛场　日　外

决战时刻，两队人马像斗红了眼的两群狮子，拼抢越发激烈。

陆上飞花炮在手，猛虎队的人死盯着他，几乎把他围死。

陆上飞向唐龙、唐虎发出指令：“抛——抛——”

唐龙唐虎会意，两人分头抓住陆上飞的四肢，喊了声“走你——”就把陆上飞向着包围圈外面抛去。

陆上飞如腾云驾雾一般，突破了包围圈，在离对方花篮不远处“啪”的一声重重落地。

这一摔实在不轻，陆上飞爬了几次，都没有站起来。

后面猛虎队的人呼啸着冲过来——

陆上飞拼尽全力，终于站了起来，向着对方的花篮冲出两步，在猛虎队的人到来之前，把花炮投进了花篮。

裁判哨音起：“飞豹队，得分——”

大喇叭响起主裁判的声音：“时间到——”

镜头定格得分牌：“飞豹队∶猛虎队　18∶17。”

猛虎队失落神伤。

阿莲和啦啦队们欢呼雀跃。

飞豹队的人把陆上飞抛向了天空。

热闹的场面，欢快的人们。

121：赛场外　日　外

县电视台的摄像机显示器上是飞豹队比赛中奋力拼搏的画面，最后定格在飞豹队员们高举冠军奖杯欢呼雀跃的画面。

主持人对着话筒：“请摄像把镜头给我们今天的王者！”

镜头里是一身汗水、一脸泪水的陆上飞，以及飞豹队所有的队员和啦啦队队员，他们脸上有泪水、汗水和喜悦。

主持人：“观众朋友、观众朋友！飞豹队一路过关斩将，战胜了水头镇的猛虎队，将代表全县十多万各族同胞参加全市少数民族运动会。只要在市民运会夺得冠军，他们将代表广东，组建花炮队，参加明年在北京举办的全国少数民族运动会。陆队长，你们有信心夺取全市冠军吗？”

陆上飞带着众队员齐声：“有！”

主持人：“说起飞豹队，人们脑海里出现的关键词就是‘神勇’！但是据我了解，两个月前，他们还都是一群……一群在云岭镇各个角落里自由生长的青年，经过这一场抢花炮，他们成长了、成熟了，成为一群有目标、有冲劲的时代青年！陆队长，电视机前的观众朋友希望知道，你是如何把一群野马般自由生长的青年，锻炼成一支神勇的冠军队伍的？”说完，把话筒递给陆上飞。

陆上飞又冒出有点爱吹牛的德性：“其实冠不冠军，对我们来说，并不是最重要的，最最重要的，就是你刚才说的：我们成长了、成熟了，成为一群有目标、有冲劲的时代青年！”

全场热烈鼓掌。阿莲的脸上洋溢着幸福的微笑。

陆上飞：“每个人都应该活得有尊严，抢花炮让我们更加明白了这个道理，而且让我们赢回了应有的尊严。”

全场再次热烈鼓掌。

122：山路　日　外

陆上飞被劫路段，瘦高个、光头、小胖子三个劫匪戴着手铐在指认现场，有警察在拍摄照片。

老莫等警察在场。

字幕：一年后

123：河边大草坪的路上　日　外

路上停着一辆大巴车，车上拉着一条横幅：“欢送飞豹花炮队代表广东省出征全国少数民族运动会”。

陆上飞带着队员们准备上车。

阿莲、韦站长、阿公等人前来送行。

远处河岸高堤上，阿彪停下摩托，也在目送陆上飞他们。

陆上飞站在大巴车的门口，回头也望见了远处的阿彪，他向阿彪挥了挥手。

阿莲和小姐妹们唱起山歌，为心爱的人送行：

你是大山的雄鹰啊——
你就是大山的精灵——
你在追逐猛兽的踪迹，
你在追逐下一座山岭。
你在追逐生命的火种，
你在追逐温暖的黎明。
你身上流淌大山千年的血脉，
你在守护亘古不变的魂灵。
我爱我心中的阿哥，
愿为你付出一生的真情……

淡出。

剧终。

（本剧本与杨振林、吴卫东合作，中央宣传部电影卫星频道节目制作中心立项，与清远广播电视台、北京述宁文化发展有限公司联合出品。电影由吴卫东导演，于2019年10月21日在广东清远及辖下连山、阳山正式开机拍摄。）

创作谈

我与《康梁》

——话剧《康有为与梁启超》的创作及其他

一、应元路

这条开拓于二十世纪五十年代初的马路之所以叫应元路，是因为在越秀山南麓这长不过千余米的地带上，当年荟萃了广东官办三大书院：应元书院、菊坡精舍和学海堂。这三大书院是有清一代在全国均有较大影响的书院，其中学海堂更被称为清代考据学派最高学府。然而百十年后的今日，这三大书院已荡然无存，甚至连具体位置也难以确定，这不能不算是一种文化损失。何谓文化？窃以为，文化就是一个族群的共同记忆。譬如化蝶的梁祝，因为它承载着汉民族的共同记忆，因此它就成为中国传统文化的组成部分。通常来说，拥有这种共同记忆最多的人，就被认为是最有文化的人。记忆是需要载体的，这个载体可以是物质的，也可以是非物质的，如果物质的或非物质的载体都灭失以后，这种文化也会随之灭失。

我的新东家广州文学艺术创作研究院就坐落在越秀山南麓、应元路边，东南与中山纪念堂隔路相望，西南是广东科学馆，西北与据说已有1600年历史的三元宫一墙之隔，颇有“左青龙右白虎”之势。每逢初一十五，或是某个著名仙家的诞期，邻家三元宫鼎盛的香火就会过户穿窗，登堂入室，让人备有“从祀”之感觉。新东家门不甚大，楼不甚高，就连门前的一对汉白玉雕成的石狮子也高不过两尺余，憨态可掬，宛如两只养来护院的家犬。然而数十年来广州知名的作家、艺术家多出于此。岭南一隅，文脉所在。

文研院小楼独成一统，任由着应元路上车水马龙、人来人往，看尽了纪念堂里叶枯叶荣、花开花谢。如果它是一幢百年老宅，一定见证了中国近现代史上的那一幕幕惊心动魄的往事；如果它是一个百岁老人，也一定见过那一个个风华绝代的身影在眼前翩翩而过，继而在历史的长河里掀起一波又一波的巨浪。然而它只是一幢小楼，一幢钢筋混凝土结构的现代小楼，它的年龄，远不如应元路边那棵盘根错节的老树，甚至也不如三元宫前那个满头白发却又目光如隼的命运测算师。这里曾经发生的一切，存放书库里那几页发黄的故纸或许比任何人都清楚。历史就在历史的缝隙里躲藏，等待有心探究者去洞悉它的堂奥。

据考证，清代中后期，在越秀山南麓今应元路位置上，自东往西依次为应元书院、菊坡精舍、龙王庙、学海堂和三元宫。在今市二中的校址上，已经可以确定是应元书院与菊坡精舍的旧址所在，所以在市二中与三元宫之间，自东往西就是昔日龙王庙、学海堂位置。因此可以判断，今广州文研院即使不是与学海堂旧址完全重合，也应有部分交集。当然也有文史专家认为学海堂应该就在百步梯东梯至“孙先生读书治事处”。即使学海堂旧址是在“孙先生读书治事处”，与现今文研院的位置也不过是一箭之遥。

既然说到“孙先生读书治事处”，也不妨去讲讲它的故事。如今的“孙先生读书治事处”只剩下一块后来建起的纪念碑，连一砖一瓦都没留下，但留下了一段历史，一段颇为令人寻味的故事。

二十世纪二十年代初，陈炯明“炮打观音山”，这无论是在当时，还是在后来的历史之中，都是一件轰天大事。当时的观音山即是今天的越秀山。主流话语有主流话语的解释，我读野史有我读野史的发现，相互映衬，竟也成趣。

1922年6月16日凌晨，盘踞广州城听命于陈炯明的叶举部，以两个师的兵力围攻总统府及观音山，史称“6·16之变”。其时正值孙中山先生第二次在广州建立革命政权，并任中华民国非常大总统，总统府在今中山纪念堂旧址。中山先生居住的地方称“越秀楼”，即今“孙先生读书治事处”，当时还没有应元路做分隔，越秀楼与总统府之间有一条木制天桥连接。6月15日这天，各种情报显示：已被孙中山免职、远在惠州城的陈炯明命令在广州的粤军师长叶举，统率两个师“围困”总统府，以此胁逼孙中山下野。而此时孙中山的身边只有一个警卫团（且只有二个营，另一个营留在了韶关）和一支六十余人的贴身卫队，人数不过千人，而叶举手下有两个师，兵力共两万余人。双方力量之悬殊，实在不可同日而语。

由于提前得到情报，孙中山先生化装成医生安全撤离越秀楼。当时在警卫团当机枪连长、后任孙中山副官的张猛这样回忆：

> 孙中山先生临行时，命令卫队长姚观顺坚守越秀楼，并令警卫团长陈可钰坚守总统府，共同负责宋庆龄夫人的安全，约定翌日正午12时听海军炮响突围。孙先生离开越秀楼不久，大约在半夜2时，前哨接触就打了起来。[①]

① 广东省政协文史委员会，《广东文史资料存稿选编·第一卷》之《我追随孙中山先生的经历与见闻》，广州：广东人民出处社，2005。

后来有些史料及文艺作品写到这一段时，总会说宋庆龄是如何力劝孙中山提前撤离的。但这样的话语，在张猛的回忆文章中未见只言片字。彼时彼地，把老婆留在两万叛军的包围之中抽身而去，此举当属无奈，但无论如何都不是一件值得炫耀的事情。

如果提前撤离还属无奈之举，接下来发生的事情却让后人百思不得其解。张猛回忆：

> 至天亮后，我眼见马湘、黄惠龙两副官扶着宋庆龄夫人从越秀楼过天桥避入总统府。他们刚过天桥，天桥就被敌炮弹击中，即时起火焚烧了。……到了下午5时多，还未听到海军鸣炮响应，这时的电话线、电灯线的线路都已被截断了。我们已经苦战一日一夜，弹药无多，后方无补充，又无援兵，情况十分危急，不突围等于灭亡，我们不得已冒着炮火往外冲出。……马湘背着孙夫人越过马路，陈可钰又跑到前头鼓起士兵的勇气……当时死伤的战士已难数计，我的左腿也被弹片击伤，我从司后街（即现在的越华路）内街左转右弯，走到东校场魏邦平的卫戍司令部避难。在此遇到刘纪文，为我包好左膝上的伤口，用汽车送我回第一师司令部（长堤官铸局）歇宿一夜（整夜不能入睡）。到了天亮，我想法得到一张第一师的通行证坐小电船到永丰舰见到孙中山先生，立即向他报告突围经过，说明夫人已经脱险。孙先生听了，反悲为喜，旋把我分配在楚豫军舰上参加战斗。孙先生亲自指挥各舰队开入省河巡来巡去，与岸上敌军对射。①

上述张猛的回忆文字中，“到了下午5时多，还未听到海军鸣炮响应”甚为关键。因为前一晚孙中山撤离前，与守军的最高长官姚观顺、陈可钰“约定翌日正午12时听海军炮响突围”。这是命令，而且是来自大总统的命令，军人以服从命令为天职。于是，姚观顺、陈可钰们忠实地保护着孙夫人，每时每刻都有士兵战死，就为等正午12时那声突围的炮响，却不料那救命的炮声始终没有响起，直等到下午5时多也没响起。此时还在总统府死命保护着孙夫人的守军，除了绝望还能有什么呢？此时摆在他们面前的选择只有两种：一是投降，二是死战到底。在那个兵荒马乱、军阀混战的年代，改旗易帜的事情每天都有可能发生，投降对于这群“揸枪

① 广东省政协文史委员会，《广东文史资料存稿选编·第一卷》之《我追随孙中山先生的经历与见闻》，广州：广东人民出版社，2005。

揾食”（当兵吃粮）的职业军人来说简直就是家常便饭。而当时守卫总统府的，与围攻总统府的都是粤军部队，只不过是守军听命于大总统孙中山、叛军听命于已被去粤军总司令和广东省省长两职但仍保留陆军部长一职的实力派陈炯明罢了。前天还在同一口锅里喝粥，还在一起谋划打过长江饮马黄河的北伐蓝图，今天却变成了对垒的两军，不禁令人唏嘘。

但如果在这个时候投降，对于姚观顺、陈可钰这些守军将士来说，已经绝不仅仅是面子的问题了。为什么？因为宋庆龄在他们的中间！他们不但是一群军人，更是一群男人，如果他们之间有谁胆敢把年轻貌美的总统夫人交给叛军，那将是“礼义廉耻”全丢，“孝悌忠信”全无，千古骂名算是背定了。然而，这群坚守军人职责、保全男人颜面的汉子在总统府里左等右等，就是没有等来那声代表突围命令的海军炮响。是孙中山没有安全撤离到海军舰艇上吗？似乎也不是，因为第二天脱险后的张猛在永丰舰上就见到了孙中山。其中的原因，只能让后人无限揣度了。

野史、稗史之所以好看，是因为它提供了许多生动有趣的细节，而这些细节却是正史不屑记载或是不敢记载的真实。

一场兵燹之后，越秀楼被夷为平地，变成了现今“孙先生读书治事处”一柱碑文。

如果说越秀楼的兴灭还有迹可循，那学海堂起于何时、终于何人已经随时光的流逝而变得愈发模糊，甚至连它的确切位置也只能叫后人去揣测，只知道它于道光五年（1825）由时任两广总督阮元创办，1903年停办，改为纪念阮元的阮太傅祠。不久之后，这阮太傅祠也随清王朝同遭废没。

我之所以对学海堂产生如此浓厚的兴趣，是因为这里曾经走出一个引领时代风潮的人物——梁启超。

梁启超同治十二年（1873）生于广东新会，十二岁考中秀才，十六岁成为学海堂的正科生，十七岁以乡试第八的成绩中广东举人，然后被主考官、时任广东学政李端棻看中，将堂妹李蕙仙许配给他。广东学政可不是个小官，他相当于今天主管全省教育的副省长，因此梁氏的一生荣耀，由此开始。

1890年秋的一天，是梁启超命运的一个拐点，这年他十八岁。因为上一年秋闱考中了举人，踌躇满志的少年梁举人在1890年的春天上京参加庚寅科会试，没想到却是落第了。其实这对于梁启超来说，也算不上是什么打击，因为他还年轻，而且已经有了李端棻这个大靠山，这科落第，下科再去呗！就好像现今的公考，练手总是需要的，况且那时候考状元还不设年龄限制，只要你愿意，考到八十岁也没人管你。

梁启超从京城落第而归，依然在学海堂继续学业，为下科做准备。在这年秋天的某一天，曾一同在学海堂求学、现已“转学”到康有为门下的陈千秋对梁启超说：“康先生的学问是你我做梦都没想到的，完全可以作为我们的老师啊！”[①]

可梁启超并不这么看，他知道那个号称康圣人的南海康有为已经考到三十三岁了，连举人屁股都没摸着，却在广州城四处招揽门徒，这分明是在误人子弟嘛。于是在陈千秋的带领下，梁启超前去找康有为踢馆！然而接着发生的故事，就像是一出戏：

> 时余以少年科第，且以时流所推重之训诂、辞章学，颇有所知，辄沾沾自喜。先生乃以大海潮音，作狮子吼，取其所挟持之数百年无用旧学更端驳诘，悉举而摧陷廓清之。自辰入见，及戌始退，冷水浇骨，当头一棒，一旦尽失其故垒，惘惘然不知所从事，且惊且喜，且怨且艾，且疑且惧，与通甫（即陈千秋）联床竟夕不能寐。明日再谒，请为学方针，先生乃教以陆王心学，而并及史学、西学之梗概。自是决然舍去旧学，自退出学海堂，而间日请业南海之门，生平知有学自兹始。[②]

十八岁的新科举人梁启超，被三十三岁老秀才康有为一顿劈头盖脸的“教训”之后，于是“决然舍去旧学，自退出学海堂”。要知道，当时梁启超在官办学海堂享受着正科生待遇，每个月还能领约三两的膏火银，而康有为的万木草堂却是个不折不扣的“民办学校”，每学年学生要缴纳十至十二两银子作为学习生活费。从全省官办最高学府之一的学海堂退出，入读民办学校万木草堂，梁启超下了多大的决心呢？这中间又付出了多大的代价呢？别的代价姑且不说，最直接的一个代价就是梁启超的功名就此止步，他十七岁时已经取得举人功名，直到五十七岁终老时依然是举人功名。原因说来也简单，因为万木草堂从一开始就不是为科举考试准备人才，它是在为改变中国而准备人才。

梁启超的老家新会县，与我的老家鹤山县水相连，地接壤，现今同属江门五邑地区。梁启超在十八岁那年，怀揣着“变成法，救中国”的梦想离开越秀山麓，离开了已读三年的学海堂。我在四十五岁那年，怀揣着“写剧本，谋生活”的梦想

① 梁启超《三十自述》，原文：“其学乃为吾与子所未梦及，吾与子今得师矣。”收《饮冰室全集·文集》第四册。

② 梁启超《三十自述》，收《饮冰室全集·文集》第四册。

来到越秀山麓，来到了广州文研院。两者前后相距不过百余年，但相互距离又何止千万里？我本尘埃，无意兼无胆与任公类比，但因我的一番误撞加莽撞，写了那部叫《康梁》的话剧，从此改变了我的人生轨迹。

二、从岭南而过长江黄河

由于关山的阻隔，岭南人事过长江黄河从来不易，但每一次过长江黄河，皆有重大历史影响，近现代以降譬如康梁变法、辛亥革命、北伐战争、改革开放等，无不在深远影响着中国历史。

梁启超拜入康门，与乃师康有为一道，从岭南而过长江黄河，入京师而上皇帝书、言变法事，这是一段早为国人皆知的历史。当我决定创作话剧《康梁》的时候，又该从哪里入手呢？

国人皆知的历史，也是必定要写到的，如果写《康梁》而不讲他们的公车上书、戊戌变法，而是“别出心裁”地去写二人与那几个红颜知己的风花雪月，不是不可以，但这肯定不是我想要的写法。但如果只写他们如何上书、如何变法，那还不如叫人去读历史书，读后世关于康梁二人的传记，或许那来得更加具体、更加详尽。

戏剧的本体是叙事文学，戏剧艺术在某种意义上来说就是冲突的艺术，人与人的冲突，人与自然的冲突，人与自己灵魂的冲突。创作剧本的过程，就是组织矛盾冲突、激化矛盾冲突的过程。历史上康梁，它的意义和价值在于两人的璧合，由此对国家进步的推动，以及对思想文化的引领。而我创作的《康梁》，在于发现了康梁师徒二人的矛盾、冲突乃至决裂。在创作中，我没有人为去制造康梁二人的矛盾冲突，更不敢去戏说与虚构，一切都以历史真实为蓝本。文章本天成，只不过我斗胆把百十年来人们所忌讳、所忽略的这段历史拎出来摆上舞台。康梁的组合，有人说这是历史的必然，但我认为这不过是历史的一个偶然。就是这个偶然，不但影响了康梁二人，同时也在深远地影响着此后中国的历史。就是这个偶然，让梁启超跳出了“读书、科举、考试、当官”的千年老路。就是这个偶然，让康有为在那个风雨飘摇的末世，造就了那番轰天动地的事业。梁启超以他的学识与胆识，在一众康门弟子中脱颖而出，得与乃师并称“康梁”，成了一个政治、文化符号，乃至于时代的风向标。由此可见，“康梁”是康有为与梁启超师徒二人苦心经营的结果。

然而没过多少年，康梁师徒就从“战友”变成了“敌人”，两人各不相让，在报章发表文章互骂。康有为以他一贯凌厉的文风，直接把梁启超比作禽兽：

鸱枭食母獍食父，
刑天舞戚虎守关。
逢蒙弯弓专射羿，
坐看日落泪潸潸。[①]

鸱枭，又作鸱鸮，猛禽的一种，猫头鹰就属鸱鸮科，相传食母，被视为不孝之鸟。獍，《述异记》中形容的一种像虎豹的猛兽，相传食父。刑天是《山海经》中的一个无名之辈，因与黄帝争神位，被黄帝砍掉了脑袋。但被砍了脑袋的刑天仍不死，整天就知道舞着手中那把斧头（戚）与看不见的敌人决斗。逢蒙曾拜后羿为师学习射箭，后来却害死了后羿。康有为还在此诗加后注：“此次讨逆军发难于梁贼启超也。”

为什么康有为要用如此狠毒的语句来骂梁启超？原来此时中国大地上又发生了一件轰天大事，把康梁二人推上了风口浪尖。在袁世凯取消帝制后，康有为公开了他的复辟主张。要知道，康有为当初也是反对袁世凯复辟的，但他反对袁氏复辟的目的，却是为了能让清帝复辟。1916年4月4日，康有为在《上海周报》发表了他的《为国家筹安定策者》，公开为清帝复辟鼓吹。梁启超认为国家不能这么走，于是同年5月4日在《时事新报》发表《辟复辟论》对乃师进行了驳诘与讽刺：

当筹安会炙手可热、全国人痛愤欲绝时，袖手以观成败；今也数省军民为“帝制”二字断吭绝脰者相继，大憝尚盘踞京师，陷贼之境宇未复其半，而逍遥河上之耆旧，乃忽仰首伸眉，论列是非，与众为仇，助贼张目。吾既惊其颜之厚，而转不测其居心这何等也！[②]

上文的大意是说：当杨度[③]等人为袁氏复辟谋划“筹安会”时，全国人民都在反对，你们却在袖手旁观；如今全国数省军民在为反对“帝制”不惜断脖子丢脑袋，那个大坏蛋还盘踞在京师，被贼人控制的国土还有大半未恢复，而你们这些日

① 杨复礼编《康梁年谱稿》（油印本）下篇，第41页。转引自李喜所著《梁启超传》。
② 《饮冰室合集·专集》第117页。
③ 杨度（1875—1932），湖南湘潭人，曾发起组织所谓“筹安会”鼓吹袁氏复辟。

日逍遥的前朝耆老，整天在那里胡说八道，与国人为敌，与贼人为伍，我真为你们的脸皮之厚而感到惊讶，而更不知你们的居心到底是为了什么。

发表上述文章时，梁启超正在策动西南四省军政大员“倒袁”，他代滇、黔、粤、桂四省都督唐继尧发表通电反对复辟，矛头更是直指乃师康有为：

> 国体不许变更，乃国民一致之决心，岂有不许袁贼独许他人之理？……如有再为复辟之说者，继尧等视为蔑弃《约法》之公敌，罪状与袁贼同，讨之与袁贼等！①

然而，康有为根本就没有把学生梁启超的劝告、忠告乃至警告听进耳朵里。1917年6月27日，在接到张勋的电报后，康有为化装成老农坐火车入到京城，与张勋等人密谋废帝溥仪复辟，得任“弼德院副院长”之职，并得赏头品顶戴加恩紫禁城内赏坐二品肩舆。但事情并没有沿着张勋、康有为们的设计发展，全国再次声讨复辟，梁启超更是加入了段祺瑞的军队，在天津马厂誓师讨伐，并代段氏发表反对复辟的通电。在那篇讨伐复辟的檄文中，梁启超不再遮掩，直接把康有为列为“首造逆谋”，是“大言不惭之书生”。有人曾劝梁启超：“不为令师留丝毫地步，其于师弟之谊何？”梁启超则回答说：“师弟自师弟，政治主张则不妨各异。吾不能与吾师共为国家罪人也！”②

时已至此，事已至此，康有为当然不再隐忍，于是在报章上著文还击，于是就有了把梁启超骂作禽兽的“鸱枭食母獍食父”之句，师徒关系已形同水火。有时候我甚至在想，如果将来写不动剧本了，去写一本《中国历代师徒翻脸史》，把康梁师徒的故事也装进去，一定大卖。

在我的剧本里，我设计了一场题为“决裂”的戏，并且将此作为重头戏来铺排。在这场戏里，康有为接受了逊帝溥仪授予的“弼德院副院长”之职，兴高采烈地跑来天津，劝梁启超也参加这场复辟。但康有为没想到的是，梁启超反劝老师不要去当复辟王朝的官，因为“复辟王朝从来都不会有好结果”。康有为见梁启超心意已决，只好退而求之，要梁启超对此次“光复”保持缄默，并且声明：“此乃师命！”梁启超对老师的执着与迷误感到绝望，从心底迸发出“世有康梁，再无康

---

① 吴泽著《康有为与梁启超》，1948年华夏书店发行。

② 经堂：《康有为与梁启超》，《古今月刊》创刊号（上海，1942年3月），转引自李喜所著《梁启超传》。

党”的泣告。至此，师徒决裂。

如果说此时康梁师徒的决裂，是因为彼此对国家前途命运的不同理解所致，但同时也是两人的性格矛盾所致，而且这种矛盾日积月累而成，难以逆转。

早年间，康梁师徒作为变法的倡导者、执行者，信念是相同的，目标是一致的。那时候，梁启超还没有强大起来，这种性格矛盾是隐性的，也是可以调和的。但一旦梁启超成熟起来、强大起来以后，这种由于性格矛盾而引发的冲突就变得不可收拾、随处可见。

康有为曾经说过：“吾学三十岁已成，此后不复有进，亦不必求进。”由此可见，康有为的性格是多么的坚定执着，又是那么的刚愎自用，最后成了最大的“保皇派”，实乃性格使然。这一点，梁启超比谁都清楚：

> 启超与康有为最相反之一点，有为太有成见，启超太无成见。其应事也有然，去治学也亦有然。有为常言：“吾学三十岁已成，此后不复有进，亦不必求进。”启超不然，常自觉其学未成，且忧其不成，数十年日在旁皇求索中。[①]

康有为是因为手上有硬货，才敢说出“不复有进，不必求进”这样的话来。刚过而立之年的康有为，已经写成了《上清帝第一书》，完成了《新学伪经考》的著述，正在动笔写《孔子改制考》。正是这“一书两考”，让居于岭南一隅的康有为暴得大名，声名远播。敢于向皇帝上书言变法事的康有为，孑立于当时仍然经年研习八股、埋头训诂的学子之中，他是多么的耀眼，又是何等的先进！所以他才敢大声地向世人说出“吾学三十岁已成”之语。但康有为很快就发现，他越来越落后于这个时代，他的声音很快就被天崩地坼般的洪流湮没了，他的主张也被一路狂飙的历史抛弃了。

康有为一生都是孤独的。在维新、变法期间，他虽然有梁启超等一众门徒的追随，但被整个主流社会抵制，尤其是被既得利益集团集体抵制。在变法失败后逋命天涯的十五个年头里，虽然也有海外各地“保皇会”成员的支持，但他的思想已逐步脱离了中国社会，脱离了世界潮流。当他最为倚重的弟子梁启超在他面前迸发出“世有康梁，再无康党”的呐喊时，作为一个时代标志的康有为，其实已经死

① 梁启超《清代学术概论》之二十六章。

了。但今天我们站在百年后的渡口，回望康有为“君主立宪”“虚君共和”的政治主张，似乎又不能说他是全错的。历史的可能会有千百种，但历史的选择最终只能是一种。于是，在剧本里我为康有为设置了“知我者谓我心忧，不知我者谓我何求？”作为贯穿台词，在剧中多次出现，我并不是在为康有为辩解，只是试图去解读他的内心，哪怕我是在误读。

反观梁启超，则一生都在保持睿智、清醒的头脑，不断地在接受新生事物：

> 启超亦不慊于当时革命家之所为，惩羹而吹齑，持论稍变矣。然其保守性与进取性常交战于胸中，随感情而发，所执往往前后矛盾，尝自言曰：“不惜以今日之我，难昔日之我。”世多以此为诟病，而其言论之效力亦往往相消，盖生性之弱点然矣。①

梁启超把自己的“保守性与进取性常交战于胸中”自嘲为“生性之弱点”，但在笔者看来，这恰恰就是梁启超的最大优点。康有为固守、停留在他的三十岁，而梁启超不断地在否定自己，不停地在向前探索。由此可以看出，“善变”是梁启超的思想特质，而他的“变”更多的是顺应时代潮流，更多的是与时俱进，但他永恒不变的，是一颗拳拳爱国之心，是特立独行的士人风骨。戊戌年间，梁启超在上海《时务报》发表的《变法通议》中指出：“法者，天下之公器也；变者，天下之公理也！”

> 法何以必变？凡在天地之间者，莫不变。昼夜变而成日，寒暑变而成岁……上下千岁，无时不变，无事不变，公理有固然，非夫人之为也。②

天下潮流在变，人心焉能不变？世界格局在变，法度又焉能不变？由此可见，变法、变革是梁启超的一贯思想。因此在剧本中，我特地为梁启超、谭嗣同设计了“变法不能停”这句共同台词。这句台词既不是梁启超的原话，也不是谭嗣同的原话，却是梁启超、谭嗣同真实的思想写照，是梁启超在剧中始终遵行的思想行动线。这句台词通过梁启超、谭嗣同的口在舞台上喊起，可谓是振聋发聩、警醒人心。在这里，作者巧妙地把自己的思想理念，通过艺术手段“嫁接”到作品人物身

---

① 梁启超《清代学术概论》之二十六章。

② 林文光选编《梁启超文选》之《〈变法通议〉自序》，四川文艺出版社。

话剧《康有为与梁启超》在清华大学演出，梁启超孙女梁红（左二）及梁家后人现场观看演出，与主创人员徐经纬（右二，梁启超扮演者）、李淑勤（右三，佛山粤剧院院长）、张琳（左三，康有为扮演者）、李新华（左一，编剧）合影。

上。从目前的演出效果来看，这种嫁接是成功的，社会各界是认可的。党的十八届三中全会以来，全面深化改革已经成为全党共识，成为全国人民的共同目标，这何尝不是当年康梁们的梦想与追求？何尝不是历史与现实的最好观照？

康梁师徒从岭南而过长江黄河，我创作的话剧《康梁》也顽强地从岭南而过长江黄河，乃至走向了全国。《康梁》2014年7月由佛山粤剧院、佛山艺术剧院首演，至2016年底，已在全国三十个省（自治区、直辖市）的五十多座城市巡演一百二十多场，进入了包括清华大学、暨南大学、中山大学、四川外国语大学、海南大学、广东外语外贸大学等十余所高校。西藏行程原本已经确定，佛山和拉萨两地的文化部门已经进行演出工作对接，但最后因为某位主演的个人原因未能成行，让“《康梁》走遍全中国”的计划留下了一个不大不小的遗憾。

历时两年、几乎已经走遍全中国的一百多场演出，作为编剧，我只跟了在上海、北京以及本省为数不多的几场，甚至连在新疆乌鲁木齐的第一百场纪念演出，我也因为别的原因未能前去。但每一次在现场观剧，都让我这个作者又多一层感悟、多一层思考。2015年5月21日晚，《康梁》在北京保利剧院演出，这是在保利的第二场，那晚正好我在场。演出结束的时候，照例要请我上台与演员一起谢幕。就在饰演康有为的演员张琳老师说道："下面，我们请出话剧《康有为与梁启超》的编剧……"时，一名年约半百的男性观众从观众席冲上舞台，在台口前还摔了一跤，把装在小挎包里的手机钱包等杂物都摔了出来。站到了台中央，他先是对着两名主演抱拳90°鞠躬，然后"啪——"的一声下跪，继而五体投地，哗哗大哭，把台上的演员以及台下的观众全吓呆了。足足五六秒后，剧场保安才反应过来，冲上来把那名观众带下去，当时我正站在边幕上，佛山粤剧院工作人员手中的DV也真实地记录下这一幕。剧场保安把那名激动的观众带下去，准备做进一步处理时，他泪流满面地连连道歉："对不起，对不起！我太激动了，太激动了……"这事结束后，佛山粤剧院李淑勤院长找到剧院经理，说这事幸亏是发生在谢幕的时候，如果是在演出中发生，戏就没法演了。剧院经理也聪明，笑着说："我们剧院也是头一回遇到这种情况，说明你们的戏好嘛！"

同年的5月26—27日两晚，《康梁》在清华大学新清华学堂演出，因为梁启超晚年是清华大学国学研究院导师，与陈寅恪、王国维、赵元任并称清华四大导师，因此这两晚的演出吸引了大批清华师生前来观看。26日晚，主办方要在演出谢幕时安排一个互动环节，让观众与台上的主创进行一些问答交流。李淑勤感到心里没底，对我说："新华，剧本是你写的，观众提的问题还是由你来回答吧。"我说没问题，只要是有关康梁的问题，我都能回答，如果不是康梁的问题，我们就避而不答吧。

事前我是做了功课的，模拟了观众可能提到的问题，准备好回答的内容。但到了现场才发现，我做的功课全白费，人家提的问题是你想都没想到的。

先是一名二十来岁的男同学提问，他说："《康梁》对当代中国有什么意义与影响？对当代大学生来说会是一种怎么样的引领？"我回应说："我们这个是历史剧，但更主要的是在讲康梁的师徒情感与家国情怀，也许会有人说今天的青年人已经没有了当年康梁的情怀，但我并不这样认为。今天的青年人如果处在康梁的那个年代，他们同样也会去做像康梁那样的事情，对于这一点，我是充满信心的。因此我认为康梁当年那种对于国家民族的情怀至今仍在，一百年不会变，一千年不会变。"

接着提问的是一名年龄大约40岁的男观众，他自称："我不是老师，台上的各位才是我的老师。"他提出了两个问题：一是"戊戌六君子"之一的谭嗣同不成功，但成仁了，而康梁既没有成功，也没有成仁，康梁在民国以及此后中国的历史

话剧《康有为与梁启超》在清华大学新清华学堂演出时，编剧李新华（前排中）与清华师生互动交流。

地位是什么？二是我们今天该怎么对“书生救国”进行理解与定位？

说实在，这位观众的问题不太好回答，而且还有点敏感，一不小心就会被他带到沟里去。我回答得有点小心：“我想首先回答您的第二个问题。在我们的传统文化中，一直有‘秀才造反，十年不成’的说法，就像刚才这位老师所提到的该如何去理解‘书生救国’的问题。其实我认为我们这个国家一直都是在‘书生救国’，或者说是‘书生治国’。我们这个民族之所以数千年延绵不绝，靠的不是武力，不是兵舰，而是文化，是数千年延绵下来的文化，我觉得这就是我们的民族自信心所在。至于第一个问题，康梁在辛亥鼎革后的那种所谓‘失败’，我认为不是失败、没有失败。戏里有一句台词，不知道大家有没有留意到，就是‘变法不能停’，这就是一种当下的意义和价值，只要我们今天的变革不停止，康梁就没有失败。”

今天再回过头来看当时录下的问答影像，我觉得自己的回答并不完美，但至少是得体的，是真诚的。在北京巡演的间隙，主创团队还到北京植物园拜谒了梁启超墓。2015年5月31日，时阴历乙未年四月十四日，《康梁》剧组巡演到青岛站。

青岛既是康有为晚年生活的地方，也是康氏埋骨之处，今青岛浮山有“南海康有为先生之墓”。李淑勤嘱我写一篇祭文，说主创团队要去祭奠康有为先生，祭文要请康有为的扮演者张琳老师来诵读。在高铁火车上，我草就了《祭南海康先生陵文》。祭文曰：

乙未初夏，四野芬芳。
天高地远，日月明光。
《康梁》剧组，巡演八方。
淑勤院长，勇于担当。
历史大剧，制作精良。
家国情怀，儿女情长。
遥想当年，故国有殇。
神州陆沉，百孔千疮。
南海先生，登高远望。
七次上书，慷慨激昂。
任公追随，世称康梁。
国家有难，救我家邦。
戊戌变法，图存图强。
维新百日，黯然神伤。
逋命东瀛，流亡海上。
孜孜以求，保国保皇。
虽先生九死而不悔，虽先生历尽了沧桑。
然世界潮流像东流逝水，浩浩汤汤。
而中华神州如雄狮已醒，信步由缰。
虽也曾内忧外患，虽也曾刀兵相向。
上下而求索，国人奔忙。
一往而无前，改革开放。
今日中华，屹立东方。
当下神州，威震八荒。
惟先生变法精神，将传万代炎黄。
惟先生家国情怀，定当千古流芳。

愿先生在天之灵，助话剧《康梁》走上更高殿堂。

愿先生在天之灵，佑大国中华永远繁荣盛昌。

呜呼，尚飨——

三、人到中年

1971年我出生于广东鹤山，至今已忽然半世矣。2011年动笔写《康梁》，那年我刚好四十岁。当时我还在清远艺术研究室工作，已经在单位混成了老油条，没人来管我写什么和不能写什么，过的是跟神仙差不多的日子。机缘巧合之中，这年下半年我参加了省委宣传部与省文化厅组织的“广东省舞台剧本选题式创作”活动，提交了《康梁》选题及剧本初稿，又极幸运地被选中，从此开始了前后长达四年的折磨。

这种折磨首先是来自剧本的修改，前后大改十二稿，小改无数稿，还把剧名从最初的《康梁》改成了《康有为与梁启超》（为了叙述方便，仍称《康梁》）。在这个过程中听了不少于十次的专家意见，其间饱受怀疑与质疑，还有“好心人”不断地向我推荐“合作者”，因为他们都知道康梁是个写戏的好题材，但他们都不相信我能弄好。我当然不服气：康梁在广东已经一百多年了，你们都熟视无睹，等我把它摆出来后，又想来分肥，什么意思？而且所推荐的人，说句冒犯的话，他还不如我呢！

为了堵住纷纭众口，我向省文化厅艺术处提出：“如果《康梁》必须找人合作，我的意见是找北京的郭启宏老师。如果他愿意，我就当学习，可以不拿稿费，不署名字。”郭启宏老师是我们的广东老乡，二十世纪六十年代初毕业于中山大学中文系，分配到北京工作，先后在中国评剧院、北方昆剧院、北京人民艺术剧院任专业编剧，被誉为中国戏曲创作“三驾马车”之一。郭老师到了北京人艺工作以后，又创作了一批话剧作品，其中包括《李白》《知己》等，成了中国话剧的经典之作。艺术处把《康梁》剧本发给了郭启宏老师，郭老师回话说：“小李的这个剧本已经基本成形，我可以指导他改下去，就不参与创作了。”

何为大师？郭大师者，大师也！

除了来自剧本修改的折磨，更大的折磨来自“上舞台”。2012年元月，主办方确定了《康梁》为“省重点剧本”，还正儿八经地给我发来了一份红头文件作为通知，可见省里的重视程度。然而，在下来的两三年时间里，竟然找不到承接剧本的演出方。是没资金吗？不是！因为这次“选题式创作”是省里的一个整体活动，一旦被列为“重点剧本”，就会在省文艺精品创作专项资金里安排启动经费，具体到《康梁》而言，启动经费为人民币200万元。

那是一段不堪回首的日子，到现在我也不愿意重提，个中冷暖，如人饮水。或许将来有了时间和心情，我再把这一段写下来，出一本书。

有些人和事不想再提，有的人和事却是不能不提，因是他们一直在鼓励着我、支撑着我、温暖着我，和我一起走到了现在，佛山粤剧院李淑勤院长就是其中的一位。

本来我与李淑勤并无交集，她是粤剧名旦，我不过是一名小编剧。我写的《康梁》是话剧，任我想破了脑袋，也没想到《康梁》会与粤剧院团产生合作关系。但世事就这么奇妙，总会在意想不到的地方让你看到独特而美丽的风景。

大约是在2013年底，省里有关部门给我电话，说已基本落实《康梁》的排演单位了，是佛山艺术剧院。佛山艺术剧院的前身是佛山话剧团，当年也创排了不少剧目，尤其是方言剧，在广东话剧界也算是个老院团。但我到了佛山一看，心里顿时凉了半截：由于各方面原因，佛山艺术剧院实际上只剩下6名演员，其中3人还是方言剧演员，演个小品还凑合，排演一部大戏谈何容易？我付出三年心血的《康梁》，最终落得这样的结局，我的心在流泪。

和我一起到佛山的，还有他们请来的导演，是北京一个比较有名的老导演，他对康梁这个题材很有感觉，跟我谈起剧中的场景，激动得不得了。可没想到的是，他跟院团谈砸了。那天我才回到清远，他就给我打来电话：“新华，我不干了，回去了，没法弄！”我也知道没法弄，与其这样草草上马，还不如不弄。

这事又搁了一两个月，到了2014年大年初二，记得那天我正在广州我的粤剧老师秦中英家拜年，一个陌生的号码打进我的手机，说她是佛山粤剧院的李淑勤，《康梁》剧本现在由他们来接。当时我听着电话，脑筋在急速飞转：“勤姐，你们是想排粤剧吗？”粤剧行里管当家花旦都叫姐。李淑勤说：“不是，还是排话剧。”

如果说先前让只有6名演员的佛山艺术剧院来排《康梁》我想哭，现在让粤剧院来排我想死的心都有了。李淑勤似乎明白了我的心思，在电话里说：“新华你放心好了，我们以佛山粤剧院、佛山艺术剧院的全部力量来排好这部戏，我们准备实行项目制，在全省招募合适的演员。”

后来我才知道，因为文化体制改革的原因，佛山粤剧院与佛山艺术剧院已经整合在一起，由佛山粤剧传习所进行统一管理，李淑勤身兼传习所所长、粤剧院院长两职。佛山粤剧院是广东粤剧界的一个优秀院团，每年都有优秀剧目推出，在香港、澳门地区乃至新加坡等颇有影响力。

事情接下来的发展，完全可以用“柳暗花明又一村”来形容，李淑勤在全省招募了一组相当优秀的演员，搭建了一个强大的幕后主创团队。《康梁》在当年5月彩排，它那不同凡响的品质已经初露端倪，到7月正式首演见观众的时候，用当时参加首演式的中国戏剧家协会副主席罗怀臻老师的话说：“《康梁》完全可以与国家级院团在同一平台对话。”从剧本到剧目，《康梁》至今已经收获了第二十一届曹禺剧本提名奖、广东省艺术节优秀剧目和编剧一等奖、第十四届中国戏剧节优秀剧目奖、2015年度国家艺术基金资助项目等有分量的奖项与资助。除此之外，还有国内数十家主流媒体的长篇评述，如：上海《新民晚报》半个版面的《台上再现半部中国近代史》，《北京青年报》的《两部话剧重塑晚清史观》，《澳门日报》的《康梁的聚散情仇》，《新快报》的《〈康有为与梁启超〉广州再演感动依旧》，《中国艺术报》的《“变法不能停”是历史与现实的最好观照——话剧〈康梁〉观后》，《南方》杂志的《话剧〈康有为与梁启超〉的广东气派》，《南方日报》的《历史剧的诗意表达——观话剧〈康有为与梁启超〉》以及中央电视台的专题采访《传奇康梁》……

《康梁》在全国不断巡演获奖，我依然在清远当我的老油条，一直到了2014年12月的某一天夜里，陆键东老师打来的一个电话，才从根本上改变我的人生轨迹。

此前的一个多月，因为清远文广新局是广州文广新局的帮扶对象，广州文广新局组织了广州文研院的专业作家到清远进行采风交流和文化帮扶。我作为清远的专业编剧，参加了为期两天的交流活动，其中广州方面参加这次交流活动的陆键东老师、梁郁南老师，都是我当年在“广东省粤剧编剧研究生班”[①]进修时的上课老师。班主任萧柱荣老师向我们介绍陆键东老师时，特别提到了他的著作《陈寅恪的最后20年》，说当年可谓是一纸风行、洛阳纸贵。我至今还记得萧老师在课间向键东老师讨要这本书，键东老师说这本书已经不印了，自己手上也没有存货。

因为我们那个班是广东省文联和中山大学联合举办的，给我们上文化课的都

① 该班由红线女倡议，广东省人民政府出资，广东省文联和中山大学联合举办，2004—2007年三年全脱产学习。

话剧《康有为与梁启超》全国巡演布景道具运送车

是中山大学教授，其中不乏黄修己、吴国钦、康保成等名教授，在课堂上他们几乎都会讲到陈寅恪。于是，我就在网上找《陈寅恪的最后20年》，还真让我下载了一个整本的电子扫描版，后来又在网上买回了一本二手的《陈寅恪的最后20年》（看装帧像是盗版的），前后阅读两遍，收获与感慨同样多。2013年，此书修订本终于再版，我第一时间从当当网买了回来，再次细读，有了更多的收获与感慨。因为交流活动前我已经得知键东老师要来，于是把新买回来的《陈寅恪的最后20年》①带到了第二天的座谈会上，厚着脸皮向键东老师要了个签名。其实我早已经过了追星的年龄，但对于学问与德行俱高的前辈，我都怀有一种发自内心的景仰。

两天的采风交流活动我与键东老师相谈甚洽，但他已经完全记不得当年“粤研班”里有我这么个学生，因为那次上课也就短短一天的时间，在此后长达十余年的时间里我们又没有任何交集。采风交流活动后的不久，也就是2014年12月的某一天夜里，键东老师给我打来了电话，问我愿不愿意调到广州文研院工作。

广州文学艺术创作研究院要增加粤剧编剧编制，这个事情我是知道的。因在2014年3月底，省剧协倪惠英主席联系了时任广州市市长，与我们当年“粤研班”

① 陆键东，《陈寅恪的最后20年》修订本2013年6月出版，旧版1995年12月第一版，生活·读书·新知三联书店出版。

的全体学员以及部分任课老师，在中山大学行政楼会议室召开一场专门关于粤剧事业发展的座谈会。我作为当年“粤研班”的班长，还负责联系散布在全省各地的同学回来开会。在这次会议上，陈市长当场表态：广州市增加若干名粤剧编剧编制。因为当时省里的另一个机构也想调我，所以广州增加粤剧编剧编制的事我也没太放在心上。

键东老师第一次与我通电话，就问我愿不愿意到广州文研院工作，他的真诚与关心让我感动。我跟他说明了我的情况，他说：“你不用马上回答我，如果你能够到省里的机构工作，我当然为你高兴。如果那边还动不了，你可以考虑到我们这边来。”在电话里我请键东老师给我一周的时间，我向省里的那个机构再落实一下，看看那边的具体情况再做决定。

那边的情况很快就转了回来，说目前像我这样的身份情况（非公务员），暂时还不能直接调进省属机构，如果符合条件可以参加公开招考。我也没做太多的周旋，回头就跟键东老师汇报情况，说了我“暂时不能”调省属机构的具体原因，还说出了我的担心，怕调市里也会遇到这样或那样的门槛。键东老师说：“你不必担心，我们要的是专业人才，你有《康梁》，这是你最大的优势。”于是，在时任文研院书记陈刚的鼎力支持和多方协调之下，我走人才引进的渠道调进了广州文研院。从键东老师动议开始，到办完所有手续，前后只用了十个月时间，这在现今的工作调动中，可谓是一切顺利！

人生之所以精彩，是因为你永远不知道前面会有什么风景在等着你，当然也会有风雨在等着你。如果不是有了《康梁》这部还算有点影响的话剧，以及近些年创作的那几部上演获奖的粤剧，谁会知道你李新华？谁会为你开放人才引进的渠道？人是需要有安身立命之本的，而我的安身立命之本，除了剧本，没有其他。

我从来没想过人到中年了还能调到广州工作，至少在四十岁以前没有想过。我虽然出生在广东鹤山，却是在粤北连山长大。我十四岁那年父亲去世，十八岁那年高中毕业报名参军谋出路，家中留下了母亲和妹妹，以及那五六亩赖以活命的水田。三年后复员回来，我被安排在工商银行工作，在一个乡镇办事处上班，白天坐柜台营业，晚上值班守金库。那时候在我睡觉的枕头底下，长年压着一把装了五发子弹的“五四式”军用手枪，每天都在枕戈待旦，随时准备与前来抢劫金库的匪徒进行枪战。

枪战始终没有发生，但我很快就对乡镇工作产生了厌倦，因为我已经到了找对象的年龄。那时已经是二十世纪九十年代中期，打工潮席卷了整个中国，平时在镇里已经难以见到几个年龄相仿的姑娘。我觉得再这么下去，要找对象的话恐怕要去村里了。事实上我已经和另一名同事开始有事没事往村小学跑，去滋扰那儿的女代课老师。但很快我们就发现，人家女代课老师也是一个个心比天高，最低要求也是要嫁个县城里的。

这种白天坐柜台晚上守金库的日子我一干就是五年，在香港回归那年终于调到县支行办公室写材料。我清楚地记得那是个明朗的秋天，单位给我安排了一间天花板上满是窟窿的小平房。我兴高采烈地搬了进去，还没找到竹棍子来挂蚊帐就睡了一晚，第二天醒来发现嘴里满是沙子。我实在弄不明白，一大早嘴巴里怎么会有沙子呢？明明睡觉前还刷了牙。后来我慢慢就明白了，一定是昨天夜里我做梦都在笑，天花板上的灰沙掉进嘴里了。

调到县城就能把我高兴成那样，后来又调市里了，但这时我就开始发愁了，愁什么呢？因为要考虑买房子，要考虑母亲老婆孩子的安顿。当我在清远已经混成老油条的时候，忽地又要调省城，但这时我已经没了当初调市里的那份惶恐，一切随遇而安吧，只要有我的一张书桌，足矣！

我的工作已经在广州安顿下来，《康梁》的演出已告一段落，我也开始了新题材的创作。我只有拿出新的、更好的作品，才能面对曾经关心和支持过我的人，才能面对此前四十多年蹉跎而过的岁月。若干年后，当我回顾这些年走过的人生道路，一定还会为今天的真诚而感动，还会为曾经帮助过我的人而感恩，还会为曾经创作过《康梁》这样的剧本而感怀。时间可以证明一切，我且行且努力……

2016年9月16日

历史剧《康有为与梁启超》的创作与研究

摘要： 康有为与梁启超是中国近代的思想大家、文化巨匠、变法先锋，他们留给后世的，除了宝贵的文化遗产和思想财富，更有让人扼叹的师徒故事。创作《康梁》剧本的过程，同时也是本文作者研究康梁、解读康梁的过程，并有独到的发现。

2011年下半年，本人开始创作话剧《康有为与梁启超》（又名《康梁》），2014年7月由广东佛山粤剧院、佛山艺术剧院首演。至2016年9月止，《康梁》已在全国30省（自治区、直辖市）巡演120多场，进入了清华大学、暨南大学、中山大学等10余所高校，并于2015年入选第十四届中国戏剧节，获2015年度国家艺术基金项目资助，剧本还在2014年获第二十一届曹禺剧本提名奖。中央电视台、《新民晚报》《中国艺术报》等主流媒体先后发表文章，对《康梁》剧目创作演出进行深度专题评述。

创作《康梁》剧本的过程，同时也是本人研究"康梁"的过程，思考那段历史的过程，力求在舞台上为观众呈现一个可知、可感、可信的"康梁"，力求无负于那段风云激荡的历史，无负于"康梁"这两个伟大的人物。

一、"去留肝胆两昆仑"之解读

光绪二十四年（1898），适逢农历戊戌年。经过前后七次上书，康梁终于得到光绪皇帝的支持，新法得以施行，史称"戊戌变法"。然而，这又是一次准备严重不足的变法，一次没有得到既得利益集团支持的变法，从一开始就注定了失败的结局。

在历史记载中，变法失败前夜，康梁逃往日本，而时为朝廷"军机四卿"首卿的谭嗣同拒绝外逃，决意为国家变法流第一滴血，最后以"望门投止思张俭，忍死须臾待杜根。我自横刀向天笑，去留肝胆两昆仑！"一诗绝命。在剧本第三场《变法》中，谭嗣同与梁启超泣别，谭嗣同以"不有行者，无以图将来；不有死者，无以醒后世”力劝梁启超出逃。最后梁启超是在谭嗣同“康梁不能死，变法不能停！为了新法，去，也昆仑；留，也昆仑！”的敦促下洒泪而去。在这里作者把“去留肝胆两昆仑”解读为“去，也昆仑；留，也昆仑”。

在省里组织的《康梁》剧本研讨中，有北京专家认为“两昆仑”学术界一直有多种不同解读，为免日后起争议，建议删去。当时我也知道学界对谭诗“两昆仑”确有多种解读：一种意见认为“两昆仑”是指谭嗣同的两个随仆，因为自唐以降对忠仆、义仆有“昆仑奴”之称，典出话本小说唐《传奇》之《昆仑奴》[①]；一种意见认为是指康有为和当时行走在京津一带的侠士大刀王五；还有一种意见认为指的就是康有为、梁启超二人。

而我认为“两昆仑”的本意应当是“不管是出走的人，还是留下的人，彼此都像昆仑山一样高崇巍峨，屹立于天地间”。这更接近于谭嗣同的思想，更接近于当时特定的历史背景，当然也更接近我对梁启超、谭嗣同这两个历史人物的认知和理解。

剧本初成之时，寄中山大学中文系博导吴国钦老师以求勘正。吴老师是中国明清戏剧史研究专家，在国内享有盛名，他对剧本总体评价甚好，同时对一些谬误做出指正。听了北京专家的意见后，我又电话求教吴老师。吴老师说：“《康梁》剧本中对‘两昆仑’之解读贴切、到位，并无不当。谭诗‘两昆仑’既不是指特定的某两个人，更不会是指所谓的‘昆仑奴’，应该就是指出走的人和留下的人。”

其实，今人谁又能完全进入谭嗣同当时汹涌澎湃的内心？谁又知道哪种解读才是谭嗣同最初的本义？艺术作品的魅力，不就在于它可以让受众做出无限解读的可能吗？

二、“公车上书”中“车”字的舞台读音

公车上书、戊戌变法等历史事件，都是写“康梁”、演“康梁”绕不过去的重点情节。如何才能让演员在舞台上正确地念出“公车上书”这个专有名词，曾经让我这个剧作者有过一番不小的纠结，因为当年的“公车”与时下的“公车”并不是同一概念。

在《现代汉语词典》里，“车”字有两种读音，一是读“che”的阴平音，多

① 冯梦龙. 太平广记钞（上）[M]. 北京：团结出版社，1996：420-421.

指运输工具，如“汽车”[①]；二是读“ju”（音“居”），也是阴平音，专指“象棋棋子的一种”[②]。在《现代汉语词典》里，没有“公车”的词条。在《古代汉语词典》（缩印本）里，有“公车”词条，其中一个解释为“汉代官署名。设公书令，掌管司马门的警卫和臣民上书、征召等。”[③]，“车”字也是注“che”的阴平音。我认为，《古代汉语词典》对于“公车”中“车”字的注音值得商榷，应该读“ju”而非“che”。

我之所以这么认为，主要有以下两方面的依据：一是粤语在“香车宝马”“安步当车”“车马劳顿”“车马费”等词语的读音中，对“车”字都是以“ju”的阴平音来读。粤语是秦汉时期中原官方语言“雅语”的遗存，较好地保存了上古汉语的大部分读音。二是在《康熙字典》里，“車”字条目注释为：“《广韵》九鱼切。《集韵》《韵会》《正韵》斤於切，音居。”[④]也就是说在《康熙字典》“车”的读音有“ju”阴平音。

尽管如此，我对“公车上书”中的“车”字该念“che”还是“ju”依然心存疑虑。为此，我专门请教了我的粤剧创作指导老师秦中英先生，解放前他曾在岭南大学（中山大学前身）读了三年的法律专业。秦老师说：“我们当年念书时，‘公车上书’的‘车’字，就是念作‘居住’的‘居’，念成‘汽车’的‘车’是解放以后的事。”在一次小型的会议上，我就“公车上书”的两种读法当面请教明清史研究专家、中山大学历史系主任吴义雄教授。吴教授认为两种读法都没错，古音多读“居住”的“居”，现代音多读“汽车”的“车”。

有了这些理论以及专家的支持，我决定让演员在舞台上把“公车上书”念作“公ju上书”，而不是“公che上书”。我的想法得到导演与演员的认可与支持。《康梁》至今在全国巡演超过百场，进入了清华大学等高校，没有人对“公车上书”念作“公ju上书”提出异议。可见，在“公车上书”这个专有名词的读音上，我们的选择是正确的，社会各界是认可和接受的。

---

① 中国社会科学院语言研究所词典编辑室．现代汉语词典 [M]．北京：商务印书馆，1996：149．

② 中国社会科学院语言研究所词典编辑室．现代汉语词典 [M]．北京：商务印书馆，1996：679．

③ 《古代汉语词典》编写组．古代汉语词典 [M]．北京：商务印书馆，2007：469．

④ 中华书局编辑部．康熙字典 [M]．北京：中华书局出版社，2010：1239．

三、康梁师徒的思想分歧

《康梁》既然写康有为、梁启超这两个人物，必定要写他们之间的矛盾与冲突。那么，这对师徒最主要的矛盾冲突是什么呢？

戊戌年间，康梁师徒二人有着共同的思想基础，就是试图通过变法使国家强大起来的美好愿望。康梁的组合，其实只是历史的一个偶然，但这个偶然在深远地影响着此后中国的历史，同时也成就了康梁师徒二人，让“康梁”成为一个政治、文化符号，乃至时代的风向标。

广东新会学子梁启超在17岁那年，以乡试第8名的成绩考中了广东举人，还迎娶了广东学政李端棻的堂妹，攀上了他人生的第一个高峰。第二年，光绪十六年（1890）的秋天，正在广州学海堂求学的梁启超，听说从京师落第而归的33岁南海老秀才康有为在万木草堂开馆办学，一时兴起，于是带人前去踢馆。让人没想到的是，康有为一顿劈头盖脸的“以大海潮音，作狮子吼”话语，让年方十八的梁举人如同“冷水浇背，当头一棒”，于是“自是决然舍去旧学，自退出学海堂，而间日请业南海之门[①]。”在《三十自述》这篇文章里，梁启超毫不掩饰地写下了这段文字。能让少年梁举人拜倒在康门之下的，是康有为一年前第一次向光绪皇帝上书的余威，以及准备下一次上书的蓄势。除了叩头拜师，他梁启超还能做些什么呢？还没等搬上舞台，这本身就是一出好戏。

然而没过多少年，康梁师徒二人就变成了“敌人”，两人各不相让，在报刊发表文章互骂。康有为以他一贯凌厉的文风，把梁启超比作“鸱枭食母獍食父”的禽兽。而梁启超作为学生，也毫不留情地以“大言不惭之书生”来回敬先生。曾经的一对师徒，何至于走到这一步？原来此时两人的思想已经产生了巨大的分歧。时值民国八年（1919），“辫帅”张勋把逊帝溥仪抬出来重新当皇帝，康有为觉得这是“保国”“保皇”的良机，于是义无反顾地参与了这场复辟。而梁启超认为国家不能再走回头路，复辟只是徒添混乱而已。在剧本里，我把“决裂”这一场作为全剧的重头戏进行铺排。在这场戏里，康有为接受了溥仪授予的“弼德院副院长”之职，兴冲冲地跑到天津劝梁启超参与“光复”。没想到梁启超不为所动，反劝老师不要去当复辟王朝的官。康有为见梁启超心意已决，只好退而求之，要梁启超对

---

① 林文光. 梁启超文选 [M]. 成都：四川文艺出版社，2009：161-162.

此次“光复”保持缄默，并且言明：“此乃师命！”梁启超对老师的执着与迷误感到绝望，从心底迸发出“世有康梁，再无康党”的泣告，师徒由此决裂。

由此可见，康梁师徒的决裂，不是个人恩怨，无关私人利益，而是彼此对国家前途命运的不同理解所致，这就是他们之间最根本的、最不可调和的思想矛盾。他们的目标可以说是一致的，但达至目标的路径大相径庭，这就是康梁师徒的悲剧所在。黑格尔曾经说过：“真正的悲剧，是善与善的战争。”毫无疑问，康有为与梁启超都是大善之人，在他们之间却发生了一场延绵十数年的“战争”。从这个角度来看，《康梁》无疑是一出大悲剧。

四、康梁师徒的性格矛盾

后期的康梁师徒，除了有严重的思想分歧外，性格矛盾又是两人之间的一大矛盾。早年的康梁师徒，同为变法的倡导者、执行者，信念是相同的，目标是一致的，两人之间的性格矛盾是隐性的、可以调和的。但当梁启超成熟起来、强大起来以后，这种性格矛盾就变得不可收拾。

康有为曾经说过：“吾学三十岁已成，此后不复有进，亦不必求进。”[①]由此可见，康有为的性格是那么的刚愎自用，最后成了“保皇派”完全是性格使然。刚过而立之年的康有为，已经写成了《上清帝第一书》，完成了《新学伪经考》的著述，正在动笔写《孔子改制考》。敢于向皇帝上书言变法事的康有为，孑立于当时依然经年研习八股、埋头训诂的学子之中，是那么的耀眼，又是何等的先进！所以康有为才敢大声地向世人说出“吾学三十岁已成”之语。但康有为很快就发现，他越来越落后于这个时代，他的声音被天崩地坼般的洪流所湮没，他的主张也被一路狂飙的历史所抛弃。

康有为的一生都是孤独的。在维新变法期间，他虽然有梁启超等一众学生的追随，却被整个主流社会抵制，尤其是既得利益集团的集体抵制。在他逋命天涯的十五个年头里，虽然也有遍布海外的各地“保皇会”成员的支持，但他的思想已开始脱离中国社会，脱离于世界潮流。当他最为倚重的弟子梁启超在他面前迸发出“世有康梁，再无康党”的呐喊时，作为一个时代标志的康有为，其实已经死了。站在百年后的渡口，我们再回望康有为“君主立宪”“虚君共和”的政治主张，似

---

① 梁启超．清代学术概论 [M]．上海：上海古籍出版社，1998：89-90.

乎又不能说他是全错的，一切都是成王败寇、天意弄人。因此在剧中的康有为有了“知我者谓我心忧，不知我者谓我何求？”的贯穿台词，我并不是在为康有为辩解，只是试图去解读他的内心，哪怕是误读。

反观梁启超，一生都在接受新生事物，“不惜以今日之我，难昔日之我”，他的“保守性与进取性常交战于胸中”[①]。作为学生，梁启超清醒地看到自己与乃师的区别：“启超与康有为最相反之一点，有为太有成见，启超太无成见。”[②]康有为停留在他的三十岁，而梁启超在不断地否定自己，不停地在向前探索，如此师徒，最终的结局，只能走向分裂。

由此可以看出，“善变”是梁启超的思想特质，但他永恒不变的，是一颗拳拳的爱国之心，是特立独行的士人风骨。戊戌年间，梁启超在上海《时务报》发表的《变法通议——自序》中指出：“法何以必变？凡在天地之间者，莫不变。昼夜变而成日，寒暑变而成岁……上下千岁，无时不变，无事不变，公理有固然，非夫人之为也。”[③]天下潮流在变，人心焉能不变？世界格局在变，法度又焉能不变？由此可见，变法、变革是梁启超的一贯思想。

在剧中，我专门为梁启超、谭嗣同设计了“变法不能停”这句共同台词，并在剧中多次出现，使之成为全剧的灵魂。这句台词不是谭嗣同、梁启超的原话，是作者把自己的理想信念“嫁接”在人物身上。从目前的演出效果来看，这种“嫁接”是成功的，社会各界是认可的。党的十八届三中全会以来，全面深化改革已经成为全党、全社会的共识，这何尝不也是当年康梁们的梦想与追求？梁启超在舞台上“变法不能停”的疾呼声响遏行云，在与中国当下伟大的社会主义实践遥相呼应，在与“改革不停顿，开放不止步”遥相呼应，这难道不是历史与现实的最好观照吗？

五、结语

辛亥鼎革前，康有为、梁启超形象无疑是正面的、强大的。但在辛亥鼎革后，康有为掉进了“保皇”的历史泥淖，始终洗刷不掉“保皇派”的污名。梁启超则追随了北洋政府，出任袁世凯政府总长高官。康梁师徒的这段后史，百十年来一

---

① 梁启超．清代学术概论 [M]．上海：上海古籍出版社，1998：86.

② 梁启超．清代学术概论 [M]．上海：上海古籍出版社，1998：89.

③ 林文光．梁启超文选 [M]．成都：四川文艺出版社，2009：1.

直被人诟病。然而，当观众真正走进这两个历史人物灵魂深处，真正了解他们内心那种难以言表的痛楚，对于他们当时的选择，或许就有了更多的宽容与理解。其实，康梁都没有错，他们都在用自己认为正确的方法和方式，去爱这个国家，去挽救这个民族。不幸的是，他们的方法和方式，都被后来者毫不留情地抛弃了。从这个意义上来说，康梁都是失败者，但失败者并不等同于错误者。在最后一场戏里，我安排了康梁师徒的一场灵魂对话，二人对未来“一个如朝阳般的少年中国”有了共同的祝愿和期许。或许，这就是当年康梁的中国梦，也是百十年来曾经为民族崛起而奋斗过、探索过的志士仁人共有的中国梦。

（原载《大舞台》2016年第6期）

一个工科男的强国梦

——《铁血道钉》的创作

大概是从2015年上半年开始，我就在准备詹天佑题材的创作。到了2016年6月间，《铁血道钉》的剧本基本成形，通过佛山艺术剧院申报了当年的国家艺术基金项目，并且获得通过，这是本人创作的、继话剧《康有为与梁启超》后的第二部获国家艺术基金扶持的大型剧目。

詹天佑是一个典型的“工科男”，是一个低调、谨慎、不事张扬的铁路工程师，在他身上以及附丽于他身上的故事都缺乏一种编剧想要的戏剧张力。如果不是因为他主持了中国第一条自建干线铁路——京张铁路的筑建，我估计后世没有人会关注他。但因为这条铁路，开启了一个大国的铁路模式，实现了一个古国与现代文明的实质性接轨，所以他的故事才被长期收入中小学课文和历史教科书。面对这个题材和这个人物，作为编剧的我心存敬畏，在创作的过程中十分谨慎，力图在舞台上为观众呈现一个真实、可感、可信的詹天佑，力图在舞台上还原曾经在这块大地上发生的历史片断，力图让主人公的情怀、理想得到恰当、适度的刻画与再现。

创作剧本的过程，就是我思考这个题材和认知这个人物的过程。我当然明白我是在写戏，但我又不敢进行漫无边际的“戏说”，我想写的是一个既符合大众认知又有点陌生感的詹天佑，所以我要做的功课也实在不少。

一、厘清两个模糊的说法

第一，詹天佑到底是哪里的人？关于詹天佑的籍贯，历来有两种说法，一说是江西婺源人，另一说是广东南海人。据了解，在詹天佑出生的100年前（1760），詹家已经举家从徽州婺源迁至广东南海，并在1820年向南海县衙申请入籍并获准。3年后，詹天佑的父亲詹兴洪在南海出生，又38年后，也就是1861年，詹天佑出生。现存中国革命博物馆中有一份詹天佑自书履历表，明确记载为“南海县民籍”。因此詹天佑“祖籍江西婺源，广东南海人”这样的表述我认为是可以的。

作为一名戏剧编剧，纠缠于主要人物的籍贯有意义吗？我认为是有意义的。如果詹天佑不是广东南海人，广东这边的院团可能就找不到排演这个题材的理由；如果抽离了广东南海这个地域背景而换成个别的什么，很多写法、说法编剧都要做出调整。

第二，京张铁路到底是一条什么铁路？很多人以为，1905年詹天佑主持修建的京张铁路就是中国的第一条铁路，其实不是，因为在京张铁路之前，中国已经有了好几千公里的铁路。那么京张铁路是中国第一条自建铁路吗？其实也不是。

中国第一条自建铁路，是1902年修建的河北新城至易县的新易线。当时清政府决定自主修建这条全长仅为42.5公里的简易铁路，只是为了方便第二年慈禧太后"谒陵"（谒清西陵），而这条铁路也是在詹天佑的主持下完成的。

全长200公里的京张铁路是联结蒙古高原与京师的重要通道，经济、军事价值极高，是华北走向西北的重要通道，至今依然每天通行一百多对列车，仍为社会的发展发挥着重要的作用。因此，把京张铁路定位为"中国第一条自建干线铁路"是准确恰当的。

二、撷取三个可入戏的节点

詹天佑是一名铁路工程师，他的性格特质以及工作性质决定了他与那些社会煽动家、革命家以及帝王将相有着根本的不同。如何才能把詹天佑艺术地立于舞台？在如山的书籍资料中，我撷取了"工人罢工""隧道塌方"以及"车钩事故"这三个节点，用于构建剧本、推进剧情。

1907年初，正在居庸关与八达岭两条隧道的紧张施工过程中，有两名重要监工不辞而别，事后詹天佑才知道这两人是被英籍工程师重金挖走的，再加上当时工程进展艰难，人们对自主筑建京张信心不足，人员流失十分严重。所有这些，都成为剧本中工人罢工情节的构件。

"隧道塌方"也是真实存在的。1908年初，八达岭隧道工程进入到最后关键阶段，当时京沪各地报章纷纷刊登"京张铁路八达岭山洞内死伤一百多人"的传闻。塌方是隧道工程中经常遇到的事，即使是在一百多年后的今天依然常见。在剧中我专门安排了这个情节，这就是詹天佑遇到的第二个困境。

詹天佑遇到的第三个困境是"车钩事故"。当时的中国火车普遍采用旧式链子车钩，1905年12月发生了一起工程车链子车钩断裂的事故，于是詹天佑决定在京张全线率先使用美国人发明的新式车钩——姜尼车钩。这种车钩采用握臂式结构，安全实用，因此一直沿用至今。在剧中，我把这次事故后移到通车大典礼的那一天，把事故的原因处理为人为破坏。这样一来，对詹天佑的冲击会更加强烈，更适合于组织舞台冲突。

三、写好人物的理想情怀

1872年8月，清廷第一批官派留美幼童穿越太平洋，在美国西海岸旧金山登陆，然后再乘坐火车沿着联合太平洋线和中央太平洋线横跨北美大陆，来到东海岸的康涅狄格州，开始了长达10年的学习和生活。后来詹天佑才知道，这条横跨北美的铁路线，就是由早他几年被当成“猪崽”卖到北美的珠三角先辈们建造出来的，在每一根铁轨下面，都埋着一名华工的遗骨……在美十年，那种因为国家贫弱而带来的耻辱接踵而来：一登上北美大陆，他们要做的第一件事情就是把身上所有的衣服脱掉扔进火堆，然后像牲口一样被赶进一个池子进行“消毒”；虽然根据两国协议，这些幼童被安排进了美国家庭，但他们仍受到当时美国排华思潮的普遍影响，因为他们后脑勺上还留着长长的辫子，因此处处被人骂成是“中国猪”……

也就在那个时候，詹天佑萌发了强烈的强国梦想，他和当时的很多人一样，认为中国的落后在于器物，只要有了大量的实业，以及纵横交错的铁路，国家就一定能够强大起来。因为有了这样的想法，詹天佑报考了耶鲁大学雪菲尔德理工学院的铁路工程专业并被录取。

20岁那年，詹天佑获得耶鲁学士学位后，和所有的官派留美学生一起奉诏回国，回到了这个已经奄奄一息的故国。他失落过，绝望过，但那长压心底的梦想，一见电光，就会如野火般漫山遍野地燃烧起来。而京张铁路，就是点燃詹天佑心中梦想的那一闪电光。现在八达岭詹天佑纪念馆的门墙上，仍镌刻了他的一段话：“各出所学，所尽所知，使国家富强，不受外侮，足以自立于地球之上。”这也许就是我在剧本中反复用到的“实业救国，铁路兴邦”台词的灵感来源。

从今天的角度来看，“实业救国，铁路兴邦”当然是有局限的，同为广东南海人的康有为就比詹天佑站得更高一些，看得更远一些，但詹天佑的救国梦想是不是又比康有为更加具体、更有操作性呢？如果这两个同时代的人能够璧合，或许中国的近代史不至于那般不堪。当然，这仅仅是编剧的一己臆想，长留太息而已。

2017年2月18日

（原载《剧本》2017年第4期）

詹天佑研究与话剧《铁血道钉》创作

摘要：詹天佑是中国杰出的铁路工程师，他主持修建的铁路——京张铁路是第一条完全由中国工程技术人员设计、筑建的干线铁路，走出了中国人自建干线铁路的第一步。当年詹天佑们冲破重重阻力建成的京张铁路，不但为中国铁路的发展奠定了坚实的物质基础，更为中华民族伟大复兴提供了强大的精神动力。创作以詹天佑为题材的舞台艺术作品，无疑是一个具有历史与现实意义的重大选题。

关键词：詹天佑；话剧

2016年6月，我作为话剧《铁血道钉》的编剧，与佛山艺术剧院的负责人一道，到北京参加国家艺术基金2016年度资助项目复评答辩。《铁血道钉》是近两年本人创作的、以中国铁路工程师詹天佑主持修建京张铁路为题材的历史话剧。由于题材重大，以及剧本相对成熟，通过了国家艺术基金的复评答辩，成为年度资助项目。这是本人创作的、继话剧《康有为与梁启超》后的第二部获国家艺术基金资助的大型剧目。

《铁血道钉》目前已由佛山艺术剧院排演，同时也获得了广东省精品剧目生产扶持。由于詹天佑主持修建京张铁路的事迹被长期收入中小学课文和历史教科书，因此在创作的过程中我十分谨慎，先后参阅了大量资料，实地走访了詹天佑故居、京张铁路八达岭路段以及一些铁路博物馆，力图在舞台上为观众呈现一个真实、可感、可信的詹天佑，力图在舞台上还原曾经在这块大地上发生的历史片段。

一、詹天佑祖籍江西婺源，是广东南海人

关于詹天佑的籍贯，一直以来都有两种说法，一种说法詹天佑是江西婺源人，另一种说法是广东南海人。而我个人比较倾向这样的表述：“詹天佑，祖籍江西婺源，广东南海人。”

采信詹天佑为广东南海人，基于以下三方面的考虑：

一是在詹天佑出生的一百年前，詹天佑的曾祖父已经举家迁居广东南海。1760年，徽州婺源茶商詹万榜，举家来到当时一口通商的广州府，并定居在广州西关十二甫，而当时西关十二甫属于广州府南海县捕属。詹万榜即詹天佑的曾祖父，詹天佑1861年出生于广州西关。也就是说，在詹天佑出生的一百年前，他的曾祖父已经把詹家从徽州婺源迁移到了广东南海。

二是在詹天佑父亲出生前，詹家已入籍广东南海。中国向来有户籍管理制度，清代也不例外。1816年底，詹万榜的儿子，也就是詹天佑的祖父詹世鸾，为了让子孙后代能够在广东当地参加科举考试，以其儿子詹钰（詹天佑伯父）的名义，向南海县衙提出入籍申请。

当年申请入籍，并不比今天申请户籍简单。詹钰在申请呈文中写道："窃童祖詹万榜，原籍安徽婺源（时徽州属安徽）人，自乾隆二十五年，来广东省垣营生，因挈眷来粤，为童父鸣珂娶治属朱姓之女为室，生童等兄弟。嘉庆五年，置大北门拱宸坊屋居住。是年祖父母身故，葬北门外沙帽岗。童母于嘉庆六年身故，葬北门外飞鹅岭。迨嘉庆二十一年，迁居西门外十二甫，自置房屋。计自故居居家粤城，今逾六十载，庐墓产业在在可据。"①

但这次入籍申请并没有被批准，南海县衙批回："侯传邻保人等讯夺情实，仍将印契携带呈验粘抄附。"也就是说，申请入籍，除了提供所居住房屋契证、祖先坟墓契证，还要有地保及邻居的证明文书，可见当年的入籍并不容易。詹世鸾重新准备文书材料后，在地保及邻居的作保之下，再次向南海县衙提请入籍，这次终于获准。三年后，1823年，詹天佑的父亲詹兴洪出生。

三是詹天佑自书履历为"南海县民籍"。现存中国革命博物馆中有一份詹天佑自书履历表，明确记载为"南海县民籍"。

根据上述三方面原因，我认为詹天佑"祖籍江西婺源，广东南海人"的表述是正确的。中国人向来感念故土，在面对"你是哪里人"的提问时，通常都以祖籍为凭。但对于惯于迁徙的民族来说，祖籍到底祖到哪一辈为准，谁也没有一个确切的说法。以户籍或出生地为准，兼顾祖籍，我认为是一个不失周全的表述方法。

① 詹同济等著，《詹天佑生平志》第2—3页，广东人民出版社1995年版。

二、京张铁路是中国第一条自建干线铁路

很多人以为，詹天佑当年在北京至张家口筑建的京张铁路就是中国的第一条铁路，真实情况并不是这样。在京张铁路之前，中国已经有了好几千公里铁路，但中国铁路的发展史，却是一部民族苦难史。

中国的第一条铁路，可以追溯到19世纪中叶。1865年英国商人杜兰德在北京宣武门外铺设了一条长约500米的“模型”铁路，并且还有小型蒸汽机车在上面行驶。这条铁路并不具备实用价值，但能够从另一个角度打开国民的视野。

中国第一条真正意义的、具有实用价值的铁路，是1876年英国怡和洋行在吴淞至上海之间擅自修建的、全长15公里的淞沪铁路，这条铁路客货两用，建成通车后即产生了较高的商业价值。但问题是这条铁路的建设没有得到清政府的批准，属于典型的“违建”。到了第二年，1877年9月，清政府高价把这条铁路赎回。赎回后却没有加以利用，马上就派人把这条长15公里的铁路全线拆除了。

关于铁路办还是不办的问题在朝野又争议了几年，到了1881年，在洋务派的力主之下，朝廷同意“试办”，于是在唐山开平煤矿，以开平矿务局出资的名义建造了中国最早一条商办铁路——唐（山）胥（各庄）铁路。唐胥铁路全长只有10公里，专用于矿区煤炭运输。

从此，中国铁路缓慢起步。但有一点必须清楚：当时中国所建的铁路，全部是外借洋款作为建设资金，并且是在外国工程师的主持下建成的，路权、路产要在三五十年后，政府才可以高价赎回。可以这么说：当时中国铁路建到哪里，帝国主义瓜分中国的魔爪就伸到哪里。

时间到了1902年，清政府为了方便第二年慈禧太后“谒陵”（清西陵），决定在京汉铁路高碑站（河北新城）至梁各庄（易县）修建一条支线铁路新易线。然而，这条全长仅为42.5公里、属于简易铁路的支线铁路，还是引起了英、法等国争夺。无奈之下，清政府决定自建这条铁路。从美国耶鲁大学铁路工程专业学成回来的詹天佑临危受命，主持修建这条主要是用于皇家谒陵的支线铁路。1903年4月，赶在皇家谒陵前，新易线全线贯通，慈禧太后、光绪皇帝第一次乘坐火车去拜祖宗，感觉非常好，詹天佑获得了慈禧太后的召见。不久，朝廷正式下旨嘉奖修建新易线有功人员，其中有对詹天佑的赞扬：“候选同知詹天佑曾在外洋学习工程专门多年，为中国工程中杰出之才，此次承修路工，正值隆冬天气，措手綦难，该

员不避艰辛，督率各匠役勤奋趋事，得以迅速竣工，而用费亦极节省，实属异常出力。”[①]由此，詹天佑被清政府擢升为“选用知府”。

有了新易线的成功，詹天佑在中国铁路界声名鹊起。1905年，清政府决定兴建北京至张家口、全长200公里的干线铁路。在开始筹备的时候，也没有考虑自建，但因为京张铁路是连通蒙古高原与京师的重要通道，英、俄两国都在争夺这条铁路的筑路权。清政府两边不敢得罪，只好又决定自建，詹天佑再次临危受命。1909年9月，全长200公里的京张铁路全线通车，粉碎了中国人不能自建大型铁路的传言。新易线作为一条仅供皇家谒陵之用的简易铁路，经济、军事价值并不高。而京张铁路是连接蒙古高原与华北平原的干线铁路，经济、军事价值极高，至今仍是华北走向西北的重要通道。

因此我们可以这样认为：全长42.5公里新易线是中国自建的第一条简易铁路，全长200公里的京张铁路是中国自建的第一条干线铁路。巧合的是，这两条自建铁路都是在总工程师詹天佑的主持之下建成的。詹天佑主持建成的京张铁路，在一百多年后的今天，依然每天通行一百多对列车，依然在为社会的发展发挥重要的作用。

三、把一个思维缜密、“不善言谈”的铁路工程师立于舞台必须解决的几个问题

詹天佑是清廷第一批官派留美幼童，在美国整整学习、生活十年（1872—1881），十岁去国，二十岁还乡，整个青少年期都是在大洋彼岸的那块土地上度过。詹天佑作为一名铁路工程师，他做得最多的工作是埋头研究、苦心设计，他的性格特质以及工作性质，决定了他与那些适合舞台表现的社会煽动家、革命家以及帝王将相有着根本的不同，而这种不同却是舞台表现最为棘手的。换句话说，舞台艺术需要的是张扬与激化，而不是内敛与深沉。如何才能把詹天佑艺术地立于舞台，作者必须解决以下几个问题：

一是要以史实为基础，大胆塑造人物。由于性格以及专业的原因，成年后的詹天佑是一名思维缜密，以及“不善言谈的个性”[②]的铁路工程师。因此，作者必须对詹天佑的舞台形象进行艺术性的塑造，赋予人物适当的外化语言和合理的行为

① 詹同济等著，《詹天佑生平志》第 56 页，广东人民出版社 1995 年版。
② 经盛鸿著，《詹天佑评传》第 284 页，南京大学出版社 2011 年版。

逻辑。

作为一名铁路工程师，舞台上的詹天佑“思维缜密”是可以的，但不能“不善言谈”。因此，我把詹天佑定位为“一名有着钢铁般意志的铁路工程师”。既然有“钢铁般意志”，那么就会有坚定、坚强的性格，有明确的方向和目标，有强大的执行力，有百折不挠的意志。只有这样，这个人物才能成为一个有血有肉的人物，也只有这样，观众才会爱上这个人物。

二是要寻找历史缝隙的小节点，组织戏剧故事。在创作的过程中，我不断调整全剧的结构，最后把全剧的核心集中在修建京张铁路这一事件上来，全剧起于修建京张，终于京张建成。

在修建京张铁路的过程中，当然发生了很多故事，但并不是所有故事都适合舞台剧尤其是话剧表现，这就需要作者进行取舍和结构。在本剧中，我主要在“工人罢工”“隧道塌方”以及“车钩事故”这三个节点上做文章，层层推进剧情。而这三个节点，都是京张铁路修建过程中的真实记载，只不过有的只是只言片语，有的虽有明确记载，却也是语焉不详。而我作为一个剧作者，却是在历史的缝隙中抓住了这几个小节点，用于构建我的剧作。

1907年初，正当詹天佑组织发起对居庸关与八达岭两隧道进行攻坚战的时候，他手下重要的两名建筑监工黄桂祥与张成海却突然借口回家离开了京张铁路。事后詹天佑才知道这两人是被关内外铁路的英籍工程师牛麻治与李吉士私下用重金挖走的[①]。这也许还算不上是“罢工”，但当时的记载表明，由于工程艰难、资金短缺，再加上工人对由中国工程师主持兴建的这条铁路信心不足，人员流失十分严重。所有这些，都是构成剧本中工人罢工的主要元素。

“隧道塌方”是真实存在的。1908年初，八达岭隧道工程进入到最后关键阶段，当时京沪各地报章纷纷刊登“京张铁路八达岭山洞内死伤一百多人”的传闻。对于这则传闻，詹天佑在与好友邝景阳的通信中提到：“并无此事，这完全是谣言！只是未衬砌部分有坍落现象，但不关重要，而且没有一个人受伤。”[②]塌方是隧道工程中常遇到的事，在一百多年后的今天依然常见。因此在剧中，我安排了这个情节，形成了詹天佑修建京张铁路遇到了第二个困境。

詹天佑遇到的第三个困境是“车钩事故”，这个技术性比较强。当时中国火车普遍采用的是旧式链子车钩，这种车钩在平原地区使用问题不大，但遇到大的爬

① 经盛鸿著，《詹天佑评传》第181页，南京大学出版社2011年版。
② 詹同济译编，《詹天佑书信选集》53页，华南理工大学出版社2006年版。

升或者下坡路段，那可就危险了，上行时可能会造成链条断裂，下行时可能会形成车厢前拥造成脱轨翻车。因此詹天佑在京张铁路率先使用美国人发明的新式车钩——“姜尼车钩”，这种车钩采用握臂式织构，很好地解决了链子车钩的不足，一直沿用至今。事实上，詹天佑之所以采用新式姜尼车钩，是1905年12月发生工程车链子车钩断裂造成脱轨事故后，才决定改换的①。

在剧中，我把这次事故移到京张全线通车大典礼的那一天，把事故的原因处理为人为破坏。这样一来，对詹天佑的冲击会更加强烈，更适合于组织舞台冲突。

三是要升华人物思想，紧扣时代精神。1872年8月，詹天佑等第一批官派留美幼童三十人，在上海乘邮轮，横跨太平洋，在美国西海岸登陆，然后再乘坐火车沿着联合太平洋线和中央太平洋线横跨北美大陆，来到了美国东海岸的康涅狄格州，开始了长达十年的学习和生活。后来詹天佑才知道，这联合太平洋线和中央太平洋线两条铁路，就是四十年前珠三角地区先辈被人“卖猪崽”，来到北美大陆而建造出来的。在他所乘坐的火车轮子底下，每一根铁轨下面都有一名华工的遗骨。在剧本中，我把詹天佑的救国思想升华为“实业救国，铁路兴邦”，并且贯穿为詹天佑毕生的梦想与追求。

在詹天佑所处的时代，中国积贫积弱，饱受凌侮，救国救民、自立自强就是那个时代的民族精神。可以这么说，詹天佑在中国铁路史上留下的辉煌篇章，就是当时中国先进知识分子救国救民、自立自强的最具体、最有力的表现。时至今天，中国的综合国力与国家地位已经与一百多年前不可同日而语，中国铁路已经从“输入国”变成了“输出国”，铁路路网建设走在了全世界的前列，高速铁路已经占全世界的55%，雄霸全球。随着“一带一路”倡议的实施，中国铁路尤其是高速铁路必将继续引领全球，民族复兴、振兴中国的梦想必将凭借中国铁路的辉煌而实现。这，应当就是我们这个时代的精神，同时也是詹天佑百年救国梦想的延续和光大。

2016年10月16日

（原载《剧影新作》2016 年第 4 期）

---

① 经盛鸿著，《詹天佑评传》第 168 页，南京大学出版社 2011 年版。

生命价值与贫富贵贱无关

——话剧《穷孩子·富孩子》的创作

2008年初，广东省文联为了纪念改革开放三十周年，组织省内青年剧作者进行现代戏创作。本人创作的大型现代话剧《穷孩子·富孩子》在研讨会上获得了较高的评价，并在2009年重庆市征集舞台艺术剧本活动中获三等奖（一等奖空缺），与重庆市文广局、重庆市话剧团签订了剧本版权转让协议。

然而没过多久，重庆开始了声势浩大的“唱红”，此类题材的排演被搁置。到2012年不再“唱红”了，话剧团又要排演这部戏，却被马上叫停，原因是这部戏“涉枪涉警”……

2016年下半年，佛山南海大沥镇文化站想找一部能够反映改革开放四十周年主题的舞台剧本，省文化馆陈才导演联系到我，我把《穷孩子·富孩子》修改一稿后交给了他们，他们很快就决定排演，并根据我的意见申报了2017年度国家艺术基金资助项目并成功入选，这是本人创作的、连续三年入选国家艺术基金项目的剧作（2015年话剧《康有为与梁启超》，2016年话剧《铁血道钉》）。

本剧已于2017年7月8日在佛山琼花大剧院成功首演，并且已经在佛山地区巡演20多场。从为“改革开放三十周年”准备，到为“改革开放四十周年”献礼，首演之时我在台下泪流满面，因为十年前让我澎湃于心的激情仍在，让我滋润于心的温暖仍在。同时，也在为南海大沥镇文化站同人的努力而感动，在为自己的坚守与坚持而感动。

一、我的“四十年”观

究竟如何去写改革开放，尤其是在三十年、四十年这个界点上怎么写，这个问题一直在困扰着我。是写初期农民承包土地的发家致富？是写后期国企改制下岗工人不等不靠的创业足迹？是写进城农民工接受了新思维学会了新技术，然后回乡带领乡亲们脱贫奔康？还是写大学生掌握了现代理念，毅然决然返乡，投身社会主义新农村建设的动人故事？

《穷孩子·富孩子》剧照

然而，我所看到的、想到的“改革开放四十年”并不只是这些。这四十年来，社会生活发生了翻天覆地的变化，成就了无数强者的财富人生，但同时也把无数弱者推到了崩溃的边缘。而在普通人的眼里，财富故事总是与一些不为人知的原罪交结在一起，于是“仇富”“仇官”的社会情愫暗处滋生，一旦找到适合的契点，就不可收拾地迸发。

有时，关注底层未必就不是主旋律，只要作者在作品中始终关注人文，始终以悲悯情怀关注自己作品中的每一个人物，以及他们的心灵、命运，就一定能够写出具有时代意义的作品。

二、社会生活的嬗变与人物命运的跌宕

本剧的故事发展是这样的：蓝天亮和牛聪当初都是穷孩子，一起从山村到城里打工谋生。由于性格的使然，以及命运的捉弄，三十多年后，一个成为富豪，一个沦为贫民。因了这种压在心底多年的芥蒂，贫民牛聪终于“揭竿而起”，绑架了富豪蓝天亮的儿子涛涛，并勒索高额赎金，以实现“远离这座冷漠无情的城市”之

梦想。

在剧中，故事起因是小梅（下岗工人的女儿）和涛涛这对被绑架的“穷孩子富孩子”，真正交锋的却是牛聪和蓝天亮这对“穷孩子富孩子”。而能够引起读者和观众思索的，是斌斌（牛聪的儿子）和涛涛这对“穷孩子富孩子”，又一个三十年后、四十年后，他们会不会重蹈父辈的覆辙？他们能不能实现和济共生？

最初我只想在贫富悬殊这个问题上做文章，但随着剧情的深入，随着人物性格命运的发展，剧本的主题已经向生命价值这个方向转移了。我认为，这种转移是故事发展的必然，同时也应当是创作思想的总体呈现。

在创作过程中，我基本上遵循了“三一律”的原则，两个小时的劫持案，通过两个小时的舞台演出得以重现。在这个高度浓缩的时空中，剧情如何实现陡转，悬念怎么设置，人物命运怎样发展，人的内心世界如何去表现和挖掘，而结局又怎样实现情理之中、意料之外的戏剧效果，这都是在创作中必须面对的问题。

在作品中，蓝天亮无疑是个主要人物，他可以说是“改革开放四十年”的受益者，一个当初从山村走出的、通过三十多年奋斗终于成为身家千万的“成功人士”。但在成功的背后，他有一份不为人知的“心债”。而这份“心债”，正是他与牛聪人生路上的一道分水岭。他曾经懦弱过，曾经逃避过，但在小梅和涛涛那种生死相依、不离不弃的精神感染下，他选择了坦然面对。可以这么说，在这两个小时的劫持案中，蓝天亮的性格形象从一开始的激扬高亢走向了最终的温良谦卑。他终于发现，虽然自己现在很有钱、很成功，但在人格上并不比牛聪高尚多少，儿子涛涛的生命并不比下岗工人女儿小梅的生命更值钱，于是才从心底里迸发出“每一个生命都值得我们去尊重和珍爱”的呐喊。

在这个戏中，牛聪无疑是个“坏人”，他持枪劫持了“前兄弟”现老板蓝天亮的儿子。他是一个失败的入城者，一个在这个日益现代化城市里到处碰壁的底层人。但我们不能单纯地用“罪恶”两个字来概括他的人生，因为在他的人生路上，很多障碍可能是我们这些自以为聪明的城里人设置的。他从骨子里不认命，但终将逃不脱命运的摆布。而这种悲剧，一半来自他扭曲的性格，因为他无法接受蓝天亮的巨大成功，以及自己无以名状的彻底失败；另一半却是来自这个不断裂变的社会，来自日益加大的生存压力。

曾经有人向我提出：剧中所列举的事件，足以让牛聪铤而走险持枪劫持人质吗？我认为已经足够。为几块钱而动刀子的、为争一口气把人打残打死的，我们不是时有耳闻吗？就在创作这本子期间，广东惠州一公交司机，因不满公司的顶班安排，竟然把公交车开到大街上狂飙，造成无辜路人4人死亡11人受伤的惨剧。社会在不断裂变，造成了人性的扭曲，因此而酿成的怪事、坏事，常常会超出我们想象的极限。当然，在剧中除了对牛聪悲剧命运给予一定的同情外，还要对他的犯罪行为进行谴责和批判，毕竟，他挑战了人类生存的底线——生命。

刑警队长田孝军同样是个转变人物。一开始，由于职业习惯使然，他对罪犯深恶痛绝，口口声声要对牛聪等人“给我往死里打！”，但正是蓝天亮抱着儿子上楼与牛聪谈判的举动感动了他，“每一个生命都值得我们去尊重和珍爱”的正告唤醒了他，最终是他开了枪，击伤了意欲自杀的牛聪。这一枪，使田孝军这个警察形象得到了升华。

涛涛和小梅是两个可敬可爱的孩子，他们纯真的心灵还未受到世俗的污染。他们那种生死相依、不离不弃的精神，感染了大人，同时也“教育”了大人。但我不知道，他们的纯真在这个世俗社会中还能走多远。而他们的母亲，在这个戏中无疑扮演了一个不是很光彩的角色，但我不能谴责她们，因为她们是母亲！

三、生命或有贫富，而无分贵贱

在当下，让贫富两个社会阶层握手言欢、互敬互谅，还显得颇为牵强。但让每一个生命无分贫富贵贱，都能够得到同样的尊重和珍爱，都能够在这个社会中获得良好的生存和发展，是一种人类社会能够遵循的而且应当遵循的普世价值。

评论

曼舞海棠是狂花

——话剧《铁血道钉》对詹天佑形象的平行塑造

靖山

受邀到佛山琼花剧院看佛山粤剧院演出的话剧《铁血道钉》，一种“曼舞海棠是狂花”的感觉油然而生。在与历史平行、按常人视角、说日常语言的平实演绎中，全剧把詹天佑作为一名乱世理科男的家国情怀、报国梦想表现得丝丝入扣、动人心魄，真如一颗七寸道钉，不仅深嵌入枕木、坚固着铁轨，更深嵌入历史、坚固着民族精神，以其曼舞海棠般的平实，展现喋血狂花般的壮烈。这种表现方式，值得我们点赞。

长期以来，一方面我们的主旋律作品深陷高大全之诟病，不接地气，缺少艺术定力、市场魅力，丢失票房观众，成为无效宣传。另一方面，社会上不少舞台和影视作品又热衷于肆意篡改历史人物形象，无端加入大量低级噱头、惊情艳史、奇谈怪招，把好端端一个真实人物包装成天兵神将、拍出怪诞神剧，令人哭笑不得。这种极端政治化和极端娱乐化，都是对中国式审美价值的一种反动。众所周知，中国式审美追求、价值观念是数千年一脉相承的独特审美取向，是世界文艺殿堂上林林总总的审美取向中的师门正道、上上之选，追求的是文以载道、诗以言志、歌为心声，倡导的是以情动人、真实感人、平实近人，讲究的是大气中庸、阴阳相济、含蓄内敛，推崇的是点到为止、引而不发、过犹不及。这完全不同于西方人本主义、极端个人主义价值观主导下的极端化、绝对化、排他化思维方式和审美价值。表现传统中华文化背景下的中国历史人物题材，如果舍本逐末，必定事倍功半，甚或南辕北辙。

《铁血道钉》显然在这一点上选对了中国路线、中国方向。故事叙述上，抛弃过去那种从生到死、包罗万有的叙事程式，单刀直入选取自力更生修建京张铁路这一重要片段，讲述詹天佑在美国耶鲁大学土木工程系铁路专业学成归国后，面对腐败无能的清廷和国人铁路建设经验匮乏、洋人张狂垄断筑路权、团队内部矛盾复杂等现实情况下，不忘学人担当，践行海归抱负，立志自己动手，开辟我国自修自办铁路新纪元，谋求实业救国、民族自强新途，排除万难修建我国第一条干线铁路——京张铁路的故事。驾驭舞台两个多小时，讲好完整一个故事，这看似是一种笨拙，一种自找苦吃的选择，却是一种跋涉出真知的智慧，一种平实见真诚的聪明。

故事的主线也是在极简主义主导下，采用最为朴实的情感路线和理性推演。导演驾驭詹天佑这个妇孺皆知的实业救国的故事的独到视角是：受到传统家国情怀和西洋工程技术双重教育的詹天佑，非常务实地把传统的修身齐家治国平天下情怀和西方个人奋斗理想主义情怀结合到现实的为国修筑铁路、实现个人抱负上，吸取前人在起义救国、改制救国、思想救国、文化救国等惨败教训的基础上，寻找最现实、最急需、最可行的救国道路，从解决国家现代文明的最基础——交通设施起步，一步步实现一个学霸级理科男的个人梦想，也展开了重重的矛盾冲突和悬念包袱。在清朝的封建桎梏、清末的革新思潮、外来的现代文明、洋人的横行霸道、百姓的人情世故中来回穿行，是非曲直碰撞激烈，爱恨情仇扑面而来。

詹天佑这个故事的讲述，有一种戏剧人深知的难处，就是詹天佑实业救国是进了小学课本的人人皆知的正能量。故事讲述上，讲出新意的空间很小，且实体性、技术性强，情感戏不多，舞台表达难度奇高。情节展开上，没有战争打斗的血腥、宫廷权谋的神秘、变法维新的惊险，甚至连袁世凯的形象在这部戏里也没有多少反面情节。这样的平实故事，如何去挖掘喜怒哀乐，如何去表现跌宕起伏，如何去设置悬念包袱？主创团队没有把时间精力浪费在夺人眼球、添油加醋上，而是用大量平实的情节、平实的语言、平实的常理、平实的冲突、平实的逻辑来叙事，但在演员的共同努力下，整个舞台平实却不平庸，看起来并不乏味。在反复的平实之中跨越历史剧的诸多掣肘，不断叠加真实感、拉近距离感、激发共鸣感、催生认同感。尤其是詹天佑的语言定位上，全剧几乎没有一句惊天动地的豪言壮语，没有一次慷慨赴死的大义凛然，但句句实话反复告诉观众这样一个逻辑：我是中国的知识分子，我有我的担当，我不能让国人再受洋人欺凌，我的专长是修铁路，我的梦想就是一定要修出国人自己的铁路，我有责任为此而鞠躬尽瘁死而后已。这样一种担当精神，这样一种逐梦心路，被叠加的平实堆砌起最高的舞台形象，展开了凄美的艺术主题，达到了感人的戏剧效果，这可以说是“置之死地而后生”的效果。

话剧的灵魂是语言。话剧话剧，以话为剧，以话为审美核心。话剧的语言必须让人听得懂，打得动人，这是话剧感染力的主要手段，也是话剧的主要魅力。于是，话剧出彩的第一门道，就在语言上。《铁血道钉》的团队是一个兼容四方的队伍，制作人是佛山粤剧传习所所长、国家一级演员、梅花奖得主李淑勤，导演是上海戏剧学院表演系主任龙俊杰，编剧是广东青年编剧李新华，男一号是曾获得中国话剧最高奖“金狮奖”的国家一级演员张琳，另一个重要角色袁世凯由广东话剧常青树李仁义担任。这种组合体现了广东文化的创新、务实、兼容，在语言采集上也有了最广阔的天地。《铁》剧在语言的运用上开了一个历史先河，詹天佑的实业报国梦想与其他形象的利益、权谋、私心、情理不断对冲，大量讲情讲理的语言元素的对冲运用极大地丰富了话剧的舞台表现力。每一个人的语言都在与詹天佑的表达互动，全场几乎没了摆设，没了龙套，全都是角。靠着语言的贯穿，整台戏，虽然没有一个美女，却如漫天起舞的海棠，都活了。

詹天佑的爱国情怀还可以从其临终托付窥见一斑。1919年4月20日，詹天佑在汉口仁济医院临终之际，所做遗嘱没在一个字谈及私事，反复叮嘱的是振奋发扬工程师学会活动，以兴国阜民；慎选人才管理铁路，以扬国光；就款计工，惟力是视，脚踏实地建成汉粤川全路。告诫中华工程师学会的青年工程师们：“勿屈己徇人，勿沽名而钓誉。以诚接物，毋挟褊私，圭璧束身，以为范例。”他这一人生谢幕词完美展现一个海归的家国情怀和逐梦执着。尤其是一百多年后，今日中华大地上铁路网络纵横交错，自主研发的动车、轻轨、高铁风驰电掣，还走出国门把中国铁路修到国外，中国动车开到亚非拉，我们再回过头品味詹天佑当年焚膏继晷、以启山林的“铁路兴邦”梦想，更觉得詹天佑的不易，更觉得我辈身处盛世，没有理由不为实现中华民族伟大复兴而尽力。这是一曲荡气回肠的实干兴邦正气歌，一部典型的写广东人物、讲中国故事的现实主义作品。

海棠从来不春睡，暮春还是怒放时。詹天佑等一批打开国门看世界的“海棠”们，没有在国难当头沦落颓废，也没有在衰败朝代揭竿而起，而是尽一个海归的担当，用一个理科男的优长，逢春怒放，应节而开，朵朵海棠，且歌且舞，这便是狂花，这便是平实之中的伟大。诗人艾青的名句“为什么我眼里常含泪水，因为我对这片土地爱得深沉”，说的也许就是这种精神。

2017年3月

（原载《羊城晚报》2017年5月1日，后收入《讲好故事——靖山文论集》）

历史·国家·师徒

——《康梁》：容易让人错失的好戏

方冠男

好险！

我差点要错过一部好剧了——仅仅是因为，这部剧的标题简单粗暴地直奔主题：《康有为与梁启超》。

这标题简单得近乎草率，加上演出主体又表明是广东省佛山粤剧院，一个粤剧院，怎么跑来演话剧，于是，也就不甚上心了。

及至今天，演出前的几个小时，因缘际会、呼朋引伴，我们一行才将这部剧目作为今夜的项目，于是，临时决定，这就匆匆赶往剧场。待到话剧开始，从第一场开始，就已经双目含泪，及至结尾，才感慨系之，与好戏相遇，还真需要缘分，我不知走的是哪门子运，无意之间，享受了一场庄严、严肃、正统的观剧之旅。

历史

本剧又名《康梁》——我总觉得这个标题更好一些，好过《康有为与梁启超》的草率，因为这剧与《梁山伯与祝英台》《杨乃武与小白菜》之类的演绎不同，说的是两个人，但又不仅仅是两个人，是一段历史公案，是一次文化代谢，是师徒一场，是知音一双……因此，其后，我就称本剧为《康梁》。

《康梁》，即以二人的遭逢为线索，从二人相遇相知相试探，走向师徒的惺惺相惜，又将二人共披国难、流亡海外的遭际写就。其后，又谈及二人的相离、决裂，直至最后，梁启超送殡康有为，终于世事苍茫、白云苍狗。

有分量的地方不在于两个人的关系如何，而在于，在历史的风潮里，读书人、学者、知识分子的处境之变，而在历史的烽烟四起时，知识分子又如何坚定立场、坚持真理、坚持家国情怀。于是，康梁的关系，实则是在历史的颠来倒去中，不停地审视世界、反思国家，最终，他们选择的是不同的历史态度，终于走向相左。

康有为（张琳饰）

人物关系与历史紧密相连，于是，剧作借用的是“历史文献剧”叙述方式，以康梁生命当中的节点为历史的节点，用大历史串联小历史，以家国史勾连个人史。其中，大历史、家国史辅之以画外音讲述，画外音作为历史知识的补充，中间连缀着一颗一颗的明珠——即康梁关系中的关键性事件，如拜师、变法、流亡、回国、分歧、决裂、送葬等情节，就连通于一处了。

于是，拜师呼应国难，变法呼应新旧变革，流亡呼应变法失败，回国呼应袁世凯窃国以及北洋政府，分歧呼应是历史观冲突、风云激荡，决裂呼应张勋复辟……作为历史癖的我，在观看《康梁》的时候，在以上大小历史的交织、呼应、包容中，时时能够感到作者的功力，作者绝非等闲之辈，其间出现的历史掌故、历史事实，完全不差，于是，当看到自己的历史知识储备与剧情相和的时候，真是心生快意。

同时，难得的是，在今天这个时代，人人都试图“颠覆”“再造”一种新的历史价值的时候，该剧并没有顺应时尚，非要把康梁重塑金身——所有对历史人物的阐释，都符合正统、主流的历史观念，这种严肃认真的历史态度，值得我们赞同。

但在这里，提出来的要求是，假如普通观众，缺乏历史知识的系统认知，那就痛苦了，康南海是谁？梁任公是谁？1895年的中国与1898年有什么不同？1927年的中国是如何的？若是不知晓这些历史背景，就很难理解历史底板，更难以理解历史底板上人物形象的显影。至于康梁为何要为天地立心、为生民立命、为往圣继绝学、为万世开太平，以及为什么有些人在坐席上，一听到这样铁骨铮铮、浩然正气的话语，一见到康梁意气风发、器宇轩昂的形象，就热泪盈眶——就更难以理解了。

因此，若不读书，若不了解历史，若不树立正统的历史观念、价值观念，认同《康梁》，是不容易的。

国家

那么，除了历史文献剧的方式构架之外，《康梁》还有什么值得我们关注的呢？

《康梁》有玄机，中间的玄机大了。

如我们所知，《康梁》是2015年国家艺术基金资助项目，而剧中的主演，也凭借本剧获得多项表演奖项，对于这些政府奖项和荣誉，我的判断是，《康梁》完全担得起，不但担得起，而且应当获奖。

为何这么说？

《康梁》一剧的核心，探讨了一个重要的历史观念——变革。无论是康有为，还是梁启超，他们的起点，都是变革——变革决然不是为了私欲，于是，他们的出发点，就是家国情怀。历史过程中，有正面意义的国家变革，一定是为了生民和国家。反之，就是反动而落后的，如袁世凯、张勋恢复帝制的行为，同属变革，但是私欲在国家、百姓之前，为知识分子所不齿。

那么，我们再看今日之中国，“变革”难道不是一个现状吗？近些年，从国家开始顶层设计，到省市各地，逐级开始改变，改变作风、改变习惯，大力抓贪腐大员，百姓都觉大快人心——难道不是“变革”？

不久前，《商鞅》重排，这也是一样的信号。当年《商鞅》的演出，应和国家政策之变革。今日《康梁》之演出，同样也呼应着国家局势的变革，但重要的一点在于，变革的力度如何，变革的出发点如何，决然不是大刀阔斧随意砍伐，也决然不是自私自利党同伐异。康梁的变革行为，在今天看来，都是历史故去的身影，但康作为师长，变革之路，使得国家往前走了几步，梁作为后辈，继续前行，使得国家又往前了几步。其后，五四运动、中国共产党成立，继续推动历史前行，国家，就这样完成了新陈代谢，渐趋新生。一个古老的中国，若非如此，如何延续到今？

今天，我们回头一看，康有为、梁启超……他们就成了国家历史过程中的脚印，记录着国家新陈代谢的成长痛感，那是国家、历史的图章。

佛山粤剧院，一个市级院团，不演粤剧，却不遗余力做成了一部有家国情怀、历史胸襟的话剧，这正是国家院团的职责所在。重视“家国”，强调历史，国家应当为他们颁奖。

这样的作品不去弘扬，还去弘扬什么？

师徒

《康梁》动人的地方，还不仅仅在于对历史的梳理、对国家政策的呼应，若只有此，就与全国大多数主旋律作品差别不大了。

我深感动容的地方在于：师徒。

我认为历史给我们提供了素材的巧合，康梁师徒的时代，正是国家变故的时代。此期，国家走向衰落、民族走向屈辱，原本的伦理秩序，也就随之走向崩塌。于是，传统知识分子的历史使命与现实处境，也就开始出现动摇，科举制的亘古，走向破碎，几个举人没有顶戴，居然可以出入宫廷。皇帝这边倡扬的变法，转而变成政变——习惯、定论、决策，说变就变，随之一起变化的，还有一种人文秩序：

“天地君亲师。”

天地已变，君主已变，宗亲也走向松散……于是，师生关系，也就迎来了历

梁启超（徐经纬饰）

史激荡的挑战。

我也有老师，所以，我特别理解惺惺相惜的师徒情深。徒弟对师门的情感，绝不是虾兵蟹将的摇旗呐喊，而是饱含个人情感的灵魂认同。因此，当梁启超少年意气，要与康有为比试才情的时候，我能想到的，也是自己年少轻狂，要在师长面前逞英雄、表现见多识广。及至康有为论辩十分，语言铿锵、掷地有声，人格魅力毕现的时候，梁启超心服口服，奉茶一盏，诚恳拜师，不由得让人热泪盈眶！所有能够上道、入门的弟子，必须要经历这一过程，才能够完成对师长的无条件崇拜、热爱，这崇拜无关给了多少好处，而在于传达了一种怎样的理想人格。

那一刻，康有为就是梁启超的理想人格。

及至康有为上书清廷，众弟子纷纷从之，一次挫折，再度上书，锲而不舍、关心家国的儒者情怀，更是让师徒患难与共——不惜共同流亡海外，寓居他国，看人脸色，其间憋屈，九死未悔。

师徒如此，可堪孔子与颜回了吧？

每每想到于此，我就不由得想到如今的高校师徒，这样的怕是不多——更多的，不过是泛泛之交、淡漠如水，更有甚者，不过是利益交换、酒肉相交，甚至情色、权色交易……及至师徒反目的，也引人关注。这些现象太过倒胃口，在此不述。

再回到“天地君亲师”的系统里，天地变了，君亲变了，师徒还未变，但师徒结盟，并不是师徒关系真正的深刻之处。而当康梁分歧，才见师徒情感之分量。

徒弟反抗老师，摒弃利益纠葛，若纯然是为了真理所故，真是让人动容！在天地君亲师的系统里，徒弟反师，所承受的精神压力，难以言表。但毋庸讳言，坚持自己的立场、坚持自己心中的是非判断、真理曲直，是极为勇敢的。

梁启超对康有为的反对，是一种勇敢的人格独立，他不同于唯唯诺诺、为师门摇旗呐喊、吹捧师门的平庸之辈，从这方面看，他是真正得到了康有为的真传。康有为敢以一介布衣之身，反抗整个朝廷的旧势力，不惜将生死置之度外。而梁启超，也敢以一介门徒的身份，反抗师门的精神施压，不惜背上欺师灭祖的名声。

勇敢！

此外，康梁决裂的一场，更有意味的是，梁启超才与弟子蔡锷死别，就遭遇了与老师康有为的生离，生离死别，同加在身。及至十年后，梁启超前往青岛为康有为送殡，却被师兄所拒，这大雪苍茫中的孤独身影，是天下知识分子的寂寞写照。

为学者如此，坚守立场、不惧苦难、为国为民，才是国之脊梁。

剧场

说到这里，还没有说到剧场的呈现如何。就此，不妨再多说一笔。

《康梁》的呈现，干净极了。

这就很好。

一桌二椅是布景原型，在剧情发展中，一桌二椅不断发生变化，桌子有时大，有时小，椅子有时两把，有时一把，有时候在旁边辅之以小几、香案，有时一桌二椅又变化成蒲团与棋盘，但总体简约干净的风格是统一的。地面铺设的是台阶平台，自上而下垂挂的条幕可随时变化，上面印书影，书影以汉字为符号图腾，像图章一样印刻在白色的布面上，时而垂挂，成为南海会馆的厅堂，时而升起，组合而成国家破烂的风帆，时而是舞台美学的展示，时而是人物话语的凝练，时而是理想信念，时而是无意义的组接……组合简单，材料简单，风格却统一，也方便运输巡演。

这在如今动辄几大车硬景的演剧风潮里，倒是一股清流。

当然，这干净的剧场呈现，未必就是首创，以条屏、文字为图腾、为国家记忆的方式，来阐释国家局势、舞台美学、剧情背景的做法，在90年代的方言话剧《死水微澜》里就有所呈现，而且，原则大致不差。

但我有一个观点，即手法、手段的新旧与否，并不能代表一部作品的先进或者落后，就如同斯坦尼比格洛托夫斯基更老一些，但并不意味着斯坦尼就不是经典一样。

关键是，手法、手段是否能够恰到好处地阐释剧场，若成功了，再旧的手法，也是好的；若失败了，再新的手法，也是坏的。

大致如此吧，若再说些问题，就是文字图腾还可以更加凝练一些，意义可以表达得更清晰，而剧中的小历史情节，每一段都平均着力，节奏上可能有些费力，若非演员表演得那么精彩，真是难以让人不分神。

最后的想法是，能否将《康梁》换一个标题？要不然，这简单粗暴的标题，很容易让观众错失了好戏。

2016年12月10日

（原载微信公众号“14号当铺”）

台上再现半部中国近代史

戴平

历史，往往是通过它的代表人物的活动来述说的。在康有为与梁启超两个人物身上，几乎可以看到半部中国近代史。广东佛山粤剧院有魄力，将粤籍人士康、梁在清末民初的故事搬上话剧舞台。一对师徒37年的离合恩怨，120年前中国知识分子为振兴中华的痛苦挣扎，得到了真实而严肃的展现。这是一台具有震撼力的男人戏，也是一部难得的优秀历史剧。

话剧《康有为与梁启超》的主要情节还原了历史真实，并敢于用当下视角诠释历史。中国近代史上那些人们熟悉的历史事件：甲午战争、公车上书、戊戌变法、亡命东瀛、辛亥革命、护国战争、张勋复辟等，一一在戏中以各种形式出现。康梁曾是先知先觉者，是戊戌变法的倡导者。公车上书唱响了大清王朝的挽歌，使康梁名满天下、擎领风云，但谭嗣同等六君子受刑于北京宣武门外菜市口，高喊“有心杀贼，无力回天”，又为戊戌变法画上了一个血淋淋的句号。

历史总是要向前推进的。中国的仁人志士们继续以各种不同的方式探索救国之路。孙中山领导的辛亥革命成功推翻了老迈的大清帝国。但接下去是军阀混战、袁世凯称帝、张勋复辟，变革图强之路挫折重重，也为康梁出了道不容回避的难题——中国往何处去？康梁的倾力合作只有7年时间，其余30年则是在争论与决裂中度过的。一系列戏剧冲突和情感冲突，也由此深入展开。辛亥革命后，康有为归于沉寂，但梁启超继续勇立潮头。康有为最终成为“保皇党”，而梁启超则追随袁世凯的北洋政府，袁世凯称帝，身为北洋政府司法总长的梁启超，毅然策动他的学生蔡锷在云南起兵反袁，直接敲响了“洪宪”丧钟。他们都选择了自以为正确的方式去爱这个国家，只是历史选择的道路只有一条。先知者如果停止了前进的脚步，就会走向反面。康有为指斥梁启超“善变”，其实这正是梁启超审时度势，不断应时而进，是值得肯定的。

这出戏的大部分重大历史事件，除公车上书正面表现外，大都没有在剧中正面展示，戏的重点放在揭示这对作为变法先行者的师徒，在历史的洪流中，思想、心理、情感上的分歧，乃至决裂。这是一部历史剧，也是一部感情戏。有戏、有情、有冲突，而不是拉洋片，走过场。

康有为的扮演者张琳和梁启超的扮演者徐经纬，为塑造这两位中国近代史上重量级的知识分子付出了心血。年龄跨度37年，一个从中年到老年，一个从青年到中年，演员出色地表现了他们的思想观念和心理、生理变化，细腻地刻画了他们内心的激情、挣扎和痛苦。第一场“拜师”，描写少年气盛的梁启超在中秋之夜见到康有为时，以月饼为题作诗，展示自己的才情，但听了康有为一番上书变法的宏图大略后，顿时心悦诚服，拜康有为为师。：“决裂”一场中，康有为参与复辟帝制的活动，并劝说梁启超一起辅助宣统皇帝，梁启超则坚决反对再行帝制，忍痛与乃师决裂，从心底迸发出“世有康梁，再无康党”的悲叹。

两位主演从人物出发，在内心体验的基础上，以极具爆发力的语言和准确的外部形体动作阐明各自政见，表达心灵深处那种难以言表的痛楚，入木三分。他们的表演获得了成功，受到一致好评。

剧终时，大雪纷飞，康有为去世了，他至死不肯原谅梁启超。导演龙俊杰最后安排了梁启超对着远去的灵柩表明心迹，康有为的灵魂在冰天雪地中出现，两人有一段心灵对话戏。此时此刻的康梁师徒，对彼此的选择有了更多的包容和理解。

从昨天能看见今天和明天。经过前仆后继、艰难曲折的斗争，康梁所期待的一个“如朝阳般的少年中国”，终于在东方出现，中国的雄健身姿为全世界所瞩目。

（原载《新民晚报》2015年4月20日）

“变法不能停”是历史与现实的最好观照

——话剧《康梁》观后

唐德亮

广东新推话剧《康有为与梁启超》（又名《康梁》），自2014年7月首演以来，至今已经在北京、上海等全国12省（市）的20座城市巡演80多场，入选第十四届中国戏剧节和2015年度国家艺术基金资助项目（大型舞台艺术作品），在各地掀起了一股不小的“康梁”热。

广东向来不是话剧重镇，编剧李新华名不见经传，2011年他写成《康梁》剧本，在全省的剧本选拔中脱颖而出，被评定为两部“省重点剧本”之一，并于2014年获第二十一届曹禺剧本奖提名。一部没有名导、名角、名编的话剧，一部在表现形式上并不追求出新的戏剧，一部严肃历史题材的正剧，为什么能够得到各地观众的认可与共鸣？为什么能够在“恶搞有理，庸俗无罪”的当下话剧舞台上立住了脚跟，继而突围而出？我认为根本原因在于主创尤其是编剧在创作的过程中，始终把人物情感作为全剧的贯穿线，把清末民初的重大历史事件附康梁身上，以自己独特的视角去发现康梁、解读康梁。因此我认为，《康梁》首先是出情感戏，然后才是部历史剧。

话剧《康梁》以今天的视角，观照百年前的历史，让台下的观众重新认识康梁这两个历史人物，思考那段风云变幻的历史。在以往的很多涉及康梁的文艺作品里，大都只谈这对师徒如何并肩战斗，如何为推动变法殚精竭虑、披肝沥胆，而未见有人敢把康梁放在矛盾的对立面。在话剧《康梁》里，除了写康梁的变法，更是花了大量的笔墨写他们师徒之间的矛盾、冲突，直至决裂。梁启超一句惊世骇俗的“世有康梁，再无康党”，成为全剧最重要的亮点，是《康梁》的最独到之处。文艺创作重在发现，而在这部戏里，在历史与现实之间，作者至少有三个发现。

第一个发现：尖锐的思想矛盾是康梁师徒不可调和的矛盾。老舍说：“写戏须先找矛盾冲突，矛盾越尖锐，才越会有戏。”戊戌年间，康梁有着共同的思想基础，这种基础就是变法图强，就是家国情怀。但最后两人分道扬镳，也是思想产生了尖锐矛盾所致。康梁的组合，是一对世纪的组合，一对惊世骇俗的组合，他们互为影响，互为作用。如果没有康有为，梁启超走的不过是读书科举当官的老路。同样，如果没有梁启超，康有为也不可能在风雨飘摇的清末弄出那么大的动静。早年的康门弟子数以千计，后期的保皇会会员数以万计，唯独作为学生的梁启超与乃师并称“康梁”。由此可见，“康梁”是康有为与梁启超苦心经营的结果，也是历史选择的结果。一百多年前，“康梁”已经成了一个政治、文化符号，一个时代的风向标。

1890年秋，年方十八的广东新科举人梁启超，听说从京师落第而归的老秀才康有为正在万木草堂讲学，于是前去“讨教”，其实是要去踢馆。却不料，康先生一席“以大海潮音，作狮子吼”的话语，让梁举人如“冷水浇背，当头一棒”，于是“自是决然舍去旧学，自退出学海堂，而间日请业南海之门，生平知有学自兹始”。读着梁启超《三十自述》这篇文章，仿佛是在看一出好戏。而让梁举人“舍去旧学”的，正是康有为第一次上书的余威，以及酝酿下一次上书的蓄势。在康有为凛凛家国情怀的感召之下，同样具有“治国平天下”理想的少年梁启超，除了叩头拜师，还能做些什么呢？话剧《康梁》的第一场《拜师》，生动地把这一幕搬上了舞台。

然而，让康梁都没有想到的是，没过多少年，师徒竟然成了“敌人”，各自在报刊发表文章互骂。康有为骂梁启超“鸱枭食母獍食父”，直接把梁启超比作食父食母的禽兽。而梁启超则回敬：“大言不惭之书生。”一对曾经情同父子的师徒，两个曾在戊戌年并肩战斗的男儿，因何事而至于此？原来，他们的思想早已发生了巨大的分歧。其时正值张勋复辟，康有为认为只有“保皇”才可保国，于是义无反顾地参加了这场闹剧。而梁启超则认为回头路根本走不通，复辟断无可能。正是因为对国家前途命运的不同理解，师徒最终走向决裂。由此可见，让康梁师徒走到一起的，是两人的家国情怀；让师徒走向分裂的，同样也是这种家国情怀。《康梁》走进了人物的思想深处，令人信服地在风云激荡的时代中展示了康梁师徒之间尖锐的思想矛盾。

第二个发现：性格矛盾是康梁师徒之间的又一大矛盾。康梁二人是师徒，又同为变法的倡导者与推动者，当梁启超还没有强大的时候，这种矛盾是隐性的，是可以调和的。当梁启超强大起来后，这种矛盾就变得不可调和、不可收拾。编剧李新华认为：写戏就是要写矛盾冲突，而最强烈、最不可改变的矛盾，就是人物之间的性格矛盾。

康有为的性格坚定、执着但又刚愎，最后变成“保皇派”，实乃其性格使然。他曾经说过："吾学三十岁已成，此后不复有进，亦不必求进。"三十岁时的康有为，已经写了《上清帝第一书》，写成了《新学伪经考》，在动笔写《孔子改制考》。正是这"一书两考"，让年方三十的康有为声名鹊起。对于当时仍在研习八股、埋头训诂的万千学子来说，康有为是何等先进！因此，康有为可以大声地说"吾学三十岁已成"。但在清末民初那段天崩地裂的历史狂飙中，康有为很快就落后于时代了。

而梁启超则睿智、清醒，善于接受新事物，"不惜以今日之我，难昔日之我"，他的"保守性与进取性常交战于胸中"。梁启超清醒地看到他与乃师的最大区别："启超与康有为最相反之一点，有为太有成见，启超太无成见。"一个固守、停留在三十岁，一个以今日之我难昔日之我，如此师徒，最终能不走向分裂？如此师徒，放在舞台不就是一台好戏？作者抓住了康梁师徒的性格矛盾，这部戏也就成功了一大半。

第三个发现："变法不能停"是历史与现实的最好观照。戊戌年间，梁启超在上海《时务报》连续发表文章呼吁变法，其中《变法通议》指出："法何以必变？凡在天地之间者，莫不变。昼夜变而成日，寒暑变而成岁……法者，天下之公器也；变者，天下之公理也！"由此可以看出，变法是梁启超的一贯思想。在剧中，作者为梁启超以及谭嗣同设计了"变法不能停"的台词，并在剧中多次重复和加强，使之成了全剧的灵魂，成了梁启超终生践行的思想行动线。自从党的十八届三中全会后，全面深化改革已经成为全党上下、全国人民的共同目标，这何尝不也是当年康梁们的追求与梦想？一百多年前康梁对变革的孜孜以求，让今天的人们依然感怀于心。舞台上"变法不能停"的疾呼，与当下中国伟大的社会主义实践互为呼应，与习近平总书记2012年12月在广东考察时提出的"改革不停顿，开放不止步"互为呼应，是历史与现实的最好观照。

辛亥鼎革以前，康梁形象无疑是正面的、强大的。辛亥鼎革以后，康有为掉进"保皇"的历史泥淖，而梁启超追随了袁世凯的北洋政府。在很长一个时期里，康梁的这段后史一直被人诟病。然而，当观众真正进入了这两个历史人物的内心，对他们的选择或许就有了更多的宽容与理解。康梁都在用自己认为正确的方式去爱这个国家，去救这个民族。在最后一场戏里，师徒有一段灵魂对话，对"一个如朝阳般的少年中国"有了共同的期许，这或许就是康梁师徒的中国梦，也是百十年来无数仁人志士的中国梦。

(原载《中国艺术报》2016年2月22日)

康梁的聚散情仇

——观话剧《康有为与梁启超》

严诗喆

大型话剧《康有为与梁启超》的全国巡演，来到了北京站。我偕友人到新清华学堂观演，一睹为快。

该剧由广东佛山粤剧传习所（佛山粤剧院）创作、排演，传习所所长、著名粤剧表演艺术家、国家一级演员、中国戏剧梅花奖得主李淑勤担任制作人，上海戏剧学院表演系主任龙俊杰担任导演。这台话剧涉及重大历史题材，整场下来，从布景到剧情，再到演出，给人简洁明了、干净利落的感觉，不芜杂，不拖沓，尤其是演员的表演，从语言到动作，皆颇为到位，体现出不俗的专业水平。饰演康有为的张琳，是中国话剧最高奖金狮奖获得者；梁启超的扮演者徐经纬，是广州话剧艺术中心的国家二级演员，在年龄与外形上都具有得天独厚的优势。

梁启超与康有为结缘于万木草堂。初时，梁欣赏、钦佩康学问结合实际的思路、救民族于危难的爱国情怀与胸襟，康也看中梁的才华、学识与情怀，二人一拍即合。从这时开始，到戊戌变法，梁一直是康的得意门生和得力助手，在七八年的时间里，梁对康基本处于服膺、追随的状态。

戊戌变法失败，康梁逃亡旅居日本。从此时到辛亥革命，二人的思想分歧开始形成，差距拉大。日本是后起的资本主义国家，梁启超“肄日本之文，读日本之书”，通过阅读，广泛了解西方的思想文化，自己的思想观念也受此影响，发生改变。一方面，梁启超的思想在变化、发展；另一方面，康有为的思想则日趋僵化，他固守保皇救主、尊孔保教等旧主张，却未能再提出新东西来。

辛亥革命爆发，让康有为惊恐万分：若清王朝被推翻，他便无皇可保了。他否定资产阶级的民主共和，鼓吹尊孔保教，宣扬“虚君共和”，时刻梦想恢复前清的帝制。梁启超则追求资产阶级的立宪政治，反对复古、倒退，与康有为形成鲜明对比。由于不同的政治追求，师徒二人在政治上分道扬镳。

再后来，护国战争爆发，围绕复辟与反复辟的论题，社会各界讨论激烈。主张复辟大清正统的康有为和反对复辟封建专制的梁启超，在报刊上公开发表各自言论、互相批驳。梁启超在该问题的讨论上以事论事，全然不顾师长康有为的情面，立场鲜明，态度严肃。复辟以失败告终，康对梁恨之入骨，凡梁主张与赞成的，他皆极力反对。昔日亲密无间的师徒由此决裂，势不两立。

在话剧中，一句“世有康梁，再无康党”，道出了二人心中的痛处。康有为思想固守，坚持“以不变应万变”，结果落后于社会、时代的潮流。梁启超则乐于、善于接纳新思潮，不断在社会的变化中修正、发展自己的思想，使之紧贴时代脉搏、紧跟社会潮流。不论是梁启超的“变”，还是康有为的“不变”，其出发点都是救亡图存，满满一腔爱国情怀，用以寻求救民族于危难的灵丹妙药。这一点，既是社会大众所忽略的，也是他们自己没注意到的，以至于不光社会民众对康梁二人存在很大的误解，他们自己也对彼此误会颇深。

梁启超的政治理想，主要是在当时的中国建立、推行民主和宪政。他为了实现这一理想，不惜先退一步。他与昔日仇敌袁世凯联手合作，从仇袁、倒袁、和袁到联袁，每一步都在为国家民族的救亡和政治制度的建设考虑，可谓煞费苦心。他多次决心退隐政坛，甚至已经退出，而后又因放心不下，内心总是牵念国家、政治命运的走向，而几度复出。他本身就是这样一个充满情怀和热血的爱国志士，他思想之“变”，及其对南海师不合时宜的政见，毫不留情地抨击，都无悖其初衷，无违其爱国、救国之心。

在该剧终了处，康有为去世，梁启超前去吊唁，却因南海师至死未能理解和原谅他而受阻。白雪茫茫，梁启超仰天俯地、扪心剖白：无愧于天、地、师、己之心……这一幕，让观众无不震撼、动容……全剧在中国历史变革大视野之下，审视康梁，寓意深刻，亮点层出，叫人又听到了百年前的历史回音。演出既收获票房，又赢尽口碑，是近年难得欣赏到的舞台佳作。

(原载《澳门日报》2015年7月30日)

两部话剧重塑晚清史观

郭 佳

虽然对于舞台剧，观众很少纠缠于历史观的表达，更多关注的是舞台艺术的综合呈现，但近期，两部以晚清为背景的命题话剧，不约而同地将着力点放在了中西交冲的变局以及颠覆固有认知的思辨力上——国家大剧院第六部原创话剧《样式雷》，是一部揭开执掌京城皇家园林建筑260年的雷氏家族在清末风云往事的作品，剧中涉及37岁的慈禧与以往作品中对此人物的解读颇为不同；广东佛山粤剧传习所（佛山粤剧院）的大型历史话剧《康有为与梁启超》，虽然是提升佛山城市形象的命题作品，但对于康梁一直被后世诟病的后史进行了更为宽容的重新解读。

《样式雷》37岁慈禧不阴横

作为皇家御用设计师世家的“样式雷”，名声并不如其作品那么如雷贯耳，但其实故宫、圆明园、天坛、颐和园、清东西陵等都是由这个家族设计和主持修建的。编剧黄维若坦言，这个专业性很强的题材不好写，“因为我们想展现的不是雷家从康熙到光绪漫长过程的来龙去脉，也不是要讲建筑背景，而是要写人。剧中，重修圆明园只是一个情境，要凸显的是雷家第七代雷廷昌的内心”。在黄维若看来，剧中涉及的众多历史人物中，慈禧最为特别。“37岁的她不是阴横的，而是美丽的，当政治远离她，她也有活泼和哀怨的一面，同变法后的状态完全不同。”而挑战这一角色的，是人艺演员程丽莎。

导演曹其敬此次将以评书串场的形式，由74岁的评书大家连丽如带领弟子张怡娓娓道来三山五园中的家国恨和断壁残垣中的赤子情。7月18日，该剧将亮相国家大剧院国际戏剧季的“本土原创”板块。

《康有为与梁启超》重解康梁后史

《康有为与梁启超》讲述了康有为与梁启超这对师生在清末民初那个风云变幻的大时代中恩怨离合的故事。两人皆为广东人，康有为是佛山人，佛山欲借此剧树立城市形象，全剧却没有囿于广东一隅来讲康梁。剧中“世有康梁，再无康党”以及“知我者谓我心忧，不知我者谓我何求”的台词，仿佛又让人听到了百年前的历史回声。特别是剧中谭嗣同、梁启超“变法不能停”的疾呼，与当下中国社会的现实互为观照。值得一提的是，在历史教科书中，辛亥鼎革以前，康梁形象无疑是正面的、强大的。但在辛亥鼎革之后，康有为掉进“保皇”的历史泥潭，而梁启超追随了袁世凯的北洋政府。很长一段时间，康梁的这段后史一直被人诟病。在该剧创作中，作者进入了这两个历史人物的内心，对他们的选择有了更多的宽容与理解。

该剧4月6日在天津大剧院首演，近日分别在保利剧院和清华大学上演。据悉，巡演的收官演出定在了康有为病逝地——青岛。之后还将走进一些高校进行演出。

（原载《北京青年报》2015年6月10日）

《康有为与梁启超》广州再演感动依旧

第十四届中国戏剧节日前在苏州闭幕。18天时间里，39台精彩演出迷醉3万多人次观众。佛山粤剧院出品的话剧《康有为与梁启超》作为我省唯一一台话剧受到了广大戏迷的欢迎。前晚，载誉归来的《康有为与梁启超》又匆匆登上广州艺术节的舞台，同样赢得一片喝彩声。

话剧《康有为与梁启超》故事从1890年秋康梁在广州万木草堂初识讲起，一直到1927年早春康有为在青岛病逝，时间跨度37年，几乎囊括了期间影响中国历史的重大事件。该话剧被评价为“一部纯爷们的历史大戏，一对师徒37年的离合恩怨，百十年前国人灵魂的痛苦挣扎”。《康有为与梁启超》自2015年4月起做全国性巡回演出，巡演地包括河北、江苏、浙江、江西、湖北和天津、上海、北京等省市，基本涵括了当年康有为与梁启超在中国大地上的活动足迹，连演20多场，获得了各地观众的热情好评。在不久前的广东省艺术节中曾横扫优秀编剧、导演、舞美、表演等十项大奖。

上海戏剧学院教授、著名戏剧评论家戴平评论道：话剧《康有为与梁启超》敢于用当下视角诠释历史。中国近代史上那些人们熟悉的历史事件，甲午战争、公车上书、戊戌变法、亡命东瀛、辛亥革命、护国战争、张勋复辟等，一一在戏中以各种形式出现。这出戏的重点放在揭示这对作为变法先行者的师徒，在历史的洪流中，思想、心理、情感上的分歧，乃至决裂。这是一部历史剧，也是一部感情戏。有戏、有情、有冲突，而不是拉洋片，走过场。

“岭南文化风”刮往全国各地

《康有为与梁启超》全国巡演已跨越9省12市，17个剧院，历时60天，演出共20多场次，观众约2.6万人次，上座率达90%以上。在巡演中，《康梁》不仅征服了观众和媒体，更获得了国内多名戏剧专家及领导的高度评价。在上海、北京举办的研讨会上，专家们一致认为该剧尊重史实，深刻体现了家国情怀，具有较高的思想性、艺术性和观赏性。

5月21日晚，《康有为与梁启超》在北京保利剧院上演，京城刮起一股“岭南文化风”，观众均被剧情深深吸引。南粤先贤康有为与梁启超在大变革中恩怨离合的故事，以及他们殷切的家国情怀为各地观众津津乐道。

徐经纬难舍话剧情意结

剧中男主角梁启超扮演者徐经纬，上海戏剧学院表演系毕业，就职于广州话剧艺术中心。本已经退居幕后从事管理等工作的他因为难舍话剧的情意结，又深得其恩师、本剧导演龙俊杰的赏识，这回重返舞台，和演康有为的张琳一道，出色演绎了康梁二人在清末民初那个风云变幻的大时代中恩怨离合的故事。其中，梁启超与谭嗣同在变法失败前夜关于“变法不能停”的疾呼，在张勋复辟中梁启超对乃师康有为“世有康梁，再无康党”的泣告等场面，徐经纬的表演张弛有道，丝丝入扣，深深打动了观众。

近日适逢上海戏剧学院七十周年华诞。上戏广州一众校友前晚特地到广州黄花岗剧院为徐同学捧场。结果，徐经纬的表演不负众望，广州校友群内赢得了一片点赞。

（原载《新快报》2015年11月21日）

《康有为与梁启超》话剧观后感

风之小尧

回到家已是深夜子时。我怕我再不记点什么就要忘光了。我一直对康有为很感兴趣，因为他和我的名字很像。呵呵。

这是我第一次看关于“康梁”的舞台作品，确实让我看到了想知道、想看见的内容。对于我而言，康梁反目，在我所了解的历史内容中实在是一种遗憾。但是政见不合，不代表师徒情谊不存，最终的答案就是谁也不恨谁。结局虽是康有为出殡，但是也象征着新时代的开始和一段恩仇的和解。

说说内容吧。梁启超一开始出场时就是一个咄咄逼人、恃才傲物的热血青年，每句话都冷嘲热讽。但是最后被具有先进思想的康有为一席话感化，成为“康党”。从这里我们不难看出，梁启超不是一个死读书的人，他有很强的接受能力，同时也很有才华，最重要的是，他是个明是非、识良莠、知错就改的好同学。当然，我们要给好同学一个改过自新重新做人的机会嘛。别笑，对一个熟读八股文的人来说，接纳了这种颠覆封建价值观的知识，无异于彻底脱胎换骨。梁启超正是一个放得下的人。最后，梁启超单膝跪地拜师，康有为伸开双臂接纳，我在内心深处也是雀跃地喊着：“在一起——在一起——”

第二幕讲的就是康有为、梁启超试图变法，集合了不少人公车上书。当每个人都展开手中的卷轴时，不禁令人想起后汉时期，十八路诸侯讨伐董卓的情形。了解历史的都知道，此时的政权掌握在皇太后——慈禧——手里，皇帝是个空架子。就像当年被董卓挟持的汉献帝似的。历史总是惊人的相似。有人会提出反对。公车上书，是要改革政策。讨伐董卓，是要匡扶汉室。其实大同小异，毕竟都是对当权者的挑战。无论是慈禧还是董卓，利益被人侵犯，自然不会坐视不管。换句话说，如果没有慈禧太后，而是皇帝把握朝政，那么他也未必会同意改革。毕竟第一个君主立宪制国家的皇帝，是被送上断头台的。

然后？然后慈禧太后就发怒了！下令追捕“康梁乱党”。谭嗣同没有走，他声称革命是需要流血的。在这里我查到他的几个小特点：

第一，谭嗣同会武功，而且很不错。他与“广东十虎”之一的大刀王五有交往。回顾历史来看，若要让一群志同道合之人劫个法场绝非难事。

第二，谭嗣同懂佛学，他的死，度的是整个“社会”。这是区别他与传统热血青年的重要因素。这是一个境界问题，不是“我很帅，我会名垂青史”这种想法。

舞台上的谭嗣同最后说了句“去留肝胆两昆仑”，是历史上他在《狱中题壁》作的最后诗篇：“望门投止思张俭，忍死须臾待杜根。我自横刀向天笑，去留肝胆两昆仑。”我看了一下网上关于最后一句的解释：我走了，留下了我那肝胆相照的两兄弟（康有为和大刀王五）。

“噗——”我先笑会儿。

如果我没弄错的话，这句话要么恢宏大气，合辙押韵，只可意会不可言传。要么，就是谭嗣同把自己比作文武兼优的好汉，愿以死唤醒世间的文人和武士，正所谓文人忠肝、武人义胆。

下一幕就是康梁漂泊海外的故事了。这个地方感觉故事衔接得有点儿快，梁启超一上台就已经剪了辫子，一身西装。也没个过渡，莫说康有为接受不了，康叶葳也接受不了啊，好在不妨碍剧情合理发展。大清灭亡，袁世凯当上大总统。康有为沉浸在大清的毁灭当中，对着光绪帝的牌位磕头谢罪，另一方面，梁启超却能放弃君主立宪制接受新的共和制思想。这一段康梁二人的政治观点有所碰撞，康有为认为梁启超是“善变者”，梁启超也开始与康有为的政治主张有了分歧。

回国后，康梁二人的政治思维出现了更大的分歧。历史上都是这么说的，袁世凯窃取辛亥革命果实，复辟帝制。问题来了，康梁分别在报纸上展开舆论攻势，康有为是“反对袁世凯复辟”，而梁启超是“反对任何人复辟”。就今天的眼光来看，梁启超的观点更加进步。二人的分歧在报纸上登出，有心人肯定也能察觉到曾经的“康梁”似乎意见不太相同了。

再下一幕，便是张勋在北京闹复辟，康有为被“返聘”了，高兴得不得了，但是这和梁启超的共和制观点激烈碰撞。两人终于闹得不愉快，最后梁启超摔了椅子，大喊：“世有康梁，再无康党！”这句话很绝情，似乎康有为和台下观众都忘记了，一开始梁启超出场就是一个咄咄逼人、恃才傲物的热血青年。这么多年来，他一直没变过，只是他作为弟子，不能失了礼数。而如今，他又一次彻彻底底地要脱离对老师的信仰，这一次，更痛……

最后一幕是康有为出殡，这对历经37年的师徒关系终于到了头。梁启超要送老师最后一程，却被拒绝了，这种情况想想都心疼得慌。梁启超很无奈，但是他相信自己的做法是无愧于天地，无愧于老师和自己，无愧于心。这里插一段，当死了的戊戌六君子并排走出来的时候，我一直以为他们会伸出双手一跳一跳地跟僵尸似的蹦跶下场。

最后康有为梁启超两人的对话其实是很重要的，不像某同学说的，都死了还扯这么多。

师徒这辈子只是信仰和政见的不同罢了，都是为了祖国强盛，都是好人，一个“恨”字根本谈不上。

在此，笔者总结一下：康有为正当年之时，有了先进的思想，引领了一段时代潮流，梁启超年轻也能接受。然而当梁启超正当年，尚能接受新的思想和事物的时候，康有为已经老了，他的思想和信仰已经定形，很难改变。所以在晚年，他才会有点倚老卖老，时不时拿个小梳子梳两下卖个萌。一辈子为了心中的“理想国”奋斗，甚至到了最后还能够“返聘”，这对康有为本人来说，是个完美的结局。

结尾的康有为对梁启超是认可的，“在梁启超心中，有一个少年中国”。这便意味着，新时代、新制度、新文化的到来。同时，也意味着持有老旧观点的康有为等人，被连番激荡的历史潮流淘汰了。说明白点，就是历史不再需要康有为这样的人了，所以结局他必须死。

看完整部戏，感触良多。宣扬的是一种精神，还是一种情怀？对我来说，这都不重要。重要的是，他们最终能够互相理解，抚平我心中的历史遗憾。

后记

2004年9月，我考入了广东省文联和中山大学联合举办的“广东省粤剧编剧研究生班”，算是正式入行，参加为期三年的全脱产学习。其时我已经三十多岁，真正的半路出家，至今已经整十五年矣。

十五年来，每天不是在写剧本，就是在改剧本，磕磕绊绊之间，竟然已经写了三十余部大型剧本，主要是粤剧和话剧，现在有机会把一部分剧作汇集出版，也算是一个小小的回顾。这次收集的剧本主要是话剧剧本，还有一部电影文学剧本，接下来还会把粤剧剧本进行汇集。

关于这次收集的剧本，我已经在创作谈里谈了一些创作中的感想和故事，也不知道有没有人去读。其实读剧本是一个很是累人的活儿，我始终认为剧本是给专业人士读的，因为它不太符合普通人的阅读习惯，单是那些舞台提示和演出提示就足以把人搞晕。真正的戏剧阅读是在剧场，一场戏剧的观众千八百人，通过演员的表演把所有人的情感调至同一频率，台下人与台上人同悲、同喜、同怒、同乐，或许这就是戏剧的力量。

我不知道别的剧作家是不是所有的剧本都能够上演，反正到目前为止我差不多还有一半的剧本仍然无缘于舞台，此次收集的《余震》《中轴线》是未演剧本，《生与死》由广州话剧艺术中心上演，上演时剧名改成了《半世浮华》，但我觉得“生与死”更接近我的创作本意，于是在这次出版中保留了原名。有的剧本，也许在刚动笔的那一刻，作者就已经知道这个题材、这个故事将永远无缘于舞台，为什么还要把它写出来，并且进行不断地修改？无他，尊重作者自己内心最初的那份创作冲动而已。《余震》《中轴线》属于这样的作品，《康梁》《穷孩子·富孩子》也属于这样的作品，只不过后两部剧本更加幸运一点而已。《穷孩子·富孩子》从为“纪念改革开放三十周年”而创作，到“庆祝改革开放四十周年”而上演，整整十年间，世道人事已经多少沧桑，幸运的是，当初我心中的那份萌动仍在，剧中人物的那份激动还在。每个人有每个人不同的命运，每部戏也有每部戏不同的“戏运”。剧本之于编剧，犹如父母与孩子，父母可以把孩子生出来养大，但孩子的人生命运，岂是父母可以把握的？

以前听人说“话剧是编剧的艺术，戏曲是演员的艺术，电影是导演的艺术”还半信半疑，现在看到拍电影《抢花炮》始信！故事还是你的故事，人物还是你的人物，但场次就不是你设定的场次了，人物的对白也不全是你设计的台词了，这或者就是文字语言转化为镜头语言过程中必要的变换。戏剧就是这样，它是一个集体创作的过程，碰撞是免不了的，争吵也肯定会有的，没有撕破脸皮、一拍两散就是最好的结果，妥协和折中或许就是最好的出路。

小时候家里穷、生活苦，是那种穷得几乎过不下去的穷、苦得几乎活不下去的苦。母亲去找算命先生给我算了一卦，有一句话我现在还记得：“命途多舛，路遇贵人。”在此后的很长一段时间里，我都在感叹算命先生的不易：不但要有神算的能耐，还要有国学的根基！后来我的一位同学告诉我，他舅爷就是给人算命的，舅爷有一本秘籍，上面写满了“五福难享”“六格清奇”等模棱两可、神神道道的词句，还不轻易示人。命途多舛是我小半辈子的真实写照，路遇贵人更是真实的存在。每一次合作的导演、主演都是我的命中贵人，每一次为剧本修改提供意见、建议的领导和专家也是我的命中贵人。为本书作序的陆键东先生，于公是我目前所在工作单位的领导，于私是我当年在编剧班学习的老师，他早年的著作《陈寅恪的最后二十年》至今仍在行销，近年的著作《历史的忧伤》再造热潮。先生轻易不为人书集作序，如今提笔，令人感怀。

本书收录了8篇相关的评述文章，绝大部分都是我在网上“百度”而来，因为我有个习惯，新戏上演后上网搜索观众的评价，这些评价往往是最中肯，同时也是最犀利的。靖山先生作为嘉宾曾经被邀请到佛山琼花大剧院观看《铁血道钉》，演出结束后他对包括我在内的所有主创人员说：“这个戏不错，我给你们写篇文章。”场面上的客套话平时听得也不少，大家也没太在意，没想到过了一段时间，佛山粤剧院李淑勤院长给我打来电话，说《羊城晚报》登出了《铁血道钉》的评述文章，叫我赶紧上网看。我上网一看，果不其然，一篇题为《曼舞海棠是狂花》的剧评刊登在版面的显著位置上。靖山先生一诺千金，为我这个后学鼓劲、站台，后来这篇文章还收入了《讲好故事——靖山文论集》。方冠男是云南艺术学院的青年教师、美女作家，机缘巧合之中，她在云南邂逅了正在全国巡演的《康梁》，观剧后在她的微信公众号“14号当铺”发布了长文《历史·国家·师徒》，她读懂了《康梁》，也读懂了康梁！两年后，《铁血道钉》在佛山演出，她不知道是从哪里得到的消息，专门从云南打“飞的”过来捧场，然而那天我有别的事情没在佛山，始终与其缘悭一面。戴平先生是上海戏剧学院名教授，我与他素未谋面，他在《新民晚报》以《台上再现半部中国近代史》为题评述在上海演出的《康梁》，评价不可谓不高。唐德亮先生是清远文艺界的前辈，当我还是个文学少年的时候，就没少受到他的指点，到了今天还经常得到教益。而严诗喆、郭佳、风之小尧等人的相关述评文章都是在网上看到的，但他们都是我的命中贵人。还有很多在微信朋友圈发的评述，对我也很有启发，但由于较为零碎，难以成文，也就不再一一收录。

人总有老去的时候，作者也会有写不动的那一天。等到那一天真正到来，我还能抱着这本小集子，重温过去美好的时光，回忆当年一起走路的人，何尝不也是人生一大幸事？

2020年5月26日于广州